All Through the Night
by Connie Brockway

夜霧は愛をさらって

コニー・ブロックウェイ
数佐尚美[訳]

ライムブックス

夜霧は愛をさらって

主要登場人物

アン・ワイルダー……………………………………………未亡人で慈善団体の経営者
ヘンリー・〝ジャック〟・セワード……………………元陸軍大佐で諜報員
ソフィア・ノース………………………………………………アンの夫の従妹《いとこ》
マルコム・ノース………………………………………………ソフィアの父でアンのおじ
ストランド……………………………………………………ジャックの友人の貴族
ヴェッダー……………………………………………………子爵
ジュリア・ナップ……………………………………………アンの夫の幼なじみ
レディ・ディッブス…………………………………………社交界の有力者
ヘンリー・ジャミソン………………………………………英国内務省の実力者
ロバート・ノウルズ…………………………………………英国内務省の実力者

プロローグ

ロンドン
一八一七年三月一二日

下宿屋の女主人は先に立ってヘンリー・〝ジャック〟・セワード大佐を案内し、足を引きずるようにして細長い部屋へ入っていった。すぐにカーテンのかかった窓のほうへ向かう。そこから広場が見下ろせるのだ。

「この部屋、ほんとはいくらでも高く貸せたんだけど」女主人は長身でびしっとした姿勢のジャックを横目で見ながら言った。「ついさっきも、男爵の使いで来たっていう旦那が、おたくが払う二倍の金を出すって言ってきたもんね。でも、あたしゃ正直者だから」

そのうえ、抜け目がない。ジャックは軽くうなずいて相手の正直さを素直に認めた。この人は、〝ホワイトホールの猟犬〟と呼ばれる元大佐をだますのはまずいということをちゃんと心得ている。ホワイトホールといえば政府機関の代名詞だからだ。ジャックは硬貨を数え、まとめて差し出した。女主人はそれをひったくるようにして受け取り、はき古したスカートのポケットに入れると、すりきれたベルベットのカーテンをぐいと引いて開けた。

窓の外にちらりと目をやって何やらつぶやいた女主人は、室内に一脚だけ、しみだらけの壁にまっすぐな背もたれを寄せて置かれた木の椅子のほうへよたよたと歩いていく。うんうん言いながら持ち上げようとしたので、ジャックはすぐさま歩み寄って手を貸した。

「わたしがやりましょう。どこかへ運びますか？」

女主人はぽかんと口を開けてジャックを見た。どうやら、この程度の親切さえ受けたことがないらしい。「ええと」口をぱくぱくさせ、まばたきをしている。「あ、そう。窓のところへ持ってって。そしたら、座ったままお祭り騒ぎを見られるでしょ」

ジャックは嫌悪感が顔に出そうになるのをこらえて椅子を窓際に置いた。女主人は首を伸ばして外をのぞき、広場に続く道を見下ろした。そのとき、通りにひしめく群衆のあいだから叫び声があがった。

「ほら、いよいよ来たよ」女主人はいとも満足げに言った。「じゃあ、あたしはこれで」

その言葉を聞きもせず、ジャックは窓の下の光景に見入っていた。

ジョン・キャッシュマンを乗せた荷車は、まわりに群がった人々に押されるようにして鉄砲鍛冶の店先へと進んでいく。立ち入り禁止の縄で囲われたその店は、国王の政治への不満を訴える暴動が起きたとき、キャッシュマンが武装するために押し入って盗みを働いたとされる場所だ。

ここに集まった男女と子どものほとんどは貧しい人々で、〝勇敢な水夫〟と言われたこの若者が国家反逆罪で絞首刑に処されるのを見に来ているのだった。キャッシュマンが死刑に値すると考える者はほとんどおらず、不当な処置は人々を震えあがらせた。国王による恩赦を期待する者もいた。

そう、この若者ほど恩赦に値する者がいるだろうか？　ジャックは皮肉な思いで自問自答した。キャッシュマンのもっとも重い罪といえば、支払いが滞っていた給与と賞金を海軍本部に要求しただけなのだ。群衆の中にも彼と同じような境遇の者は数多くいるにちがいない。国のために戦って帰還してみれば、職も、年金も、将来もないという現実を突きつけられた男たちが。

目には落ち着きをたたえながらもジャックは、手をわずかに震わせて黒革の手袋をはずし、椅子に座って、ミサの最中のカトリック教徒のように背すじをぴんと伸ばした。確かにキャッシュマンは、スパ・フィールズの暴動の際に鉄砲鍛冶の店に侵入した。だが酒の勢いもあり、失望感から暴動に加わっただけで、国家反逆罪にはあたらないはずだ。

計画的な犯行だった？　まさか。ジョン・キャッシュマンは任務中に三度も頭にひどいけがを負ったという。周囲の者には、自分のことも自分ではまともにできないと思われていたらしい。それにもかかわらず死刑とは、人々が恐れをなすのも無理はない。というより、群衆は憤っていた。

「俺は、国王陛下と国のために戦った。いつだってそうだった。なのに、人生これで終わりだ！」荷車から降りたキャッシュマンは叫び、目の前にそびえる絞首台の足場を、意を決したように見つめた。何千人という支持者が熱狂して叫び返した。

朝五時ごろから広場に集まりはじめた人の波は今や見わたすかぎり遠くまで広がり、通りと路地を埋めつくしていた。まるで巣に群がる蜂のように家々の窓際に集まった人々の顔には怒りが見える。バルコニーから身を乗り出す者、屋根の上に座って見下ろす者もいる。キャッシュマンは一瞬のためらいもなく、絞首台への階段に足をかけた。その勇気に感動した群衆の反応に火がついた。一番上まで上ると牧師が急いで歩み寄り、腕に慰めの手をかける。その手を振り払ったキャッシュマンの目は怒りに燃えていた。「神のご慈悲以外は要らない！」

死刑執行人がキャッシュマンを前に連れ出し、頭に目隠しの袋をかぶせようとすると、彼は首をぐいとひねって拒否した。「俺は、自分の最後を見とどけたいんだ！」

執行人と牧師は一緒に絞首台を下り、キャッシュマンの足元の落とし板の脇に陣取った。

「ご慈悲が得られなかったから、ここへ来るはめになった！」キャッシュマンはわめいた。「俺は国王陛下と国のために戦っただけで、反逆のようなことは何ひとつしていない！」

叫びつづけるキャッシュマンの声が途切れたのは、縄で喉が締め上げられた瞬間だった。ジャックは思わず自分の喉元に手をやり、胸の痛みと怒りに耐えながら歯を食いしばって見守った。絞首台からぶら下がった若者の体は激しく揺れ、縛られた手足はけいれんしている。

群衆は静まりかえった。縄が切られてキャッシュマンの体が下ろされても、しんとしたままだった。その静けさは、若者のゆがんだ顔に牧師の手でようやく袋がかぶせられたあと、厚板の棺に遺体がおさめられ、それが荷車に積まれて運び去られるまで続いた。

ジャックは立ち上がり、黒革の手袋をはめた。身を切るような風のただ中にいるかと思うほどの寒気がしたが、窓の外に見える葉の落ちた木々の枝はそよとも動かない。ジャックは袖口のボタンを確かめ、上着の乱れを直した。集中した表情で、手際よく、しかし慎重に服装を整える。

眼下では、それまで沈黙していた群衆のあいだからひと声があがった。一人、また一人と加わっていくにつれて声は大きさと勢いを増し、あたりに響きわたる叫びとなった。

「人殺し！　人殺し！」

ジャックはようやく手袋をきちんとはめ終え、窓の外を見て、人の群れの向こうに荷車が消えていくのを目で追った。

「そのとおり」ジャックは重々しくつぶやいた。「まったく、そのとおりだ」

1

ロンドン
一八一七年一二月

状況を甘く見るな。一瞬たりとも油断するな。かつて不世出の金庫破りとしてロンドン中にその名をとどろかせた父親に、何よりも大切な心得として叩きこまれた鉄則だ。その薫陶を受けた泥棒は、今や怪盗〝レックスホールの生霊《いきりょう》〟と呼ばれるまでになっていた。

ベッドにかかったカーテンを夜風が揺らす。どんな物音も聞き逃さないよう耳をすましつつ、泥棒は炉棚《マントルピース》の上の金めっき時計を持ち上げてみた。重すぎる。そばに置かれた精巧な磁器製の人形には興味をそそられるが、夜中に屋根をつたって移動するうちに割れてしまうだろう。

父親が教えてくれたもうひとつの鉄則が頭に浮かぶ。**五分で侵入、五分で脱出。**今回は時間がかかりすぎている。

長く繊細な指が、壁にかかった絵の金額縁をそっとたどって隠し金庫のありかを探る。何も見つからない。いまいましげな声をもらし、泥棒はコットン侯爵夫人の続き部屋のさらに奥へ進んでいった。夫人ご自慢の宝石類が、どこかにかならずあるはずだ。

窓からだいぶ離れることになるが、不安を振り払い、上体をかがめて、凝った装飾をほどこした壁際の化粧台を見下ろす。オルゴールがある。きれいな意匠だが、大して値打ちはない。真珠をはめこんだ嗅ぎタバコ入れ。だめだ！　約束の五〇〇〇ポンドにはとうてい及ばない。目標の金額に達するには、高価な宝石がどうしても必要だ。

泥棒は動きを速め、まわりの家具の表面に次々と手をすべらせてゆく。鏡を傾け、引き出しを開け、そして……あった。贅を尽くしたほかの家具に比べて飾り気がないためにかえって目立つ、大理石張りの大きな洗面台だ。

レックスホールの生霊は、口元をおおう黒絹の覆面の下で白い歯をのぞかせた。意図が見え見えだ。父親の教えの中でも初歩中の初歩――**周囲に溶けこむように隠されたものを探せ**。

泥棒は片膝をつき、洗面台の下部を手で探った。すぐに小さな金属のつまみを見つけてそっと押す。すると、大理石の天板の下に隠れていた引き出しが下がってきた。泥棒の顔に笑みが広がる。さて、秘密の引き出しに手を突っこんで……だが、中は空だった。

「残念だったな」落ち着きのある声がどこからか聞こえた。

泥棒は瞬時に体を起こして振り返った。声の主を見つけようと、必死で視線をめぐらす。

その人物はなんと、部屋の真ん中のうす暗がりに、背すじをぴんと伸ばした姿勢で座っていた。上着のこげ茶色が長椅子の金色にまぎれて、見分けがつかなかったのだ。

周囲に溶けこむように隠れていた、というわけか。

流行のしゃれた香りも、空気を震わすような気負いも、この人物の存在を気づかせるものは何も伝わってこなかった。ヘンリー・〝ジャック〟・セワード大佐。〝ホワイトホールの猟犬〟だ。

泥棒の全身に緊張が走り、逃げる構えをとった。だが、すらりとした長身をおもむろに起こして立ち上がったセワードが行く手をふさぐ。身のこなしのすばやさでは誰にも負けないはずの泥棒も、これで窓への道を断たれた。ロンドンの裏社会に生きる者がもっとも手ごわい敵とみなしているのが、このセワード大佐だった。それでも、なんとか切り抜けられるかもしれない。もし――。

「やめとけ、ぼうや。無駄だよ」セワードが優しくさとすように言った。その声は、かつて喉にけがを負ったことがあるかのように、かすれ気味だ。

「へえ、じゃあどうしろっていうんだい？　あんたが俺の首にリボンを結ぶまで、おとなしくここに突っ立ってろって？　冗談じゃねえよ」泥棒はふてぶてしさを装って言った。その声はわずかに震えている。

「職業を選ぶ前によく考えておくべきだったな。あきらめろ、ぼうや」おかしなことに、セワードの口調にはかすかな哀れみが混じっているようだ。

哀れみ？　いや、この男にかぎって、それはないだろう。甘い考えは抱かないほうがいい。ジャック・セワードが人を哀れむはずがない。知恵を働かせて、逃げる機会を狙うのが得策だ。

「逃げ道はない」泥棒の心を読んだかのようにセワードが言った。「部下を外廊下に待たせてあるし、それに」申し訳なさそうに肩をすくめ、両手を上げてみせる。「わたしが逃がさない」

「ああ、そうだな」泥棒はつぶやいた。

突然、セワードが金色の光を放つつややかな髪におおわれた頭をかしげた。暗がりの中でも、急に神経を研ぎすましたことがわかる。

いまいましい。レックスホールの生霊が持つ切り札はたった一枚。不意をついて驚かせることしかない。だがそれは大きな賭けだ。ジャック・セワードは、驚くことをとうの昔にあきらめてしまったかのように見える。しかし、ほかに道がない。もし正体がばれたら……いずれにしても、盗みを働いて捕まった者の行きつくところといえば、絞首台しかない。

「大佐」泥棒はセワードの元の階級名を使って話しかけ、精一杯虚勢を張って肩をそびやかしながら前に進み出た。「確かに、してやられたよ。だけどあんた、部下が待ってるっていうんなら、どうして助けを呼ばないんだい？　不思議だな」

「大したものだ、ぼうや。実に鋭い」セワードは感心したように言った。「だが、そんなに急がなくてもいいさ。まずは手を上げろ。頭の上に、まっすぐにだ。おまえのように錠前破りに長けたやつは、ナイフもかなり使うだろうからな」

「確かに。だけど俺は、ナイフは持ち歩かねえ主義だ。血を流すなんて、紳士的じゃねえだろ。俺だって、紳士のはしくれだからな」よし、ほんの少し近づいた。

　これだけ接近すると、細く引き締まったセワードの顔がよく見える。片方の眉を分断するように走る傷あと。知性を感じさせる大きめの唇。穏やかだが警戒を怠らない灰色の瞳。

「どんな取引だったら、応じてくれるんだい？　これから盗るものの分け前と引き換えに、目をつぶるってのは、どうだ？」

「だめだ」セワードが答えた。「欲しいのは、おまえがこれまでに盗んだものの中にある」

「そうか」**なんだって？**　泥棒は必死で頭をめぐらせた。窓までの距離を推しはかりながら、セワードに近づいていく。

　ホワイトホールの猟犬をわざわざ派遣してまで取り返そうというほど重要な盗品とは、いったいなんだ？　今までに盗んだうちで千金の値があるものはひとつもない。先祖伝来の家宝など、被害者がいつまでも大騒ぎするような品は盗っていない。陸軍省の第一線で活躍する諜報員がわざわざ乗り出してくるだけの理由が見つからないのだ。

「止まれ――止まれと言ったろう」セワードのもの柔らかな声が危険な響きを帯びる。

　泥棒は急に無謀な考えを思いつき、健全とは言いがたい喜びに体を震わせた。最近ますます、大胆な行動の誘惑に屈することが多くなっている。たとえば、今がそうだ。

「わかってるさ、大将」手を伸ばせばすぐにも届きそうなところまで来ていた。不意をつく機会は一度しかない。「でも俺、ナイフは持ってないって言ったよな。それに、俺と取引するとなりゃ、廊下で待ってる部下には感づかれたくねえだろ？　信じられないっていうんなら、本当に丸腰かどうか、服の上から確かめてみろよ。ほら、取引の前に、気のすむようにしな」

セワードは目を細めた。と同時に、片手がすっと伸びてきて、泥棒の手首をつかんだ。指が曲がってはいるものの、手の力は驚くほど強い。泥棒はとっさに身を引き、無慈悲なその手から逃れようとしたが、いくらあがいても勝てないのは明らかだった。

「じゃあ、身体検査はさせてもらおう」セワードはそうつぶやくと、黒い毛織地の服をまとった泥棒の体を自らの硬い胸に引き寄せ、両手首をしっかり握った。自由になるほうの手をすばやく、手際よく、肩から脇腹、腰、太もも、足へとすべらせる。次に下から上へと戻っていくとき、手が泥棒の胸に軽く触れた。

セワードは動きを止めた。急に何かに気づいたように灰色の目が鋭く輝く。泥棒のベルトをつかんで小柄な体を引き寄せ、手を伸ばして股間をぐいと握る。ひどく親密でありながら、完全に人間味を排除した触れ方だった。

「なんてことだ」そう言ってセワードは、やけどでもしたかのように片手を下ろした。もう片方の手はまだ泥棒のベルトをつかんだままだ。「おまえ、女だったのか」

やった。意表をつくことができた。なんとしてもこの機に乗じなければ。泥棒は気を落ち着けようと息を吸いこんだ。

「あんたの女になるよ、大将。お望みならね」声の震えを抑えながら、イーストエンドなまりのかすれ声であからさまに誘う。

彼女は体をくねらせるようにしてセワードに近寄り、股のあいだに自分の脚をこじ入れた。彼は断固として直立の姿勢を崩さない。「二人でちょっとした取り決めをするのはどう？きっと、お気に召すと思うよ。約束する」

「取り決めだと」小声でくり返し、彼女の顔をよく見ようと頭を下げて身を前に乗り出したセワードの頬はそぎ落とされ、口のまわりと目尻には苛酷な経験を物語るしわが刻まれている。瞳の色は、痛めつけられた貴金属を思わせる。

ああ、そうだ。危機感に酔いしれ、自分自身の大胆さにうろたえながら彼女は思った。**この瞳は、色あせた銀の色だわ。**

そのときセワードがゆっくりと手を上げ、泥棒の顔から覆面をはぎ取ろうとした。セワードの吐息の温かみ、まなざしに宿る危険、その体から伝わってくる、刺すような感覚をつかんだ彼女は、正体を知られる寸前であることに気づいていた。心臓の鼓動が激しく、熱くなる。

彼女は目を閉じ、セワードの手を払いのけると、彼の首に腕を回してぴたりと身を寄せ、広い胸に乳房を押しつけた。

「あたしなら、あんたみたいな男を喜ばせてやれるよ」

「喜ばせる、だって」

セワードはその言葉が耳慣れない外国語でもあるかのように発音したが、身を引こうとはしなかった。力強いまなざしが変化し、単なる好奇心が生々しい関心に取って代わっている。

見事なまでに均整がとれ、鋭く研ぎすまされた刃物を思わせる体。わたしは危険きわまりないものを抱きしめている――彼女は震える手をセワードのうなじに伸ばし、すっきりと整えられたつややかな髪を指ですきあげ、彼の頭を引き寄せた。抵抗されながらもつま先立ちになって口を探しあて、開けたままの唇を重ねる。

固く引き締まった感触の、温かい唇。心臓が三回鼓動するまではなんの反応もなかった。だが次の瞬間、セワードの中で長いあいだ存在を否定されていた何か、解き放たれるのを待っていた何かが、痛く感じられるほどに熱くほとばしった。衝動にまかせて彼女を抱き寄せる。ベルトをつかんだ手は離さない。

唇の感触がやわらいでいく。自由になるほうの手が彼女の背中をはい上り、頭の後ろを支えると、上からおおいかぶさる格好になった。彼女は自然と背をそらし、倒れまいとセワードの肩にしがみついた。

それまで想像もつかなかった、鮮烈な経験。望んだわけではないのに、自分の体が、唇が、心を裏切って自然に反応してしまう。

これはセワードの、男としての純粋な本能からくる行動にちがいない。男なら誰でも求めるものを差し出されて、受け入れているだけなのだ。でも……。

ああ、でも、それをはるかに超える何かがある。

激しい渇望が伝わってくる。何かにひどく飢えていながら、体の奥では快感が息づき、そして同時に、そこには絶望感があった。

不覚にも、彼女は自分自身の渇望にも気づかされた。唇をまさぐるキスに応え、注がれる情欲を味わいつつ、さまざまなものを感じていた。ベルトを握りしめたセワードの手で捕らえられ、逃げられない自分。開いた窓から流れこむ霧の湿った匂いにかすかに混じる、渋みのある香り。触れる唇の熱さ。舌の先に当たる彼のなめらかな歯の動き。

誘惑とも脅迫ともつかないそのキスに、彼女は溺れたかった。セワードの渇望のもっとも暗い部分に触れてみたくて、口をさらに大きく開く。舌と舌がからむたびに湧き上がってくる欲望を抑えきれない。脚が力なく震え、セワードの力強い体にしがみついた。屈服しよう。この身を、命をゆだねてもいい……。

そのとき、唇をもぎ離された。指が曲がって硬直した手はまだ彼女の頭を抱えている。

「くそ、どうしろと言うんだ。机の上で楽しませてやるから、逃がしてくれとでも？　取引とはそういうことか？」

彼女はもう、考える力を失いかけていた。「そうさ」

「同じ楽しむなら、覆面を取ってもらって、ベッドの上でだ。コットン侯爵夫人が怒るかな？」セワードの声には辛辣なユーモアがこもっていた。

彼女は首を振った。「悪いね、大将。今、ここでなきゃだめだ。それが取引の条件だよ」

腰をひねってセワードの手からいったん逃れると、彼女はふたたびつま先立ちになって彼の胸にもたれかかり、男らしいあごの線にそって軽く口をはわせた。温かい肌だ。伸びかけたひげが彼女の唇をこする。

「それだけの価値はあるかもしれないな」息を殺したセワードの声。

その唇は半ば開き、胸は静かな呼吸ながら大きく上下に動いている。月光が射し込む部屋の中で彼女を見つめる淡いグレーの目には、険しさと怒り、そして懇願するような表情があった。

「わかった。ここで」セワードがつぶやいた。この上ない快楽を約束する響きだ。

この男に抱かれれば、何もかも忘れて夢中になれるかもしれない……しなだれかかって身をまかせようとしたが、そこで彼女は思いとどまった。だめだ。二度と逃れられなくなる。ホワイトホールの猟犬と呼ばれる男だけに、わたしをいいようにしたあげく、自分の職務をまっとうするだろう。情け容赦なく、冷徹に。そうだ。考えてみれば、わたしたちは似たものどうしではないか。

彼女はセワードの上着の袖をつかんで腕をぐいと引き下ろし、股間に膝で蹴りを入れた。痛みのあまり息を吸いこみ、体をふたつに折ってがくりと膝をついたセワードは、床に倒れながらも手を伸ばしてくる。飛びすさってそれをかわした彼女は窓へ向かって走り出し、セワードが悪態をつけるようになったころには、窓敷居から向かい側の建物の屋根めがけて跳躍していた。

だが、距離の目測を誤った。狭い路地ながら屋根にはあと少しというところで届かず、苔だらけのひさしに着地して足をすべらせた。必死で手を伸ばしてつかまるものを探す。腐りかけた屋根葺き板に指がかかり、湿った破片がぱらぱらと落ちた。

落下する寸前に軒下の鉛の配水管をかろうじてつかみ、ぶら下がった。両手に全体重がいっきにかかる。地面までは五メートル近く。このまま落ちても死にはしないだろうが、どこかを骨折して動けなくなり、捕らえられるだろう。

だったら、死んだほうがましだ。

「待て！」

視界の隅にセワードの姿が見えた。向かい側の窓から大きく身を乗り出している。手をいっぱいに伸ばしているが遠すぎて、彼女を助けることも、邪魔立てすることもかなわない。表情はこわばり、目だけが何かを約束するかのように輝いている。

恐怖が彼女に力を与えてくれた。うなり声をあげて勢いをつけ、揺らした片足を軒下にかける。それを支えに体を持ち上げ、ようやく屋根の上にはい上がると、急いで立ち上がり、あえぎながら無言でセワードを見つめた。二人のあいだには屋根を隔てて、二メートル半の距離がある。

セワードもまた無言で見返した。そしてゆっくりと手を上げ、二本の指を傷あとの残る黒い眉に当てて敬礼した。そのグレーの瞳は自らの失敗を認め、反省しているようでもあり、苦い教訓を噛みしめているようでもあった。

「では、また会うときまで」かすかにしか聞こえなかったが、それが誓いの言葉であることは間違いなかった。

また会うとき？　どうして？　ホワイトホールの猟犬がなぜ、わたしを追うのか？　どれほど高価なものであれ、たかが富裕貴族の宝石を守るためにこの男まで狩り出すとは、大げさすぎやしないだろうか。

彼女はセワードを見つめた。さっきまでの恐怖に代わって、じわじわと勝利の喜びが湧き上がってくる。確かにわたしの体は自分の意思とは裏腹に、熱いキスに応えた。そればかりか、この男に屈服し、情熱に身を焦がすことでいまわしい記憶から逃れたいという欲望に負けそうになった。それでもけっきょく、わたしは勝ったのだ。

窓から身を乗り出したセワードは頭を軽く下げた。いさぎよく敗北を認めている。その身ぶりにこめられた意味を彼女が見逃すはずはなかった。思わず笑みがこぼれる。

彼女はまるで将校を前にした部下のように、腰を深々と曲げて礼をすると、煙突の通風管の後ろに身を隠した。さあ、逃げよう。ここから先は無数の道が開かれている。誰にも正体を知られず、追いかけてくる守衛や〝ボウ・ストリートの捕り手〟の、そしてジャック・セワードの足音の届かないところへ消えるのだ。

明日の朝にはレックスホールの生霊はいなくなり、わたしは変身する。上流社会でも資産家として知られるアン・ワイルダーに。かつてその美しさで一世を風靡し、今は社交界デビューを迎える女性のお目付け役となり、悲しみにくれる未亡人に。そんなわたしを疑う者はいないだろう。

しかし、正体を知られるはずがないとわかっていても、心穏やかではいられない。

あろうことかアン・ワイルダーは、その感覚がたまらなく好きなのだった。

2

ロバート・ノウルズ卿は机に置かれた書類を親指でぱらぱらとめくっていた。彼が注意を向けてくれるのをひたすら待っている三人の男。その中の一人、ヘンリー・ジャミソン卿は思った。ノウルズめ、わざとこちらを無視しているな。だが誰を挑発しているつもりなのだろう？

淡いピンク色をした禿頭に、柔らかいしわの刻まれた丸い顔。平凡な容貌で温厚そうな印象とは裏腹に、ノウルズは気難しく傲岸不遜な男だった。一方ジャミソンはやせて鋭角的な顔立ちながら、ノウルズと似たような性格の持ち主だ。これだけ外見が正反対の二人に内面の共通点が多いというのも面白い。ジャミソンはめずらしく考えこんだ。

ノウルズとジャミソンは三〇年にわたって、英国内務省の機密委員会において陰の権力者の座を争ってきた。肩書きの話ではない。この地位にある者は、政府の秘密工作に必要な諜報活動にたずさわる。情報を収集し、陰謀を阻止し、他者を支援する。入手した情報を操作したり、捏造したりもする。

今のところノウルズが優位に立っているが、それも長くは続かないだろう、とジャミソンは思っていた。いや、続くはずがない。なぜなら自分は、支配者になれる器だからだ。ただ人の上に立つだけでなく、絶対的な権力を握る、真の支配者に。

しかし最近、ジャミソンの政治的な影響力にも翳《かげ》りが見えてきた。自分一人の強い意志と能力だけでは上からの命令を遂行していくには十分でなくなっている。自らの利益を追求し、権力の基盤を固めるためには他者の協力が欠かせない。英国政府の秘密諜報員として傑出した実績を誇るヘンリー・〝ジャック〟・セワードの力を借りる必要があった。

「犯人の正体はつきとめたのか？」ノウルズは顔を上げずに訊いた。

「いいえ、まだつきとめておりません」セワードが答えた。

ジャミソンは肌にしみの浮いた指先を唇に押しあてた。人を意図的に威嚇するために置かれた大きな机を前にしても、セワード大佐は縮こまったり臆したりすることなく、背すじをぴしっと伸ばした姿勢で立っている。

「まだとは、いったいどういうわけだ？」ヴェッダー卿が詰問口調で訊いた。やたら気取ったうぬぼれ屋のこの青年は、どんなたくらみで取り入ったものか、摂政皇太子の代理人としてこの会合に出ており、ジャミソンもこれを容認している。うぬぼれ屋もそれなりに役に立つとわかっているからだ。

「ほかの任務で多忙だったためです」セワードは反発するでもなく、ノウルズに目を向けて言った。「ブランデスの件で、マンチェスターへ出向かなければなりませんでした。それから、キャッシュマンの絞首刑という当局の失態もありました」一瞬、言葉に冷たい怒りがこもる。

最近とみに増えてきた政治亡命者による陰謀を阻止する任務からセワードをあえてはずして、連続窃盗犯〝レックスホールの生霊〟の逮捕を命じたのは、ノウルズだった。ジャミソンは、自分個人の諜報員とみなすセワードをノウルズに横取りされて、腹立たしく思っていた。しかし、セワード自身のほうがもっと腹立たしかったにちがいない。今の任務を物足りなく感じていることが言葉からもはっきりと伝わってくる。

ジェレマイア・ブランデスがダービーシャー郡で起こした暴動はセワードが想定していた規模だった。しかしマンチェスターでは、銀行や刑務所を襲撃するという、はるかに大がかりな計画が企てられていた。そこでセワードはブランデスの率いる組織に潜入し、反乱を未然に防いだのだ。

また、ノウルズとジャミソンが半ばでっちあげの証拠を見つけてジョン・キャッシュマンの犯罪を立件しようとしたことに強く反対したセワードは、キャッシュマン事件に自ら関わるのを拒否した。

今までの経緯を何ひとつ知らないヴェッダー卿に自分の仕事ぶりにけちをつけられたと感じたら、セワードはどう出るか。彼なら、この青年貴族の抹殺を画策しようと思えば何度でも、いとも簡単に、怪しまれることなくできるはずだ。

ヴェッダー卿は滑稽きわまりない鶏革の手袋をきちんとはめ直すと、ばかにしたように鼻を鳴らし、セワードの義務や未来の国王について長々と退屈な演説を始めた。

この長広舌にセワードはどう反応するだろう。予想どおり、なんの反応も見せない。ジャミソンは二〇年以上にわたり、ジャック・セワードがやせっぽちの少年から筋骨たくましい男に成長し、激情が鉄の意志で抑えられ、礼節に変わっていくのを見守ってきた。非の打ちどころのない礼儀作法と苛烈なまでの無慈悲さという、不穏な要素をあわせ持つセワード。姿勢のよさは厳格な規律を重んじる軍隊生活のたまものだが、その表情に表れているのは、ヴェッダー卿の辛辣な言葉に対する社交辞令的な関心だけだ。実に面白い。

長年、他人を操って生きてきたジャミソンも、ジャック・セワード大佐ほど謎の多い男をほかに知らない。今まで使った中でもっとも有能なこの諜報員を、なぜ自分の意のままに動かせないのか。不思議だった。

もし、セワードと内務省機密委員会の利害が一致しなかったら、どうなる？　あるいは(こちらのほうがもっと困るが)ジャミソン自身の利害と一致しなかったら？

「いつものきみらしくないな、セワード」ジャミソンはえんえんと続くヴェッダー卿の話をさえぎって言った。

大佐はなめらかな動きでジャミソンに顔を向けた。観察されていることはとっくに気づいていたらしい。

「そうでしょうか？」落ち着きはらった態度。一分のすきもない姿勢。セワードは以前、礼儀こそもっとも重要だとまで言っていた。思想や宗教には栄枯盛衰があり、政党は権力の座についたりその座を追われたりと、変化がつきものだ。それに対して礼儀は、文明を知る人問すべてがつねに価値を見出せる、数少ない例外だからだという。

セワードは、自分の部下に死者が少ない理由について、それが一番、物事を処理する際に無駄が少ないやり方であり、人の反感を買わず、しかも礼儀にかなっているからだと言ってのけたことがある。恐ろしい男だった。

「こんな失態はきみらしくない」ジャミソンは決めつけるように言った。柄にもなく苦言を呈している自分がいやだった。「わなにかけておいて取り逃がすとは、そんなことでやつを逮捕できるのかね？」

ヴェッダー卿は握った手袋を手のひらに叩きつけて怒りを表した。

「もっと部下を増やしてほしいとでも言うんじゃありませんか？」

「いいえ、そんな必要はありません」

セワードめ。ジャミソンはいまいましく思った。スコットランドなまりを出すな、とさんざん言いきかせたにもかかわらず、頑として聞き入れようとしない。

「だったら、何が望みだ？」ヴェッダー卿が訊いた。

「摂政皇太子の交友関係の輪の中にわたしが入れるよう、取りはからっていただきたいのです」

ヴェッダー卿が口をあんぐり開けた。「なんだって」

「よくもまあ、そんな大それたことを」とジャミソン。

「この犯人を追跡しはじめて六カ月になりますが、誰が標的になるかを予測して先回りすれば逮捕できるだろうと考えました。次の被害者の見当をつけているのは難しくありませんでした。コットン侯爵夫人がパーティのたびにご自慢の宝石をつけていることは有名ですから」セワードの声がしだいにしゃがれていく。ナポレオンを支持する〝愛国主義者〟によって絞首台に送られ、二分間、喉を締め上げられた後遺症で声がかすれ気味なのだが、今日は特にひどい。「しかし、今おっしゃったとおり、けっきょく取り逃がしました」

セワードは不自由なほうの手を、指が白く透き通って見えるほど固く握りしめている。面白い、とジャミソンは思った。〝レックスホールの生霊〟を逮捕できないでいることを悔しがっているらしい。面白いどころの話ではない。これは使えそうだ。心になんらかの感情が生まれているのなら、それを鞭として使って意のままに動かせるかもしれない。こんな男を操る手段など、めったに見つかるものではない。

「次に誰が盗みの標的になるかというと、今まで同様、摂政皇太子と交友関係のある方ではないかと思われます」セワードは続けた。「犯人を捕らえるには、その標的となる人物を特定しなくてはなりません。そのために、皇太子の友人の中で誰が狙われやすそうか、盗みを働く者にとって格好の獲物は誰かを絞りこむ必要があります」

「なんと、厚かましい！」ヴェッダー卿が吐き捨てるように言った。

「皇太子の交友関係の輪の中に入るとは、どういう意味だね？」ノウルズが初めて口をはさんだ。

「犯人が狙うのは、議会の開会に合わせてロンドンに集まってくる上流階級の人々です。交友関係といっても、皇太子の取り巻きまでは含まれません」セワードが答えた。

「そうすると、大規模なパーティや娯楽の場にきみが出席できるようにすれば十分ということだな？」ノウルズが訊いた。

「はい、そのとおりです」

「よし、では――」

「皇太子殿下のご友人と同じ場に出るなど、ずうずうしいにもほどがあるでしょう！　この男は庶子なんですよ」ヴェッダー卿が叫んだ。

ノウルズは嫌悪感をあらわにしてヴェッダー卿を見た。「皇太子主催のパーティに出るたびに〝ご友人〟が盗難にあうようでは、そのうち皇太子はお一人で食事をとるはめになりかねない。どうにかしなければならんのです」

「閣下にそんな権限があるのですか」ヴェッダー卿は憤然とした面持ちで言った。

ノウルズは少なくなった白髪をかき上げた。「皇太子殿下が、もうこれ以上ご友人の被害者が出ないようにせよと命令されたのですぞ。やるべきことは明らかです。それとも、殿下にご報告してもよろしいのですかな、ヴェッダー卿がセワード大佐の出自に異議を唱えておられるために犯人の捕縛作戦が進まないと？」

ヴェッダー卿は怒りのあまりうなり声をあげ、テーブルの上のステッキを取り上げると、すごい勢いで部屋を出ていった。

ノウルズは小さくため息をついた。「我慢のならない男だが、こらえてつきあわなくてはならん。彼がいるからこそ、窃盗犯を捕らえる我々の本来の目的を隠すことができる」椅子を指さして言う。「座るか、ジャック？」

「いいえ、閣下。このままで結構です」

「さて、本題に戻るが、きみは犯人を逮捕しそこねたうえ、手紙も取り戻せなかったというわけだな？」

「はい」

「くそ。失敗は許されんのだ」ノウルズが言った。「失望したぞ、ジャック。犯人を部屋で待ち伏せしていたんだろう？　いったい何があった？　出し抜かれたのか？」

「そのとおりです」自らの失敗を認めるセワードの押し殺した声には激しさがあり、それがジャミソンの注意を引いた。

「ジャック、体力的に無理なのか？」ノウルズは心配そうだ。「だったら、若いのを応援に送りこもうか？」

「〝若いの〟なら、結構です」声こそ穏やかで、申し訳なさそうな笑みを浮かべてはいるものの、セワードの言葉には明らかに警告めいた響きがあった。

ジャミソンは驚いた。**誇りが許さないというのか？**　いや、もっと生々しい感情だ。ジャミソンは身を乗り出し、セワードに意識を集中させた。わしが人の心を読むのに長けているのは、感情に左右されて判断が曇ることがないからだ。その判断によると、セワードの言葉には……独占欲が感じられた。

「ジャック、まったくきみは頑固なやつだ。庶子だけに、根性が違う」答えに満足したノウルズは頬をゆるめた。

「はい、庶子であることはヴェッダー卿に何度もご指摘いただいているとおりです」

「今の提案についてどう思うね、ジャミソン？」けっして仲がいいとは言えないノウルズとジャミソンだが、お互いの見識に対する尊敬は十分すぎるほどに持っている。これまで二人はともに、機密委員会が関わった大がかりな作戦のお膳立てをし、危機一髪というところで大惨事を阻止してきた。

「何週間も前に始めるべきだったな」ジャミソンは答えた。

「例の手紙について、もう少し情報をいただけると助かります」セワードが言った。

ノウルズは一瞬迷ったが、話し出した。「実は、やっかいな事態になっているんだ。先日、わたし宛に届いたアトウッド卿からの手紙に、扱いに細心の注意を要する文書を手に入れたと書かれてあった。その文書をどうすべきか、扱いが難しいものだけに、その対処の判断を誰にゆだねるべきか、しばらく迷っていたのだそうだ。アトウッド卿はその時点ですでに、ジャミソンに連絡をとっていたらしいんだが」ノウルズの視線を受けて、ジャミソンは一度だけうなずいた。「件《くだん》の文書がいかに重要かをわたしにも知らせたいと思って手紙をしたためたようだ」

「そのとおり」ジャミソンは認めた。「アトウッド卿はノウルズに相談する前にわしに連絡してきた。本当は、二度手間の必要はなかったんだ。文書がここへ届くよう、わしがすぐに手配しておいたからね」

ノウルズは考えこむような表情でジャミソンを見た。「確かに。だが実際には届かなかった。配達されるはずだった日の前日、文書は盗まれた。アトウッド卿がジャミソン卿に語ったところによると、宝石をあしらった箱に入れてあったそうだが、その箱と一緒に」

「文書が盗まれたと、アトウッド卿からジャミソン卿に連絡があったのですか？」セワードが訊いた。

「ジャミソンにではなく、晩餐会の出席者全員にだ。盗難が起きた日の翌日の夜、アトウッド卿は、自分が〝レックスホールの生霊〟の新たな被害者になったと公に発表した」

「そんなことを公にするとは、不思議ですね」

「いや、不思議でもない」ジャミソンは言った。「アトウッド卿は犯人に、おまえの正体はわかっていると知らせて、盗まれた品を返す機会を与えるつもりだったのではないだろうか。犯人は上流社会の一員であると我々が考える理由はここにある」

「アトウッド卿が誰を疑っているか、なぜ本人にお尋ねにならなかったのですか？」

「尋ねる機会がなかった」とジャミソン。「翌朝、馬車の事故で亡くなってしまったからね」

「事故、ですか」セワードはくり返した。

ノウルズはうんざりしたようにうなずいた。「そういうことだ」

ジャミソンは、話を本題に戻すべく、霧を振り払うかのように手を振った。「きみの任務に関わりのある疑問は次の四つだけだ。まず、我々が例の手紙を手に入れようと土壇場で手配するだろうと見込んで先回りできた者は誰か？　アトウッド卿が我々に手紙を送ったことを知っていたのは誰か？　晩餐会に出ていたのは誰か？　そして、**問題の手紙を持っている者は誰か？**」

「おそらく、誰も持っていないでしょう」セワードが言った。

「どういう意味か、説明したまえ」とノウルズ。

「今おっしゃったように、問題の手紙がそれほど重要なものなら、すでにどこかから出てきているはずです。今になっても手紙のありかがわからないということは、盗難が単なる偶然であり、犯人は宝石をあしらった箱だけを盗むつもりだったと考えられます」

確かに理にかなっている。ジャミソンはゆっくりとした口調で言った。

「その見方に賛成だ。もし何者かが泥棒を雇って手紙を盗ませたのなら、今ごろはもう、手紙の内容を公にしているか、金の要求があるはずだ」

「ただし、その推理が正しいとはかぎらない」ノウルズが言った。「我々としては、確信を持ちたい。だからこそ犯人を捕らえ、手紙がどうなったかをなんとしてもつきとめねばならんのだ。頼んだぞ」

「その後は、どうします？」

「その後は」とジャミソン。「しかるべき措置をとってもらう」

「犯人を始末しますか？」

ノウルズは肩をすくめた。「まあ、それ以外は考えられんだろうな。やつがブローチだの宝冠だの安ぴか物の宝石だのをいくつ盗もうが、そんなことはどうでもいい。とにかく例の手紙を取り戻すんだ、ジャック」

「はい、承知しました」


借家のタウンハウスの居間で、ジャック・セワードは窓際に立ち、低い建物がぎっしり立ち並ぶロンドンの街並みを眺めていた。彼女はこの街のどこかにいる。戦利品を抱えて、わたしをあざ笑っているだろう。自分では気づかなかったもろさ――欲望――を、彼女はまざまざと暴き出した。

あんな反応をしたのは初めてだった。セワードは性を利用し、ときには楽しんできた。ただしそれはあくまで手持ちの武器のひとつであり、他人を操り、支配するための手段であって、性欲に支配されたことはない。相手との接触で心を乱され、油断したり、本来の目的を忘れたりしたこともない――接触にはつねに目的があった。少なくともこれまでは。

しかも、あんなわずかな刺激で反応してしまうとは、いったいどうしたことだ。毛織の服に包まれた小柄な体、黒々とした目、小ぶりだがふっくらとした乳房の柔らかさ、口の中に残った高価なブルゴーニュワインの味わい……。

あのときの興奮を思い起こすと、彼女の体にまつわる記憶が神経のすみずみにまであふれ、圧倒されそうになる。この数カ月間、捜査を続けるうちに、セワードは〝レックスホールの生霊〟にある種の称賛の気持ちを抱くようになっていた。専門家が専門家に示す敬意と言ってもいい。自分の執拗な追跡を長期にわたってかわすことのできる犯人はめったにいないからだ。

二人がしのぎを削る追跡劇の、次の動きが楽しみになっていた。報われることの少ない生活で遭遇した、やりがいのある仕事だった。

しかし、今や――。

今やそれが、生々しい刺激を求める戦いに変わっていた。あの女泥棒が、長いあいだ眠っていた性欲をかきたてるとは、なんという皮肉だろう。まだ鮮明に覚えている。手のひらにかすかに感じた乳房の重み、指ですいたときの髪の感触、脚のあいだの温かみ。

ほんの一瞬のすきをついて、夢想の世界に入りこんできた彼女。また会いたい。再会が待ち遠しかった。

そのとき背後で咳払いが聞こえ、ジャックは後ろに組んでいた手を振りほどいた。長いあいだ窓の外を眺めていたので気づかなかったのか、室内はいつのまにかうす暗くなっている。振り返ると、がっしりした体格の中年男が待機していた。

「新しい情報か、グリフィン?」

「はい、大佐」

ピーター・グリフィンと出会ったのはその昔、パリの絞首台でのことだ。そのころのセワードは、死ねば自分がつくった借りを返せるだろうと考えて、いや、願っていた。そんな世間知らずのばかげた考えはとっくの昔に捨てたが、今でも、グリフィンと四人の仲間のためなら喜んで死ねると思っている。それに応えてグリフィンはセワードに忠誠を尽くし、ナポレオン戦争後、もっとも信頼のおける部下になった。その忠誠心は度重なる試練を経ても揺らぐことなく、今に至っている。

「報告してくれ」

グリフィンは殴り書きの文字が記された紙を取り出し、読みはじめた。「レディ・ホートンの小間使いは、屋敷をこっそり抜け出して従僕と会っていました。ですからこの小間使いは犯人ではありません。フロスト夫人からは目を離さないほうがいいかもしれません。レディ・ディッブスは、あの有名なキャロライン・ラムの親友だった方ですから、悪ふざけで何かしでかす可能性もあるでしょう」

「ほかに何か、めぼしい情報は？」

「はい。ワイルダーの未亡人は毎晩、早めに部屋に引きあげています。彼女がお目付け役をつとめているノース家の令嬢……大佐、あれは罪作りな娘ですね。あの魅惑的な唇にまいってしまった青年がどれだけいることか」

「そうらしいな。だが、今あげた女性たちの誰が、盗みのあったすべての日に――」

扉を叩く音がして、せかせかしたようすで一人の若者が入ってきた。セワードのすぐそばに歩み寄ると、その耳に何やらささやく。セワードがうなずき、若者は出ていった。

「子分か」グリフィンが皮肉な笑みを浮かべて言った。

「なんだって？」

「いや、大佐がご自分の手足となって働く者たちをいったい何人抱えておられるのかと、あらためて驚いていたのですよ。こうして情報網を張りめぐらせているわけですね。子どもや流れ者の老人、娼婦、店の主人など、まるで悪魔の手先のようだ」

「ああ、また例によって〝悪魔〟呼ばわりか」セワードは言った。彼女はきっと、わたしを悪魔だと思ったにちがいないが。

「そう評する人もいますね。わたしも否定はしません」

「グリフィン、きみはまた、先祖代々の長老派信者らしく、聞いたふうな口をきくんだな。そのうち、牧師になって教会で自分の過去を否定するような説教を垂れるかもしれないな。きみの場合、牧師より、諜報員としての価値のほうがずっと高いのに」

「誰にとっての価値ですか？」

「もちろん、わたしにとってだよ。今さら主人を変えようったって、遅い」その言葉からは自負が消え、自嘲気味の口調になっていた。「ところで、今回も秘密裡に動いてくれただろうな。内偵の対象や目的について、誰にも話していないか？」

「はい、話しておりません」そう答えたグリフィンの表情に、何かに気づいたようすが徐々に表れた。「まさか、大佐。疑わしい人物が誰か、お父上に伝えていないのですか？」

「ああ。ジャミソン卿には言っていない」ジャックは答えた。この年まで生きてきて、ジャミソンが自分の親と見られていることを思うといまだに胸が痛むとは、不思議だった。

「ノウルズ卿にも話していないのですね」グリフィンはもの問いたげに首をかしげた。「犯人が女性であることも、二人には秘密にしていると？」

「そうだ」

「なぜです？」

「なぜなら」身動きもせず、声の調子もまったく変わらないセワードを前に、グリフィンは思わず後ずさりした。「二人がそのことを知ったら、介入してくるだろうからだ。彼らの手柄にはしない。彼女は、なんとしてもわたしが捕まえる」

3

〈カールトン・ハウス〉に足を踏み入れたセワードは、むっとするほどの熱気に迎えられた。熟れすぎた果物を思わせる匂いが鼻腔を刺激し、押し合いへし合いする人々の群れが目に飛びこんでくる。

セワードは玄関口で待っていた係の者にコートを手渡し、主催者である摂政皇太子はどこかと訊いた。いるかどうかは疑わしいと思っていた。父王のジョージ三世の精神状態がまともでなくなって以来、摂政をつとめてきた皇太子にとって、この六年間は不幸の連続だった。議会からは非難され、臣下からは軽侮され、愛娘シャーロットの死で失意のどん底に突き落とされた皇太子が、自ら主催するパーティに顔を見せる時間は短くなっていた。

不在でかえってよかった、とセワードは思った。皇太子ににわか芝居を打たせて、自分のような卑しい生まれの軍人と友人のふりをしてもらうわけにはいかないからだ。

皇太子が本当に引きあげたことを係の者に確かめてから、セワードは階段を下りていった。なじみのない期待感に胸を騒がせながら、出席者の人波に加わる。

最初ノウルズに任務を命じられたとき、セワードは抵抗を示した。だが、レックスホールの生霊を捕らえることはいかなる任務にも優先する、という答えが返ってきただけだった。もうとうの昔に悪魔と契約してしまったセワードは、それ以上抗議もせずにふしょうぶしょう命令に従ったのだった。

しかし今やあの犯人のせいで、連続窃盗事件に対する個人的な思い入れが強くなっていた。体の反応以上に、彼女には想像力をかきたてられた。生まれて初めて、固執するとはどういうことかが身にしみてわかった気がした。彼女のすべてを所有したかった。そのしなやかな強さや、降伏するかに見えてけっして揺るがない傲慢さを、恐れを、勇気を、自分のものにしたかった。

セワードは深呼吸をひとつしてから、あたりを見まわした。

どれも似たり寄ったりの伊達男《だておとこ》ふうの服に身を包んだ男たちが、色とりどりに咲き乱れる花を思わせる女性の群れの中を黒いヘビのように泳いでいる。鬱金《うこん》色や象牙色、絹地やタフタを使ったドレスが、踊る女性の動きに合わせて、切りばめ細工《モザイク》の大理石張りの床をなでる。何百本という先細のろうそくの明かりの下では、青白い蛾が鱗粉《りんぷん》をまき散らしながら群がっている。

セワードはゆっくりと室内を見わたし、問題の客たちを探した。二週間かけて、複数の催しの招待客リストをつき合わせて、つねに名前が出てくる四人を洗い出していた。ジャネット・フロスト、コーラ・ディップス、アン・ワイルダー、ソフィア・ノースだ。そのうち誰かの家に例の犯人が雇われている可能性が高いとみて、それぞれ監視をつけてあった。だが今週ある催しの場でふと、その仮定を見直したほうがいいと思った。誰かがどこかから、じっとこちらを見ているのに気づいたのだ。彼女にちがいない。その視線は肌に触れられたかと思うほど強く、あの夜のキスと同じぐらい親密だった。

今夜は、四人の女性と直接話をしよう。セワードは微笑んだ。もし四人の誰かが〝レックスホールの生霊〟だったら、捜査の手が伸びてきていることに興奮を覚えるだろう。彼女は危険に魅入られ、危険を糧に生きている。コットン侯爵夫人の寝室で対峙したとき、セワードはそれをすぐに感じとった。思いがけない発見だった。すばらしい。

金が目的で盗みを働いているのではない。真の動機はほかにある。きわめて注意深く、つねに完璧を期すこの犯人が初めて見せた、わずかなすき。セワードはそこにつけこむつもりだった。

人波をかき分けて奥に進むと、ほどなく見知った顔を見つけた。いかにも退屈そうに装っている、確かウェルズという若い放蕩者で、ジャネット・フロストに付き添ってダンスフロアを離れようとしている。

セワードはさりげなく近づき、二人の行く手を阻んだ。「ウェルズさん、もしよろしければお連れの美しい方にご紹介いただけますか」と声をかけ、深々とお辞儀をする。

ウェルズは驚いたが、すぐに気を取り直して礼をした。「もちろん、喜んで。ミス・フロスト、ヘンリー・ジャック・セワード大佐をご紹介します。大佐、ミス・ジャネット・フロストです」

黒髪の娘は小生意気な微笑みを浮かべた顔を向けると、膝を軽く曲げて挨拶をした。その動きにともない、深くくれたドレスの襟からのぞく胸が揺れる。

「お会いできて光栄です」セワードはつぶやくように言った。「本当に――」

そのとき、顔を真っ赤にした男性が二人のあいだに割り込んできた。ミス・フロストは体を弾ませるのをやめた。

「ああ、お父さまですね？」セワードは動じることなく言った。

ミス・フロストはくすりと笑ったが、父親の表情は硬い。

「娘に近づくな」ロナルド・フロストが言った。「たとえ国王のいとこだと言われても、だめだ。あんたが何者かはわかっているんだ。息子が戦争中、あんたの部隊にいたからな」

「本当ですか？」

「ああ、本当だとも！」フロストは怒りをにじませた低い声で答えた。「息子が手紙に書いて寄こしたから、当時何が行われていたか、あんたが何をしたか、わしも知っている。汚い策略だの、人殺しの命令だの――」

「なんと軽はずみな息子だ」セワードはつぶやいた。

「ばかにするならすればいい。だが息子は、あんたの命令でどこかの役立たずを呼びにやらされて死んだんだ。ほかの者にやらせればよかったんだ、そこらの平民を。なのにあんたは、うちの息子に任務を命じた。地獄に堕ちろ！」

「戦場におたくの息子さんを送りこむのと〝そこらの平民〟を送りこむのと、どう違うんでしょうか？」セワードは穏やかに尋ねた。

「えらそうな口をきくな！」フロストの声がかん高くなった。「あの子はわしの跡継ぎだったんだぞ！」

セワードは頭を下げた。「それはお気の毒でした。さて、よろしければそろそろ――」

「許さん！」

息子を失った悲しみと怒りのやり場がないのか、フロストの声はさらに大きくなった。周囲にいた数人が何ごとかと振り返る。このまま放っておいたら大変な騒ぎになりかねない。セワードはなんとしても事態を収拾するつもりだった――今までしてきたように。

「息子さんが任務の内容について、手紙に書いて寄こしたとおっしゃいましたね？」自分の声がはるかかなたから聞こえる気がした。よし、大丈夫だ。相手の怒りを別の感情に変える技術まで、あの女泥棒に盗まれてしまったのではないかと思っていたのだ。

「ああ、確かに書いてきた」フロストが答えた。

セワードは身をかがめてフロストのほうへにじり寄り、ほかの者に聞こえないようにささやいた。「それは軽はずみだというだけでなく、国家反逆罪に問われてもおかしくない行動ですよ」

自分で事実と認めたことがどんな意味を持つかを悟ったフロストの顔はますます赤く染まり、唇は真一文字に結ばれた。国家反逆罪は死後でも告発される可能性があり、そうなれば家名に傷がつく。

「そう、お察しのとおりです。おたくには嫁入り前の娘さんがいらっしゃいますからね」セワードは冷静な口調で言うと、後ろに下がってお辞儀をした。酷薄で無慈悲なやり方だ。海軍の任務ではその両方が求められたが、残酷さについては選択の余地があり、そこは自分のさじ加減しだいだった。「ミス・フロスト、お目にかかれて光栄でした」

ミス・フロストは、目の前で繰り広げられた激しいやりとりに気づきもしなかったかのようにくすりと笑った。たぐいまれな女優か、でなければよほど頭が単純にできているかのどちらかだが、芝居だとすればここまで上手な娘もいないだろう、とセワードは今一度彼女を見て結論を下した。

「それでは、失礼させていただきます」歯を食いしばったフロストに一礼すると、セワードは向きを変えた。目はすでに、次に話を聞く容疑者の姿を探していた。

動く人波の中にマルコム・ノースがいるのが見えた。そばには二人の女性が座っている。一人は縁なしの不格好な帽子をかぶっており、もう一人はまだ幼さの残る美女だった。ノースは引き締まった体つきをした神経の太そうな男で、笑顔を絶やさず、口の達者なご都合主義者だ。家柄こそ立派だが、本人の信用となると怪しい。賭博に大枚をつぎこんで、負けてばかりいた。

ノースは、帽子をかぶった若き未亡人、アン・ワイルダーと話をしたあと、立ち去った。セワードは数日前の夕方、荒れ模様の天気の中、公園を歩いているこの未亡人をひそかに観察していた。吹きつける風でいくすじかの髪がフードからこぼれ出たワイルダー夫人は、立ち止まって空を見上げていた。その顔をよぎった切なそうな表情がセワードはなぜか気になって、隠れたところからようすをうかがった。

今夜も、姿が全部見えるわけではない。みっともない帽子の下に髪の毛が隠れ、薄紫色のドレスで体形が目立たないが、彼女の姿勢から多くがわかる。優雅に重ねた手、伏し目がちの目、高く上げたあご。大人になって我慢することを覚えたものの、抑えがききすぎてしまった女性といった雰囲気だ。

ワイルダー夫人の隣にはマルコムの娘で、小柄ではつらつとしたソフィアが座っていた。ノース家の者がこのパーティやほかの社交の場に招かれるのは、ソフィアがいるからこそだ。若くて、美しい。そのふたつの美点は、摂政皇太子の好むところだった。

ろうそくの光がつやのある赤毛を照らして揺らめき、桜色の肌を輝かせている。その体の動きは巧妙に人の注意を引きつける。振り向いたソフィアの目と、セワードの目が合った。大胆にくれた襟ぐりからのぞく豊かな胸の揺れを通じて、かすかな興奮が伝わってくる。ソフィアは口から舌先をのぞかせ、下唇を湿した。

挑発しているのか？だとしたら、淑女を失望させるのは無粋というものだろう。

手にしたグラスを置いてテーブルを離れ、ジャイルズ・ダルトンを探しはじめる。セワードが摂政皇太子と親しい人々の輪の中にすんなりと入れたのは、ストランド卿であるこの男の尽力によるところが大きい。この任務について「羊の牧草地にオオカミを忍びこませるようなものだな」と言って面白がっていた。

ようやく見つかったストランド卿は、頬を紅潮させて聞き入る美女を相手に演説をぶっていた。

「ストランド卿」セワードは近づいていって声をかけた。

「ああ、セワード大佐」ストランド卿は姿勢を正して挨拶したあと、かたわらにいる女性に訊いた。「生きている本物の大佐に会ったことがありますか、ええ、ミス——?」

豊満な美女は口をとがらせた。「レディ・ポンスバートンですわ。夫はバートラム・ポンスバートンです」

その答えが愉快だと思ったのか、ストランド卿は笑い出した。「そうか、バートラムの? これは驚きだ。レディ・ポンスバートン、ご紹介しましょう。あらゆる意味でわたしの先輩である、セワード大佐です」

ストランド卿はポンスバートン夫人の反応を待たずに、いかにも残念そうなしかめっ面を作り、彼女の手を軽く叩いた。「もう十分楽しんだでしょう、お行きなさい。わたしだって明日、髪粉つきのかつらをかぶった半ズボンのご老体の呼び出しを食らって、おとがめを受けたりしたら困る。その手のいざこざは、紳士クラブでも眉をひそめられること間違いなしですからね」

ストランド卿は夫人の肩をつかんで向きを変えさせ、そっと押しやった。夫人はぶつぶつ文句を言いながら立ち去った。

「邪魔してしまって、すまなかった」セワードは言った。

「謝る必要などないよ」ストランド卿は事もなげに応えた。「わたしも、ご老体の奥方に尽くす趣味はないからね。で、何かお役に立てることでも？」

「マルコム・ノース家の人たちに紹介してほしい」依頼というより命令のような響きだ。戦争中、ストランド卿はセワードの諜報員として働いたことがある。そのため命令口調が抜けないのだった。

「お目当てはソフィア・ノースか。きれいな娘《こ》だろう？　わたしもお近づきになろうと思ってはみたんだが、自らの信条を貫かないとね。ほかの男が自分のものだと主張した女性以外、追いかけるつもりは毛頭ないから」

セワードは意味がわからないふりはしなかった。数年前、ストランド卿はある娘に恋をした――不幸なことに、自分の気持ちがわかったのは彼女がほかの男性に心を奪われたあとだった。その女性は今、トーマス・モントローズ夫人となっている。

「ほかに、ノース家について知っていることは？」セワードは訊いた。

けだるげに肩をすくめたところを見ると、ストランド卿はワインをかなり聞こし召しているようだった。優れた点がたくさんあるというのに、哀れな男だ。

「あの娘は社交シーズンが始まって以来ずっと、若者たちをやきもきさせどおしだよ。母親が確かこの冬に亡くなったので、従妹《いとこ》の未亡人であるアン・ワイルダーが今年のシーズン、付き添い兼お目付け役をつとめている。あいにくソフィアは、はねっかえりでね。あんなに若いのに、驚くほど世慣れた社交術を身につけているよ」

摂政皇太子の取り巻きの男性が数人、ノース家の二人の女性の横を通りかかった。皆、首を長く伸ばして若き美女を眺め、お目付け役にはほとんど目もくれずに去っていく。競り市で取引される牛と同じく、女性は話の種になり、品定めされる。あらゆる種類の〝楽しみ〟の対象となりうるかどうかが値踏みされるのだった。

「未亡人のほうはどうなんだ？」

ストランド卿は皮肉めいた視線を投げかけた。「大佐、目利きだなあ。確かにあの黒髪の未亡人は、なんとも言えない美しさ、優雅さがあるからね。特に目がすばらしい。何もかもお見通しといった感じの、成熟した女の目だ」考え深げに言う。「といっても、今の彼女は〝聖女〟と評されているがね」

「聖女？」セワードは興味を覚えて訊いた。面白い。今までの経験によれば、表向き〝聖人〟や〝聖女〟を装っている者にかぎって、その実、私利私欲が強いものだからだ。

セワードの懐疑的な反応に、ストランド卿は微笑んだ。「いや、昔から聖女だったわけではないよ。社交界にデビューしたのは十年近く前かな。商家の出身で、未亡人になった母親に大事にされて育ったようだが、社交界にデビューできたのは、母方に田舎へ引っこんだ貴婦人がいたおかげだろうね。その数年前に死んだ父親は、戦争中にうまく立ち回ったか何かで勲爵士《ナイト》に叙されたらしい。身分の高い生まれではないにもかかわらず、彼女は社交界で注目を集める存在になった。まさに花形だったよ」

「本当に？」セワードは続きをうながすように言った。

「ああ。それに、そうとうなやんちゃ娘でもあったな。だから、マシュー・ワイルダーと結婚したときには皆、驚いたものだ。ワイルダーは、品行正しく、高潔で、立派な人柄で——と、いやになるぐらいたくさんの褒め言葉で語られる男だったからね。しかし彼女も、結婚してからは落ち着いた。夫をないがしろにすることもなく、うまくいっていたようだ。ただ、姑との折り合いはよくなかった。あの口やかましいばあさんは、いまだにアンとは関わりを持とうとしないらしい」

「マシュー・ワイルダーはなんで死んだんだ？」

「なんで死んだかだって？　みんなと同じだよ、戦争さ。船長をつとめていたはずだ。しかしマシューの死後のアンは、自分まで死んだかのようだった。すっかり殻に閉じこもって。あんなに変わってしまった人は見たことがない。誰があの殻を破るだろうと、興味しんしんだよ。はめをはずしていたころの彼女がなつかしい。ただ、ここに集まった男たちの中にも同じ意見の人はいるだろうが、聖女にもそそられるな」

「さっきから〝聖女〟と言っているが、どういう意味で聖女なんだね？」

「アン・ワイルダーが社交界に復帰したのはつい最近でね。さっき言ったように、表向きはソフィアのお目付け役として付き添っている。といっても、ソフィアに言い寄ろうとする男性に目を光らせるより、自分が設立した慈善団体への寄付をつのる活動のほうに熱心なようで。確か〝軍人支援慈善協会〟とかなんとか、そんな名前だったな」

軍人向けの慈善団体？「きみはもちろん、寄付したんだろう？」セワードは訊いた。

「もちろんだよ。この基金、社交界では時流に乗ってもてはやされているからね。皆、こぞって寄付を申し出ている。そうしなければけちと言われかねないしね。ご存じのように、この社会では体裁を保つことがなんといっても重要だからね」

セワードは何も言わなかった。内心、アン・ワイルダーの名前を監視対象者のリストからはずしてもいいかもしれないと思っていた。裕福な慈善家で、自ら設立した団体の趣旨に賛同する貴族の後援者を多く抱える人物なら、わざわざ屋根から屋根へとわたり歩いて盗みを働く必要はないだろう。それでも、忘れてはならない。〝レックスホールの生霊〟の犯行の動機は金銭欲だけではないということを。

「気をつけたほうがいいぞ、大佐。ワイルダー夫人には驚かされそうだ。しかも、心地よい驚きばかりではないかもしれない」

「なぜ、軍人支援慈善協会を立ち上げたんだろう？」セワードは訊いた。未亡人をめぐる考えがまだ頭から離れなかった。

「軍人でも、水兵でも、軍服を着る職業ならなんでも対象になるんだよ」ストランド卿は退屈そうな口調で答えた。「夫人は亡き夫の部下たちに負い目を感じているのかもしれないね。マシュー・ワイルダーはたぶん、有能な指揮官ではなかったんだろう。乗っていた船が爆撃を受けて、多くの死傷者を出したらしい。それでワイルダー夫人は、生き残った水兵や、戦前の記憶を失ってしまった退役軍人の面倒を見ているわけだ。大佐、わたしは運がよかったよ。記憶をなくさずに終戦を迎えたから」ストランド卿は苦々しげに言った。「もっと恵まれているのは大佐だよ。戦争を経験しても、性格は変わらなかったものな」

「確かにそのとおりだ。ところで、ワイルダー夫人は再婚するつもりはないのかな？」

「ないようだね。もう、男性の気を引くようなことはいっさいしないからね。マシューとは愛し合っての結婚だったんだろう」ストランド卿はけっして解けない謎を突きつけられたかのように、一瞬、物思いに沈んだようすを見せた。「マシュー・ワイルダーは彼女にぞっこんだったからな。結婚して何年も経つのに、よほど惚れているんだなと思ったのを覚えているよ」

「その未亡人は今や、縁なし帽をかぶってソフィアを見張るお目付け役をつとめているわけか」セワードはつぶやいた。

「あの娘を厳しく見張れる人間なんているかね？　さしずめ、娼婦の斡旋人といったところかな」ストランド卿は未亡人について、自分なりの想像をめぐらせていた。

「マルコム・ノースはわたしとまともに話をしてくれるだろうか？」セワードは訊いた。

「え？　ああ、もちろんだ。何しろ、摂政皇太子じきじきのご招待ということでこのパーティに出席しているんだから。大佐を鼻であしらって皇太子のお怒りに触れるようなまねをするわけがない。それに、ノース家自体、大したことはないんだ」ストランド卿は選ばれた者ならではの現実主義で、非情な言葉を吐いた。「金も、地所もない。マルコム・ノースが示した先見の明といえば、ボー・ブランメルなど何するものぞ、と言っていたことぐらいでね。あのころ我々のほとんどが、ブランメルが皇太子と仲直りをするにちがいないと思いこんでいた。けっきょくブランメルは没落して、皇太子は賢明な君主だったと証明されたわけだがね」

セワードは顔をしかめた。もしソフィア・ノースかアン・ワイルダーがあの泥棒だったとしたら――といっても、どちらも可能性は低そうだが――逃げ場を求めて摂政皇太子のふところに飛びこむのではないだろうか。そうなれば自分の捜査は行きづまってしまう。そんなことはさせない。

「では、紹介してくれ」セワードはストランド卿の前に手を差し出してうながした。

4

階段の下に群がる人々を、アンは目で追っていた。どこかにジャック・セワードがいたはずだ。恐怖で胸の鼓動が速くなった。ソフィアと一緒に出席したパーティでセワードの姿を見かけたのは今週、これで三度目だ。

思い違いかもしれない。もしかしたら追跡を恐れるあまり、あの執拗な大佐があらゆるところに出没しているように見えただけなのかもしれない。アンは頰の内側を嚙んだ。軽い痛みによって正常な感覚を取り戻せればと思ったのだが、だめだった。ここ二週間、ずっとそうだったように。

アンは、彼のキスが忘れられないでいた。

あのときのことを思い出すだけで……恥ずかしいことに、興奮してしまう。なぜかはわかっている。いや、わかっていると思う。セワードは、わたしの奥に潜む欲望を目覚めさせ、純粋に肉体的な悦びの誘惑へいざなった。あのキスは「好きだ」や「敬愛している」、「愛しているか？」ではなく、「おまえが欲しい」という意味だ。体の関わりだけを求められていた。そして、わたしが欲しているのもそれだけだ。まるで発情期じゃないの。恥を知りなさい。

だがアンは、恥じ入るのにはもう飽き飽きしていた。もし自分が夫のマシューを、彼が愛してくれたように純粋に、気高い心で愛していたとしたら、彼はまだ生きていただろう。前線での戦闘任務に志願して部下もろとも命を失うはめにはならなかったはずだ。

「ねえアン、見てよ」ソフィアが出し抜けに言った。よかった、気分転換になりそうだ。アンはほっとしてあたりを見まわした。

「レディ・ポンスバートンの腕輪《ブレスレット》、なんて趣味が悪いのかしら、これ見よがしに」ソフィアは辛辣な視線を夫人に向けている。「あの宝石、本物だと思う？」

間違いなく本物だ。父親に教えこまれたおかげで、アンは遠くからでも鉛ガラスと本物の宝石の見分けがつくようになっていた。

「わたし、結婚したら絶対にああいうのを買ってもらうわ」ソフィアはそう言うと、あこがれるような声でつけ加えた。「きっと、高いんでしょうね」

「高いどころか、ひと財産よ」アンはつぶやいた。一〇家族以上が何十年もゆうに暮らせるほどの金になる。アンはあらためて、このパーティの出席者と、〈軍人支援慈善協会〉の施設にひと晩の宿を求めてやってくる人々との格差を思い知らされていた。怒りとともに不安が波のように押し寄せた。

ソフィアのお目付け役としてロンドンへ出てきたとき、アンは盗みを働くつもりはなかった。子どものころ、父親に教えてもらった技は遊びで習い覚えたもので、母親が「身分の高い」親戚の家を訪れるために留守にしていたあいだの暇つぶしだった。父親が語ってくれた〝盲人トム〟、〝ラム・マリー〟、〝ロンドンの泥棒王子〟の話はアンにとって、ただのおとぎ話にすぎなかった。

それらが実話だったことは、父親の日記を見つけた日に初めて知った。日記の内容について問いただされると父親は、誰にも秘密を明かさないとアンに誓わせ、真実を告げた。〝泥棒王子〟は、父その人だったのだ。衝撃だった。恐怖に震えた。それでいて、わくわくする気持ちもあった。もっと詳しく話してほしい、教えてほしいとアンはせがんだ。父親がかつてロンドンを騒がせた名うての大泥棒だったなんて、痛快ではないか。

おそらく、田舎の地主としての生活に飽きていたであろう父親は、娘の頼みに喜んで応じ、持てる知識のすべてを教えた。それは父娘二人の秘密となった。そうやって身につけた知識をまさか実際に活用することになろうとは、思いもよらなかった――。

「ね、そうでしょ？」耳ざわりな声がしたので振り向くとソフィアだった。明らかにいらだった表情でこちらを見ている。

「えっ、今、なんて？」アンは訊き返した。

「あなたはお金があり余っているから、レディ・ポンスバートンのブレスレット程度のものなら、両手にはめる分だって買えるでしょうって、言ったの。でも、まともなドレスさえ手に入れようとしない人が、宝石を買うわけもありませんけどね」

ソフィアはあからさまな軽蔑をこめてアンのドレスに目をやり、そっぽを向いた。もうこの話題はたくさんだといった態度だ。

アンは、くすんだ薄紫色のドレスをあらためて見下ろしたりはしなかった。どんな形かはわかっているし、買い替えようと思えばいくらでも買い替えられると知っていた。マシューの死で莫大な遺産を相続したが、自分のためにも、それ以外の目的にも使う気になれなかった。維持管理が大変というほどの家屋敷もない。夫婦が住んでいた田園地帯の領主邸は、楽しみを求めて旅する際の拠点でしかなかったから、マシューの死後すぐに売却した。そして、マシューの部下だったために悲惨な目にあった人々を支援する基金を設立する決心をしたのだ。

ところが、地所の管財人が難色を示した。自分たちのつとめはマシューの遺産が確実に妻に渡るよう取りはからうことであり、名もない元水兵のために使ってもらっては困ると主張した。

基金設立の意志が固かったアンは、そんな反対の声には負けなかった。マシューの部下たちを支援するために、何かしなければという強い思いにかられていた。そこでロンドンへ来て間もなく、寄付金の募集を始めた。上流階級の人々はこれを大歓迎した。社交界の仲間を感心させ、有力紙に報道されるよう、こぞって巨額の寄付を申し出た。

だが、申し出たからといって実際に寄付するとはかぎらないことがすぐに判明した。約束を守らなかったくせに、支払いを求められると開き直る者もいて、自分の〝倹約ぶり〟について口外したら、ノース家の信用を失墜させてやるとほのめかしてアンを脅した。

だからアンは、予定の寄付金をこっそり回収することにした。

盗みの対象は最初のうち、人前で寄付を申し出ておきながら約束を反故《ほご》にした人たちだけだった。しかし時が経つにつれて、犠牲者のリストに新たな人々が加わった。仕事もせず、良心のかけらもない伊達男や、カード遊びで浪費ばかりしている女性だ。

だがあの夜、ジャック・セワードに阻まれた。

悔しかった。途中であきらめるのはいやだったが、そうするしかなかった。

わたしはセワードが探している〝何か〟を盗んだらしい。いくら考えても心あたりがないが、彼がその〝何か〟を見つけるまで、おとなしく身をひそめていなければならないだろう。

もうやめなさい、と理性の声が響く。その声に従おうか。

「お父さまはどこ？」ソフィアがせわしなくささやいた。「お父さまと一緒でなければ、紹介してもらえないわ」

「紹介って、どなたに？」アンは訊いた。思考を邪魔されてかえってほっとしていた。

「いやだ、アンったら。ちゃんと話を聞いてよ。今、言ったじゃないの。彼が来てるって」

「また誰かにお熱を上げているの、ソフィア？　今度はストランド卿？　ヴェッダー卿？」

小声で言い、ふと白いサテンの長手袋に目を落としたアンは、小さな真珠のボタンがはずれているのに気づいて顔をしかめ、輪に通して留め直そうとした。「どなたなの？」

「〝ホワイトホールの猟犬〟よ。〝悪魔のジャック〟と呼ぶ人もいるわ」ソフィアが答えた。

そのとき、アンの手袋についていた真珠のボタンが飛んで床に落ち、多くのドレスのすそをかすめるようにして転がっていった。皮膚の下をつたうかすかな震え。危険だ。妙になじみのある、ぞくぞくするような興奮。黒い覆面をつけて、数時間だけ〝レックスホールの生霊〟になる際に経験するのと同じ感覚だ。

アンはもう、容赦なく襲ってくるその陶酔感を否定するのをやめていた。死の危険を冒しているあいだだけ、自分が本当に生きていると痛いほどに実感できる。何年も思い出から逃げつづけたあと、過去の存在を忘れられる場所をようやく見つけたのだ。それがロンドンの家々の屋根の上だった。

屋根づたいに移動し、鍵がかかって静まり返った部屋に忍びこむという難題に挑むとき、胸が高鳴り、呼吸が荒くなる。その瞬間に心を捧げていた。

アンは膝の上で手を握りしめた。興奮の名残は消え、代わりに背すじが寒くなるような不吉な予感が襲ってきた。セワードの傷ついた目、威厳のある物腰、穏やかな声。わたしは愚かにも彼をあざけった。浅はかにもキスしてしまった。それ以上を望むなど、愚かしいことこの上ない。

「彼って、すごくすてき」ソフィアがささやくように言った。

アンはそろそろと視線を上げた――いた。部屋の反対側に、レディ・シェフィールドなどがいるあたりに群がる人々の中に、柔和に見えながら感情を表には出さず、超然とした態度のセワード大佐がいた。容赦なく人を殺せる酷薄さを持つその目は、オオカミを思わせた。

セワードは探していた。誰を探しているかは、あまりにも明らかだった。

アンはじっと見守っていた。どうか、ソフィアに気取られませんように。セワードが近づいてきませんように。そう祈りながらも、彼がこちらへやってくるのではないかとひやひやし、同時に刺激を感じている自分に愕然とする。だが、釘づけになった視線をそらすことができない。

やや乱れた金髪、がっちりとしたあご、射るような目。魅力的すぎるほどに魅力的だ。だがセワードには、整った顔立ち以上に人の心をとらえる何かがある。なんとも形容しようのない洗練された雰囲気と穏やかな物腰が、鋭いまなざしとあいまって、人目を引かずにはおかない。部屋を横切って歩いていくその姿を、多くの女性がひそかな視線と憶測をめぐらせつつ追っていた。

アンは扇を広げて顔を隠し、陰からセワードのようすをうかがった。そこに何を見出したかは言葉ではうまく言い表せない。わかっているのは、銀製のシャンデリアに輝く何千本というろうそくの光も、セワードの顔の暗い影を追い払えないということ。ロンドン一の仕立屋でも、その硬く張りつめた体をけだるげに見せる服は作れないということ。伊達男の物憂げな立ち居ふるまいも、ぴしっと背すじを伸ばしていながら不思議に優雅な彼の姿勢を崩す力はないということだけだ。

セワードはジャネット・フロストの手をとってお辞儀をしているところだった。そこへ顔を真っ赤にしたジャネットの父親がすごい剣幕で割り込んできた。どんな辛辣な言葉を投げつけられたにせよ、セワードはものともせず、体を傾けてジャネットに声をかけると、脇へよけた。

「ぜひお知り合いになりたいわ。洗練されていて、堂々としていて、なんて魅力的なの！」

ソフィアは息を弾ませて口早に言った。「噂では、戦争中は非情なこともしたらしいわ。誰もがいやがる汚れ仕事を」

非情なこと。あんなに上品な話しぶりで礼儀正しくふるまえる、世の中に嫌気がさしたような目をした、あの人が。**汚れ仕事**。

「庶子なのよね。ジャミソン卿がスコットランド人の小間使いに産ませた子だという噂だけど、認知はしていないし、苗字も名乗らせていないの。といっても、ジャミソン卿がちゃんと引き取って手ずから育てたそうよ」

「ソフィア、どうしてそんなにあれこれせんさくするの？　不作法でしょう」

「あら、そんな堅苦しいこと言わなくたっていいじゃない。誰だって知っている話よ。摂政皇太子の最近のお気に入りみたいね」

ソフィアは間をおいて、セワードの長身を眺めまわした。「それにしても、皇太子の好みとはちょっと違うようだけど。とにかくここのところ、皆のあいだでは大佐の噂で持ちきりなのよ。大佐と、例の泥棒の噂でね」ころころと高い声で笑う。「はっきり言って、どちらに会うのがわくわくするか、甲乙つけがたいわね。〝悪魔のジャック〟と、〝レックスホールの生霊〟と。嬉しい板ばさみだわ」

「〝レックスホールの生霊〟？」アンは興味を覚えて訊いた。どこかの才人がつけたというそのあだ名はもちろん聞いたことがあったが、自分の活躍が語り草になっているとは初耳だった。

ソフィアは哀れみをこめた目を向けた。「アン、あなたも最新の情報に触れておかなきゃだめよ。例の泥棒がレックスホールの生霊と呼ばれるようになったのは、最初の被害者がレディ・レックスホールだったからなの。あの口やかましいおばあちゃま、犯人の男が三階の窓から幽霊みたいに消えるのを見たって、言い張ってるのよ」

アンは答えなかった。被害者は盗みに入られたことを意地でも認めたがらないものと決めつけていたから、まさか自分の起こした事件が喧伝されるとは思わなかったのだ。甘かった。

セワードはいつのまにか人の群れの中に消えていた。失望と安堵をいちどきに味わいながら、アンは扇を閉じた。

「ジャネット・フロストは、次に被害にあうのは自分よ、とばかりに意気込んでいるわ」ソフィアは事もなげに言った。

「なんですって？」アンはこみ上げてくる笑いを抑えている自分に我ながら驚いていた。あまりの意外さに笑いたくなるなんて、いったい何年ぶりだろう。

ソフィアはわけ知り顔でうなずいた。「ジャネットだけじゃなくレディ・ディップスも、〝レックスホールの生霊〟の犠牲者になりたいと熱望しているの。流行に敏感な女性の中には、そんな人がたくさんいるわ。〝いかれたワルで、危険な男〟と騒がれたバイロン卿のお株を奪った感じかしら」気取った笑みを浮かべる。「でも、二人の男性のうちどちらかと言われれば、わたしは現実に会えるほうの謎の人物、セワード大佐を選ぶわね」

「その〝悪魔のジャック〟とかいう大佐が今言ったとおりの人物なら、あなたに紹介するわけにはいかないわ」愉快な気分がたちまち失せたアンは言った。

ソフィアはふたたび哀れむような目をした。「アンったら、すっかり堅物になっちゃったのね。あなたがマシューと結婚したとき、なんてさっそうとして格好がいい女《ひと》だろうって、わたしあこがれていたのよ。だからお父さまにせがんで、お目付け役として来てもらったのに」ふっくらとした唇を不満そうにとがらせて言う。「でも、がっかりさせられたどころの話じゃないわ。まだ若いのに老けこんで、修道女みたいにとりすましていて、去勢した豚みたいに覇気がないんだから」

「ずいぶんと優しい口のききようだこと」アンは動じることなく、ソフィアの非難がましい目をまっすぐに見た。以前のソフィアは甘やかされてはいたものの素直な子だった。母親を亡くしたつらさ、寂しさから、こんな意地の悪いことを言うようになったのだ。

ソフィアはしおらしく恥じ入ったようすを見せたが、それも一瞬だけで、アンの腕に手を置いた。顔の表情こそひたむきだが、目には険がある。「ごめんなさい、アン。亡くなったのはマシューのほうで、あなたは生きてるんだってことを言いたかっただけなの。人生、まだこれからなのに、いつまでも喪に服して、そんなになってしまって。わたしは絶対に、あなたのようにはならない。現実から逃げたりはしないつもりよ」

「わたしを反面教師としたから、あなたが青春をそこまで謳歌するようになったとは、知らなかったわ」アンは皮肉をこめて答えた。「わたしも、自分を褒めてあげなくてはね。現実から逃げながら、ひと息ついて」

ソフィアはアンをそれなりに見直したようだ。「へえ、まだ少しは気のきいた冗談も言えるわけね」

「皮肉という意味？」

「気のきいた冗談も皮肉も、同じ意味で使われるときが多いでしょ。わたし、人生はできるかぎり楽しみたいの。足りないものがあれば、盗んででも手に入れてやるわ」

一族の中にまた一人、盗みを働こうとする者がいようとは。アンは情けなくなった。ソフィアは世間知らずのくせに、自分では一人前の大人のつもりでいる。残念ながら、時が経って経験を積めば、そんな根拠のない自信など吹き飛んでしまうだろう。

「そう、せいぜいがんばってちょうだい」アンは言った。

ソフィアはこわばった表情になった。「中途半端な経験ですませたり、人からのまた聞きで楽しんだりする程度で妥協するのはいやなの。わたしが求めるのは、情熱に生きる人生よ。けっして、おとなしい――」

「おとなしい、なんだね、ソフィア？」そう訊いたのはマルコム・ノースだった。

ソフィアはさっと振り返った。父親の詰問口調を聞いて、恐怖心が反抗心に勝ったらしい。

「先週、タッターソールの馬市で買ってやった栗毛の雌馬ではおとなしすぎて物足りないというのかね？」

「いえ、わたし、ただ――」

「違うのよ、マルコムおじさま」アンはやんわりとさえぎり、マルコムが持ってきたパンチ入りのカップを受け取った。「ソフィアは、去年フロスト卿の馬小屋で貸していただいた馬と比べて、あの栗毛のほうがいいと褒めていたの」

娘の性格に常識はずれな一面があると疑ったが最後、ノースは手を上げて根性を叩きなおそうとするだろう。波乱万丈を望むような娘では、最高の婿を見つけてやろうというもくろみが崩れかねないだけに、なおさらだ。

最近のソフィアのわがままぶりに閉口しながらもアンは、娘が父親に理不尽な扱いをされるのを黙って見ているつもりはなかった。

アンの答えに納得したノースはうなずき、後ろの椅子に腰を下ろした。ノースはもともと、ソフィアともアンともほとんど話をしない。今夜こうして一緒の時間を過ごしていること自体、きわめてめずらしい。賭けトランプの一種〝ファロ〟で遊ぶ人たちが集まるテーブルの準備がまだ整っていないにちがいない。

三人は気まずい雰囲気の中、しばらく黙って座っていた。突然、ソフィアが頭をぐっと下げた。扇の後ろに顔を隠し、緊迫した声でささやく。「あの人がこっちへ来るわ！　ストランド卿と一緒に！」

アンは非現実の世界にいるように感じながら当たりさわりのない笑みを浮かべて、近づいてくる二人と向き合った。

先に立って歩いてくるのはストランド卿だ。輝くばかりの美貌に翳りが見えるのは放埒な生活のせいか。その後ろには、伊達男たちのだるそうな姿勢をあざ笑うかのごとく、軍隊仕込みの規律正しい歩調でセワード大佐が続く。

放埒さのかけらもなく、重々しく、それでいて繊細な何かを感じさせる雰囲気を漂わせている。こわばっているようでどこか優雅な歩き方。古傷を抱えながらも、今は努力せずとも痛みなしに自然に歩けるようになったといった感じだ。目の下のくまと青ざめた肌を見れば、眠れない夜が続いていることがわかる。眉の上を走る傷、不自由な片手、折れた痕跡のある鼻は、数々の戦いを経験してきたあかしであり、多くの勝利をおさめた代償でもある。

ストランド卿がソフィアの真ん前で立ち止まり、お辞儀をするあいだ、セワードは脇で待っていた。これだけ近い距離だと、目の色もよくわかる。火が消えて久しい灰を思わせる、冷たいグレーの瞳だった。

非情さの表れなのか。

「ノースさん、ヘンリー・〝ジャック〟・セワード大佐をご紹介いたしましょう」ストランド卿が母音を長く伸ばしてゆっくりと言った。

「セワード大佐ですか。お噂はうかがっていますよ。皇太子殿下の覚えがめでたいとか」

「お目にかかれて光栄です」アンの記憶にあるとおりの声だった。かすれ気味ではあるがいぶし銀の響き、熾火《おきび》のようにこもった熱を感じさせる。

ソフィアのようすをちらりとうかがうと、きれいに結い上げた頭を傾け、目を輝かせ、唇をわずかに開いている。この出会いに興奮し、うっとりしているのは明らかだった。いけない。夢中になる前に目を覚まさせなければ。セワードなら、そのもの柔らかな物腰と冷徹なまなざしで、ソフィアを食い物にしてしまうだろう。

「アン、こちらはセワード大佐だ」マルコム・ノースが言った。「大佐、わたしの姪のアン・ワイルダーです」

アンはごくりとつばを飲みこみ、身構えながら顔を上げた。ひょっとするといきなり手首をつかまれ、この舞踏場から引きずり出されるかもしれない。「セワード大佐、はじめまして。お目にかかれて嬉しいですわ」

その第一声に反応して、深々と正式のお辞儀をしていたセワードが頭をすばやく上げた。目を細めてじっとこちらを見ている。

アンは、その目に捕らえられた。

5

セワードはアン・ワイルダーの手袋をはめた手に顔を近づけ、唇を軽く触れた。

「セワード大佐、はじめまして。お目にかかれて嬉しいですわ」アンはそう言ってかすかに身震いした。警戒心からか。はっとして顔を上げたセワードは、アンの目に捕らえられた。その目はまっすぐにセワードを見ていた。男まさりの度胸がありそうだ。成熟していて聡明で、勇気を感じさせる。苦しみよりも、あきらめの気持ちが強く表れている。ストランド卿がほのめかしていたような〝娼婦の斡旋人〟を思わせる目とは違う。セワード自身、経験があるから、その種の仲立ちをした人間がどんな表情になるかは知っていた。

アン・ワイルダーはむしろ、自分の体を売った女性が買った相手の前で見せるであろう態度でこちらを見つめていた。すべてを運命として受け入れ、服従し、それでいてある種の期待を抱き、「好きにして」と言っている女の表情だ。セワードはそそられた。

「マダム、光栄です」セワードは言い、そろそろと息を吐き出した。ワイルダー夫人もゆっくりと息をついた。

ストランド卿が惹かれるのも無理はない。ワイルダー夫人の顔立ちは実に個性的だった。

高い頬骨、力強いあご。きりりとまっすぐな黒い眉は流行を追っていない。鼻は優雅でありながらどこか大胆で、夜の闇を思わせる藍色の目は、見ているだけでその深みに吸いこまれそうだ。彫りの深い目元をおおうまぶたには、ほんのり薄紫色の化粧をほどこしている。口元だけは繊細そのもので、柔らかさを感じさせる。

未亡人にこれほど欲望をかきたてられるとはどうしたことだ。セワードは戸惑《ひと》っていた。だが帽子からこぼれ出た黒髪を直しもせず、しわの寄った手袋をはめたこの女の前で、心穏やかではいられない。頭の中では、愛し合ったあとのベッドで満ち足りて、しどけなく横たわるアン・ワイルダーの姿の想像図ができあがっていた。思わず顔をそむけたとき、彼女が安堵のため息をもらすのが聞こえた。セワードは、尋常ならざる反応をしてしまう自分が呪わしかった。欲望に火がついたのはあの女泥棒のせいなのだ。

「ワイルダー夫人は今年の社交シーズン、ソフィアのお目付け役をつとめてくれているんですよ」とノースが説明している。

セワードは我に返り、「大切なお役目ですね」と小声で言った。

「ご紹介します。娘のソフィア・ノースです」

ソフィアは小首をかしげ、一人前の女としての自信をみなぎらせてセワードを見つめた。

「ミス・ノース、お近づきになれて光栄です」

「あら」若き美女は扇をぱっと開き、えくぼをつくった。「ただお近づきになるだけではつまらないわね。ほかに役に立っていただける場面を見つけようかしら」

セワードは感心したふりを装った。からかいの言葉としては悪くないが、なめらかに口をついて出たせりふといい、堂々たる演技といい、以前にも使った作戦にちがいない。

「摂政皇太子殿下のご友人でいらっしゃるんですの？」

「ええ、昔からお目をかけていただいています」

「まあ、そうでしたの」ソフィアはふっくらとした唇を完璧な形に丸めて言った。実にきれいな娘だ。目立ちたがりで男の気を引くのがうまい。しかしセワードは、少しも心を動かされなかった。黒絹の覆面をつけ、男物の半ズボンをはいた〝レックスホールの生霊〟にかきたてられたような不思議な渇望も、喪に服したままで身なりにかまわない未亡人に呼びさまされたような強い欲望も、何も感じないのだ。

セワードは寂しげに微笑んだ。いっぷう変わった女性にしか欲情しなくなってしまったとは、わたしもそうとう屈折しているな。

「皇太子殿下はソフィアを可愛がってくださっていましてね。いつもお心にかけていただいています」ノースが自慢げに言った。

「ワイルダー夫人、殿下はきっとあなたのこともお心にかけていらっしゃるのでしょうね？」セワードは訊いた。

いきなり問いかけられてワイルダー夫人は不意をつかれたらしい。といってもよほど注意深く見ていないかぎり、そのわずかな手の動き、黒々とした目に一瞬宿った光には気づかないだろう。夫人はすぐに平静な表情を取り戻して言った。

「殿下は包容力のある方ですから、臣民には誰にでも優しく接してくださいますわ」

「そうかな。ソフィアに対するあのお方の態度を見ると、君主が臣民に示す優しさとはちょっと違うときもあるがね」ノースが鼻先で笑った。

「それはどうでしょうねえ」ストランド卿がゆったりとした口調で言った。「皆さんご存じのあのフィッツヒューバート夫人によれば、殿下は、あくまで君主として皆をいつくしんでおられるのだそうです。その〝ご寵愛〟の深さたるや、圧倒されるほどだとか」

ノースは冷笑を浮かべ、ソフィアは興奮するやら恥ずかしいやらで赤くなった。セワードがちらりと見ると、ワイルダー夫人はまったく動じていないようすだ。結婚前は遊び好きな仲間とつきあっていたらしいから、こんな大人の冗談やあてこすりには慣れっこなのだろう。知られざる過去のある女性と言っていい。

知られざる過去なら、セワードもふんだんに持っている。

「ストランド卿ったら、意地悪な方ね！」ソフィアが笑った。

「ええ、皆さんそうおっしゃいますね」ストランド卿は意味ありげな表情で未亡人を見た。

「しかしノースさん、いいお目付け役が見つかったものですね。ワイルダー夫人は、わたしのような男がこの魅力的なお嬢さんに悪影響を及ぼさないよう、気をつけていらっしゃるんでしょう？」

未亡人は片眉をつり上げた。「今の皮肉や男女の機微についてのご発言の意味ははっきりしていますから、子どもにだってわかります。気をつける必要があるのはむしろ、一見危険には見えない危険ですわ」

セワードは感心しながら夫人を見守った。

「これはやられた！」ストランド卿は愉快そうに言ったが、その目は笑っていなかった。

「今のを聞いたか、セワード？　ワイルダー夫人に、わかりやすすぎると言われてしまったよ」

「ああ、そういう意味のようだね」

「それに、子どもっぽいと言われたも同然じゃないか！」

「確かに、そうともとれるな」

「アン！」ノースの顔にはワイルダー夫人の大胆な物言いに対する懸念の色が表れていた。未婚の愛娘の耳を汚すような冗談を言った青年に対する牽制とはいえ、不作法と思われかねない姪の態度は見過ごしにできないのだろう。

夫人も自分の発言の波紋に気づいたようだが、口元をほころばせる前に笑みを抑えた。機転がきき、人情の機微にも通じ、経験豊かで、違いのわかる女性。ストランド卿の言葉が本当なら、自由奔放な娘時代の楽しみを放棄して、最愛の夫に尽くす道を選んだ賢夫人ということになる。確かに、興味を引く女性ではある。だが、あの連続窃盗犯と同一人物だろうか？

「では、セワード大佐は？」ソフィアが訊いてきた。「大佐も、意地悪な方かしら？」

セワードが答えるより先にストランド卿が割って入った。「意地悪どころの話じゃない。

極悪非道と言ってもいいぐらいです。〝悪魔のジャック〟というあだ名をご存じではありませんか？」

ソフィアが勢いこんでうなずいた。アン・ワイルダーは、眉をわずかにひそめて記憶をたどるかのような表情になった。

わたしのあだ名を聞いたことがないのか？　だとしたら噂を耳にしていないのだろう。今やどの屋敷の応接間でも、オペラ劇場でも、賭博場でも、セワードの行くところ、つねに人のささやき声がついてまわっていた。

「聞いたことがありますわ、そのあだ名」ソフィアがはにかむような目をセワードに向けて言った。「大佐って、そのとおりのお方なのかしら？」

セワードはソフィアをじっと見つめた。この娘があの女泥棒に変身した姿なら、容易に想像できる。興奮で目を輝かせ、身構えた小柄な体に期待をみなぎらせた、大胆そのものの、あの姿を。

「どうなんですの？」ソフィアが茶目っ気たっぷりに訊いた。

「ミス・ノース、お答えできませんね。誰がそのあだ名をつけたかも、どうして自分がそう呼ばれるようになったかもわからないのですから」

「でも、あだ名をつけられたのがご自分のせいだということは認めていらっしゃるのね」ソフィアは楽しそうに言った。

「〝悪魔のジャック〟と呼んだのが近所の家の庭師だったとしたら、間違いなく自分のせいだと認めますよ。彼が管理していた果樹園の果物を残らず食べてやりましたからね、一二歳のときに」

　意外なおちに、ワイルダー夫人が短い笑い声をあげた。ソフィアは口をとがらせた。

「いやですわ、からかってらっしゃるのね。大佐ほどの方なら、ご自分のお人柄についてちゃんと納得のいく説明をしていただきたいわ」

　セワードは首をかしげた。「ではミス・ノース、他人の評価はともかく、わたし自身がどんな人間になりたいと思っているか、志を聞いていただけますか？」

「どんな志かしら？」

　息を押し殺したようなワイルダー夫人の問いかけに、セワードは驚いて振り返ったが、答えようとする間もなく、ソフィアにさえぎられた。

「あら。ご立派な志より、つまらない過去のほうがよっぽど面白いですわ」

「まったくおっしゃるとおり」ストランド卿が物知り顔で同意した。「しかしセワード大佐は、自分の過去については貝のように口を閉ざして語ろうとしませんからね。恐ろしいほどに礼儀正しい男ですよ」

「『暗闇の王子は紳士である』……」ワイルダー夫人が自分の手に目を落としたままつぶやいた。

「アン、今度はなんなの？」ソフィアがいらだたしげに訊いた。

「ごめんなさい、話の腰を折って。『リア王』の一節を思い出したものだから」

アン・ワイルダーが？　シェイクスピアを愛読しているこの夫人が、（もし聞き違いでなければ）わたしを〝紳士〟と呼ぶとは、いったいどんな想像をしたものか。セワードは不思議な思いにとらわれた。

「大佐についていろいろ教えてくださる方はいらっしゃらないんですの？」ソフィアがせがむように言う。

「悪魔の過去を知りたいなら、大佐の伝記を書く作家に訊いてみなければならないでしょうね」ストランド卿が答えた。

「その、伝記作家というのは……？」

「わたしですよ。ところでノースさん、お嬢さんとダンスを踊らせていただいてもよろしいでしょうか？　お目付け役のワイルダー夫人にも、当然お許しいただけるものと思います。人の目のある場所ですし、行動がわかりやすくて単純ですからね、わたしのように」

ノースがうなずいて承諾したので、ストランド卿はソフィアの手をとり、急いでダンスフロアへ出ていった。

男性が二人近づいてきた。立ち止まってノースに話しかけているが、セワードは無視した。ソフィアの立ち居ふるまいに気をとられていたのだ。

ダンスの相手の前で巻き毛を揺らし、輝くような微笑みを見せている。眉のつり上げ方ひとつとっても可愛らしい色気があり、世慣れた雰囲気だった。したたかな娘だな、とセワードは思った。だが、〝レックスホールの生霊〟を追って数カ月、敵は本物の知性をそなえているにちがいないと推理していた。その人物像は、単に機転がきき、小賢しいだけのこの娘とは重ならない。

セワードはいつのまにかソフィアの存在を忘れて、アン・ワイルダーを観察していた。ソフィアとはまったく違って、胸騒ぎのする夢を見たあとにも似た、もやもやした印象を与える女性。まるできゃしゃな造りの舟の内部が焦げて、表面が煙に包まれているかのようだ。

実のところ、いかにもか弱そうなアン・ワイルダーと、二階の窓から軽々と飛び降りた、俊敏でしなやかな体の女泥棒を結びつけるのは、どう考えても無理があった。それにこの未亡人には、〝レックスホールの生霊〟の持つ恐れを知らぬ大胆さがまったく感じられない。ダンスを楽しむ人々を眺めるワイルダー夫人の目には、期待もあこがれもなかった。その姿のすべてが、尽きてしまった情熱を物語っていた。セワードに体を差し出しておいて、あとで暴力をふるったあの泥棒と同一人物とはとうてい思えない。

わたしは、特殊な才能に恵まれているということだな。そんな未亡人にどうしようもなく惹かれてしまうのだから。

セワードが柄にもなく物思いにふけっていると、ノースの咳払いが聞こえた。

「アン、このお二方にお誘いいただいたので、わたしは席をはずしたいんだが」ノースはかたわらの二人の紳士に向かってうなずいた。「すまないが、あとを頼む。ソフィアが戻ってきたら、その――」

「わかりましたわ、マルコムおじさま」

「これからカード遊びをするのですが、大佐も仲間に入られますか？」ノースが訊いた。

「あとでのぞいてみましょう。お誘いありがとうございます。今しばらく、ワイルダー大人のおそばにいることにします」

「せっかくの楽しめる機会ですから、わたしに気を遣ってお断りにならなくても」夫人がすかさず口をはさんだ。「ご心配には及びませんわ。一人でこうして見ているだけで満足ですから」

「お邪魔ではないでしょう？　わたしとしてはご一緒させていただくほうが楽しく過ごせそうなのですが」

「セワード大佐、さすが、お世辞がお上手ですな」ノースがほっとしたように言った。

アン・ワイルダーの顔に困惑の表情がよぎった。

「いや、自分が思ったままを申し上げただけです」ノースの無神経さにいらだちを覚えながらセワードは言った。

「もちろん、そうでしょう。ですから、そのお心づかいがさすがだと言っているのです。じゃあ、よろしくお願いします」自分で気のきいたせりふだと思ったのか、笑っている。「アン、一時間以内に戻ってくるよ」そう言うとノースは、カード仲間のあとを追って急いで人の群れの中へ入っていった。

「大佐、ちゃんとした約束とお考えにならなくて結構ですわ」アンは目をそらしたまま言った。「おじがカードのお仲間とのおつきあいで予定の時間を過ぎるのはしょっちゅうですから。大佐も、ほかにご挨拶しなくてはならない方がいらっしゃるでしょうし、ご遠慮なく」

「ワイルダー夫人、長いあいだ一緒にいられては困るとご忠告くださろうというのでしたら、ご心配なく。あなたによけいな注目が集まるようなまねはしませんよ。わたしの身分でこういう場に出られるのも、皆さんが大目に見てくださっているおかげだと、よく承知していますので」

その言葉を聞いてワイルダー夫人ははっとし、戸惑った表情を見せたが、それ以上逆らおうとはしなかった。ありがたい。

「わたしも、皆さんに大目に見ていただいたくちですわ。かといってそのお返しに、人に気を遣ってばかりいるわけではありません。先ほどご遠慮なくと言ったのは、本音なんです」

「いつもそんなふうに率直にものをおっしゃるのですか？」

「許されるかぎりは、そう心がけていますわ」一瞬の間をおいて夫人は答えた。

「それでは、あと少しだけで結構です。おつきあいいただければ嬉しいのですが」

ワイルダー夫人は顔を上げた。黄金色に輝くろうそくの光が、その高い頬骨をくっきりと浮き立たせている。

「大佐がそうおっしゃるなら」と夫人は言ったあと、口をつぐんだ。セワードはその顔色をうかがった。今まで人が見せる微妙な表情、身ぶりやしぐさなどから感情を読みとれる技を活かして成功をおさめてきたセワードだった。か弱い未亡人の心のうちぐらい、わけなく読めるはずだ。しかし、その技が通用しそうにない。アン・ワイルダーは難題だった。

セワードは集中するあまり、ヴェッダー卿が近づいてくるのにも気づかなかった。

「ワイルダー夫人」ヴェッダー卿はお辞儀をした。セワードを完全に無視している。「またお会いしましたね！　今週に入って、確か四度目ではありませんか？　もちろん、あの魅力的な従妹《いとこ》とご一緒でしょう。かつて一世を風靡した美女が次世代の美女に付き添っておられるのを見るのは、嬉しいものですね。しかし、こんなに社交行事続きで、ミス・ノースはお忙しくなりすぎやしませんか？　ワイルダー夫人、あなたも大丈夫ですか？」

無遠慮な物言いをいさめてやろうと、セワードは口を開きかけたが、ワイルダー夫人に先を越された。

「ヴェッダー卿、お心にかけていただいて、ありがとうございます」穏やかな声だ。「確かにソフィアは、パーティやお祝い事ならどんな催しにも出席して、あれこれ品定めしなければ気がすまないようですし、人づきあいが悪いなどと誰にも言わせないと意気込んでいて、困ったものですわ」

「つまり、我々のことを批判しておられるのですね」ヴェッダー卿は垢抜けたせせら笑いを浮かべた。

「いいえ、違いますわ。覚えておいででしょうけれど、わたし、昔はあちこちに顔を出して品定めしましたし、つきあいも悪くありませんでしたわ。というより、一部の男性にはそう思われていたようですね」

ヴェッダー卿は重たげなまぶたを半ば閉じ、急に体をこわばらせて黙りこんだ。何年も前の苦い恋を思い起こしたのだろう。自分ほどの身分の高さと魅力があればきっと受け入れてくれるはずと思いこんで惚れた女性に気持ちを伝えたあげく、見事に断られたときのことを。そうだ、ワイルダー夫人はけっして聖女などではなかった。聖女よりさらにまれな、自分の価値に自信のある女性だったにちがいない。

「おっしゃるとおりです」ヴェッツダー卿は鼻をすすり、ワイルダー夫人の背後のダンスフロアに目をやった。「さて、ミス・ノースにいい印象を与えて感心させるには、我々男としてはどうしたらいいでしょうかね？　めったなことでは感心しないあなたに助言をいただけるとありがたいのですが。ミス・ノースはもう、ありとあらゆる人たちと親しくなっておられるようですからね」

「あら、そんなことはないでしょう。ソフィアがまだ会ったばかりの方が、ここには少なくとも二人いらっしゃるじゃありませんか」

アン・ワイルダーは振り返ってセワードと目を合わせた。突然、思いがけないほど魅力的なえくぼが片頬に現れた。「セワード大佐は知られざる側面をお持ちで、代わり映えのしない顔ぶれの社交界を救ってくださっていますわ」自嘲的なユーモアで声の調子が明るくなった。

「なんと、ご親切なことですな」ヴェッツダー卿の声は冷ややかだった。

「ああ、わたしったら、思いこみはいけませんね」ワイルダー夫人はややあわてたようすで言った。「ヴェッツダー卿、セワード大佐をご存じなかったのですか？」

「いいえ、存じあげてますよ」

二人の男は、まるでお互い見知らぬ二匹の犬のように敵意のこもった視線を交わした。

「ヴェッダー？　そこにいるのはヴェッダーなの？」女性の声が響いた。

セワードが振り向くと、数人の女性の群れが近づいてきていた。先頭にいるのは贅を凝らしたドレスを身にまとった二〇代後半の美しい女性だった。レディ・ディップスだ。ワイルダー夫人とヴェッダー卿に目を向けてから、セワードの姿を認めた。

「意地悪な人ね」話しかけている相手はヴェッダー卿だが、視線はセワードの顔をとらえて離さない。

もしや、わたしの顔を見知っているとでも？

「カード遊びのテーブルにあなたが来てくださらないと、ゲームが面白くならないのに、こんなところにいらして、いったいどうなさったの？」

ヴェッダー卿は深々と礼をした。「失礼しました。でもレディ・ディップス、あなたのお心の広さに免じて許していただけないでしょうか。ワイルダー夫人がお一人で、話し相手を必要としていらしたので」

今来たばかりの婦人たちには特に意味のない言葉だろうが、その言外の意味はワイルダー夫人にもすぐわかったらしい。

「あら、誤解ですわ」新鮮なクリームのようになめらかでつやのある声だった。「セワード大佐がお相手をつとめてくださって、楽しく過ごしていましたから」

今度はセワードが驚く番だったが、行きがかり上、女性たちに紹介してもらわなければならなくなったので、ワイルダー夫人がなぜ助け舟を出してくれたか、考える間もない。セワードは腰をかがめ、女性たちの手にうやうやしく口づけながら、その機会を利用してレディ・ディップスを観察した。

小柄ではあるが豊満な女性だった。ソフィア・ノースと同じく、物怖じせず、わがままそうな性格が顔に出ている。金色に光るサテンとレースをあしらった装いで、せわしなく体を動かしており、そのたびに首もとと耳を飾る宝石がきらきらと輝く。

「ワイルダー夫人がお一人のところへ大佐がいらしたのね」レディ・ディップスはそう言うと、アン・ワイルダーのほうを向いた。「あなたはまだ、兵士のために寄付金集めをしてらっしゃるの？」まるで、そんなことをしているから一人ぼっちになるのだとでも言いたげな口ぶりだ。

計算ずくの悪意に満ちた発言に、さすがのアンも心を乱されたらしく、頬に血が上った。

「それはすばらしい」セワードはつぶやいた。

「えっ？」聞き逃してはならじとレディ・ディップスが問い返した。

「実は、あの基金でお世話になっている兵士のうちかなりの者がわたしの部下なのです。ウェリントン将軍の部下も多いことは事実です。それに摂政皇太子は、兵士全員をご自分の臣下と明言しておられます。ですから、ワイルダー夫人が兵士の支援に引き続き力を尽くしてくださるよう、願おうじゃありませんか」

レディ・ディッブスは薄い唇をゆがめて微笑んだ。

「もちろん彼らは皆、英国のために戦う兵士ですから、国全体で責任を持って面倒を見るべきですわね。大佐の今のお話で、わたしも自分の義務を思い出しました。ありがとうございます。ワイルダー夫人、一〇〇〇ポンドの寄付をお約束しますわ、お国に仕える兵士のためにね」

まわりの人々がはっと息をのむ音が聞こえた。皆、感心している。

「つまり、今までお約束した寄付に加えて、あと一〇〇〇ポンド追加ということですわ」レディ・ディッブスが宣言した。その目は首飾りの宝石のごとく輝いている。

なんと気前のよい申し出だろう。セワードはアン・ワイルダーの反応をうかがったが、特に感じ入っているようには見えない。

「それでは、追加で一〇〇〇ポンドお願いいたします」夫人は小声で答えた。そして、セワードにはほとんど目もくれず、ソフィアを探しに行きますので失礼しますと断ると、その場を立ち去った。

6

冷たい風が辻馬車の床板の隙間から吹きこんできて、子ヤギ革の靴にまでしみ通るようだった。不快感をものともせず、アンは毛織のマントの襟を立てて、窓から外の寒々とした町並みを眺めた。川の向こう岸には日がゆっくりと沈みつつある。あと数本、通りを渡れば〈軍人支援慈善協会〉の施設だ。地元住民は〝施設〟と呼んでいる。

アンは座席にもたれかかった。協会ですべきことは山ほどあったが、それが楽しみだった。ソフィアとともにセワード大佐に紹介されてから二週間が経った。大佐が二人に関心を持っているのは明らかで、アンはずっと不安感につきまとわれていた。部屋の扉を叩く音がするたびどきりとし、心臓が喉元までせり上がってくるように感じられた。大佐の名刺を従僕が持ってくるたび（すでに三回あった）、今度こそ逮捕されると確信して大佐を出迎えた。

いっそ逮捕されてしまったほうがいいのかどうか、わからない。大佐はなぜノース家を訪れるのだろう。犯人の疑いをかけているからか、それともわたしがあの人に何か惹かれるものを感じているのと同様、わたしに対して何かを感じているからか。

確かにアンはジャック・セワードに惹かれていた。彼の訪問に喜びを見出し、一緒に過ごすひとときを心待ちにしていた。なんということだろう。正気とは思えない。

馬車が急に止まり、御者が扉を開けた。アンは急いで外へ出ると、ゆるやかな石段を上って変色した真鍮《しんちゅう》の両開き扉へ向かった。

片方の扉が開いた。中へ入ったアンは玄関ホールで立ち止まり、手に息を吹きかけた。

「こんにちは、ウィル」

こちらをにらむように見ている一二歳ぐらいの少年が布製の縁なし帽を取って挨拶し、一歩後ろに下がった。こちらをにらむように見ているこの少年がアンは好きだった。ウィルの現実主義と世知にたけた助言がなければ、ささやかながらこの協会を通じてしてきた事業も成し遂げられなかっただろう。

「ワイルダー夫人、早めに来てくれてよかった」ウィルがようやく口を開いた。「天気が悪くなったもんで、いつもの倍の人が入ってきちまったんだ。このままじゃ、お偉方の紳士淑女が来たときにいい印象を与えられないよ。あの手の信心深い人たちって、貧乏人がきちんと一列に並んでるのが好きだから」

普段であれば、ウィルの皮肉で鋭い観察眼に思わず微笑んでしまうところだが、今日のアンはそうはならなかった。

夕方になれば、大金持ちで謹厳な後援者たちが施設の見学にやってくる。慈善事業がうまくいっているという印象を与えられれば、寄付金を増やしてくれるかもしれない。さらに重要なのは、彼らの専門知識で貢献してくれるということだ。今回招待した見学者は、慈善団体の経営に長いあいだたずさわってきた人たちだ。経営の知識こそ、残念ながらアンに足りないものだった。

「できる範囲でやるしかないわ。フライさんはどこ？」あたりを見まわして事務長の姿を探しながらアンは言った。

「調理場にいるよ」ウィルが答えた。

アンはたくさんある扉のひとつを押して建物の中心に位置する広間に入り、うす暗い中で目を細めた。

この施設はかつて人気を博した劇場だったのを改装したもので、今でも繁栄の名残があちこちに見られる。崩れかけたバルコニーを支える金箔張りの重厚な柱。使われなくなって久しい舞台の上方の暗がりには、華美な色に塗った箱型の特等席が並ぶ。ベルベットの緞帳《どんちょう》はとっくの昔にはずして四角に裁断され、毛布として使われている。舞台正面の座席と長椅子はあらかた取り去ってある。

今や、何百人という人間が床の上に座っていた。しみだらけの壁にもたれかかった者もたくさんいる。これまでで一番多い。絶え間なく聞こえてくる低いつぶやき声は、幽霊の合唱を思わせる。皆の吐く息が蒸気の雲となって、洞窟のように広い部屋の中を漂う。うす暗い。冷え冷えとして湿った空気。人が群れ集まっているにもかかわらず、大声を出せばすみずみにまで響きわたる、うつろな空間。

こんな光景を目にするたびアンは暗澹《あんたん》たる気持ちになる。だが、助けを求めてやってくる多くの人々にとって、ここは外界と比べものにならないほど心地よい避難場所なのだ。生きていくのがやっとの、追いつめられた人々だった。部屋の奥の小さな調理場へ向かうアンを、焦点の定まらない目が追う。ときおり手が上がり、呼びかけられる。感謝と罵りの言葉が半々だった。アンは悪態をつく者を責める気にはなれなかった。靴さえない人がいるのに、自分だけ毛織のコートを着る権利がどこにあるというのだろう？

「子どもたちに手袋を買ってやらなきゃね、ウィル」アンは小声で言った。

少年は肩をすくめ、酒の匂いをさせた大人も顔負けの風格で事もなげに言った。

「手を温めてやろうったって、無駄だよ。手袋をやっても、どうせすぐに盗まれちまう。毛糸はほぐされて売っぱらわれて、食べ物に換えられるだけだもん。手なんか――」

「手なんか温めたって、飢えているのに意味がない、でしょ？」アンはむなしさと闘いながら先回りして言った。

「よくわかってるね、ワイルダー夫人」ウィルの声が明るくなった。

「わたし、大して役に立たないわね」アンはすまなそうにつぶやく。

「そんなことないって。心が優しいから、そんなふうに考えるんだ」ウィルは鷹揚な態度で言った。「心がやわだと、頭を使うのを忘れちまう」指先で額を軽く叩く。けっして情に流されず、どんな恐ろしいことが起こっても動じない、強靭な神経の持ち主だ。かつてジャック・セワードもこんな少年だったのではないかとアンは思った。

呪われた大天使ルシフェルを思わせる美しさと、物事の本質を見抜く鋭い目を持つセワード。アンは唇を嚙み、頭に焼きついて離れない彼の姿を必死で追い出そうとした。敵であることはわかりきっているのに、この二週間、アンはそれを忘れがちになっていた。

ウィルが先に立って調理場のほうへ向かった。広間の奥にはあまり人が集まっていない。入口側にあるストーブの熱も届かず、かすかな光しかなかった。それを少しでも補うように、壁に取りつけられた燭台の獣脂《じゅうし》ろうそくが音を立てて燃えている。人々は体を寄せ合い、お互いのぬくもりで温まろうとしている。

噂によるとセワードは、子ども時代をこういった施設で過ごしたという。いや、ここよりはるかに劣悪な環境だったらしい。

「フライさんはどこへ行ったのかしら?」調理場へ入ったアンはあたりを見まわした。

「たぶん、あっちへ戻ったんじゃないかな」

「ウィル、探してちょうだい。見つけたら、会計について話があるとわたしが言っていたと伝えてほしいの。今日の見学者が来る前に話しておきたい、とね」アンが事務長に渡した運営資金の額を明かされては困る。寄付だけではすべての資金の出所を説明できないことが見学者に感づかれてしまう。

「了解」ウィルは短く敬礼すると、人の群れの中を突っ切っていった。急ぐあまり何度か人の体につまずき、罵声を浴びている。

「ワイルダー夫人」節くれだった手がアンの袖を引っぱった。

絶望感に襲われながらアンは、ひたむきな表情をしてこちらを見上げている老婦人の顔を見下ろした。「なんでしょう、キャッシュマン夫人？」

メアリ・キャッシュマンの息子ジョンは、アンの夫マシューが率いる部隊の一員として従軍したときに頭に重傷を負い、その結果、海軍を除隊させられた。ジョンのたどった運命は、ほかの誰の人生よりもアンの良心をさいなみ、胸に重くのしかかる。

「海軍本部から、何か知らせはありませんでしたかね？」老婦人は期待をこめて訊いた。

「それが、まだなんです。でも、息子さんが受け取るはずだった相続財産があなたの手に入るまで、陳情は続けますから」

ジョン・キャッシュマンは除隊後の二年間、未払いの給料の支払いを海軍本部に要求しつづけた。その金があれば母親が物乞いをせずにすむからだ。だが訴えは聞き入れられなかった。不満を抱え、怒りにかられ、酒に酔って、キャッシュマンは自称革命家たちの抗議行動に参加し、ともに鉄砲鍛冶の店へ押し入った。だが酔っぱらって逃げることもできないままに、けっきょく一人だけ当局に逮捕されたのだった。

キャッシュマンは裁判にかけられ、謀反《むほん》の罪で絞首刑に処された。その最後の願いは、未払いの給料を母親に渡してやってほしいというものだった。

もし、ジョン・キャッシュマンがマシューの指揮する船に乗っていなかったら……マシューの率いる部隊に入っていなかったら……マシューが少年のころに思いを寄せていたジュリア・ナップと結婚していたら……わたしがマシューを心から愛せていたら……ジャック・セワードともっと前に出会っていたら……考えてみても無駄なのに、アンの頭の中は〝もし〟

で始まる仮定でいっぱいだった。

「申し訳ありません、キャッシュマン夫人」

老婦人は弱々しくうなずいた。疲れきって、打ちひしがれ、病を抱えたメアリ・キャッシュマンの望みは、たったふたつ。息子の濡れ衣が晴れることと、遺産を受け取ることだけだった。

「ジョニーは、裏切り者なんかじゃありません」キャッシュマン夫人は静かに言った。「勇気のある子でした。新聞じゃ、〝勇敢な水夫〟って書かれてたそうで。そのとおりの子だったと、あたしは思ってます」

「キャッシュマン夫人……」

「まあ、黙って聞いてくださいな」老婦人はひび割れた唇に汚い指を当てた。「あたしら何も、波風立てようってんじゃやない。ただ、今まで訴えてきたことを訴えつづけるだけの話ですよね」

「ええ、そうですね」

老婦人は微笑んだ。「そんな顔、しないでくださいよ。奥さまにはご自分の心配事や悩みがおありになるでしょ。旦那さまを亡くしたわけだし。ジョニーも言ってましたよ、ワイルダー船長は自分が仕えたお方の中じゃ、一番立派な紳士だったって」

「確かに本物の紳士でしたよ」アンの背後でうんざりしたような声がした。「でも、船の指揮官としては最悪だった」

うす暗がりから姿を現したのは木の義足をつけ、雑な造りの松葉杖をついた男だった。片腕と片脚がなかった。

メアリ・キャッシュマンがかん高い声をあげた。「フランク・オシーアじゃないか。あんた、なんでそんなことを言うんだい、ワイルダー夫人にお世話になっておきながら」

オシーアは挑むように下唇を突き出した。安ウイスキーの香りがあたりに漂う。「おたくのご立派な旦那さまのおかげで、死んだほうがましなぐらいの目にあいましたよ。戦争ごっこが好きな紳士のせいでね！」

アンは言葉もなく、ぶざまに切断されたオシーアの腕と、義足を見つめていた。マシューは経験不足と無謀な勇み足で、乗組員全員を道連れにして死んだのだ。夫を思いとどまらせようとすればできたかもしれない。いや、引きとめても無駄だっただろう。アンの頭の中で、毒ヘビがからみ合うようにいろいろな考えが錯綜した。

そのとき、オシーアの表情から急に怒りが消えた。涙ぐんだ目をしばたたいている。「どうかマダム、追い出さないでください。俺、ほかに行くところがないんです。あんな口をきくなんて、どうかしてた。ワイルダー船長は紳士だったから、戦場で戦える肝っ玉がなかったって言いたかっただけなんだ。わかってくださいよ」

「ええ、わかりますわ」アンは消え入るような声で答えた。

「ほら、そうだろう」酒が入っているらしいオシーアはそれ見たことかと言わんばかりにキャッシュマン夫人をにらんだ。

「ワイルダー夫人だって、旦那が船の指揮をとるのには向いてなかったたって、認めてるじゃないか」細い首を動かしてさかんに頭を振るそのさまは、小枝を揺らす熟れすぎたリンゴに似ていた。「船長は家で猟犬を可愛がったり、奥さんと一緒に紅茶を飲んだりしてるのが一番だったのさ」

そのひと言ひと言が、呪いの言葉のようにアンの耳に突き刺さった。湧き上がってくる罪悪感で胸がざわつく。

オシーアは手の甲で目元をぬぐったが、その動きと酒の影響とがあいまって平衡感覚を失ったらしい。松葉杖が音を立てて床に転がり、一本脚のオシーアはよろめいた。はっと息をのみ、あせりと恥ずかしさに目を見開く。だがアンが差しのべた手にかろうじて支えられた。不自由な体をあらためて意識したのか、表情が一瞬、怒りでこわばった。

オシーアの若々しい顔を間近で見たアンは驚き、絶望感でいっぱいになった。自分とそう違わない年ごろのこの若者は、戦争とマシューのせいで、抱いていた希望を突如として奪われたのだ。

「ちくしょう、こんな体になっちまって！　自分が情けない！」オシーアは食いしばった歯のあいだからしぼり出すように叫んだ。涙が頬をつたって流れ落ちる。

「ええ、わかるわ」アンはつぶやき、オシーアの体をそろそろと床に横たえた。キャッシュマン夫人は舌打ちをし、松葉杖を拾った。

オシーアは老婦人の手からひったくるように松葉杖を取ると、ふてくされたようすで言った。「もういいよ。あっちへ行ってくれ」

「ほら、奥さまはほかのご用があるでしょ」キャッシュマン夫人がアンに言った。「オシーアの面倒はあたしが見ますよ。今日は貴族のお偉いさんたちがここのようすを見に来るんじゃないんですか？」

「ええそうよ、そうなんです。今から、ウィルとフライさんを探さなくては。見学者にいい印象を与えるようにしなければいけませんからね」とりとめのないことと知りながらも、アンは心の中の声があげる非難の叫びから逃れるためにしゃべりつづけた。

突然、きれいにまとめてあったアンの豊かな髪がほどけてはらりと肩に落ちた。ふと我が身を見ると、ドレスのすそはだらしなく広がり、しみが目立つ。手袋も汚れ放題だ。

見学者たちにとって、何よりも大切なのは外見だ。淑女たるもの、慈善団体を経営するのはいいとしても、施設での汚い作業に関わってはならない。それはがさつで育ちの悪い女の仕事だ。がさつで育ちの悪い女は、裕福で育ちのよい貴族からの支援は受けられない。アンの目から涙がひと粒こぼれ落ちた。〝いい印象〟はあきらめるしかなかった。

セワードはアン・ワイルダーに強く惹かれていた。それでも監視を怠るつもりはなく、彼女のあとをつけてここまでやってきた。派手な装飾をほどこした建物が並ぶこの地区で〝レックスホールの生霊《けど》〟が盗品を質に入れたことは調べがついていた。

自分の存在を気取られぬよう、劇場を改装した慈善団体の施設からある程度の距離を置いて張り込みを続けるセワードは、焼き栗売りのかまどで手を温めていた。ときには足踏みをして、霜柱の立った地面を崩しながら待つ。雨が本降りになってきた。襟元を何度も締めたが、帽子のつばをつたって落ちる冷たい雨粒が回りまわって背中に流れこむのを止められない。

アン・ワイルダーのあとを追って建物に入っていくべきかどうか、セワードは迷った。もしかするとあの中で、盗品を取引する人物と会っているかもしれない。こうした救貧院のような施設は、犯罪者との密会におあつらえ向きの場所だからだ。しかしセワードは待つことにした。

なぜなら、そんな場所にいる彼女を見たくなかったからだ。

かつて栄えた華美な劇場の名残は留めているものの、〈軍人支援慈善協会〉の建物は救貧院独特の匂いを発していた。汗と安酒と絶望の匂いだ。区画を隔てたところからでもそれはわかる。

以前のアンは、助けを求めてこの施設にやってくるたぐいの男女とは無縁だったにちがいない。性行為が単なる肉体の交わりにすぎない人間が集まるような場所。彼らは、心も魂もすっかり麻痺して、その行為になんの意味も見出せなくなっていて、子どもでも、一日を生き延びるために、何とでも、誰とでも、物を交換するように体のやりとりをする。少年時代のセワードがそうであったように。

時間が経つにつれて、セワードは落ち着かなくなってきた。一人きりで中へ入っていったアンが気がかりだった。いくら協会の出資者とはいえ、自暴自棄になった人間はそんなことなどおかまいなしだ。扉から路地裏へ出たとたん声をかけられたらどうする？　ひと気のない廊下でそんなやつに出くわしたとしたら？　もし彼女が――。

アンの身の安全を確認するまでは、気が休まりそうにない。セワードは、みぞれと泥が混じって黒くなった道路を渡り、あの独特の匂いの中に入る心構えをしながら、建物の正面玄関につながる階段を上っていった。ここと似たような雰囲気の救貧院に別れを告げたのは二五年も前のことだ。それ以来、救貧院と名のつく場所には足を踏み入れていない。今も気が進まなかった。

玄関へ近づいていくと、痩せこけた体にぼろをまとった物乞い二人が身を縮めてセワードをよけた。扉を開ける。すえてひんやりとした風が顔をなで、あたりに漂う絶望の匂いが鼻から喉に流れこむ。奥で赤ん坊の泣き声がした。

嫌悪感を覚えながらも、セワードは中へ入った。少年時代を思い出させる不快なものを見まいと、視線をまっすぐに保って歩く。誰かの懇願するような手が伸びてきた。脚に触れられたが、振り切ってぐんぐん前に突き進んだ。

いかにも抜け目がなく賢そうな顔をした少年が、興味しんしんでこちらを見ている。手招きすると、少年はのそのそとやってきた。

「三〇分ほど前にご婦人が一人、ここに入ってきたはずなんだが、どこにいるかわかるか？」セワードは訊いた。

「ワイルダー夫人のこと？」少年は小首をかしげた。「教えたら、いくらくれる？」

「半クラウンやろう」

少年は目を見開いたが、すぐに細めた。鼻を鳴らし、セワードのコートを指さした。「おじさんのコート、その一〇倍ぐらいの値打ちがあるよね。もう少し出せるだろ」

実際には半クラウンの四〇倍はするのだが、この子には想像もつかないだろう。少年のコートは、捨てられたぼろの山からくすねてきたか、ほかの子のものを盗んだかして手に入れたものにちがいないからだ。

ここで大切なのは、生き延びることだけだ。明日までなんとかしのげれば、それでいい。そうして初めて、来月まで、来年までを考えられる。こういう施設では、生きていくためなら何を奪ってもよく、生存のためのやりとりが際限なくくり返される。

セワードが黙ってクラウン金貨を投げてやると、少年は空中でそれをつかみ、すばやくあたりに視線をめぐらせた。思いがけない授かりものを手に入れたところを誰かに見られていないか、確かめたのだろう。

「ワイルダー夫人ならこっちだよ」少年はセワードについてくるよう手ぶりでうながした。

「調理場で、お偉いさん方が来るのを待ってる」

「お偉いさん？」セワードは周囲に目を向けず、少年の言葉だけに集中していた。自分が暮らしていた救貧院の記憶を呼びさますようなものは見なくていい。鼻をつく尿と汗のすえた臭いだけで、どんな場所かはわかる。ここにいること自体がつらかった。

「うん、お偉いさんさ」少年は広間の奥の目立たない扉を押して中へ入った。セワードもあとに続いたが、古びたかまどからもくもくと立ち昇る煙がしみて目を細めた。「もうすぐ、貴族の紳士淑女がわんさと見学に来るんだよ。自分らの寄付で施設がうまくいってるかどうか、確かめたいんだろうね」

セワードは聞いていなかった。探していた女《ひと》の姿を見つけたからだ。体の不自由な男がアンの肩をつかんでいる。思わず前に進み出たセワードは、状況を見て動きを止めた。男はアンに襲いかかろうとしたわけではなく、転びそうになっただけだった。

アンが倒れかかる男の体を支えた。垢だらけの男をしっかりと抱え、汚らしい床にそろそろと横たえてやると、そばにひざまずいた。

目が釘づけになったまま、セワードはアンのいるほうへ向かった。前に進むにつれて周囲の人々が身を引いて道を空けた。急にアンのまとめ髪がほどけて肩に落ちた。視線を落として何かつぶやいているのが聞こえた。〝いい印象〟がどうとか言っている。そして、泣き出した。

泣かないでくれ。

セワードがかがんで手を伸ばし、肩に軽く触れると、アンは振り向いた。すぐにセワードだと気づいたが、目は、なぜここに？　と混乱した表情だ。

「どうぞ」セワードは思わずそう言い、手を差しのべた。アンは、まるで助けではなく悪魔の契約でも申し出られたかのようにこちらを見つめていたが、しだいに困惑とあきらめの表情になり、手をゆだねた。セワードは手を引いてアンを立たせると、そのまま部屋の隅に連れていった。

好奇の視線から守るための配慮だった。こうした救貧院では、性交も生存も、すべての営みが人目にさらされる。アンにそれを気づかせたくなかった。

セワードはさらに近づき、自分の広い背中を使って人の視線を遮断し、アンのためにささやかな避難場所を作ってやった。

「髪がほどけています」セワードは息を押し殺したような声で言った。

アンの香りがした。どこか温かで、清潔な肌の香りだ。まるで一月に咲いたバラの花のごとく新鮮で、人を酔わせるかぐわしさ。セワードはどうしていいかわからなかった。アンとこの救貧院があまりに不似合いだった。自分の生い立ちをいやでも思い出させられる。意識下で過去と現在が交錯して渦巻き、欲望と嫌悪が同時に血管の中を流れて、混乱を引き起こした。

めまいを覚えながら、セワードはアンの肩を手で包むようにつかみ、頭を下げた。唇はあと数センチでアンの耳に届きそうだ。セワードの中に渇望の波が溶岩のごとく押し寄せた。肩から手を離し、小さめだかしっかりしたあごに指の節を触れる。蝶がとまったかのような、かすかな愛撫。

「お手伝いしましょう」セワードはごくりとつばを飲みこんだ。

どうする。後ろ向きにさせなくては。もうこれ以上、澄みきった藍色の瞳を見つめていられない。何をしてしまうかわからないからだ。

セワードはアンの体をそっと回して背中をこちらに向かせた。

「うつむいてください」

一瞬の間があったが、アンは首を前に傾けた。なんという美しさ、たおやかさ。豊かな黒髪を手ですいてみる。髪はひんやりした絹を思わせるしなやかさで、指のあいだをすり抜けていく。髪を持ち上げると、うなじが見えた。

あまりにか弱く、あまりに魅惑的だった。うす暗がりの中でも、髪は柔らかな輝きを放っている。肌はきっと、ふっくらとして温かみのあるベルベットの手触りにちがいない。ラベンダーの香りをつけた水のような味わいかもしれない。セワードの手が震えた。

「できました？」アンがささやいた。気づかれている。馬の世話をする少年が乳母の乳房を盗み見するときのように、セワードが震えているのを、アンは知っているのだ。

「もう少しです」セワードはアンのつややかな髪の束をねじって巻き、頭頂に近いところにからまっていたべっ甲の櫛をはずして、もう一度しっかりと留め直すと、一歩後ろに下がった。興奮していた。アンから目が離せなかった。

アンはゆっくりと振り向き、セワードを見上げた。表情からは何を考えているか読みとれない。その唇は燃えるろうそくのろうに似て柔らかく、屈しやすそうだ。

「大佐、ありがとうございました」ささやくような声。

「いや、どういたしまして」

セワードは友好的な態度と平然とした口調を保つのにひと苦労だった。目を見られれば本心を悟られてしまうのがわかっていたから、顔をそらしていた。

そのため、アンの顔に浮かんだ、隠しても隠しきれない切なげな表情を見過ごしてしまったのだった。

7

ホワイトホールに本拠を構える内務省の建物は迷宮のごとく入り組んでいる。セワードはコートを脱ぎ、ノウルズの執務室の外に置かれた椅子の上にぽんと放り投げた。アンと別れたのはつい一時間前だが、いまだに頭がもやもやした状態から抜けきれていなかった。きっと、好色な男だと思われたにちがいない。セワードはアンに触れた手をなかなか離せなかった。髪をまとめた礼を言われてほどなく、施設に見学者の紳士淑女が到着したのを機に、逃げるように立ち去ったのだった。

セワードは扉を開け、狭くて殺風景な執務室へ入っていった。いつもの自分ではなかった。混乱していた。このままではいけない。気を引き締めて、よけいなことにとらわれず、やるべきことに集中しなくては。セワードは、今まで生き延びるために欠かせなかった平常心や超然とした態度を失いかけていた。

ふと振り返って驚いた。そこにはアダム・バークがいた。しばらく待っていたのに気づかなかったのだ。セワードはいらだちを抑えようとつとめた。普段使っている情報収集係の中でも能力に優れているバークを呼び出したのはこの自分だ。なのに約束を忘れてしまった。

腹立たしくてならなかった。

「例のご婦人方の家に雇われている使用人全員の話を聞いてきてほしい」セワードは冷ややかに言った。「それから、使用人たちがどこで夜を過ごしているか、誰と寝ているか、両親はどんな人間でどこに住んでいるかを知りたい。できるか？　無理なら、グリフィンに命じるが？」

「いいえ、やらせてください！」バークはすかさず答えた。「グリフィンさんをわずらわせる必要はありません。おれ――いや、わたしは、フロスト家に雇われて働きはじめました。ですからご安心ください。ご存じのように召使の立場なら、どんな噂話もたちどころに聞きつけられます」

「噂話などではだめだ」セワードはぴしゃりと言った。「いいかバーク、わたしは事実が知りたいんだ。わかったか？」

「はい、かしこまりました。了解です。使用人のまたいとこの名前にいたるまで、今週末までに調べあげてご報告します」セワードの口調の激しさに、若者は震えあがっていた。

バークがおびえているのに気づいたセワードは、無理してくつろいだ態度をとった。自分がおかしくなったのはこの若者のせいではない。「そんなにおびえた顔をするな、バーク。機嫌の悪いところを見せてしまって、失礼した。ついかっとなってしまったんだ」

〝**失礼した**〟？　バークは目を丸くし、あこがれの英雄を見る表情になった。セワード大佐は、下士官兵に対しても将校に対するのと同様、礼儀正しく接してくれるただ一人の人物だった。

アダム・バークが陸軍に入隊して六年。そのうち三年間は、セワード大佐のもとで〝特殊任務〟についていた。嫡出子だろうが非嫡出子だろうが、大佐以上に公平で、職務熱心で、品行正しく立派な人物はほかにいない。救貧院で育ったならず者だなどという噂があっても、バークは大佐が傑出した器であるとわかっていたし、手本にしたいと思っていた。

「それで、ご婦人方はどうしましょう？」バークは訊いた。

「同じように調べを進めてくれ。この四人の女性に関するありとあらゆる情報を集めてほしい。兄弟に浪費家がいるだの、おじにフランス人の愛人がいるだのといったことまで、何もかもだ」

「かしこまりました、大佐」バークはそう言ってから、急に厳粛な面持ちになった。「フロスト家につとめるようになってまだ数日しか経っていませんが、ある情報を耳にしました。召使たちの話によれば、フロスト氏は最近、大荒れに荒れているようです。酒を浴びるほど飲んで、大佐のことをひどく悪く言っているとか」

「悲しみのなせるわざだよ、バーク。あの人は息子を失ったんだ」

「でも、フロスト氏は大佐を責めているんですよ。大佐が、そのう……」バークはためらい、もじもじした。

「脅したというんだろう？　フロストがわたしの社会的地位をおびやかすようなことをしたら、やつの息子を国家反逆罪で訴えてやると言って」セワードは穏やかな声で訊いた。

「はい、そのとおりです」

「実際、そう言ったからな」セワードは椅子に深くもたれかかり、平然とバークを見た。「いけなかったかね、バーク？」

「いいえ。大佐はつねに、なすべきことをしてこられました。過不足なく、自分の喜びのためでもなく。ですからわたしはなんとも思いません。でも、フロスト氏が恨みを抱いているのは確かなので、油断なく目を光らせておきます。大佐の身分が下だと言うわけじゃねえが、あの方は目下の者にやりこめられたと思いこんだら、黙っていませんよ。悔しさを忘れる人じゃねえんです」

「バーク、下町なまりに気をつけなさい」セワードは優しくたしなめるように言った。「礼儀作法と立ち居ふるまいがしっかりしていれば、どんな場にも出られる。だがそれも、生まれ育ちを感じさせるなまりをなくしてこその話だ。言葉というのは出自を語るからね」

「はい、わかります。しかし、お言葉ですが、大佐ご自身もスコットランドのなまりで話されますよね」

「いつもというわけじゃない」セワードは平然として言った。「スコットランドなまりで話すときは、そういう選択をしているんだ。わたしにとってお守りのようなものさ」

バークは、どういう意味かわからないままにうなずいた。そうは言っても、不遇な生い立ちのセワードはバークの模範となるあこがれの人物だった。その大佐が下町なまりを直せと言うのだから、直すのは当然だ。

「フロスト氏についてだが」大佐は続けた。「きみの忠告には感謝するよ。もうこれ以上挑発しないよう努力するつもりだ。ほかにも注意すべきことがあれば、指摘してくれるかね？」少しちゃかすような口調に、バークの顔が赤くなった。

「いいえ、特にありません。これで失礼します」バークはきちんと礼をしてきびすを返した。廊下に出たとき、もう少しで頭の禿げた老人とぶつかりそうになった。とぼとぼと歩いてはいるが、何やら目的がありそうだ。おそらく大佐に雇われた有能な情報屋だろう、とバークは想像した。こうした情報収集係は何十人と使われており、それぞれがお互いのことを知らぬままに活動している。

バークは老人ににっこり笑いかけた。「あんた、役立つ情報を持ってきただろうね。大佐は今、いろいろと大変みたいだぜ」

老人はうなり声でどっちつかずの返答をすると、部屋に入っていった。

中へ入ったノウルズ卿は、肩越しにいらだたしげな視線を投げた。「誰だね、今帰ったあの生意気な美青年は？」

「アダム・バークです」セワードはぼんやりとしたようすで答えた。

「で、バークというのは……」ノウルズはたたみかけるように訊いた。

「下士官兵です。貴族の屋敷の従僕として絶えず引き合いがあるのはあの美男子ぶりのおかげです。好みのうるさい雇用主は、召使を抱える際にも職務を果たせるだけでなく、見栄えがよく人の目を楽しませられる者を選びたがりますからね。もちろん、誠実でいい男ですよ。

最近、フロスト家に雇われまして」

「なるほど」ノウルズはふん、と小さく息をもらしながら革張りの椅子に腰かけた。

「気がきかなくて失礼しました。紅茶を持ってこさせましょうか?」

「ジャック、そんな礼儀作法はどうでもいい」ノウルズはあっさり断った。「ここへ来たのは、任務の進捗状況を知るためだからな。それと、海軍本部からの情報だ。昨日、きみの首を差し出せとの強い申し入れがあったらしい」

「ほう?」

「フロストが怒鳴りこんできて、きみの人格についてありとあらゆる非難の言葉をまくし立てたそうだ」

また怒り狂ったフロストか。「的を射た非難だといいですがね。わたしを攻撃する形容詞ならいくらでもあるでしょうが、どうせなら正確な言葉を選んでいただかないと、無駄使いになりますからね」

「正確かどうかは知らんし、どうでもいい。もちろんフロストは追い返されたよ」ノウルズはハンカチで額をぬぐった。「それでも、上流社会で騒ぎになるようでは我々の邪魔になるから、まずいんだ」

「わかっています」

「よし。さてジャック、きみが社交界の行事にあちこち顔を出しはじめて二週間になる。今まで集めた情報を教えてくれ」

「状況報告なら、ジャミソン卿から聞いておられると思いますが――」

ノウルズは鼻を大きく鳴らし、最後まで言わせなかった。「それがすべてじゃないだろう。ジャミソンは、すでにわしが入手したか、これから入手すると判断した情報しか伝えてこないからな」

もちろん、そうだろう。ジャミソンとノウルズは、いつ終わるともしれない目隠し鬼ごっこのようなゲームを続けており、のいい行動をとらせるのに必要な情報だけを相手に与えている。それ以外の情報は自分自身の目的不幸にも、この競争は他人を巻きこむことが多い。仕事や将来が左右され、命が失われる場合さえある。ジョン・キャッシュマンがいい例だ。

それを考えるとセワードの心は暗くなった。

「ジャミソンの考えでは、窃盗犯を捕らえたらただちに〝事故〟が起こる、という筋書きでなくてはならんそうだ。もしあの手紙の内容が外にもれたら、取り返しのつかないことになるからと言い張っている」

「その話はわたしも何度か聞きました」

ノウルズは、噛んでいた爪の切れ端を口からぺっと吐き出した。「どうやらやつは、例の手紙について知っている者を全員、事故にあわせたいらしいな」

「全員ですか?」

ノウルズはため息をついた。「驚くにはあたらんよ。国に対するジャミソンの忠誠心は最近、度を越しているからな」

セワードは今聞いたばかりの情報について考えた。件《くだん》の手紙が国王に関わりがあるからには、いったんそれが回収されるか、あるいは破棄されたと確認がとれたあかつきには、セワード自身も使い捨てとみなされる可能性もあるということか。

さらに興味深いのは、なぜノウルズがわざわざこの情報を伝えたかだ。慎重に考えて（最近、それがとみに難しくなっているが）立ち回らなくてはならない、とセワードは思った。

「それでジャック、〝レックスホールの生霊〟だが——」

「生霊はわたしと対峙したとき以来、鳴りをひそめています。しかし、また次の窃盗事件が起きるのも時間の問題でしょうから、先回りして対処するつもりです」

ノウルズは満足げにうなずき、よっこらしょと立ち上がって、扉のほうへ向かった。「よろしい。だが、この件はできるだけ早く片づけなくてはいかん。ジャミソンの大事な手紙を見たかどで、やつに寝首をかかれんうちにな」

「はい、かしこまりました」

ノウルズは足を止めた。「こんなことを言っても信じてはもらえんだろうから無駄だとは思うが、ジャック、わしはきみの味方だし、これからもずっとそうだ。いざというときには力になろう」

「ありがとうございます、閣下」セワードは折り目正しく礼を言い、次にどんな受け答えを期待されているか推しはかるためにノウルズの言葉を待った。だがなんの反応もなく、扉が開き、そして閉まった。

面食らったセワードは、椅子に腰を下ろして考えた。いったいどんな動機があって、ノウルズは力になろうなどという申し出をしたのか。わからなかった。とはいえ、最近の自分は思考力が鈍っている。何かの毒で頭がやられたのではないかと思うほどだ。

毎晩、女泥棒が夢に出てきて媚態を演じてみせる。夜明けが訪れるとセワードは、満たされぬ欲求を抱えてせっぱつまった状態で目覚める。朝日もその苦しみをやわらげてはくれず、渇望はつのるばかりだ。日が高くなると、アン・ワイルダーのことが頭を占める。今どき流行らない彼女の率直さと会話術。無意識のうちのしどけなさでさえ、妙にそそるものがあった。

いまいましいのは、なぜそんなに惹かれるか、理由がわかっていることだ。アン・ワイルダーは貴族と結婚こそしたものの、先祖の出自はセワードと比べてそう高いわけでもない。セワードは愚かしくも、心の奥底でかすかな期待を抱いていた。アンのほうも彼の思いに気づいていて、それをいやがってはいないのではないかと、不遜なまでの想像をめぐらせていたのだ。

ばかげている。

まさか。過去はどうあれアン・ワイルダーは、人生の伴侶として、社会の誰もがその美徳を認める模範的な人物、献身的愛情を注いでくれる男を選んだのだ。

そんな結婚をした女性が、ジャック・セワードのような男を好きになるはずがないではないか。

セワードは全身、汗にまみれていた。不覚にも股間が固くなり、下腹の筋肉は痛いまでに張りつめていた。寝返りを打って、ほっそりと引き締まった女体におおいかぶさる。〝レックスホールの生霊〟は、太ももをセワードの胴にからみつかせ、その手を彼の髪に差し入れて頭を下げさせた。

セワードが中に入ると、彼女の腰はゆっくりとうねるように動き、彼のものを中まで導いてしっかりととらえた。圧倒されるような熱さ。深いところで包みこまれて、セワードは身震いした。

尻に両手を当てて持ち上げ、奥まで突き入れると、彼女は長く、途切れ途切れに息を吸いこんで応えた。

「わたしが欲しい？」あえぎながら言う。セワードは腰を激しく動かして、言葉にできない思いを伝えた。

「わたしが欲しい？」彼女は重ねて訊いた。セワードの背中に当てた手を下へすべらせ、さらに奥のほうでとらえようとする。

セワードは彼女の唇からこぼれ出る情熱を飲みこみ、絶頂に達する瞬間を感じたかった。交わることで欲求がますます高まっていく。体は張りつめ、終わりを迎えたがっていた。自分の荒い息づかいが絶え間なく聞こえる。差し迫るそのときを待って、筋肉が震えている。

「欲しい?」彼女はささやいた。

「ああ」セワードは告白した。「おまえが、欲しい」

次の瞬間、彼女が消えた。溶けてなくなったかのように。セワードは頭をのけぞらせ、怒りの叫びをあげた――そして、目覚めた。

夢だった。起きてもなお、嫌悪と興奮が残っている。いまいましい。満たされず、行き場のない欲望に鞭打たれ、苦しむ。

あの女泥棒との遭遇から一カ月経った。だがここ一〇日のあいだに、夢でその残像と遭遇する回数が増えていた。どれも欲望をかきたてる生々しい夢で、性の拷問を味わわされて終わるという点では同じだった。

今日はそんな終わり方にはしない。セワードは股間に手を伸ばし、膨れ上がったものを握ると、目を閉じた。彼女の舌に残ったブルゴーニュワインを味わい、肌を合わせたときの柔らかな曲線を感じながら手を動かした。

セワードの頭をある思いがよぎった。自分が〝レックスホールの生霊〟を捕らえるなら、彼女のためにも、二人きりでないところで捕らえよう。

8

アンの言っていたとおりだ。ヴェッダー卿はやはり放蕩者だった。それに、卑劣な男でもある。ソフィア・ノースは、縁を面取りした鏡に映った自分の姿を腹立たしげに見つめながら、きらきらと輝く目に涙があふれるにまかせた。アンの鋭い判断力に喝采をおくるわ。喜んでくれるかしら。

ソフィアはヴェッダー卿からの手紙を手に取った。力強い筆跡で書かれた内容には目もくれず、くしゃくしゃに丸めて、暖炉に向かって投げつける。手紙は炎をあげて燃え上がった。

ヴェッダー卿はけっきょく、わたしを愛してなんかいなかったんだわ。でも、早朝の公園で何度も会った。秘密のあずまやへ連れていかれて、女が男にするすてきな秘めごとを教えてもらったとき、愛していると確かに言われた。だけど、幸い〝わたしも愛しているわ〟などとおうむ返しに口に出したりするほどわたしは愚かではなかった。その点については、我ながら褒めてやってもいい。

あごをつんと上げ、鏡の中の自分をふてくされてにらみつける。あばずれ女の顔って、こんな感じかしら？　もしそうなら、あばずれ女でかまわない。ソフィアは新しくあつらえた高価なドレスの胴着の縁の繊細なレースを破りとって、火の中に投げ入れた。ヴェッダー卿による恋愛の手ほどきは表面的なものではあったが、教えてくれたことに対しては感謝してもいいかもしれない。

二人の性愛はソフィアよりヴェッダー卿の悦びのほうに重きがおかれていた。実のところ、〝肉体の快楽〟は、期待したほど気持ちいいものでもなかった。生クリームが欲しかったのに牛乳を与えられた気分と言えばいいか。

だが、ヴェッダー卿のように自分勝手で情熱に欠ける男でも女性を悦ばせることができるとしたら、セワードほどのいい男だったら、どんなだろう。ソフィアは目を細めて考えこんだ。

ヴェッダー卿からの手紙は、ソフィアが彼に恋い焦がれ、涙を流し、そのためにみじめな思いをするだろうという想定のもとに書かれていた。あんな人、くそ食らえだわ。手紙の文句どおり汚れた女になったのなら、わたし、いっそのことそれを楽しんでやる。

ソフィアは鏡の中の自分に微笑みかけた。男性たちが生クリームをどこに隠し持っているか、そろそろ教えてもらってもいいころだ。今夜、ストランド卿主催の音楽会でそれをつきとめるつもりだった。

ノース家の一行は、着飾った客たちが到着するかなり前から会場に着いていた。マルコムは、カード遊びにはもれなく参加すると決めていたし、ソフィアもダンスの機会を一度たりとも逃すまじと、意気さかんだった。

「セワードのやつがまたソフィアにつきまとわないといいが」背もたれのない長椅子に座ったアンの隣でマルコムが言った。「庶子だし、気のいい男とは言えんしな」

アンはなんと反応していいかわからなかった。確かにおじの言うとおりだ。紳士的、いかめしい、洗練された、といった形容詞のほうが似合うジャック・セワードは、どう見ても気のいい男という表現とは無縁だった。

「なんとなく、うさんくさいな」とマルコムは続けた。「今までこういう場で見かけたことがないのに、突如としてあちこちに出没するようになった。アン、できればやつを遠ざけておいてくれ。だが、あからさまなやり方はだめだぞ。皇太子の耳に入るとまずい」

「やってみるわ」アンは了承した。もうセワードと会わなくてすみますように、いや、また会えますようにと、同時に祈っていた。

二日前、髪に触れられたとき、アンは後ろに立っているセワードのたくましさ、強さ、男らしさをいやでも意識せずにはいられなかった。

わたしに関心を示したのは疑いをかけているからにちがいない。盗みをたくらむ密会の現場を押さえられればと、施設までつけてきたのだろう。セワードはただ、職務をこなしているだけだ。でも、髪をまとめたあと、こちらを見つめたとき、彼の目は何か熱いものを発していた。コットン侯爵夫人の寝室で見たような、情欲の炎を。

何を考えているの？　あの夜セワードを誘惑したのは、気をそらして油断させるためだ。

同じ手を使われたにすぎない。あの人は気づいている。わたしが彼に惹かれていて、その反応に一喜一憂していることを。それを利用してつとめを果たそうとしているだけなのだ。

それでもアンは、あの夜の約束どおり、セワードの胸に抱かれて、情熱に我を忘れてみたかった――。

「あっ、しまった。忘れていた」マルコムが突然叫んだ。「このあいだ、ジュリア・ナップに偶然会ったんだ。おまえによろしく伝えてくれと言っていたよ」

アンは黙りこんだ。ジュリア・ナップはマシューの初恋の人で、真剣に愛していた相手だった。確か今でも独身だ。自分を捨てた男がまだ忘れられないのだろう。だからといってマシューやアンを責めたりはしなかったが。

二人の婚約発表を紙面で読んだジュリアは、アンに手紙を寄こした。そこには、人の心はどうにも変えようがありません、と書かれていて、マシューが愛するようになったあなたはきっとすばらしい人なのだろう、お幸せに、と締めくくってあった。

ジュリアがその後も独身を通しているという事実が、鋭い刃のようにアンの心に突き刺さった。だが今ロンドンへ出てきているとしたら、結婚相手を探すつもりなのかもしれない。そうだといいのだが。ジュリアが幸せを追い求めようと決めたのなら、わたしも同じように幸せになってもいいのではないか。かすかな希望がアンの心に芽生えた。

「社交シーズン中、ロンドンに滞在されるのかしら?」

「誰が? ジュリア・ナップがか?」マルコムは顔をしかめて言った。「どうだろう。訊かなかった。まさか、今さらそれはないいんじゃないか、いい年をして」

「おじさまったら。ジュリアはわたしより二つみっつ上なだけよ」

「まあ、そうだが。しかし、おまえも未亡人になって五年になるな」

父親がこんなでは、ソフィアがああいう「優しい」娘に育つのも無理はない。アンは心の中で皮肉をこめてひとりごちた。

マルコムはポートワインを飲み干し、グラスを床に置いた。両膝に手を当ててよっこらしょ、と立ち上がり、広間の中を見まわして仲間の一人を見つけた。

「じゃあアン、行ってくるからね。セワードがソフィアにちょっかいを出さないように、見張っていてくれよ。それにしてもあの娘はどこにいるんだろうな？」そう言ったかと思うと、マルコムはそそくさと消えた。

紫色の長椅子に一人取り残されたアンは、そのまましばらく座っていた。いつものように、過去の罪悪感がじわじわとしのび寄る。ジュリア・ナップやジャック・セワードに会わずにすむところへ逃げたかった。夫を失って五年、罪の意識から逃れられる場所といえばただひとつ。なのに、その避難場所をセワードに奪われた。

行動を逐一見張られている今、屋根の上をわたり歩くわけにはいかない。

アンは立ち上がった。ソフィアはどこへ行ったのだろう？　ストランド卿の腕に寄りかかるようにして姿を消してから、もう四〇分以上は経っている。

ソフィアの分別のなさときたら、マルコムおじの飼い犬の、発情期を迎えたスパニエルにも劣る。アンは広間から廊下に出た。屋敷の奥には、二人きりになれる部屋がいくつもある。

「ワイルダー夫人？」

セワードだった。かすれてはいるが張りのある声が心地よく耳をなでる。ほっとしたその瞬間、アンは気づいた。ソフィアが彼につきまとっているのではないかと恐れていた自分に。振り向くと、セワードはすぐそばに立っていた。傷あとの残るその険しい顔は仮面を必要としない。鉄壁の守りの礼儀正しい物腰。その陰にあるものは誰にも読みとれそうにない。アンは入り乱れる感情を整理しようとした。不安、安堵、喜びがないまぜになって渦巻き、本来なら恐怖にとりつかれているはずの心の動きを混乱させていた。といっても恐怖には、人を引き込む強い魔力がある。最近発見したとおりだ。

一方、セワードは首をかしげ、アンの表情から状況を推しはかろうとしていた。レディ・ディップスと話をしていたのだが、そのうちアンが広間から姿を消した。かまうな。このまま話好きなレディ・ディップスにつきあっていよう、とセワードは自分に言いきかせた。だがアンの心配げなようすが気になった。五分だけはやり過ごしたが、どうにも我慢しきれなくなって、あとを追って人影もまばらなこの廊下へやってきたのだ。

「セワード大佐」アンが挨拶してきた。

その眉には、心配事がなくなってほっとしたようすが表れている。だが、官能的な唇に一瞬、歓迎の色が浮かび、頬がゆるんだように見えたのは、光の加減か、気のせいか。

「リバプール卿ご所蔵の美術品を見ていましたの。すばらしいですわね」

「お供しましょうか？」

きっと得意げな顔をするだろう。女性なら、男性がほかの女性をほったらかしにして自分を追いかけてきたとわかったら、嬉しいものだ。セワードがそう考えたのはうぬぼれからではない。自分にそれなりの魅力があることは意識している。手が届きそうでいながら、近づいてはいけない存在。魅力の大部分はそこにあるのだろう。

だがアンは、得意げな顔はしなかった。

ためらっている。どうふるまうのが礼儀にかなっているか、わからないかのようだ。セワードとしては教えてやってもよかった。自分は性別、年齢、肩書きの点で目上であり、アンは亡夫の関係でこの場に出席しているにすぎない。だから、「お供しましょうか」と言われたら承諾すべきだと。だが、アンが礼儀作法にかなった行動をとるためにしかたなく承諾するだろうと思うと、胸がちくりと痛む。そのことがセワードを戸惑わせた。

そこで、助け舟を出さずにただ反応を待ちながら、アンのきりっとした美しさ、独特の顔の線を記憶にとどめようとした。自分はこれから出会うすべての女性を、この女《ひと》を基準にして判断するだろう。

アンはようやく口を開いて小声で言った。

「せっかくご友人と楽しいひとときを過ごしていらしたのに、もったいないですわ。わたしなどに気を遣っていただかなくていいんです」

「ほかの人とのほうがもっと楽しいひとときを過ごせるとおっしゃるんですか？」セワード

は切り返した。「どうでしょう。人とおつきあいする喜びをそんなふうに比較したことがないので、なんとも言えませんね」

アンは微笑んだが、おそらく外交辞令にすぎないだろう。「いいことをおっしゃいますね。わかりました。お願いしますわ」

セワードが差し出した腕にアンはそっと手をのせた。軽くそえただけなので、ほとんど重みを感じない。そうか、しまった。セワードは気づいた。礼儀から申し出を受け入れたものの、アンはわたしに触れるのをいやがっているのだ。

それはそうだろう。数日前に知り合ったばかりなのに、なれなれしく髪に手を触れるようなまねをしたのだから。さっきの歓迎の微笑みは、やはりわたしの想像にすぎなかった。そう思いながら、セワードはアンの先に立ってうながした。

長い沈黙のあと、セワードは訊いた。「ここへはいらしたことがおありですか？」

「ええ」アンは目だけを向けて答えた。「ずいぶん昔ですわ。結婚してすぐのころですから」

「だったら、それほど昔のことでもないでしょう。まだお若いのだから」セワードは優しく言った。

穏やかだったアンの表情にかすかな翳りが見えた。

「年数ではそれほど長くはないでしょうが、分数で計算すれば、それこそ膨大な数になりますわ」アンはつぶやき、ゆっくりと歩み出しながら言った。「なんだか達観しているみたいで、いやですわね。ごめんなさい」

セワードは驚いてアンのほうを向いた。こちらを見上げるその目は少し悲しげで、大きな悩みを抱えているようだ。

セワードは急に、その悩みから彼女を解放して、優しい笑みがこぼれるようにしてやりたくなった。ばかげた考えだとわかってはいても、そうしてやればいいのにと思わずにはいられなかった。セワードは沈黙に耐えかねて頭を上げ、大理石の台座に置かれた雪花石膏《アラバスター》の花瓶のほうを見るともなしに見て顔をしかめた。

「それ、お気に召しませんか？」丁寧な物言いだったが、アンの視線は相変わらず廊下をさまよっていた――わたしから逃げる口実を探しているんだな。セワードはあらためて気づいた。

「いや、嫌いというわけではなくて」律儀に答える。「もともとは一対だったものが、運搬中にひとつ割れたのです」

「まあ、残念でしたわね」

「ええ」アンがひと気のない廊下に視線をめぐらせているのを見ながらセワードは小声で言った。「トーマスに注意したんですがね。割れやすいから運ぶのは難しいと」

「エルギン卿に同行してギリシャへ行かれたんですの？」アンがようやく、セワードの顔をまともに見て訊いた。

「ええ」それ以上は語らないでおいた。実はそのときギリシャで、エジプトのアレクサンドリアにいたナポレオン軍に壊滅的な打撃を与えるべく、作戦を練っていたのだが。

「わたし、ギリシャへ行ってみたいわ」アンが冷めた口調で言った。外交辞令で会話を続けているのだろう。

「あなたなら、古代ギリシャの彫刻のモデルにもなれそうですね」

突然、アンが笑い出した。また聞きたくなるような、耳に快い笑い声。「どういう彫刻ですの、大佐？」

ペルセポネーだ。ハーデースに嫁いで、暗い冥界で光にあこがれた女性。

「どんな彫刻でも素敵でしょう。あなたは古典的な顔立ちをしているから」

アンは目を丸くし、顔をそらした。

「厚かましいことを言ってしまった。失礼をお許しください」セワードが急に足を止めたので、アンもしかたなく立ち止まる。

セワードは自分の不器用さを呪っていた。アンの頰は赤く染まり、こちらを向こうとしない。わたしから逃れたいのだ。それは最初から明らかだった。いやがっているのを無視しつづけるわけにはいかない。セワードは手袋をはめたアンの手を自分の腕からそっとはずした。

（あっけないほど簡単だった）、お辞儀をした。

「ワイルダー夫人、申し訳ありませんでした。お一人で美術品をごらんになりたかったのに、お邪魔してしまいました。これで失礼します」

アンは目をみはった。恐れと喜びのあいだで折り合いをつけつつも、セワードと一緒にいたいと願っていた。その一方で、ソフィアを探さなければと何度も自分に言いきかせていたのだ。

「誤解ですわ、大佐。そわそわしているところをお見せしてしまったから」アンは衝動にかられて言った。「大佐とご一緒できるのは嬉しく思っていますわ。落ち着いて楽しめなかったのは、実は、ご内密にお願いしたいのですが、一時間前からソフィアの姿が見当たらないからなのです」「どなたとご一緒しているか、心配でたまらなくて」

セワードは一瞬、アンを見つめた。「では、捜すお手伝いをしましょうか?」

「助かりますわ、大佐」

セワードは厳粛な面持ちでふたたびアンに腕を貸した。今度ははっきりとした目的を持って複雑に入り組んだ廊下や回廊を歩き、控えの間や寝室を次々と見て回る。

急いで捜したにもかかわらず、二人は一五分かかってようやく目指す部屋に行き当たった。閉まった扉の向こうからソフィアの笑い声が聞こえてくる。どんな光景を目にしても取り乱さないようにと、アンは覚悟を決めた
セワードが微笑みながら「大丈夫ですよ。心配なさらずに」と、穏やかな声で言った。アンはその言葉を信じた。不安、セワードの気配りが心にしみた。本物の紳士なのだ。

数々の陰謀に関わってきたといわれる〝ホワイトホールの猟犬〟が、これほど人を思いやる態度を示せるとは、不思議だった。もちろん、〝悪魔のジャック〟の異名をとるからには、それなりの根拠はあるのだろうが。

わずかな刺激で再燃しそうな欲望の名残の代わりに、いつのまにか友情にも似た親愛の情

が生まれていた。アンはこれまで、異性の友人を持ったことがない。今だって持っているとは言えない、と自らをいましめる。わたしは、この危険な男の前でひと芝居打っている。それを忘れてはならない。

セワードが扉を開けると、中には男性が四人。ヴェッダー卿、ストランド卿、アンの知らない二人の青年が玉突き台のまわりに並び、正面奥に立ったソフィアを囲むようにして並んでいる。

先細のろうそくが、長くなった芯を切らずに放ってあるために、じりじりと燃えながら黒煙を出し、室内には生暖かくどんよりした空気が漂っている。ワインのしみがついたテーブルクロスの上には硬貨が山と積まれて光っている。その山の上にはブレスレットが一個。

入ってきたアンに最初に気づいたのはソフィアだった。たちまち、かたくなな態度をあらわにし、反抗的な目つきをすると、わざとアンに背を向けた。

アンはかまわず、この事態がアンの評判にどの程度の害をもたらすかを考えていた。予想していたより悪くはない。賭け事なら、多くの女性がやっている。皆、ソフィアほど若くはないし、男性の中の紅一点で参加することはないにしても。

「ソフィア――」アンが口を開いたとたん、ソフィアが声高らかに言った。

「さて、助けてくださろうという方は？　わたしのキスなら、ここにある賭け金全額ぐらいの値打ちはあるわよね」

なんてこと。アンは力が抜けた。この娘はもう、完全に堕落しているわ。

「わたしが賭けに加わりましょう」セワードが言った。

アンはびくりとして振り返った。まさか、セワードが……ソフィアのような愚かな娘のために……アンは前に進み出ようとしたが、絹の扇を持ったその手をつかまれ、持ち上げられた。

セワードはアンのこわばった指に自分の長い指を重ね、二人のあいだを埋めるように扇を広げた。

「あなたがミス・ソフィアをこの部屋から無理やり引きずり出したら、二週間はあいつらの物笑いの種になりますよ」口元に笑みを浮かべているものの、その強いまなざしは真剣だった。

「引きずり出すなんて、あの子の場合、できそうにありませんわ」アンは言い返した。

「いずれにしても、この件についてはわたしを信じておまかせください。ここまでご一緒したのも、信じてくださったからこそでしょう。お願いします」

アンはその言葉を信じることにした。セワードに対する恐れの根底にある何かが、信じるしかないとアンに命じていた。この人は一度目標を定めて仕事に取りかかったら、失敗することはないだろう。

「関心がないふりをしてください」セワードはまるで扇を眺めているかのように上体をかがめて言った。「まったく興味がない、つまらないといった態度で」

「無理ですわ」

ほんの一瞬、グレーの目が笑った。「ミス・ソフィアのためです。無頓着を装うようつとめてみてください」セワードはアンの手を離し、姿勢を正すと、はっきりとした声で言った。

「おっしゃるとおりです、ワイルダー夫人。この光景はまさにホガースふうの風刺画そのものですね」

テーブルに歩み寄り、空いている椅子を指さす。「皆さん、よろしいですか?」

ヴェッダー卿が何か言いかけたが、その前にストランド卿が口を開いた。「もちろんどうぞ、大佐」

「ありがとうございます」セワードは椅子に腰かけ、脚を組んだ。

「きみにはこのテーブルで遊べるだけの金はないと思ったが」ヴェッダー卿がセワードの服をじろじろ眺めまわしながら言った。

アンは初めて、セワードその人でなく、着ている服だけに注目した。確かに仕立てはいいが、飾りもなく、男らしい体の線を誇張してもいない。熟練した仕立屋の手になるものであることは明らかながら、セワードは、かぎられた財力しかない人間がするような地味な装いをしていた。

「セワード大佐のふところについては保証するよ」ストランド卿がゆっくりとした話しぶりで言った。「自分の金を大佐に差し出そうというのではないが、わたしはゲームを降りる」

「ストランド、さすが心が広いな」

「わたしが子どもっぽいという、ワイルダー夫人の意見をくつがえしたくてね。どうでしょう、マダム？　今のは成熟した大人であるあかしじゃありませんか、賭けの楽しみを放棄してまで人に譲ったんですから。そうですよね、賭けてもいい」男たちはどっと笑ったが、アンはセワードの動きから目を離さなかった。

「それでは、ミス・ソフィア。カードを切っていただけますか？」ストランドがうながした。

ゲームはゆっくりと進行した。賭けが宣言され、賭け金がつり上げられるたびにアンの心臓の鼓動が速くなった。まばゆいばかりの微笑みを顔に張りつたソフィアは、特に動じているようすはない。とはいえ紅潮した頬を見れば、自分のおかれた状況の深刻さを認識しはじめているのがわかる。

テーブルの上に、硬貨が次々に積まれていく。カードが配られるたびに、二人の青年は額に玉の汗を浮かべ、ワインをがぶ飲みした。ヴェッダー卿のあざけるような表情と、セワード大佐の礼儀正しく落ち着きはらった態度を前にして、不安げな視線を交わしていたが、まず一人が脱落した。そしてついに残る一人も降りた。

ゲームが終わるのにさほど時間はかからなかった。ヴェッダー卿が強気の勝負に出たのに対し、セワードが賭け金をつり上げた。それをはったりと見たヴェッダー卿の判断は間違いだった。

持ち札を開いてみればセワードの手のほうが強く、負けを認めるしかなかった。精一杯の威厳を保ったつもりだろうが、椅子を押しのけるようにして立ち上がったヴェッダー卿の態度は、負けっぷりがいいとは言えなかった。

セワードは無言のままテーブルに積み上げられた硬貨に手を伸ばし、今や蒼白な顔になったソフィアのほうへ押しやった。脇に退いていた二人の青年があざ笑いを浮かべた。謹厳な中に独特の優雅な雰囲気を漂わせて、セワードは立ち上がり、ソフィアに近づいていった。ソフィアは大佐を見上げた。

彼は賭けの勝者としてキスするつもりだわ。あの子の将来が台無しになる。アンは無力感に襲われながら思った。セワードがキスのことを吹聴しないとしても、この場にいる人たちが勝手に噂を広めるだろう。ソフィアが賞品としてキスを差し出したのに拒否されたとかなんとか言って。そうなったら、ソフィアの評判が傷つくばかりでなく、笑いものにされることになる。

ソフィアが哀れだった。かわいそうに、本能にまかせて後先考えずに行動したあげく、窮地に追いこまれている。だが、アンの心の中では同情の陰から別の感情が頭をもたげ、いてもたってもいられなくなっていた。

セワードとのキス。わたしが味わったあの感触を、温かみを、ソフィアも味わうのだ。

「ミス・ソフィア、お約束のキスをしていただけますか？　ここに」セワードはベストのポケットからハンカチを取り出し、優雅なお辞儀をしてソフィアに渡した。きわめて冷静で、自信に満ちた態度だった。ハンカチへのキスに違和感を覚えるほうがおかしいとでも言いたげだ。

ソフィアは目を丸くし、信じられないといった表情でセワードを見ている。固唾をのんで見守っていたアンは、感謝の気持ちでいっぱいになり、静かに長々と息を吐き出した。

言われたとおりにしてちょうだい、ソフィア！

アンは無言のうちに懇願した。すると、まるで夢の中にいるようにゆっくりと、ソフィアは真っ白な麻のハンカチをつかみ、そっと唇を押しつけた。セワードは微笑みながら、力の抜けたソフィアの手からハンカチを取り戻した。

「大切にしますよ、ミス・ソフィア。そういえば確かストランド卿も、別のご婦人からいただいたこういう思い出の品を持っているんだったね」

「そのとおり」とストランド卿。「すばらしく洗練されていて、趣味のよい女性だよ」

「その方もずいぶん大胆なふるまいをなさったものですね」青年の一人が意見を述べた。

「そういうことは、ほかで口にしてはだめだよ」ストランド卿が笑いながら言う。「件《くだん》の女性がもし、自分のふるまいが曲解されたと知ったら、どんな反応をするかわかったものじゃないからね。それは彼女のご主人も同じだよ。決闘を申し込まれかねない」

「女性が気まぐれでしたことを、曲解してもらっては困るね」セワードが言った。二人の青年に向けられたその視線は、悪意がなさそうに見えるものの、抜き身の刀のような危険性をはらんでいた。

「もちろんです！」すかさず一人が誓った。

「女性の善意を曲解するのは、どうしようもない悪党だけですよ」もう一人がもったいぶってつけ加えた。

ストランド卿はため息をつくと、重々しげに立ち上がった。「さて諸君、今夜の娯楽はこれで終わりということで、何か食べに行きませんか?」

二人の青年はすぐに同意し、ストランド卿を追うように部屋を出た。ヴェッダー卿もあとに続き、「失礼します」と言って軽く会釈をしただけでアンの前を通りすぎた。

ようやく顔色がもとに戻ったソフィアは、唇をきつく嚙んで立ち上がった。「大佐、どうもありがとうございました。このご恩をどうお返ししていいかわかりませんわ」

「ミス・ソフィア、お返しはそのお言葉だけで十分です」セワードが応えた。その視線はソフィアを通り越して、立ちつくすアンに向けられている。

アンの瞳は、夜空にまたたく星のように輝いていた。

9

その晩、残る時間の大半をかけて、ようやくアンをまいたソフィアは、〝悪魔のジャック〟・セワードを探しに行った。窮地を救ってくれたことに対する礼をしなくては、と思ったのだ。

ほどなく見つかったセワードは、食堂につながる扉近くに一人で立っていた。社交界でも評判の美女が数人、ゆっくりと通りすぎたが、彼の関心を引くにはいたらなかったようだ。

ソフィアは、遠慮がちにふるまうつもりはなかった。アンにも言ってあるが、自分の欲しいものは手に入れる。今度の狙いはジャック・セワードだった。ソフィアは近づいていった。開いた扇であおぐたびに、柔らかい羽根の先が胸元に触れる。

「セワード大佐！」

セワードは一瞬おや、という顔をしたが、すぐに完璧な作法で頭を下げた。「ミス・ソフィア」

「主催者がいろいろな娯楽でもてなしてくださっているのに、大佐はご興味がおありにならないのかしら」

「お気遣い、ありがとうございます」

「もう、当然ですわ」ソフィアは扇をたたみ、セワードの広い胸にそって下にすべらせた。「あら、本当に暑いですわね、ここ。窒息してしまいそうだわ、新鮮な空気を吸わないと」

セワードの大きめの口の端に、ゆがんだ笑みが浮かんだ。物憂そうに半分閉じられたまぶたからグレーの目がのぞく。「そうなさったほうがいい。ワイルダー夫人のところまでお連れしましょうか？」

「あら、だめよ」ソフィアは笑った。「アンが心配するといけませんわ。心配なら、今夜ひと晩で十分すぎるぐらいさせてしまいましたもの。とにかく、新鮮な空気が吸えるところに行ければ……」

「お供しましょう」セワードは穏やかに言い、黙ってひと気のない廊下にソフィアを連れ出した。突き当たりの窓はガラスにひびが入っており、吹きこんでくる冷たい夜風でカーテンが揺れている。

ソフィアがちらりと見ると、セワードは礼儀正しく微笑みながら傷あとの残る眉をつり上げ、皮肉をこめて訊いた。「どうです、新鮮な空気を吸ってすっきりしましたか？」

「ええ。なんとか」ソフィアは言い、セワードに歩み寄って、下唇を噛んだ。そうするのが刺激的に映ることは承知の上だ。「先ほどは、助けていただいてありがとうございました。お礼をしなくちゃと思っていましたの。ついはずみで、軽率な行動をしてしまいましたわ。つつしみがないと言う人もいるでしょうね」

セワードは否定しなかった。

「でもあいにくわたし、つつしみがないほうですの」ソフィアはさらに近づき、セワードの胸に扇を当てた。がっしりとした浅黒い首に羽根の先が触れる。「間違った判断をして困っているところを救ってくださいました。それで、わたし――」ソフィアはセワードの胸に手のひらを置いた。ベストの下の肌の温かみが伝わってくる。「感謝の気持ちを表したくて」

セワードは上から見下ろして言った。「それには及びませんよ、ミス・ソフィア」

「でも、気持ちですから」

セワードは申し訳なさそうな表情で首を振った。「言っておきますが、わたしはあなたの父親ぐらいの年ですよ」

「父親なら、もういますわ」ソフィアは手をセワードの両肩にかけてつま先立ちになり、体を押しつけた。

「お言葉はありがたいです。しかし、今、この場で話すべきことではないでしょう。それにわたしは、あなたが思っているような男じゃない」

セワードは手を下に伸ばし、曲がった指でソフィアのあごをそっとなでた。期待をそそられながらも、この動きで彼の肩にかけた手を離すしかなくなったソフィアは、両腕をわきに垂らしてもとの姿勢に戻った。もくろみがはずれ、不満だった。

「気分はよくなりましたか？」セワードは穏やかに言った。

せっかくの大胆な誘いも、効果がなかったのか。これほど平静でいられるということは、セワードは、もっと強烈な誘惑にあって、楽しんだ経験が何度もあるにちがいない。考えただけでソフィアは興奮した。

「回復しましたから、大丈夫ですわ、今のところは」セワードに体の向きを変えられるにまかせ、あとについて戻りながら、ソフィアは言った。「今のところはね」

混雑した舞踏場の中、アン・ワイルダーは首を長くして何度もあたりを見まわしながら進み、レディ・ディップスのそばを通りかかった。

「ワイルダー夫人、可愛い従妹《いとこ》のお嬢さんをお捜しかしら。いなくなってしまわれたの？」レディ・ディップスが愉快そうに訊いた。

アンは心配を悟られまいと「いいえ、あの子が楽しんでいるかどうか確かめようと思って」と言ったが、ぴりぴりした態度から見抜かれてしまった。レディ・ディップスは得意満面だ。

七年前、レディ・ディップスはロンドン社交界の花としてもてはやされていた。そこへどこからともなく登場した、小柄で大した身分でもないアン・トリブルによって、またたくまにお株を奪われ、女王の座はついに二週間しか続かなかった。それればかりではない。その二週間のあいだに射止めたはずのマシュー・ワイルダーまで、アンはかっさらってしまったのだ。

しかし、コーラ・ディップスが黒髪の未亡人アン・ワイルダーを嫌う一番大きな理由はそれではない。資産家で寝たきりの老男爵を夫に持つこの女性は、一度約束した寄付を取り消したという弱みがあった。

アンの姿を見かけるたび、自分が人を欺いていることを思い出さずにはいられない。それでアン・ワイルダーを忌み嫌っているのだった。

「ミス・ノースはどこへ行かれたんでしょうね？」レディ・ディップスは無邪気に訊いた。

「ダンスじゃないかしら。ああいう若い娘は、何時間でも踊っていられますからね」

「ダンスですって？　確か、セワード大佐と一緒に部屋を出たのを見かけましたけれど」

その言葉が気になったのか、アンの表情が引き締まった。

「若かったころのあなたなら、ほかの人があえて近づかないような方とのおつきあいもあったでしょうけれど、ミス・ノースにはちゃんと忠告されたほうがいいですわよ」

「そうですか」

アンの態度は驚くほど落ち着きはらっていた。ただし、目は怒りに燃えていたが。

「ええ、そうですよ」手袋を直しながらレディ・ディップスは言った。「セワード大佐の生まれが卑しいのは事実ですし、それに」あたりをうかがってから顔を寄せる。「あの人は、いかがわしい女とつきあうのがお好きのようですから」

「実際に確かめたわけではないでしょう」アンの声はこわばっていた。

おやおや。これは面白いわ、とレディ・ディップスは思った。アンはセワードを大切に思っている！　悪魔のジャックに関心を示した女性を何人か知っているが、皆、性的魅力を感じているにすぎない。刺激的なたわむれの相手としてしか見ていないのだ。

「事実ですよ。大佐がその手の女を買うところを見た人がいるんですから」

「どうしてわたしにそんなことをおっしゃるのか、わかりませんわ」アンの硬い声で感情の動きがわかる。

レディ・ディップスは笑い出した。「どうしてって、ミス・ノースのためですわ。決まっているじゃありませんか」

青白かった頬に血を上らせたアンはあごをつんと上げて言った。「ご助言ありがとうございます」

だが、レディ・ディップスの背後に目をやったとたん、アンの顔に安堵の色が広がった。

「ソフィアが来ましたわ。ストランド卿と一緒に」勝ち誇ったように言う。「では、失礼させていただいてもよろしいかしら?」

「ええ、どうぞ」レディ・ディップスはほくそ笑みながら答えた。

青年将校に称賛の言葉を浴びせられたソフィアは、陽気な笑い声をあげながら頭をそらしてストランド卿の気を引き、自分に注目が集まっていることを知らしめた。

ストランドはソフィアの期待に応えて感心したような視線を返したあと、柱時計に目をやった。午前一時をとっくに回っている。退屈して控え室へ行ってみたものの、そこも顔を紅潮させた客と、せわしなく動きまわる召使であふれんばかりだった。

そろそろ引きあげようと仲間を探していたところ、アン・ワイルダーの姿を見つけた。べルベットの生地張りの長椅子に座ってうつむき、目を細めて一枚の紙を見つめている。すぐ上の壁にはリバプール卿の先祖の肖像画がずらりと並び、尊大な笑みを浮かべて見下ろしている。アンはそれにも気づかないらしく、紙に書かれた内容をいっしんに読んでいた。

集中しているようすにストランドは微笑んだが、アンを見つめるうちにその微笑みはしだいに消えていった。

ストランドはかなり前からアンに惹かれていた。最初のうちは、ほかの男のものになった女性にしか興味が湧かないという、例の自滅的な癖がまた出てのぼせ上がっているだけだと思っていた。しかし、今や誰のものでもなくなったアン・ワイルダーに、以前よりさらに強く惹かれる。不思議だ。目を上げたアンの顔に光が当たるのを見てストランドはあらためて思う。社交界にデビューしたころの美しさはもうないというのに。

まぶたはくぼんで藤色の影ができている。青白い肌がきゃしゃな骨格の顔に張りついているかのようだ。こめかみの浅いくぼみがはかなげな印象で、体の線も細すぎる。確かに昔のように皆の注目を集める美女とはいえないが、どこか気をそそられるものがあった。

扉の脇柱にもたれながら思う。自分がこれほど魅せられるのはたぶん、アンの過去のふるまいのせいだろう。今やアンは独り身を通し、ストランドが望んでも得られないところにいる。もう誰のものでもなく、彼女自身のものだからだ。

これほど自立している女性はほかにいない。

今までも精一杯努力してみたのだが、どうすればアンの心をつかめるのか、ストランドには見当もつかなかった。魅力的な物腰と当意即妙の受け答えで、多くの女性の貞操観念の砦を崩してきたのだが、この未亡人はいっこうに感心するようすがない。つきまとったり、無視したりをかわるがわるくり返した。横柄な態度をとったり、熱心に求愛したりもしてみた。だが、どれもうまくいかなかった……こちらに目を向けてくれないのだ。

なぜだろう？

ストランドは戸口を出て人の群れを横切り、斜め方向からアンに近づいていった。

「おい、ストランド」

行く手をさえぎるように近づいてくる男を見て、ストランドは心の中で悪態をついた。ロナルド・フロストだ。充血して涙目になり、頰には静脈が浮き出ている。

ストランドは軽い挨拶だけで通りすぎようとしたが、フロストに腕をつかまれた。

「おい、ストランド」フロストはくり返した。

この乱暴な物言いからすると酔っぱらっているな、とストランドは思った。

「リバプール卿といえば前々から、食べ物でもワインでも、最高のものしか受け入れず、立派な人としかつきあわない方だと思っていたんだが」

「ええ、そうですね」ストランドは従僕を手招きした。そのとき、すぐ近くで皮肉な笑みを浮かべながら成り行きを見守るヴェッダー卿の姿に気づいた。「フロストさん。ワインを一杯、お飲みになりませんか。リバプール卿が、ピュリグニー・モンラッシェトを用意しておられますよ。ワイン通の方ならきっと喜ばれるでしょう」

フロストはかまわず続けた。「今夜の催しは、馬小屋の匂いがする」

「でしたらきっと、わたしのブーツのせいですよ」フロストの手を振りほどこうとしながら、ストランドは言った。

「いや、きみのブーツの匂いじゃない。セワード大佐だよ。わしだったらあんな男、絶対に家に入れないね」

「そうですか」ストランドは自分の腕を握るフロストの指をはがした。「でも、どうにもできないでしょう？　大佐は摂政皇太子と親しいんですから」

ヴェッダーがやおら近づいてきた。

「それでもわしは、あの男だけは我が家に入れたくないね」フロストは不服そうに口をとがらせ、前にふらりとよろめいた。その腕をつかんで支えたのはヴェッダーだった。

「ありがとう、ヴェッダー」ストランドは言った。

「どういたしまして」

「こちらにおられるフロスト氏に、ブシャールを一本、お持ちしてくれ」ストランドはようやくやってきた従僕に声をかけた。酩酊した男に飲ませるにはもったいないほどのワインだが、フロストといえど、二級品をあてがわれたら違いがわかるだろう。

「フロストさん、このワインは絶品ですよ。お飲みになって、感想を聞かせてください」

「ブシャールといえば最高のぶどう畑だ」ヴェッダーが物憂げにつぶやいた。「わたしも味わってみたいな」

「それはいい」ストランドは応えた。

「フロストさん。わたしたち、趣味が同じのようですね。好き嫌いについては特に」ヴェッダーはフロストのひじを優しく握って付き添い、ワインを取りにいく従僕のあとに続いて離れていった。

あんなに親切に人の世話を焼くなど、いつものヴェッダーらしくない、とストランドは思った。とにかく、フロストがますます敵対心を強めているとセワードに忠告しておかなければならない。ストランドはふたたび招待客の群れの中へ入っていった。人前でおおっぴらにアン・ワイルダーを称賛するつもりだった。それこそ賢く、洗練された誘惑というものだ。今夜こそ、どうにかしてアンを振り向かせてやる——。

ストランドは立ち止まった。アン・ワイルダーの前にセワードが立って話しているのが目に入ったのだ。興味のある話題なのか、アンの顔が輝いている。だがセワードの表情はどうだろう。

ストランドは大理石の柱に向かってそろそろと足を進めた。この柱の陰に隠れれば、声ははっきり聞きとれるが、姿を見られずにすむ。盗み聞きなどという卑劣な行為に走る自分を恥じつつ、後頭部をひんやりとした石の表面につけて柱にもたれかかる。本来ならこのまま立ち去るのが礼儀なのだろうが、そうせずにはいられない。ストランドは目を閉じて二人の会話に聞き入った。

「——で、ここの美術品は楽しまれましたか？」心からの興味が感じられるセワードの声。

「ええ。といっても、美術にはあまり詳しくないんですの」

「貴婦人の方々は、幼いころから絵画や芸術作品について学ぶものだと思っていましたが」

数秒間の間をおいてアンが言った。「わたし、貴婦人というほどの育ちではありませんわ、大佐。ご存じでしょう」

「いいえ、知りません」セワードは重々しい声で言った。「あなたはどこから見ても貴婦人ですから」

「いいえ、違います」アンは穏やかに否定した。どうしても事実を伝えなくては気がすまないといった感じだ。「貴婦人ではありませんわ。正式な教育は受けていませんし。というより、教育らしい教育はあまり受けずに育ちましたの。住み込みの家庭教師もいませんでした。勉強を教えてくださったのは教区の牧師さまだけで、しかも食料品店のつけがたまって支払いを迫られたときだけ」

セワードの笑い声に、ストランドは驚いた。大佐が笑うのを聞いたことがなかったからだ。

「両親は、書物から得る知識の大切さを説いて学ばせようとしました。でも、わたしが受け入れなかったものですから」

アンはきっと、あの黒々とした瞳でセワードを見上げているだろう。自分が正直に話したのだから彼もそうしてほしいと訴える目だ、とストランドは想像した。

「では、書物より興味があったのは……?」セワードがうながすと、アンは素直に答えた。

「暴れまわることでしたわ、あいにく」

女らしい笑い声が、ストランドの耳には音楽のように響いた。

「暴れまわるとは、どんなふうに？」セワードの低くかすれた声には、会話をなごませる温かみがあった。

ストランドは柱から離れ、客たちでごったがえす中をあてどもなく歩きはじめた。アン・ワイルダーがなぜ自分のほうを向いてくれないのか、ずっと疑問に思ってきたが、今その答えを見つけた気がしていた。

今までストランドは、恋愛において自分がどれだけ相手に影響を与えられたかによって、その成否を判断してきた。相手の女性が一日をどう過ごしたか、何を考えていたかなど、興味を持って訊いたことがあっただろうか？　女性の昼間の生活について、話題にする価値があると思ったことは？　ない。価値があるのは夜だけだ。しかも、自分とともに過ごした夜だけだった。

自らの行動を振り返った経験がほとんどなかったストランドは、あらためて現実に向き合い、頭を殴られたような衝撃を受けていた。これまで結婚できなかったのは、網をしかける場所が深すぎたからかもしれない。今後は、もっと浅いところに的を絞って探そう……そこが、自分がずっと生きてきた場所なのだから。

アンにとってセワードが魅力的なのはなぜか。その理由にストランドが気づくのに、数秒とかからなかった。そう、あの男は自分自身の言葉より、アンの言葉に関心を持っているからだ。

ジャック・セワードは本来〝レックスホールの生霊〟を追跡するために、つかのまの侵入者として上流社会を闊歩するはずだった。だが、今や目的はそれだけではなくなっていた。アン・ワイルダーの存在で、富裕層が集まる社交界がなおさら特別に思える。だからこそ同じ場にいて、独特の雰囲気に浸りたかった。

セワードは楽しい想像にふけるのをやめ、長椅子に腰かけたアンを見下ろした。次に何を言おうか。自分が迷っていると思うと不安になった。何が期待されているか、人を満足させるにはどうすればいいかをつねに心得ているにもかかわらず、アンを前にすると、迷いが出てしまうのだった。

自分は今ごろ、レディ・ディップスか、ジャネット・フロストを（犯人の可能性は高くないにしても）追いかけているべきだった。いっときでもアンの歓心を買おうと、ソフィアの危機を救っていいところを見せなくてもよかったじゃないか。自分はなぜソフィアにつきまとっているのか。嫌疑をかけているからではないと、セワードにはわかっていた。あの娘はどう考えても犯人ではない。わたしが追っているあの女泥棒ではない。

未亡人と女泥棒。これまで生きてきて、物や人への愛着がいっさいなかったというのに、一度に二人の女性にのめりこみ、尋常ならざる執着心を抱いている自分。腹立たしかった。戸惑っていた。

「大佐はいかがでした？　あの美術品の数々をごらんになって」長い沈黙を破ってアンが訊

いた。顔はそらしている。

「子どものころ、美術や音楽について学ぶ機会がほとんどありませんでしたから」セワードは手を背中に回して組んだ。その目はアンを通り越して遠いところを見ている。救貧院では音楽を聴くことはなかったが、絶え間ないひもじさに襲われ、腹が鳴る音が歌さながらに聞こえた。ジャミソンの家には美術作品もなければ、芸術を解する者もいなかった。人の心を自由自在に操るジャミソンの手法は〝芸術〟と呼べるかもしれないが、まさかそんなことまでアンに話すわけにはいかない。

「でも、風景画を見るのは好きですし、美しいしらべには聞きほれますね」

「『心に音楽を持たず、美しいしらべの妙にも胸動かされぬ男は、とかく裏切りや策略、略奪に走るもの』」アンは小声で暗誦した。その表情はあくまで穏やかだ。

「ワイルダー夫人、あなたは本物の文学愛好家なのですね。そんなふうに、シェイクスピアの『ベニスの商人』の一節を貧しい連隊将校の前でそらんじたら、皆、眩惑されますよ。気をつけないと」

アンはふたたび笑い声を響かせた。ああ、なんと美しいのだろう。

「わたしの場合、人前で自分を出すべきか、出すべきでないか、思い悩んでいた時代はもうとっくに終わりましたわ。それに大佐、ご自分がわたしに〝魅了〟される〝貧しい連隊将校〟の見本だなんて、本気でおっしゃったわけではないでしょう」アンは魅力的な口元をゆるめ、物思いに沈んだ表情で言った。「わたしたち二人とも、裏口から社交界へ入ったようなものですわよね、大佐？」

「ええ、そうですね」セワードの胸は高鳴った。アンの言葉に触発されて、ある種の絆を感じはじめていた。

「大佐と同じように、わたしの父も少年時代、楽しみのために何かを学ぶといった機会に恵まれませんでした。父にとって音楽は一番の贅沢でした。それは母にとってもそうでしたわ」

「あなたは……ご両親と仲がよかったのですね」

思い出に浸っているのだろう。きりりと美しいアンの顔に、見たことのない優しさが加わった。「我が家には愛があふれていましたわ」

今まで感じていた心の絆が、一瞬でぷつりと切れた。アンのなにげないひと言で、二人のあいだに埋めることのできない溝が生じた。セワードは、いくら努力しても、記憶の底を必死に探ってみても、母親の声も、優しい手も思い出せない。自分がある日突然どこからか現れたのではないという確たる証拠もない。セワードを育てたのは、救貧院の吹きだまりに渦巻く飢えと怒りと、何がなんでも生き残りたいという強い欲求だった。

アンは、愛とはどんなものか知っている。幼いころから愛されて育ったにちがいない。だとするとアンは、セワードにとって永遠にはかり知れない謎のままだろう。自分の少年時代を振り返ってみればわかる。

「ワイルダー夫人。あなたは幸せな方ですね」セワードは頭を下げ、その場を辞した。

「もう一度踊ってくださいますよね？　ミス・ソフィア」赤い上着を着た青年将校は、花の蜜に引き寄せられたハチドリのようにのぼせ上がっていた。すげなく断るわけにはいかないだろう。

「わかりましたわ。五分だけ休ませてくださいな、そうしたらまたご一緒しますから」なんとか将校を追い払うと、ソフィアはあたりを見まわし、セワード大佐の姿を探した。あの人を楽しませ、魅了して……少しからかってやるわ。

ソフィアは、このままセワード大佐をあきらめるつもりはなかった。彼について空想するだけで顔が紅潮し、落ち着きがなくなってしまう。体がうずいていた。うす暗がりの中、青年の熱い手で体をまさぐられたり、卑しむべきあの子爵と二人きりで逢瀬を楽しんだりしたために興奮が高まったのだ。でも、まだ満たされていない。本当の満足を得たかった。

ソフィアは一人で座っているセワードを見つけた。無造作に脚を組み、片方の腕を長椅子の背もたれの上に伸ばして、周囲のことには我関せずといったようすだ。だが、その不自由な手でさえも妙に魅力的だった。ぴったりした膝丈ズボンに包まれた太ももはがっちりとしてたくましそうだ。さっそく近づこうと足を踏み出したソフィアは、セワードの表情に気づき、身動きできなくなった。

一見、無頓着な態度ではあるが、セワードの目は何かに釘づけになっていた。まばたきもせず一点を凝視していて、はたから見ても痛々しいほどに喉のあたりが緊張している。いったい何を見つめているのだろう。これは確かめないわけにはいかない。ソフィアは人の群れをかき分けて、セワードを夢中にさせているものを探し……立ち止まった。

大佐の視線の先にアンがいた。中年の婦人に何かを説明しているのか、手ぶりを交えて話している。そのやせた小さな体に堅苦しく地味な服をまとった、黒髪のアン。さえない縁なし帽も曲がったままだ。それなのにセワードは、まるで女神をあがめるかのごとく彼女に見とれている。ソフィアのかたくなな心の中で、嫉妬と混乱が優位を争って渦巻いていた。

「いらっしゃい、ミス・ソフィア」ゆったりとした口調でソフィアの耳にささやきかけたのは、ストランド卿だった。「わたしたちはお邪魔なようですから。でも、約束しますよ。あなたが熱烈な歓迎を受けられる場所を、きっと見つけてさしあげます」

10

それからの数日間は限りなく長く感じられた。いくら考えまいとしても、ジャック・セワードの面影が昼夜を問わずつきまとって、頭から離れない。アンは頭痛を装って自室に引きこもっていたが、客が訪れるたび、かすれ気味だが柔らかい響きのあるあの声が聞こえないかと耳をすました。夜になると、自分の唇に重ねられたセワードの唇の記憶で目が覚めた。硬く引き締まっていながら、手を当てると柔らかい体の感触が、お互いの渇望がぶつかり合い、溶け合ったあの夜の経験が、どうしても忘れられない。そんなふうに執着する自分が怖かった。

ジャック・セワードと関わっても意味がない。それどころか絞首台で死を迎えることになる。わたしを逮捕するために送りこまれた人間なのだ。それを考えただけで彼に対する思いなど吹っ飛んでしまいそうなものだが、そうはいかなかった。

日一日と、自分の部屋が狭く思えて、神経が張りつめていく。アンはそわそわと落ち着きなく、何度も廊下を行ったり来たりした。周囲の壁がだんだん迫ってくるように感じられ、空気も重くよどんでいる気がして息苦しい。いっそのこと屋根の上へ逃げ出したかった。だが、この家はセワードの配下の者に見張られている。

　ある日のたそがれどき、アンはとうとう部屋に引きこもっていることに我慢できなくなり、フードつきの毛織のコートを着て家を出た。近くの公園の入口の門をくぐり、歩みをゆるめる。葉が青々と茂った常緑樹が夕闇に輝いていた。アンは目を閉じて顔を空に向け、ひんやりと湿った空気を吸いこんだ。頭上では星がかすかにまたたいている。吐く息が白い。歩くうちに、馬車が行き来する音がツガとイチイの木立にさえぎられ、しだいに遠くなっていく。

「おや、きみ、こんなところにいたのか」

　その穏やかな抑揚と、喉の奥を震わせる音が混じるスコットランドなまりで、すぐにわかった。**ジャックだわ。**意外ではない。やはり、自ら見張っていたのだ。

「外をうろついたりして、悪い子だね。わたしと一緒に過ごしたくなるとは、きみもよっぽど、相手に不自由しているんだな」

あの人は、いかがわしい女とつきあうのがお好きのようですから。

　どうしよう。セワードが話しかけている相手は売春婦にちがいない。恥ずかしさと悔しさのあまり、アンは逃げ場を求めてあたりを見まわしたが、ほかに道はない。

「可愛がってあげるよ。ほら、悪くないだろう？　こんなふうに、そっと触れば」甘いささやきだった。その声は驚くほど優しく楽しそうで、情感がこもっていた。

　抱きしめて愛撫しているの？　激しく、それとも優しく？　彼女はジャックの息づかいを味わっているだろうか？

「このまま、家に連れて帰ってしまいたくなるじゃないか――」

身動きもできず立ちすくんでいると、「ワイルダー夫人じゃありませんか?」と呼びかけられた。

アンはしかたなく振り向いた。

セワードがその腕に抱いていたのは、なんと灰色の小さな猫だった。ぶるぶる震えていたが、あごの下をなでられて、満足げに喉を鳴らしはじめた。アンはいつのまにか、たわいもなく頬をゆるめてセワードに微笑みかけていた。一方彼も、やや戸惑いながら微笑みを返した。

「こんばんは、セワード大佐」

「こんばんは、ワイルダー夫人」セワードが頭を下げて挨拶すると、猫が襟元まではい上がり、あごの下にとがった小さな顔を押しつけた。彼は猫の前脚をそっとはずし、腕の中に抱え直した。

そのようすをアンはじっと見つめた。ついさっきまでの動揺が感嘆に取って代わっていた。

「大佐、猫がお好きなんですか?」

「ええ」アンの反応が面白いらしい。「犬も好きですよ」

「飼っていらっしゃるんですの?」

「いいえ。でもいつかは飼うつもりです。犬を二、三匹と、猫をたくさん」

「いつか、ですか? 今でなく? 犬や猫を飼うぐらい、簡単でしょうに」話題も意外だったが、アンは自分の声のからかうような調子に我ながら驚いていた。「気に入ったのを連れて帰ればいいじゃありませんか」

「でも、どこで飼うんです？」セワードも同じく軽い口調で言い返した。「わたしが住んでいるのは貸間で、家は持っていないんですよ」

「餌なら、召使の誰かがやってくれるでしょう」

「召使と呼べるような者は雇っていません。料理人と、下働きの少年、通いの家事手伝いが一人ずついるだけです」声は穏やかだったが、目には用心深さがうかがえた。

アンは顔を赤らめた。あらためてセワードのつましい生活を思い知らされるきっかけを作った自分が恥ずかしかった。

「でも、わたしもいつかは引退して、田舎の家に住むでしょう。台所の戸口を夏じゅういつも開けっ放しにして、犬や猫が自由に出入りできるようにしたいですね」

「動物たちに食器棚を勝手気ままに使わせて、大佐は何をしていらっしゃるんです？」

「見守っているでしょうね」

灰色の猫の柔らかい肉球であごを叩かれたセワードは、大きな手で猫の前脚をそっとなでた。ごろごろと喉を鳴らす猫。アンはうらやましかった。

「ただ見守るだけですの？」

「そうです」セワードは簡潔に答え、あえて身動《みじろ》きせずに立っていた。アンが近くに来てくれればと期待していた。

確かに、会話を続けながらアンは近づいてきていた。待つうちにセワードの呼吸が浅くなっていく。

アンは片方の手袋を脱ぎ、猫に向かってためらいがちに手を伸ばした。顔は伏せたままだが、指先がセワードの不自由な手をかすめた。甘美な刺激が伝わる。

セワードは目をそらすことができずに、アンのほっそりとして優雅な指が猫のふわふわした毛をゆっくりと探るさまに見とれた。皮膚を巧みに揉みほぐすように愛撫している。もしこの手が触れているのが自分の体だったら。想像が興奮を呼んで、セワードの動悸が速まり、股間が硬くなった。

まさか自分がこれほど激しく反応するとは。うろたえたセワードはあごを高く上げ、薄明かりの空に目を向けた。アンは実にきゃしゃで小柄だった。猫を抱くのとあまり変わらない力で抱き上げられそうだ。

体を寄せ合うようにして立っているので、お互いの体温で冷気がいくらか暖まっていた。アンの肌から立ち昇るほのかな香りを嗅ぎわけられる気がした。彼女の運営する慈善施設でもかすかに漂っていた、心をとらえて離さない香り。

「やっぱり、この猫はお宅に連れて帰られたほうがいいと思いますわ、大佐」アンが小声で言った。その黒々とした目をセワードは見下ろした。灰色の猫がまるで同意するかのように小さな顔を上げた。「猫でしたら、世話もそれほど大変ではないでしょう」

セワードは首を振った。「いや。気ままにうろつき回るのに慣れている野良猫ですから。

部屋に閉じこめたりしたら、自由になりたくて鳴きつづけるに決まっています」

「でも、お宅の暖炉のそばで丸くなって眠ったりして、居つくかもしれませんよ。もしかしたらうろつき回るのはもうたくさんだと思っているかもしれないでしょう」アンはわずかに眉根を寄せながら言い、猫から手を離して手袋をはめ直した。

切ないあこがれと強い感情がセワードの全身に広がった。求めているものすべてが今、目の前にあった。だが早いうちに目指す犯人を捕らえなければ、自分の存在意義はなくなり、どこかよそへ追いやられてしまう。もうアンにも会えなくなる。彼女が自分にとって特別な存在、かけがえのない女《ひと》であることだけは、本人に知らせてはならない。何があっても、絶対に。

セワードは猫をそっと地面に下ろした。猫はいかにもみじめそうな雰囲気で見上げていたが、遠くで吠える犬の声を聞いたとたん走り出し、イチイの茂みに飛びこんでいった。

「ワイルダー夫人、お宅までお送りしましょうか？」セワードは腕を差し出した。

「ありがとうございます」アンは手をセワードの腕にそえ、公園の出口までの道を導かれるにまかせた。みるみるうちに日が落ち、あたりは暗くなっていた。街灯はすでに点灯夫によって火が灯されており、道路にはひと気がない。

セワードは黙ったままアンに付き添って道を渡り、マルコム・ノースのタウンハウスへの寂しい小道を歩いていった。階段の下で立ち止まり、落ち着かなげにあたりを見まわすと、アンを脇のほうへ連れ出した。ここなら階段の陰になっているから、冷たくなった夜風も届かない。

セワードはまっすぐ前を向いたまま、ようやく口を開いた。「ワイルダー夫人、わたしは社交シーズンが終わるころにはもう、ロンドンにはいられないと思うのです」

「いられない？」

アンは戸惑いながら訊き返した。

セワードの慎重な口ぶりからすると、何か深刻な事情があるにちがいない。ついさっきまでの喜びはたちまち消え、不安がしのび寄る。「なぜですの？」

「あなたは頭のいい方だし、ストランド卿ともお知り合いだ。不思議に思われませんでしたか、なぜストランド卿がわたしを後押しして社交界に入りこませたか？」そう言ってからセワードは顔を赤らめた。「いや、考えすぎでした。わたしが社交の場にいようがいまいが、ご関心なんてありませんよね」

いいえ、関心があるどころではないわ。アンは半ば茫然としながら思った。**あなたがいないときはいつも気づいていたし、一緒にいられるときは意識しすぎて、のめりこみすぎて、怖いほどなのに。**

アンはセワードの美しいグレーの瞳を見つめた。何か大きな悩みを抱えた人の目だ。彼の言うとおり「関心がない」と答えてもよかったのだろうが、アンはそうはできなかった。

「いいえ。あなたの存在にはいつも気づいていましたわ」

セワードの険しい顔に謎めいた微笑が浮かんだ。「でも、興味があるそぶりはまったくお見せになりませんでしたね」

アンは息をのんだ。**この人は、わたしが〝レックスホールの生霊〟であることを知っているにちがいない。**

アンに対するセワードの関心の高さ、礼儀正しさ、視線の熱さ。すべてが、獲物のまわりを回りながらしとめる機会をうかがう行為だったのだ。もうどうでもよかった。初めからそうではないかと疑っていたのだから。アンの心は麻痺しかかっていた。

「きっと、人には言えない目的があって社交行事に出ているのではと怪しんでいらしたことでしょう。それなのにあなたは、わたしを受け入れてくださった」

あたりの空間が恐怖に満たされた。

「わたしは実は、〝レックスホールの生霊〟と呼ばれる犯人を捜しているのです」

なんてこと。セワードは、わたしを信用して打ち明けている。ああ、逮捕されたほうがまだましだわ。

「しかしこれまでのところ、まだ成果はあがっていません」

「残念ですね」

それが本心から出た言葉だとは、セワードにはわからないだろう。

アンは泣きたかった。顔を手でおおって泣きじゃくりたかった。セワードがわたしのことを思っていてくれたなんて。知らなかった。「残念です」くり返しつぶやく。

「早いうちに犯人を逮捕しないかぎり、わたしは上司に新たな任務を命じられ、ロンドンから遠く離れた場所に派遣されるでしょう。ワイルダー夫人、あなたとお会いできなくなるのは……寂しいです」

この人はわたしを信じきっている。これは罰だわ。彼の信頼を裏切らざるを得ない苦しみに比べれば、投獄の苦しみなどとるに足りない。アンは顔をわずかにそむけ、物狂おしいまなざしを空《くう》に向けた。

セワードは一瞬ためらったあと、アンの真ん前に立った。足幅を広くとり、手を後ろで組むという軍隊式の姿勢だ。「ワイルダー夫人」

「はい？」

「とても厚かましいお願いなのですが」

アンはセワードを見上げた。心にぽっかりと穴が空いた気がしていた。「どうぞ、おっしゃってください」

「わたしを、クリスチャンネームで呼んでいただけますか？」

それは、名前の数音節をただ発音するよりも、恋人の言葉による愛撫よりも深い親密さを求める願いだった。セワードはアンに認められることを望んでいた。

冷たい風がさっと吹いてきて、乱された髪の毛がアンの唇にかかった。セワードの口元の険しい線が急に柔らかくなり、優しい目つきになった。ゆっくりと手を伸ばしてアンのほつれ毛を払いのけると、さらに近寄った。二人の距離はわずか一〇センチほどに縮まった。セワードの体温が伝わってくる。アンは思った。この温かみに寄り添い、包まれたい。

「クリスチャンネームはジョンでしたかしら？」アンはつぶやくように言った。

「いいえ、ジャックです」静かでありながら激しさの感じられる声。

二人は身動きもせず、じっと見つめ合った。遠くのほうで鳴る教会の鐘が時を告げている。夜鳥《よどり》が羽の音をさせながら道を横切った。セワードは親指でアンの下唇にそっと触れてから、頭を下げた。

アンは顔を上向けたまま、息をついた。胸がざわついていた。唇を重ねられた。まるで蝶の羽のように軽く、繊細で、柔らかい感触。拒むことができない。

「ジャック」アンはキスの気配を感じながら、セワードの口元に向かってささやいた。「ジャック」

その唇は一瞬、アンの唇の上あたりをさまよっていた。だが次の瞬間、セワードは身を引いて後ろに下がり、息を震わせながら吐き出した。

そのときノース家の玄関の扉が開き、中からもれる光の中に従僕が現れた。

「ありがとうございます、ワイルダー夫人」セワードは重々しい口調で言った。「それでは明日の夜、またお目にかかります」

「明日ですね」アンは抑揚のない声でくり返した。これが現実でありませんように、と心から願っていた。

「ストランドによれば、きみは犯人が女だと見ているそうだな」ジャミソンは、プラトンの著作『国家』の革装丁本の一巻を、ほかの巻と完璧にそろえて並べた。「女がからむと実にやっかいだ。人は女に対して情にもろくなるものだからな。もし本当に犯人が女だったら、裁判はなしで、即決で処置を下さねばならん。例の手紙の内容について語るすきを与えないように」

「ストランドからお聞きになったのですか、〝レックスホールの生霊〟は女だとわたしが考えていると？」セワードが尋ねた。

「犯人をえらそうな通称で呼んではいかんよ、セワード。犯人女性説についてはそのとおり、ストランドから聞いた。そりゃそうだろう。やつがきみに対する忠誠心をいくらかでも持っていると思っていたか？」ジャミソンは自分の机に向かってぎこちなく足を運びながら言った。

実はジャミソンは、ストランドから何も聞いていなかった。おべっか使いの一人が手がかりになる情報をくれたので、それをもとに推理したにすぎない。だがセワードはその事実を知るよしもない。あの男の場合、愛着を抱きそうなものから引き離しておくのが一番だ。そのほうが感覚が研ぎすまされ、用心深くなる。それゆえ、能力がさらに発揮されるのだ。

「いいえ、思っていませんでした」セワードは穏やかな声で答えた。自分は、セワードが少年のころからさまざまな技能を叩きこみ、冷徹な判断力と分析力を持つ酷薄な人間に育てあげた。礼儀正しさと無慈悲さを兼ねそなえたこの男を今あらためて見ると、彼がジャミソンの血を分けた息子であるという噂を信じる人がいるのもうなずける。

ジャミソンは鼻のつけ根をつまみ、慎重に言葉を選びながら話しはじめた。「端的に言おう。犯人を見つけたら、男であれ女であれ、殺せ。尋問は無用だ。例の手紙のありかを探り出そうとするな」

「それはなぜでしょう？」セワードが訊いた。驚きを感じていたとしても、その引き締まった顔からはなんの表情もうかがえない。「重要な手紙であれば……」

「手紙を取り返すことより破棄すること、読んだ者を抹殺することのほうが大切なのだ。わしもきみと同じく、犯人が手紙を持っておらず、その重要性にも気づいていないという結論に達した。紙くずとして燃やされてしまったのかもしれん。しかし、もし犯人があとになって手紙の内容を思い出したりしたら……壊滅的な影響をもたらすだろう。だからこそ、犯人が男でも女でも、生かしておいてはならんのだ」

セワードは嫌悪感をみじんも見せない。予想どおりだ。

「きみを社交界に送りこんだために、かえって犯人がしばらく鳴りをひそめる結果となった。ここ六週間というもの、上流社会では窃盗事件が起きていない。皇太子はご満悦でまたもやしょうもない友人とつるんで贅沢三昧、国をつぶしかねない勢いだ。もしかすると犯人は死んだのかもしれん。仲間に殺された可能性もある。ご存じのとおり、裏切りはおうおうにして死を招くからな」ジャミソンは意味ありげに言った。

相変わらず感情を見せないセワードの態度が、ジャミソンは気に入らなかった。もともと謎の多い男だったが、ますますつかみどころがなくなりつつある。

「本来であれば、きみをこの任務からはずすべきなんだが」

セワードは眉根を寄せた。何かあるな、と瞬時に気づいたジャミソンは身を乗り出した。

「なんだ？　何が言いたい？」

「犯人はばかではないと思います。わたしが捜査に動きまわっているあいだは、できるだけ盗みをひかえようとしているのではないかと」

「だとしたら今までの捜査は時間の無駄だったことになる」ジャミソンはほっとして言った。

「これ以上労力を費やしても意味がなかろう」

「いえ、そうともかぎりません」セワードは答えた。「〝できるだけ〟と今言いましたが、犯人はもうそろそろ、我慢できなくなっているはずです」

「どういう意味だね？」

「この一連の窃盗事件、犯人の狙いは金だけではないようです。盗まずにはいられないといった強い動機があると、わたしは考えます」

「ばかばかしい」ジャミソンはそう言うと、椅子の横に立てかけてあったステッキを引き寄せ、そのずっしりと重い銀の柄のてっぺんをぽんぽんと叩いた。「だとしたらやつは、頭がどうかしているんだ」

「そうかもしれません。しかしいずれにしても、もう少し待ってみたいのです」

「盗みを働いていない泥棒を追いかけるより、もっと大切なことがあるだろう。本件はほかの者に担当させよう」そうだ、もっと簡単に操れる誰かにやらせよう。

「だめです」セワードの激しい口調に、ジャミソンはぎょっとした。

「きみに活躍してもらいたい任務はほかにいくらでもある」ジャミソンは目を細め、断固とした態度で言った。「セワード、もしや嗅ぎタバコやパンチの味が気に入ったのかね？」

「申し訳ありません、ジャミソン卿」セワードは落ち着いた声に戻って言った。「ですが、この件に関してはご指示に従えません」

ジャミソンはステッキの柄を握りしめた。「今なんと言った？」

「ノウルズ卿は、わたしが時間を無駄にしているとは考えておられません。本件に関わるようになったのはノウルズ卿のご命令ですので、ノウルズ卿により任を解かれるまで、捜査を続けたいと思います」

ジャミソンは無表情でセワードを見つめた。信じられなかった。幼いころから手塩にかけて、自分の思うように作り上げたはずの人間。その恩を忘れるとは、いったいどういうことだろう。

セワードは続けた。「わたしは、政府機関で働く人間です。たとえは悪いかもしれませんが、組織の飼い犬のようなものですから、引きひもを握っている人物が誰であれ、その人のもとで働きます」

「冗談で笑わせようというわけか？」ジャミソンは冷ややかに言った。

「冗談のつもりはありませんでした」

ジャミソンは突然、手にしたステッキを勢いよく振り上げ、机の上のものをなぎ払った。書類があちこちに飛び散る。「ついさっき、裏切った者はどうなるかという話をしたばかりじゃなかったか？」

「記憶にありませんが」

火の中に大量の砂が投じられて炎が封じ込められたかのように、ジャミソンの激しい怒りの表情が柔和になった。「かならず、引きひもが本来の飼い主の手元に戻るようにしてやる」

「お好きなようになさってください」セワードは答えた。

「二週間以内に手紙が入手できなかったら、わしからノウルズに話をして、きみをこの任務からはずしてもらう」そう言うとジャミソンはいらだたしげに手をひと振りし、セワードを追い払った。大佐は床に落ちた書類を踏まないように気をつけながら退出した。

ジャミソンはそのままじっと座っていたが、しばらくしてそろそろとペンと紙に手を伸ばした。

「入りなさい」

グリフィンが寝室に入っていくと、大佐は鏡の中の自分の姿を眺めていた。

「ノース家主催のパーティなんだが、飾りのない銀のタイピンと、宝石つきのピンと、どちらがいいと思う？」

グリフィンは目をしばたたいた。からかわれているにちがいないと思ったのだ。だが大佐は本気だった。おしゃれに関して言えば、猫が泳ぎに対して抱く程度の興味しかなかったジャック・セワードが、タイピンの選び方について助言を求めるとは。

「昼間でしたら銀のタイピンがふさわしいでしょうが、夜でしたら、少し派手なほうが映えるかと思いますが」

大佐はうなずいた。「そう、ダイヤモンドがいいな」

グリフィンはちらりと見返した。「どうもよくわかりませんね。大佐が、ノース家のお嬢さんを可愛がるおじ上の役を演じておられるのか、それとも未亡人に対する控えめな求愛者のつもりなのか」

「未亡人はわたしを信用していないからね」

さほど気分を害しているわけでもないらしい、とグリフィンは気づいた。「さぞかし、良識のある方なんでしょうな」ともの柔らかに言う。

「いや」大佐は首に巻いたクラヴァットに目をやり、不満そうな声をもらして引きはずすと、ベッドに積まれた山の上に放り投げた。もう一本、と言うように手を差し出されて、グリフィンは別のクラヴァットを渡した。

「いや、彼女は良識などひとかけらも持ち合わせていないよ」大佐は穏やかに言った。新しく選んだクラヴァットを結び終え、鏡の中の自分の姿に満足げにうなずくと、布の端をベストの中にたくしこんだ。「もし良識があったら、わたしのような人間と同席するのをよしとしないだろうからな。だが、鋭敏な感覚の持ち主ではある。巣立ちしたばかりのハヤブサのひな鳥のように用心深くて、心細そうだ」

「でも、爪は鋭いはずです。気をつけてください」グリフィンは不安げに言った。「女なんて、ろくなものじゃない。信用できませんな。女がからむと事が複雑になる」

「確かにそうだな」大佐はつぶやき、ベストに懐中時計用の鎖をつけた。「ところで、新しい情報を持ってきたんだろう?」

「はい。ミス・ソフィアは、マント専門の仕立屋と貸出図書館へ行きました。ときどき付き添いなしでヴェッダー卿のタウンハウスを訪れています。あまり品のよろしくないコーヒー店へも、いろいろな殿方と一緒に出入りしていました。ワイルダー夫人は家に引きこもっています。ただし、自ら設立した慈善団体へは相変わらず通っています」

「わかった。ジャネット・フロストとレディ・ディップスのほうはどうだ?」

「ジャネット・フロストはくすくす笑ってばかりいます。父親のフロスト氏は日に日に酒浸りになっていくようで、お気に入りの飲み友だちはヴェッダー卿です。ヴェッダー卿はレディ・ディップスの新しい愛人でもあります」

「ヴェッダーだって?」その名が大佐の関心をとらえた。

「はい。しかし、期待してはいけませんよ、大佐。この二人は、一緒にいるあいだは屋根の上をうろつくことはありませんから。それに、〝レックスホールの生霊〟が侵入したと思われる窓の中には、レディ・ディップスのふくよかな体では通れないものもあります」

「そうだな」大佐は同意した。「ただ、捜査もそろそろ成果をあげないといけない」

「ジャミソン卿が何かおっしゃったのですか？」

「二週間以内に犯人を捕らえろと言われた」大佐は顔をしかめた。「だが問題の手紙には、こちらが知らされていない情報がまだあるらしく、それが気になるんだ。わたしがノウルズの指示に従って動いていることをあらためて指摘したら、ジャミソンは激昂して卒中を起こしそうになっていたよ」手袋をつけながら言う。「あの人があれほどこだわるとは、いったいどんな内容の手紙なんだろう？」

「調べてお知らせしますよ。調査はそれなりに進んでいます。手紙はもともと、ウィンザー城から送られたもののようです」

大佐は動きを止めて顔を上げた。「それは面白い」

グリフィンは眉をひそめた。大佐の上着の肩のあたりがどうもおさまりが悪い。

「宮殿の、どこからだ？」

「まだわかりません」そう言いながらグリフィンは大佐の上着の襟をまっすぐに直した。ここがおかしかったのだ。「でも、部下を一人入りこませてあります。探索が得意な男です」

「しかし、ウィンザー城にはもう誰も住んでいないだろう、老王をのぞいては」大佐は言った。「それに、国王はとっくの昔に政治の舞台から引退している。精神障害を患って以来、皇太子が摂政をつとめているからな」

グリフィンは一歩後ろに下がり、大佐の服装を今一度確認する役割を果たした。

「確かに、ダイヤモンドのタイピンはよい選択ですね、大佐」

アンは鏡台の前に座り、鏡に映る自分の姿を無表情で眺めていた。身につけているのは新しいドレスで、めずらしく暇ができたある日の午後、店の前を通りかかったときに陳列窓に美しく飾られてあるのに目をとめて、つい買ってしまったものだ。今朝、水晶をあしらった靴、繊細な刺繍がほどこされた絹のストッキング、金色の小さなビーズをちりばめた網目模様のショールとともに届けられた。

豊かに生い茂る森を思わせる緑のこのドレスを着ると、アンの肌はいつもの青白い色というより、象牙色がかって見える。深くくれた襟ぐりと短いちょうちん袖の袖口は、金色の絹地で縁取りがしてある。昨日なら、この装いに心が躍ったことだろう。だが今日は、袋用の布を身にまとっていてもそう変わりはないように思える。

わたしはジャックを愛せるだろうか？ この突飛な想像が頭に浮かんできて以来、ほかのことは何も考えられなくなっていた。ばかげている。愛ですって？ わたしが愛について何を語れるというの？ アンは自分が情けなく、腹立たしかった。

かつてわたしは恋に落ち、愛に目ざめたと思っていた。しかしマシューとの二年間の結婚生活で自分の心の欠陥を思い知らされた。マシューの愛情がますます深まっていったのに対し、アンの愛情はしだいに薄れていったからだ。愛そうといくら努力しても、献身的な愛の贈り物を重荷に感じつつそれに応えようとしても、うまくいかなかった。マシューが死んだのもそのせいだ。

最後の手紙の中でマシューは、アンを結婚生活から解放してあげる、それももっとも完全な形——死によって、とはっきり書いていた。だが、夫が死んでもアンは解放されなかった。自由の身になどなれるわけがない。

頭がずきずきと痛む。アンはうつむき、こめかみを指で押さえた。ジャックに対するこの思いは、愛とは呼べない。

ジャックを愛するなどという大それたことをどうして考えたのだろう？　正体を知られたら、軽蔑されるだけではないか。

アンは顔をさっと上げ、鏡に映った燃えるまなざしの女性を見つめた。そうよ。ジャック・セワードはアヘンのように妖しい魅力を持つ危険な男だ。そんな男を愛することは、地上三十メートルの屋根の上で三メートルを超える距離を飛ぶのにも似た冒険になる。だからこそより危うく刺激的で、どうしても忘れられないのだ。

だめよ！　心の中でその生々しい思いを否定する必死の声があがったが、アンは聞く耳をもたなかった。自己嫌悪と絶望が、自分を脅かしつづける喪失感から逃れろとせきたてていた。

もう、自分が何をしているのか、なぜそうしているのか、まったくわからなくなっていた。

頭の中では思考の断片が入り乱れ、渦巻いている。そこからただひとつ、やむにやまれぬ強い思いがはっきりと浮かび上がってきた——わたしは、ジャック・セワードから逃げなければばならない。

11

テーブルには、ミカエルマス・ローズの花をあふれんばかりに活けた中国趣味《シノワズリ》の花瓶がいくつも並べられている。磨きあげられた収納棚の表面に、先細の蜜ろうそくの光が反射して輝いている。二階からは、弦楽四重奏団の奏でる甘いしらべが聞こえてくる。ノース家のパーティが始まっていた。

招待客はまだ十数名しか来ていない。ジャック・セワードは真っ先に到着し、アンの姿を探した。会って話をしたかった。昨夜、衝動的にキスしてしまったことについて釈明するつもりだった。だが唇がかすかに触れ合い、お互いの息づかいを感じたぐらいでは、本当のキスとは言えないな、と苦笑いを浮かべる。それでもセワードは言い知れぬ興奮を覚えた。あんな経験は今までにない。いや、一度だけある。あの夜の興奮も昨夜と似ていた。

「セワード大佐！」ソフィア・ノースがセワードの姿を見つけた。背が高く茶色い髪の女性を追い立てるようにして近づいてくる。

「ミス・ソフィア」

ソフィアは、優しげな顔をした女性の腕をつかんで言った。「ほら、ジュリア。こちらがセワード大佐よ。大佐、ミス・ジュリア・ナップをご紹介します。我が家の者が皆、親しくさせていただいていますの」

「お目にかかれて光栄です、ミス・ナップ」セワードは軽く頭を下げた。

「お客さまがまだほとんどいらしていませんわね」ソフィアは室内を見まわして言った。「近くの大通りで事故でもあったんじゃないかしら」

「きっとそうでしょう」セワードはいちおう同意した。確かに人がまばらだし、侯爵や伯爵のような身分の高い出席者も見当たらない。ソフィアの意見は残念ながら間違っている。他人の家で行われる催しでなら、ソフィアもちやほやされるだろう。だが会場が自宅となると話は別だ。ノース家の令嬢と食事をともにする会の招待を受けるということは、彼女の望みを真剣に検討する意思を世間に向かって宣言するようなものだからだ。

「ミス・ナップは、ロンドンへ出てこられてから長いのでしょう?」したくもない雑談をすることにいらだちを覚えながらセワードは訊いた。早くアンに会いたかった。

「いいえ」とミス・ナップが答えた。「兄の家族と一緒に、先週来たばかりですわ。ソフィアとは昨日、美術館で偶然会って、今夜のパーティに招いていただきましたの。兄一家は先約があって来られませんでしたが」

そう言いながらミス・ナップは目をそらした。つまり彼女は、兄が出席する予定の先約のほうには招かれなかったというわけか。「ミス・ノースとは長いおつきあいですか?」

「子どものころから知っています。毎年夏にはミル・エンドで会っていましたから」

「ミル・エンド?」

「従兄《いとこ》の実家のワイルダー家が持っている別荘の名前ですわ」ソフィアが代わりに答えた。「わたし、夏はそのミル・エンドで過ごしていたんです。ナップ家はそのお隣に地所を持っていらして。ワイルダー家とは何世代にもわたってお隣どうしなんですって」

ジュリアはマシュー・ワイルダーと知り合いだったのか。もはや故人となった恋敵《こいがたき》は、どんな男だったのだろう? アンはマシューのどこが忘れられずに、常識より長く喪に服す道を選んだのか?

「でしたら、ワイルダー夫人ともお知り合いですね?」セワードは訊いた。

「ええ、ジュリアはもちろんアンを知ってますわ」ソフィアが甘えるような声で答えた。

ジュリアは首を振った。柔らかい茶色の巻き毛が軽く揺れる。「ソフィア、そんなによく知っているわけでもないのよ。ワイルダー夫人に初めて会ったのは彼女が社交界にデビューした年でしたわ。はつらつとして、自信にあふれていました。わたしたちみんな、一所懸命まねしようとしたぐらいですもの」その口調には心からのあこがれの気持ちがにじみ出ていた。

「そうね」ソフィアがしんみりとした声で言った。「アンは本当にすてきだった。この世で一番輝いている女性だと思えるぐらいにね」感傷的になりすぎるのを嫌うかのように、ぴしりと音を立てて扇を開く。「つまりね、昔のアンには自分ならではのしっかりした流儀があったということ。なのにそれを捨てて、おしゃれもやめて、あんな野暮ったい灰色の服ばかり着てるんですもの」

「まあ」とジュリア。「まさか、アンがまだ喪に服しているっていうの？」

「本人に訊いてみたらいいわ。セワード大佐、パンチはいかが？」返事を待たずにソフィアは召使を手招きした。

「ごめんなさい。差し出がましいことを口にしてしまったわ」ジュリアは赤面し、申し訳なさそうにセワードを見やった。「すみません。わたし……アンには幸せになってほしくて」

「謝ることはありませんよ、ミス・ナップ」セワードは言った。「思いやりがおありになるんですね」

「あら」微笑んでいたソフィアの表情に緊張が走った。「ヴェッダー卿がいらしたわ。挨拶してこなくちゃ」そう言うとあごを高く上げ、目を輝かせて歩いていった。

「お母さまが亡くなってから、ソフィアはずいぶん大人になりましたわ」わざとらしいかん高い笑い声をあげてヴェッダー卿に挨拶しているソフィアを見ながらジュリアが言った。

「ワイルダーさんとは、奥さまだけでなくご主人ともお知り合いでしょうか」セワードはさりげなく話を戻した。

「ええ。わたし、マシ――ワイルダー船長の、幼なじみなんですの」

マシューと言おうとしたんだな、とセワードは思った。「でしたら、長年のご友人を亡くされたのですね。お気の毒でした」不思議だった。マシューの妻だったアンには、一度もお悔みを言っていないのだ。「ワイルダー船長はどんな方だったのですか？」

単なる話の接ぎ穂なのに、ジュリアはすぐには答えず、慎重に言葉を選んでいる。マシューのことを思い出しているのだな、とセワードは感じた。ミル・エンドでともに過ごした過去には、少なくともジュリアのほうには、単なる友情以上の思いがあったにちがいない。マシュー・ワイルダーの人となりが、彼女の口から語られることになる。

「とてもりりしい顔立ちで、さっそうとしていましたわ。といっても、自分の外見にはあまりこだわっていませんでした。思いやりがあって、社交的で、心が広くて。ボー・ブランメルのような才気はなかったにしても、人としての魅力がありました」

ジュリアは首をかしげた。マシューの姿を心に思い描いているのか、地味な顔に微笑みが浮かぶ。愛していたにちがいない。

「思いやりがあって、心が広い……立派な方だったのでしょうね」セワードは言った。

あまり感心した口ぶりに聞こえなかったのだろう。ジュリアは非難がましい目つきになった。「セワード大佐、あなたのような方にはきっと、マシューが堅苦しくてつまらない人間に思えるのでしょうね。でもそれは、わたしが彼のよさをうまく表現できていないせいですわ」

まずい。すでにこの世にいない男に嫉妬していることを悟られてはならない。「ミス・ナップ、あなたの今のお言葉だけでも、ワイルダー船長の人格のすばらしさは十分、伝わってきますよ」

ジュリアは微笑んだ。「ありがとうございます。あの人のすばらしさは皆の認めるところでしたわ。わたしがよく、そんなに人に褒められてばかりでどうするのって、責めていたぐらいですから」声をあげて笑う。「冗談はともかく、マシューは、まわりの人たちを奮起させる人でしたわ。自分も努力家でしたから」

「それ自体、才能ですね」

「ええ」ジュリアはゆっくりとした口調で言った。「ただ、人が自分の期待に応えてくれないのが許せないといった性格でもありましたね。期待を寄せている相手が失敗したり無関心な態度を見せたりすると、まるで自分の不名誉のように感じるらしく、ひどく傷ついていました」

「だとしたら、ほとんどいつも傷ついてばかりだったでしょうね」なんという皮肉な物言いだ。こんなに無礼な言動をしたことが今までにあっただろうか。

だがジュリアは気を悪くしたようすもなく、ただ首を横に振った。「ところが、セワード大佐。マシューはめったに傷つくことがなかったんです。関わった人はほとんど皆、彼にふさわしく、期待を上回る人ばかりでしたから」

「ワイルダー夫人もその一人ですか？」まただ。下世話なせんさくであることは重々承知していたが、セワードは訊かずにはいられなかった。

ジュリアは目を上げた。「マシューはアンを愛していましたわ。あの人は――」と言うなり顔をそむける。まるで、過去のつらい日々を思い出したかのようだ。「出会ったその瞬間から、アンのとりこでした」

セワードは無言で次の言葉を待った。

「アンはマシューと同じ階級の出身ではありません。ご存じですよね。身分については隠し立てしていませんでした。でもマシューはそんなことを気にもせず、王族に接するような態度で求愛していました。ご質問にお答えしますと、アンも彼にふさわしい人でした」どこか開き直ったような口調でジュリアは言った。

「どういう点で？」セワードは興味を示しつつもさりげない口調を保って訊いた。

「そうですね、アンは――」適切な言葉を探しているのか、ジュリアは顔をしかめた。「社交界デビューしたころは落ち着きがないというか、とにかく活発で、炎がたいまつをどんどん燃やしていくような印象がありました」

「そのころの彼女にお会いしてみたかったですね」

「正直言ってわたしたち、アンがあまりに元気いっぱいに遊びまわっているので、ちょっとはめをはずしすぎなのではと思っていました。ところがマシューは、アンを理想の女性と感じたようです。最初に求婚したときは断られたんですけれど。ご存じなかったですか？　でも、マシューはくじけませんでした。アンと結婚できて初めて、自分は完璧な人間になれる、と言っていましたわ」

二人のそばに銀の盆を持った召使がやってきてパンチをすすめた。ジュリアは一杯取って優雅に口元へ運び、ひと口飲んだ。

そんな夫の考えが、アンを苦しめたのか？　アンは夫が抱いていたあこがれの気持ちを裏切ったのか？

富と家名と人間的な魅力、そしてアンという妻がありながら海軍での実戦経験をほとんど持たないマシュー・ワイルダーが、なぜあえて危険な任務に志願したのか、謎だった。結婚した相手がおとぎ話の王女さまでなく、現実の女性だとわかったとき、マシューは「完璧」でない人間として生きるより、人生を投げ出したのだろうか？

もしこの推測が当たっているとしたら、アンのほうはどうだったのか？　夫の失望に気づいただろうか？　自分に何が足りないか、マシューに誤解されていた長所は何かと、自問自答しなかったか？　自分の落ち度でもないのに、夫の愛情が冷めたとわかったら？　どんなに努力しても、見向きもされなくなったら？

実際にはどうだったのか、セワードは知りたかった。

「わたしは結婚していないのでなんとも言えないのですが、結婚してしばらく経って夫婦としてお互い慣れてくると、恋愛時代の熱い気持ちも落ち着いてくるのではありませんか？」

「セワード大佐、田舎育ちの素朴な人間として申し上げますが、愛というのは育っていくものので、ワイルダー夫妻にもそれは当てはまると思います。といってもわたし、二人にしょっちゅう会っていたわけではないですけれど。マシューはいつも、アンをめずらしい場所へ連れていきたがっていました。旅行好きで、人との出会いを楽しむ人でした」

「つまり、求婚していたときも結婚後も、愛情は変わらなかったということですか？」

ジュリアはうなずき、小さくため息をついた。「ええ、そうです。アンに対するマシューの愛情は時とともに深まっていくようでした」

セワードは謎に迫ろうと、視点を変えて尋ねてみた。「まれな例でしょうね。そういう熱愛の場合にありがちな嫉妬に悩まされることはなかったのですか？」

ジュリアは明らかに驚いていた。「少しはあったかもしれませんね。でも、おとぎ話に出てくるような理想の相手を射止めた人なら、嫉妬心があっても不思議ではないでしょう？」言い訳めいた笑みを浮かべる。

だが、おとぎ話には鬼がつきものだ、とセワードは思った。**アンのおとぎ話で鬼にあたるのはなんだったのか、誰だったのか？**

「マシューは何よりもアンの幸せを望んでいましたわ」ジュリアは穏やかに言い、周囲を見まわして空になったパンチのカップを置く場所を探した。

「だとしたらワイルダー船長はなぜ、自分に向かないとわかっている任務に志願したんでしょう？」セワードはつぶやいた。顔を上げたジュリアの表情には困惑があった。同じ疑問を感じ、今まで何度も自問自答をくり返してきたにちがいない。

「わたしには……わかりませんわ」

重い沈黙がしばらく続いた。その場に立ちつくす二人に、ソフィアがふたたび声をかけた。

「ねえ、ちょっと見てくださいな。今日は彼女、灰色の服じゃないわ」その笑い声には冷ややかさがあった。

ソフィアの後ろから現れたのはアンだった。その姿にセワードは目をみはった。息をのむほど美しかった。

自分がアンに影響されやすいことはわかっていたから、それなりの心の準備はしていたつもりだった。しかし胸の鼓動がどんどん高まっていくのを抑えられない。五感がことごとく目覚め、アンに向かって開かれているかのようだった。姿だけでなく、声の響き、香り、温かみ、それらすべてを味わいつくしたいという渇望が呼びさまされていた。

マツを思わせる深緑に金色に輝く紗をかぶせたドレス。目もあやな装いに引き立てられて、アンの美しさは普段よりさらに力強く、それでいてもろく思えた。

アンはセワードの存在に気づいていないらしい。ジュリア・ナップの姿を認めた瞬間、幽霊でも見たかのように目をみはったが、すぐに皮肉っぽい表情になり、最後にはあきらめたような顔を見せた。

「ミス・ナップ。久しぶりにお会いできて嬉しいですわ」

ジュリアはタフタの衣擦れの音をさせながら前に進み出た。再会を喜ぶ微笑みがアンの表情と対照的で、見ていて不思議なほどだ。

「ワイルダー夫人！　なんてすてきなんでしょう」

アンは一瞬ためらったが、自分よりはるかに背の高いジュリアを抱擁した。「ロンドンへ出てきてらっしゃるって、マルコムおじから聞きましたわ。つい最近でしょう？」

「先週ですわ。それからずっと――」

「忙しかったんですね。当然だわ。社交シーズンはいつもそうですものね。ソフィアはパンチを差し上げたかしら。ああ、パンチはお嫌いでしたよね。レモネードはいかが？」アンは口早に言った。目を輝かせ、作り笑いを浮かべている。哀れだった。しゃべりつづけながら振り返り、セワードと向き合った。

「ジャック」かろうじて聞きとれるほどの、ささやきというより吐息に近い声。何か人を寄せつけないものがある。

「こんばんは、ワイルダー夫人」セワードはお辞儀をした。

「こんばんは、セワード大佐。わたしどものパーティにいらしてくださって嬉しいですわ」優しさは感じられるが、どこかうつろで、セワードが今まで聞いたことのない口調だ。「大佐にミス・ナップをご紹介しなければ。あら、もうお話しされていたんですね、よかったわ」

何かがおかしい。セワードは一歩前に進み出た。アンが後ずさりしたのを見て、セワードの胸が締めつけられた。鉄の手で心臓をつかまれ、握りしめられているようだ。アンはぎこちなく目をそらした。わなにかかって傷つき、脚を引きずって歩く動物を思わせる。

脅かしてしまった、とセワードは感じた。アンのこの目は何度も見たからわかる。昨夜のわたしの厚かましい行為に圧倒されたまま、自室に引きあげたにちがいない。

レディ・ディップスと違ってアンは、言い寄られていやだと感じたときにうまくかわすすべを知らないのだろう。わたしはそこにつけこんでしまった。そう思うとセワードは気分が悪くなった。

「ミス・ナップは、お兄さまのところにいらっしゃるんですって」ソフィアが言った。その視線はセワードとアンのあいだを行き来している。

アンはさらににこやかな表情になった。無理して作ったその明るい笑顔が痛々しい。「あぁ、そうですか。社交シーズンのあいだはそこに？」

「兄のサイモンが、同居をすすめてくれたんですの」とジュリア。「父が昨年の初めに亡くなったものですから」

アンの顔が青ざめた。「それは……ご愁傷さまでした」

「ありがとうございます」ジュリアは丁重に礼を言った。「兄の家族が、実家の屋敷に引っ越してきたんですが、母とわたしに一緒に住まないかと言ってくれました。また子どもたちの声が響くにぎやかな家になって、嬉しいですわ」

「お兄さまのお子さんは五人ですものね。ミス・ナップはおばさまとしてさぞかし可愛がっていらっしゃるんでしょうね。うらやましいわ」ソフィアの口ぶりは、それがうらやましい立場でもなんでもないことを匂わせていた。「甥御さんと姪御さんたちはお元気？」

「ええ、おかげさまで、みんな元気ですわ」ジュリアは取りつくろうように答えた。「ところでワイルダー夫人、軍人や水兵の支援活動をなさっているとか。すばらしいわ。慈善基金のようなものでしたっけ？」

「ええ」アンは答えた。居心地悪そうに体を動かしている。

ジュリアはアンの手をとり、両手で包みこんだ。目が輝いている。「実はわたしも、母と一緒に、戦争から帰還してきた兵士の看護をしたことがあるんですよ。我が家を開放して、人を受け入れたんです。とても充実した日々でしたわ」

ジュリアはアンの手をぎゅっと握り、満足そうな微笑みを浮かべた。「マシューが生きていたら、きっとあなたの活動に賛成して、後押ししてくれたでしょうね」

「そうかしら？」ソフィアは納得しない。「賛成したら、二人一緒に過ごす時間が少なくなってしまうわよ」

ジュリアは声をあげて笑った。アンの表情はゆるまない。

「まあ、ソフィアったら、冗談がお上手ね。でもワイルダー夫人、真面目な話、あなたがうらやましいですわ。やりがいのある仕事を持っていらして、時間つぶしができ――」

ジュリアは急に言葉を切り、押し黙った。今発した言葉が、無為に過ごすしかない自分の孤独な生活がうかがわせ、周囲を不快にさせてしまうと気づいたのだろう。

気まずい沈黙を埋めようと、アンが言った。「ミス・ナップは今年の社交シーズン、楽しんでいらっしゃいますか？」

ジュリアはすかさず答えた。「あらわたし、自分の社交のためにロンドンへ出てきたんじゃありませんわ。兄の長女が数カ月後に社交界デビューする予定なので、一緒に裁縫師などを回っていますの」

「でも、ジュリア」ソフィアが口をはさんだ。「自分でも少しは楽しんだらいいのに」

「この週末が終わったら帰るつもりですわ」ジュリアは静かに答えた。「ロンドンにとどまる理由がありませんもの」

「帰ってしまわれると、寂しくなりますわ」アンは明らかに無理をしていた。

「そういえばワイルダー夫人。セワード大佐がさっきまで、マシューのことを訊いていらしたんですよ」ジュリアは妙に快活な声を出した。「どんな人だったのかというお尋ねでした」

アンはさっと顔を上げた。なんともいえず悲しげで孤独な表情でセワードを見つめ、きっぱりと言った。「マシューは、最高にすばらしい人でしたわ」

12

「まあ、どうしましょう」アンの表情を見たジュリアが痛ましそうに言った。「ごめんなさい。マシューについて話すのが、いまだにそんなにおつらかったなんて、わたし、気づきもしないで……本当に、申し訳ありません」

ジュリアは悲痛な面持ちになっている。罪悪感が、無数の短剣のごとくアンの心に突き刺さった。「ミス・ナップ、謝ったりなさらないで。大丈夫ですから」

アンの知人の中でも、ジュリア・ナップほど品行正しく心の広い女性はいない。マシューに捨てられたとか、アンが自分の幼なじみを追いまわしているなどと非難めいた言葉を口にしたことは一度もない。実際アンは、あらゆる手管を使って懸命にマシュー・ワイルダーを追いまわしていた。だから責められてもしかたがないのだ。

「セワード大佐が、スコットランドのお話をしてくださるっておっしゃっていたんですよ」

ジュリアはどうにかして話の接ぎ穂を探そうと必死だ。

「そうですか」アンは言い、セワードのほうに視線を向けた。胸が痛んで、とてもまともに目を合わせられない。

セワードは顔をしかめてこちらを見ている。

「スコットランドって、とてもロマンを感じさせるところよね。そう思わない、ジュリア？」ソフィアが勢いこんで言った。「特に、山並みがいいわ。大佐は高地の出身でいらっしゃいますの？」

「いいえ、エジンバラです」

そうだった。アンは目をジュリアのほうに向けたまま、それ以外の感覚のすべてをセワードに集中させていた。少年のころ、エジンバラの救貧院でジャミソン卿に見出されたという噂だった。今の今まで、すっかり忘れていた。自分が泥棒であることを忘れていたのと同じように。

「ワイルダー夫人？」ジュリアの低い声が急に耳に入ってきて、アンはびくりとした。「ちょっとだけお時間をいただけますか？」

アンはぼんやりとうなずいた。ジュリアはアンの体に軽く手をそえ、セワードとソフィアに話を聞かれないよう、脇に連れ出した。

「こういう場でなんなのですが、次にいつ機会があるかわかりませんし、どうしてもお話ししておきたくて。それがマシューの伝えたかった思いでもあるはずですから」ジュリアは小声で言った。

アンは凍りついた。「ミス・ナップ、その思いというのは？」

「マシューはあなたを心から愛していましたわ」

ああ、またさわ。胃の奥がきりきりと痛み、すっぱいものがこみ上げてきた。何度同じことを思い出させられればいいのだろう。夫に愛されていた……いえ、あこがれられ、熱愛されていた。ほとんどの女性にとっては想像の域を出ない深い思慕の情。それを受けるべきだったのは、ジュリア・ナップなのだ。

「マシューの名前を聞いたときの表情ですぐにわかりましたわ。まだ彼の死を悼んでいらっしゃるんですね。でも、それはいけないわ。マシューだって奥さまがいつまでもそんなだったら喜ばなかったでしょう」

いいえ、マシューなら、喜んだにちがいない——そんな考えが頭をかすめた。思いもよらないほどの辛辣さにアンは愕然とし、唇を嚙んだ。

「もちろんわたしだって、マシューがいなくなって寂しいですわ、友人ですもの」ジュリアは真剣な表情で言った。「友人を失った悲しみは……」一瞬、間をおく。「ご主人を亡くした奥さまの悲しみとは違うでしょう。でもマシューは、自分がいつまでも不幸な思い出として語られるのを望まなかったはずですわ。以前、わたしに言っていたんですよ。『アンが笑うのを見ていると、ぼくは微笑まずにはいられない』って」

「もう、いいんです」

ジュリアはアンの冷たい手を自らの両手に包みこんでさすった。「ワイルダー夫人、もう一度、やり直せますよ。お若いのですから、まだまだ先が長いでしょう。気持ちを新たにして、これからの人生を楽しんでください」

「あなたと同じように?」アンは声をひそめて言った。

ジュリアは微笑んだ。「わたしにはワイルダー夫人ほどのゆとりや才覚がありませんから。何か、自分が打ちこめるものを見つけられたらと思うんですが……」悲しげに首を振る。

「では、こうしたらどうでしょう」アンはつい情にほだされ、熱をこめて言った。「一緒に暮らしませんか。わたしの話し相手になっていただければ、きっと——」

「お宅でお世話になるということですか?」ジュリアは首を振った。「マシューが奥さまに遺したお金をわたしが使うわけにはいきません」

その断りの言葉にとげはなかったが、揺るがぬ自尊心が表れていた。マシューに捨てられたことでジュリアがいかに深く傷ついたか、アンはあらためて思い知らされた。

なんという愚かな申し出をしてしまったのだろう。自分の未来を奪った女の話し相手になってほしいと頼んでいるようなものじゃないの。これほど無神経な言葉は、罪としか言いようがない。

「無神経なことを言ってごめんなさい。お詫びします」

「いえ、お気になさらないで」ジュリアの平凡な顔に優しい笑みが浮かんだ。「それより、過去にこだわらないで前に進んでくださいね」

こだわらずにいられないのを知りつつも、アンはうなずいた。忘れられない過去。それは、義足をつけた姿で追いかけてきた。老女の声でアンを責め立てた。マシューの母親からの非難めいた手紙の中に現れた。タフタのドレスを着て食事の席についていたこともある。過去はこれからもずっと、アンにつきまとって離れないだろう。

アンは、ジャック・セワードの濃い金髪に目を向けた。彼は頭をかがめ、ソフィアと顔を寄せるようにして話している。

ジャックはなぜ、あのときわたしにキスして、厳重な心の守りを切りくずしたのか。そのためにわたしは、求めてもけっして得られないものが欲しくなるという苦しみを味わった。マシューも同じ思いをしたのだろうか。だとしたら、彼がそんな苦しみより死を選んだのも無理はない。

どうしてジャックは、わたしをこんな気持ちにさせるのか。どう考えているのか。アンは目を閉じた。頭がずきずき痛み、心が折れそうだった。

辛辣な考えが頭をよぎった。

ジャック・セワードの目に映ったわたしは、夫の死を悼む未亡人だ。守るべき家名もなく、自分より身分の高い相手と結婚した女、聖人のような男に敬愛された女。

でも、あの人は本当のわたしを知らない。

そのときセワードが顔を上げた。緊張した面持ちで何かを探している。

〝レックスホールの生霊〟と呼ばれる泥棒、それがわたしだ。彼に事実を知らせなくてはならない。

まるでわたしの中に棲む悪魔を追い払おうとしているかのように、眉をひそめたセワード。お願いだからそんな心配そうな目で見ないで。紳士らしい折り目正しさと温かいまなざし。

力強さと、たまに見せる笑いが心を引きつけてやまない。彼さえいなければ、こんなに胸が騒ぐこともないのに。

アンは小さく笑った。弱々しい笑い声がすすり泣きに変わりそうになったが、なんとかこらえる。

セワードはすぐに気づき、前に進み出た。話していたソフィアの言葉が途切れる。アンは片手を上げてセワードを押しとどめた。ジュリアが気遣わしげな目を向けた。

「わたし、さっきから寒気がしてしょうがありませんの」アンは言った。自分の声がどこか遠いところから響いている。「ソフィア、お客さまをおもてなししてちょうだい。そろそろ失礼させていただいてもいいでしょうか、ミス・ナップ？」

「もちろんですわ、ワイルダー夫人」

「大佐、よろしいですか？」

セワードは頭を下げた。アンは逃げるようにその場を離れた。

ノース家のパーティがお開きになったのはその一時間後だった。社交界の行事としては早く終了したほうだが、セワードにとっては長すぎた。メイフェアから埠頭の近くにある自宅まで歩きながら、急いで自室に引きあげていったアンの表情をくり返し思い出していた。逃げていったとしか考えられない。あの場から、そしてセワードから。

川岸から立ち昇ってくるひんやりとした霧が、ゆっくりと脚にまとわりつく。外で酒を飲むには寒すぎ、仕事には遅すぎる時間だからか、炎が揺らめくたき火の缶のまわりには誰もいない。

戸口に近づいていくと、グリフィンと少年が霧の中から姿を現した。

「俺、ひと晩じゅう、起きて見張ってた。おじさんに言われたとおり」前置きも何もなしに少年が言った。そばに立つグリフィンは無言のままだ。「台所の下働きの女中、ありゃふしだらな女だな。今まで見てきて、ふた晩に一度は家を抜け出してたもん。だけど、屋根の上に登ったことは一度もないよ」

セワードはうなずいた。思ったとおりだ。最初から見方を誤っていた。〝レックスホールの生霊〟の無謀さと大胆さから考えて、追っ手が迫っているのがわかっていても(いや、迫っているからこそ)ふたたび挑んでくるだろうとふんでいた。

その判断は間違っていた。彼女はどこかへ消えてしまった。セワードはポケットを探って硬貨を何枚か取り出すと、ご褒美を待つ少年の薄汚れた手に向かって放り投げた。「見張りを続けてくれ」

「がってんだ、大将」少年はたちまちいなくなった。

あの女泥棒もわたしを「大将」と呼ぶことがあったな。あの粗野な話し方にはドックランド地方特有のなまりがあるものの、生まれたときからずっとそこに住んでいた者のなまりではない。誰かから間接的に学んだか、でなければ大きくなってから身につけたかだろう。

ここ数日間、セワードはレックスホールの生霊の追跡を怠けていた。別の標的を追いかけていたからだ。しかし期限を切られてしまった今、ふたたび犯人逮捕に向けて集中しなければならない。何かしら手がかりを見つけてそれを追っていくしかない。残された時間を有効に使って、手紙の謎を解くつもりだった。

「最新情報を聞きたい」セワードは言った。「バークから何か連絡があったか?」

「いいえ、何も」グリフィンが苦々しげに答えた。「バークのやつ、フロスト家から暇をもらって急ぎサセックスへ向かったきり、何を追いかけているのやら、音沙汰なしです」

「で、グリフィン。きみのほうはどうだ、何かわかったか? とにかく手がかりが必要なんだ。今すぐ」セワードはきびきびした口調で言った。

「わたしの考えでは、アトウッド卿は例の手紙の存在をジャミソン卿に知らせる前に、しばらく手元に置いていたと思われます。ウィンザー城に送りこんでおいた若いのが言うには、アトウッド卿は四月まで、よく城を訪れていたそうです。四月以降はご無沙汰だとか」

「アトウッドが訪ねていた相手は?」

「それが驚いたことに、老王のもとへ行っていたそうで」

「**なんだって?**」セワードは信じがたいといった表情で言った。グリフィンはうなずいた。

ウィンザー城に何がある? 精神を病んだ国王が、なんらかの醜聞や情報を明かしたというのか? もしやそれが、摂政皇太子を脅迫する材料として使われるとでも?

「それからもう一人、ご指示どおり部下に見張らせておいた、奇妙なお仲間のヴェッダー卿ですが、最近フロストとつるんでいまして。大佐に恨みを抱いているあのフロストです。ヴエッダー卿はおとといの晩、またジャミソン卿のもとを訪れました。このときはノウルズ卿抜きです」

「たぶんヴェッダーは、ふとどき千万なわたしの首をはねてくれとでもジャミソンに訴えに行ったんだろう。だが、見張りを続けておいてくれ」セワードはそれ以上何も言わずに玄関につながる階段を上り、扉を開けて入っていった。


「ここにいたら、きみは堕落するよ」ストランドはそっけなく注意した。手に持ったろうそくを上げて、全身をおおうコートを着た夜遅い訪問客に光を当てる。「わたしのような男の行状について、聞いたことがあるだろう？」

ソフィア・ノースがコートのフードをはずすと、見事な巻き毛がこぼれ出た。「堕落するですって？　考えすぎじゃないかしら？」

ストランドの表情が穏やかになった。ソフィアが頭を振ると、ろうそくの柔らかな光に照らされて、赤みがかった金髪が輝いている。ストランドは昔から、赤毛の女性が好みだ。

「何かご用かな、お嬢さん？」

ソフィアはいたずらっぽい表情で眉をつり上げた。ストランドはもう少しで笑いそうになった。温室で二人きりになったときのこの娘《こ》は、意欲満々の生徒だった。温かく、柔らかく、かぐわしい香りに満ちて、ただただしつこくせがんでいたな。まったく、駆け引きの手際も何もあったものじゃない。

「始めたことを、最後まで終わらせようと思って来たの」ソフィアは奥の廊下を手ぶりで示した。ここでストランドは、ソフィアの乳房をむき出しにして小さな乳首にキスをして彼女をあえがせ、悦ばせたのだった。数メートルと離れていない場所では、ほかの客が談笑していた。あれは刺激に満ちた誘惑だった。

「お父上は認めてくださらないだろうな」

「たぶんね」ソフィアは首元の絹のリボンをほどきはじめたが、一瞬、ためらった。かえってよかった——ストランドは内心ほっとしていた。今夜は少し飲みすぎていたし、最近はしらふのときでさえも、自制心に欠けるきらいがあったのだ。確かにそそられる場面ではあるが、ここで誘いに乗るのも賢明とは言えまい。

「それに、ワイルダー夫人はどうなんだ？　居場所を知らせていないんだろう」黒々とした髪、人を引きつけてやまないまなざしを持ち、聡明で世慣れた物腰のワイルダー夫人。男の股間と心に火をつける女。ストランドに心があればの話だが。

ストランドはソフィアに微笑みかけた。追い返して、代わりにベッドをともにする相手を探そう。ほかの恋人たちが、湿り気と熱、生身の体以外のものをベッドで分かち合っていることを忘れさせてくれる女を。ストランドはソフィアが入ってきた裏口から帰るよう、手ぶりでうながした。

だがソフィアは動こうとしない。ストランドの言葉に含まれた何か、あるいは彼が見せた表情の中の何かが、運命の流れを変えてしまっていた。ソフィアが最後のリボンを解くと、コートが肩からすべり落ちて足元に輪を描いた。

生まれたままの姿のソフィアがそこにいた。飢えたように揺らめくろうそくの光が、ピンクと象牙色に彩られた体のすみずみを照らす。太もものあいだの赤金色の茂み。寒々とした廊下でもつんと乳首が立った豊かな乳房。

「ストランド卿。どうしたら男の人を悦ばせられるか、教えて」ソフィアの低い声が催眠術のように響く。「そして、わたしを悦ばせてちょうだい」

ストランドは微笑んだ。ソフィアの紅潮した顔。目には興奮の輝きがある。若くみずみずしい体には勇気がみなぎっている。

「ソフィア、わたしを利用しようというのか?」

それに応えてソフィアは腕を伸ばし、ストランドの手をつかんで持ち上げると、その指を自分の唇に軽く押しあてた。柔らかく、なめらかな唇に。

「ええ、そうよ」ソフィアはつぶやき、ストランドの手の甲をキスで湿らせた。「でも、あなただってわたしを利用するつもりでしょ?」

なんと天真爛漫な娘だろう。そう、もちろんきみを利用するつもりだ。キャット・モントローズとアン・ワイルダーを忘れるために。そして、単なる性欲のはけ口でなく、魂の充足を約束してくれたすべてのアン・ワイルダーたちを忘れるために。

そうだ。ソフィアなら一時的にでも、この深い孤独感を忘れさせてくれるかもしれない。

腕を伸ばせばすぐ届くところまで近づいてきたソフィアは、ストランドの胸でなく太ももに手をおいた。彼は奮い立った。

「わたしたち、お互い利用し合えばいいわね」ソフィアは心得顔で微笑んだ。

もしかするとこの娘、無垢でもなんでもないのかもしれない、とストランドは思った。

そして、乳房や脇腹、柔らかな下腹に手をはわせて愛撫しはじめると、ストランドは、ソフィアにとって最高の教師になったのだった。

13

頭上の夜空はどこまでも広がっていた。このまま腕を差し上げて目を閉じ、前のめりに倒れこんだとしても、自分の体は地上に落ちることはない気がした。広大な空の中に溶けこんで消えるか、煙のごとく立ち昇り、天空高く吹き荒れる透明な風に巻きこまれてばらばらになるだけだろう。

霧のあいまに顔をのぞかせた眼下の地面はまぼろしのようにはかない。まるで布に身を包んだ人間がうずくまっているように見える。この高さにいると、アンの神経は自然の微妙な変化にも反応し、五感は自らの衝動に屈する興奮に打ち震える。

アンは振り返り、自分の寝室の窓越しに中をのぞいた。枠にそって霜がついたガラスの向こうのサイドテーブルにはろうそくが一本。よれたシーツが丸まったベッド。絨毯の上には脱ぎ捨てられた絹のガウンが光沢を放っている。

こうしてみると、自分の部屋なのに、他人の生活をこっそり眺めているかのようになじみのない風景に思える。このまま窓の外に立ってようすをうかがっていたら、そのうち疲れた顔をした部屋の主が、温かい牛乳のカップを持って室内を歩く姿に出くわすかもしれない。

アンは愕然とした。一人の人生に二人の人間が住んでいる。こんな想像をするなんて、わたしは頭がどうかしてしまったのか。

寝不足のせいにちがいない、とこぶしで目をこする。ワインを飲みすぎたかもしれない。多くの思い出や義務、後悔、願望が頭と心の中にひしめいていた。それらすべてのものから自由になりたかった。

人間の殻を捨てて、自分の中をさまよい歩く獣に譲ってしまいたかった。獣は自制心と言うものを持たず、過去も未来も考えない。その狙いはただ一人。ひとつの世界ではアンに求愛し、もうひとつの世界ではアンを追跡するジャック・セワードだ。

アンは黒の縁なし帽をしっかりとかぶり、目のまわりをおおう絹の覆面の位置を直した。肩から斜めにかけた縄が扱いにくい。腰の後ろとベルトのあいだにはさみこんだ拳銃が尻にくいこむ。

空は真っ暗で、空気は凍るように冷たい。だがこれがアンのなじんだ環境だ。

今夜わたしは、〝ホワイトホールの猟犬〟の家へ赴く。〝悪魔のジャック〟と呼ばれるこの男は恐ろしい所業をしてきたという。だがもっとも恐ろしいのは、「自分は彼を愛しているかもしれない」とわたしに思いこませたことだ。破滅的な幻想を何度も抱かせ、希望を打ち砕いたことだ。そんな男を相手にするのだから、いちかばちかの勝負はできない。

寒さが関節にしみる。指先がかじかむ。きっと心臓も何も感じなくなっているだろう。感覚を呼びさまさなくては。命を懸けて事に当たるとき、自分と夜と、冷たく光る星々だけの世界に生きていると感じられるその瞬間にこそ、神経が張りつめ、力がみなぎってくる。アンは霜でおおわれた屋根を小走りながら慎重な足運びで進んだ。感覚がさまざまな刺激の洪水に見舞われていた。音は森、色彩は饗宴、呼吸と筋肉と体の動きは管弦楽となって押し寄せる。アンはそれらひとつひとつを楽しんでいた。

ソフィアも、マルコム・ノースも、ジュリア・ナップも、くそくらえだ。薄汚い街角でうずくまる、足の不自由なマシューの部下も、キャッシュマン夫人も、どうでもいい。それから、ジャック・セワードも。

アンは軒下をのぞきこんだ。通りの向かい側にある公園の出入口に立った若者が賢そうな顔を上げ、屋根の上に誰かいないか探している。ジャック・セワードの手下の一人だ。せいぜい探すがいいわ。

アンは軽々と足を運んだ。吐く息が白くなった。急勾配の屋根の袖は、平たく幅広の水平面に比べて歩きにくい。その代わり、自分の姿は斜面の黒に溶けこんで目立たない。足元の不安定さからくる危険は気にならなかった。そんなことはどうでもいい。

今夜、わたしが求めるものはただひとつ。夢と、よみがえる苦しみとの決別だ。

アンは走りつづけた。目指す方向はぶれず、タカのごとくまっすぐ突き進む。セワードの住む家がどこかはわかっていた。住所からすると高級とは言えない地区で、主に金のない次男坊や、借金を抱えた貴族などが部屋を借りて暮らしている。

屋根と屋根の切れ目に来た。はるか下に道路が見える。アンは空めがけて跳んだ。向こう側の屋根に着地し、笑みを浮かべると、速度を上げてふたたび走り出した。思いとは裏腹にジャックの顔が脳裏に浮かぶ――いや、それより速く、目的地へ到達するつもりだった。今や自分の激しい動きに集中しはじめている。肌は汗と快感の両方でじっとりと濡れていた。また一本、通りの上を跳び越えた。筋肉が伸び、震え、脈拍がウサギのように速くなる。皮膚の毛穴のひとつひとつが高揚感を放出している。胸の鼓動の高まりを感じながら、アンは急勾配の板葺《いたぶ》き屋根をよじ登り、タウンハウスのてっぺんを目指した。

着いた。

アンはひと息ついた。この屋根の下に、ジャックがいる。眠り、夢を見、わたしを捕らえ、降伏させる作戦を練っているにちがいない。アンは苦々しく思った。あの人は入れこみすぎている。今こそ、謎の女と〝レックスホールの生霊〟の両方を追いかけるという間違いのつけを払うことになる。

何やらおぼろげな予感がして、アンは唇を痛くなるほど噛みしめた。自分の目に宿る野生の光に何者かが挑みかかるのを感じる。その呪縛から逃れようとぶるっと身震いをした。

わたしは今まで、狙ったものはすべて手に入れてきたのではなかったか？　今夜の狙いは、ジャック・セワードだ。

アンは屋根の端まではっていき、上半身を乗り出して下をのぞいた。ちょうど真下に窓が白っぽい光を放っている。窓枠の上の壁の出っ張りは男性の手ほどの縦幅しかない。

腰を軒先に引っかけるようにしながら、そろそろと片手を伸ばして窓枠の上の出っ張りをつかむ。そこから漆喰がぱらぱらと崩れて落ちはじめた。指先に力をこめ、そこを支点にして体を下ろし、出っ張りの上に降り立った。

窓から中をのぞいて、人けがないのを確認した。銀の薄板を木枠のあいだに差し込み、留め金をゆるめて窓を開け、音を立てないようにして室内に入りこむ。近隣に何百とある小さなタウンハウスによくみられる、これといった特徴のない部屋で、必要十分な設備だけをそなえた寝室だ。アンは以前にも、似たような部屋に忍びこんだ経験があった。

左手の開いた扉の向こうは、着替え室つきの主寝室につながっているはずだ。すぐ下の二階には食堂と応接室。書斎もあるかもしれない。一階には台所と食料庫、そして召使部屋。アンは開いた扉に向かってそろそろと進み、暗闇に目を慣れさせながら中をのぞきこんだ。思ったとおり、ジャックの寝室だった。幅の狭いベッドに長々と横たわった姿がぼんやりと浮かび上がる。アンは入っていって室内を見まわし、中にあるものを確かめた。

相手をあざけり、脅しをかけるのに使えるものを探そう。ジャックに自分自身の無防備さを認識させ、怒りやいらだち、喪失感を抱かせるような何か、わたしを捕らえるための努力不足を痛感させるような何かを。

収納家具の上に並んでいるのは持つ人の個性を感じさせない洗面道具、本など、目立たない所有物ばかりだ。でも、あれはどうだろう……。

ある考えがアンの頭を占め、離れなくなっていた。そうだ。あれを使えば、うまく目的を果たせる。ジャックは猟犬が匂いに反応するように挑発に乗り、わたしに対する憎しみを抱くだろう。

それによって、連続窃盗事件の解決をいちずに追及するジャックは――なんという皮肉か、とアンは苦笑いしたくなった――〝レックスホールの生霊〟にふたたび集中するようになるから、未亡人への関心を薄れさせることができる。それこそアンの狙いだった。

少し距離をおかなければ。だが、最初にジャックの落ち着きを失わせ、犯人の追跡を続けたくなるようけしかける必要がある……。

アンは見つけたばかりの儀礼用の剣を取り上げ、装飾をほどこした鞘《さや》からしゅっという音を立てて引き抜いた。ジャック本人の武器を使って対峙する。出発点としては悪くない。

ジャックの呼吸が乱れ、喉に何か引っかかったような音が出た。とはいえ、この男の夢の中では快適な音の部類に入るだろう。鋼《はがね》の音、火薬の匂い、死にかけた男たちの助けを求める声などはどれも当たり前すぎて、彼を現実世界に引き戻せそうにない。アンは自分の直感の正しさを確信した。だがそのとき、ふと思った――ジャック・セワードはもう、関わりの薄い他人ではない。わたしはジャックをよく知っている。

そしてジャックは、わたしの本当の姿を知っていると思いこんでいる。**愚かな人**。

アンは細身の剣を手にしたまま、ゆっくりと窓のほうへ向かった。静かにカーテンを引き、ほのかな月の光を室内に入れる。窓から下を見て、眉をひそめた。一〇メートル近く下の狭い路地にいたるまで、すすで黒く汚れた建物の側面には手をかけてつかまれる部分が皆無に等しい。地面とのあいだには幅一〇センチばかりのレンガ製の雨どいがあるだけだ。

さらに身を乗り出してみると、斜め下にもうひとつ窓が見つかった。窓枠の上部は二メートル近く下にあり、一メートルあまり横にずれた場所だ。これでは遠すぎて届かない。アンは窓から離れ、室内にあった軽い木製の椅子を持ってきてベッド脇に置いた。視線はベッドからそらしたままだ。ジャックのような男は、誰かに見られていれば、眠っていても感づいてしまう。

アンは椅子に浅く腰かけて剣を持ち上げた。月光を受けて輝くその剣先をジャックの喉元に突きつけ、深く息を吸いこむと、足でベッドを軽く蹴った。

ジャックはびくりともせずに目を覚ました。それを告げるのは、急に静かになった呼吸音だけだ。

「お目覚めだね、大将。動くんじゃないよ」アンはすごみをきかせた声でささやいた。

ジャックはまぶたを開けた。すでに警戒態勢になっている。その目は周囲の暗がりをはっきりと意識して輝いており、本当に眠っていたのかと疑いたくなるほどだ。

「〝レックスホールの生霊〟か」

ジャックは穏やかで深みのある声で挨拶を返した。その目は首から一〇センチ足らずのところに突きつけられた剣先に向けられた。暗がりの中でも苦笑いしているのがわかる。ジャックは断りもなしに体を起こした。シーツが彼の腰のあたりまでずり落ちた。寝ているうちにナイトシャツのボタンがはずれたのだろう、襟元が大きくはだけ、胸から肩、腕の上部が見えている。それを目にしただけでアンの肌に血が上った。

ジャックの上腕部に力が入り、ふくらんだ。流れるような線を描く筋肉が張りつめたその体は、薄い月明かりに照らされた彫像を思わせる。

「手を上げな。まさか、飛びかかってこようなんて考えてないだろうね。そんなことしたら、ヒキガエルみたいに切り刻んでやる」

「ほう、本気か？」その声には好奇心以外の何も感じられない。筋肉の緊張が解け、ジャックはふたたび枕に頭をもたせかけた。

油断できない、とアンは思った。この男がくつろいで見えるときは、緊張しているときと同じぐらい信用できない。

「そりゃ本気さ。あんたが目ざわりなんだよ。あたしのシノギを邪魔して」

「シノギか」

「仕事だよ。盗み。これで食ってるんだから」

「迷惑をかけてすまなかったな。こちらとしては、アトウッド卿から盗んだ手紙を返してもらえればそれでいいんだ」

手紙って、なんのことだろう？　アトウッド卿の屋敷から失敬した品の中には、手紙なんか一通も——。

ジャックがわずかに身を乗り出したので、アンはすぐさま注意を向けた。今の動きで胸がまたさらに下のほうまであらわになったが、ジャックは気にしない。服を着ていようが半裸だろうが関係ないといった感じだ。

たくましい筋肉をいともやすやすと優雅に動かせるのは、骨格がしっかりしているからだろう。白いシーツの上の肌は浅黒く張りがあり、きめが細かくなめらかに見える。胸は黒っぽく光る毛でうっすらとおおわれ、鋭い線を描くあごにはひと晩剃っていないひげが生えはじめている。うす暗い部屋のベッドに横たわったその姿は、思わず見とれてしまうほど男らしかった。

二人のあいだの空気に、それまでどこかに潜んでいた、性的な刺激と想像が生まれた。唇に触れるジャックの舌、体をまさぐる手……アンはありありと思い描いていた。

こんなことで圧倒されてはいけない。わたしはこれまでの人生でも何度も抑えつけられ、後悔の波にのみこまれてきた。でも、今はもう大丈夫。自分で主導権を握って、困難を切り抜けられるはずだから。

「もう、邪魔するんじゃないよ！」アンの声は弱々しく、意気地なしですねた子どものように不機嫌さむき出しだった。

「あらためて謝るよ。すまなかったな」ウイスキーのごとくなめらかな声の謝罪は、アンを甘く見ているようだ。だが脅しがどこまで本気か確信が持てないのか、視線には油断がない。

この女、本当に剣を使うつもりなのか？　ジャックは内心、自問自答していた。

アンはジャックに、自分が何をしでかすかわからない女だと信じこませたかった。どんな犯罪もしてのける人間だと印象づけたかった。実際、そのとおりじゃないの。屋根から屋根へと跳びまわりはじめたとき、わたしは悩み多き未亡人の生活を捨てたのではなかったか？

ジャック・セワードはどこまでも追いかけてきた。あとをつけるだけでなく、思考の中にも入りこんでいた。夢にも、日常の世界にも姿を現した。わたしを悩ませ、苦しめ、追いつめた。今こそ、わたしが彼に牙をむくときだ。

これは、望んですることだ。ジャックが象徴するすべての力を、アンは手に入れたかった。

「すまなかったじゃすまないよ、大将。今すぐかたをつけたほうがいいのかもな。あんたさえいなくなれば、仕事がやりやすくなる」

「殺そうっていうのか？　おい、血に飢えた人殺しにしてはずいぶん小柄だな」

アンは首をかしげた。「人殺しなんかしたら、あたしの名がすたるじゃないか。不自由な体にしてやるだけでいいのさ」アンはすばやい動きでシーツに剣を突き立てた。ジャックの脇腹からわずか数センチ、ぎりぎりのところだ。ジャックは思わずひゅうっと息を吸いこんだ。アンは微笑んだ。

「ぞくぞくしないか？　次の瞬間が自分の最後かもしれない、敵の手に運命を握られてるのに、自分じゃなんにもできないって、思うとさ」

アンは前かがみになり、体をさらに寄せたが、ジャックが匂いを嗅いでいるのに気づいた。誰か思い出そうとしている。正体をつきとめられる。ジャックはここでもまだ、わたしを追いつめようとしているのか。

アンはさっと身を引いた。ジャックに対して自分が感じている恐れのいくらかでも、彼に植えつけることができないのが腹立たしくてしょうがなかった。「猟犬じゃなくて追われるほうのウサギになった気分はどうだい？」剣をぐいと引き抜き、ジャックの体からシーツをはぎ取る。

ジャックがはね起きた。うす暗がりに隠れて見えなかった顔が、つかのま、窓から射し込む光に照らされてくっきりと浮かび上がる。アンは剣をすばやく返し、ジャックの分厚い胸板にその鋭い切っ先を突きつけた。「動くんじゃない！」

ジャックは美しく澄んだ目の下の皮膚を一瞬、ぴくりとひきつらせたが、上体を後ろに倒してふたたびうす暗がりの中へと戻った。その胸は規則正しく、大きく上下している。アンの肌や下腹、乳房、太ももが、熱くうずくような感覚に襲われた。わたしはこの人を押しとどめ、自分の意思に従わせたのだ。

しばらく、二人のにらみ合いが続いた。

「起きな、大将」アンは声をかけて椅子から立ち上がった。腰のベルトから拳銃を引き抜き、剣と拳銃を同じ高さにかかげてジャックに狙いをつける。

「もし、いやだと言ったら？」

「雄馬が去勢されるの、見たことあるかい、大将？」剣先が少し下がり、ジャックの股間をおおう麻のシーツを軽くつつく。

言外の脅し。二人の視線が、心臓の鼓動一拍分のあいだだけからみ合った。ジャックは音もなく身を引き、ベッドから下りて立ち上がった。アンとは比べものにならないほど背が高い。だが、アンのほうが——体の奥深くで震える欲望を隠しつつも——優位にあった。二メートル近く離れた距離でも、ジャックはそびえるように立っていた。姿勢はくつろいでいるが、目にはすきがない。

アンはふたたびジャックの喉の高さまで剣を持ち上げた。一歩もあとに引くものかと心に決めていた。眠りから覚めた男の体の匂いとジャコウのような香気、そして何かはわからないが刺激的な香りが鼻腔を満たした。

「それで、どうしようというんだね?」ジャックが訊いた。

アンは椅子を指さした。「ここに座りな」

「淑女より先に座れというのか? それはできない」ジャックはお辞儀をした。この人はまた、わたしをばかにしている。

「あたしは淑女じゃない。泥棒さ。敵だよ。だけど今夜は、あなたはわ、わ、わたしのもの」

それを聞いたとたん、ジャックの目が鋭く光り、極度に集中した表情になった。しまった、と思ったがもう遅い。アンは父親の出身地のなまりで話すのをつい忘れたのだ。

「ほら、座れっていったら、座るんだ!」

ジャックは肩をすくめて椅子に腰を下ろした。わたしのささやかな勝利。アンはジャックの背後に回り、首の横に拳銃の銃身を押しつけた。「手を後ろに回しな、大将」アンはしゃがれ声で命じ、肩にかけていた縄を持った。ジャックが指示に従ったので、まず彼の不自由なほうの手をつかむ。痛ましく変形した指にどうしても目がいってしまう。

傷あとが残っていた。何度けがをしたのかはわからないが、闘いつづけ、生きのびた男の手だった。もっと重要なのは、ジャックが自分自身で行動を起こし、困難を乗り越えて生き残ったことだ。わたしも胸を張ってそう言えたらどんなにいいか。アンはためらった。

「そんなことじゃ、逆につかまえてやるぞ」ジャックはそう言うと、斜め後ろに顔を向け、勝ち誇ったような目でアンを見た。

アンは輪にした縄をジャックの手首にかけ、縄の先を引っぱりながらもう片方の手首を重ねてしっかり縛った。すぐにジャックの前に回り、手の自由がきかなくなったその姿を優越感に浸りながら眺める。

だが、ジャックの表情にはなんの変化も見られない。

「で、今度はどうするんだ?」

「あんたをいたぶってやる。あんたがあたしにしたようにね。これでもう死ぬのか、一巻の終わりなのか? って思いを味わわせてやるよ」

「だが、殺すつもりはないんだろう」

「なんだって?」アンは声を荒らげた。「自分の命とあんたの命、どっちを選ぶかって言われたら、もちろん自分の命さ。決まってるだろ。殺しの経験はある。今日もそのつもりで来た」

「人を殺したことがあるのか?」アンを注意深く観察しながらジャックが訊いた。

「ああ」

「そうか。やるつもりなら、早いとこやってくれ。最期のときを懺悔し合って過ごすのはいやだからな。泥棒で、人殺しで、覆面をつけた卑怯者と」ジャックは恐怖心も、傲慢さも、軽蔑の色も、少しも見せない。ただ、事実を述べているだけだ。

「あんたがどうしたいかなんて、知ったこっちゃない」アンは吐き捨てるように言った。「あたしは、自分のしたいようにやる。泥棒の性分を知らないのか？　泥棒ってのは、自分が手に入れられないものを欲しがる。それを手に入れたら、また何か欲しくなるんだ」

「殺すつもりはないんだな。要するに、追いかけるのをやめてほしいんだろう。だがわたしはやめない。まだ、今のうちは。おまえはそれもわかってるはずだ」

「うるさい、黙れ！」

ジャックは首をかしげた。探るような目をしている。「あと少しだけ待って、潜伏を続けていれば、おまえは追跡の手を逃れただろう。だが待たずに動いた。なぜだ？」鋭く、核心に迫る問いだった。「なぜなんだ？　あのまましばらくおとなしくしていたら、わたしが捜査からはずされることぐらい、想像できただろうに。どうして今、こんなことを？」

その言葉はアンを打ちのめし、脅かした。「どうしてって、そうしたかったからさ！」

「今、わたしが何を考えているか、わかるか？」冷たく超然としていて、それでいて心をそそる声。

「わからない」アンは剣をぐいと引きあげ、先端をジャックの胸に当てると、そろそろと動かしてナイトシャツの襟の端に剣先を引っかけた。だがそこでは止まらない。麻の生地を容赦なく切り裂き、脇腹をむき出しにする。肋骨を一本ずつたどり、刃でつつきながら、腹筋、そして腰骨のところまですべらせていく。

そうだ。この男を黙らせるにはいい方法だ。

ジャックの視線はアンの顔に注がれたまま、毅然として揺るがない。考えを読みとれるとすれば、うす暗い中でかすかに見える首とあごの動きからだけか。見る者の魂まで食いつくしてしまいそうな瞳は、報復を約束するかのように、オオカミの目を思わせる輝きを放っている。

ためらってはいけない。ここでやめてはいけない。いったん決めて始めたことは、やりとげなくてはならない。ジャック・セワードを自分のものにする。ここへやってきた理由はそれだ。それがアンの最初からの望みであり、偽らざる本心だった——たとえ明日、自分にどんな嘘をついたとしても。

わたしはやる。彼を自分のものにするには、これしか手立てがないから。盗んでやる。ジャックの意思に反してでも。

「こうなるともう、わたしを殺すしかないようだな」気負いもてらいもない、くだけた口調。だがその目はアンに焼印を押すかのようににらみすえている。「なぜなら、生かしておいたらどこまでも追いかけられるからだ。わたしはおまえをこの手で捕らえるまで、何があってもやめるつもりはない。なんとしてもものにしてやる。どんなに長くかかっても、どんなに遠くまで追跡しなければならないとしてもだ」

アンは剣を握った手を離した。剣はがちゃりと音を立てて堅木張りの床に落ちた。心臓がとどろくように早鐘を打っている。アンはゆっくりと、ジャックの膝のあいだに割って入った。

「わかったよ。だけど今は、あんたはあたしのものさ」

14

ジャックは、手首を縛った縄のわずかな隙間に親指を入れ、結び目をゆるめようと動かしていた。あと数分ほど続ければほどくことができそうだ。怒りが白く熱い炎のように燃え上がり、彼の決意をますます固いものにしていた。

これまでの威嚇はこけおどしにすぎない、と言いたいところだが、目の前にいる〝レックスホールの生霊〟は、何度も夢に出没してジャックを悩ませてきた女とは違う。何かが変わっていた。まるでマントのように身にまとっている、自暴自棄な態度。きわどいところできかなくなる、危うい自制心。ジョン・リリーも作品の中で書いていた。「美しいものとは、危険な釣り針につけられた偽りの餌だ」と。彼女こそまさにそれだ。

こういう男なら、過去に見たことがある。自分を極限まで追いこんで、とうとう限界を超えてしまった人間。彼女の表情もまったく同じだ。せかせかとして優美さに欠ける動きや、首すじをつたって流れ、黒いシャツを濡らす汗を見ればわかる。かみそりを思わせる鋭い笑みは、彼女だけにしか聞こえないあざけりの言葉に応えるかのごとく、口元に浮かんだかと思うとすぐに消える。

無謀きわまりない彼女の言動を見ているうちに、ジャックは気づいた。我々二人は精神的に、火と灰のような関係にある。

ジャックにとってアン・ワイルダーは夢であり、あるべき愛の姿の象徴と言っていい。それに対してこの女泥棒は、現実の反映だった。

最初に会ったとき――いや、おそらくそれ以前に、この泥棒が狡猾さと大胆さで挑戦してきたときに――ジャックはその挑戦を、胸に撃ちこまれた銃弾であるかのように受けとめた。体に埋めこまれた銃弾と同じく、微妙なところに触れたとたん、それがいかに致命的なものであるかを思い出させられるのだ。

「あんたはあたしのものだ」彼女はささやき声で執拗にくり返すと、恋人の親密な姿勢をまねて、ジャックの太もものあいだに体を差し入れてきた。姿がかろうじて見分けられるほどの暗い部屋の中、彼女の息づかいが聞こえる。温かみが伝わってくる。ジャックの肌にぴりっとした刺激が走った。

そうか。さっき目覚めた瞬間から、彼女がこちらに向けて発していたものが何か、今、急にわかった。性の欲求だ。その密で強力な信号は、さざめく波のごとく押し寄せていた。そう意識したとたん、草原に火種を投げこんだかのように、ジャックの欲望が燃え上がった。男の部分が目覚め、たちまち硬くなる。なじみ深い、激しい渇望が襲ってきた。

彼女が欲しかった。逮捕や、いまいましい手紙は今はどうでもいい。彼女の中に入りたくて、いてもたってもいられない気持ちになっていた。

「ねえ、笑える話をしてやろうか？」彼女はすり寄ってきた。その言葉は暖かい雨のようにジャックの唇に降りそそいだ。

黒い覆面からのぞく目が光る。ジャックは高まる欲求に圧倒されて、口がきけなくなっていた。後ろ手に椅子に縛りつけられ、自分の煩悩と無力さを味わわされている。だがさらに悪いことにこの女泥棒は、幻想とは無縁の人生を送ってきた自分が、唯一信じたかった幻想を——アン・ワイルダーを——無理やりあきらめさせたのだ。

「あんたの欲しがってる手紙、実はあたし、持ってないんだよ」彼女は粗野な声で言った。二人の唇が触れ合わんばかりに近づく。「だから、こんなことしたってなんのご褒美も出ないのさ！」

彼女の唇が上からかぶさってきた。ジャックの後頭部を片手で支え、もう片方の手のひらを彼の胸に当てながら、唇のまわりに舌をはわせて、温かく深みのある感触で陶酔感をもたらす。甘美な刺激がジャックの全身を駆け抜け、股間に集まっていく。

欲望をかきたてられて、ジャックは自分が縄抜けをしようとしたことも、復讐をもくろんでいたことも忘れた。さらに濃密な接触を求め、手首を縛られた体を精一杯前に伸ばす。ジャックの舌が口の中をまさぐりはじめると、彼女は喉の奥で低くうめいてそれに応えた。ジャックの膝のあいだにくずおれ、肩にしがみついたかと思うと、手を胸から胃のあたりへすべらせた。腹を爪で軽くひっかくようにしながら、さらに下へ進んでいく。

ジャックは目を固く閉じた。大きくなったものを指の背でなでられ、歯を食いしばる。快感にあえいでいるさまを見せて彼女を勝利感に浸らせたくなかった。だが次の瞬間、そそり立ったものを熱い手でそっと包まれて、思わず喉から悦びのうめきをもらした。首をそらし、腰を持ち上げる。

欲望のために、今までの企て、作戦、もくろみのすべてが燃えて灰になっていた。ジャックの頭の中を、ある考えが強く支配していた。これまでいろいろな女性を知った。だが今は、彼女だけが与えてくれるものが欲しい。

それは、あこがれとの決別だ。そのためにいかなる代償を要求されたとしても、払うつもりだ。

胸元で彼女が身を震わせた。その手は飢えたように体をまさぐっている。ジャックが頭を傾けてふたたびキスすると、彼女は目を閉じた。

「口を開けて」ジャックはしゃがれ声でささやいた。「開けるんだ」

突然、唇が離れた。彼女は床に尻もちをつき、手で体を支えた。目を大きく見開き、後ずさりしはじめる。目の前のごちそうを奪われた飢えた男のように、ジャックは怒りをあらわにした。縛られた手が引っぱられるのもかまわず、身を前に投げ出してあとを追う。彼女がすすり泣くような声を出した――屈服の甘い響きだ。何かにとりつかれたかのごとくジャックのもとへはって戻ってきた。目を合わせようとしている。黒い絹の覆面からのぞく美しく無防備な唇を震わせて、ジャックの太ももに手をおいた。

いらだちのあまり歯ぎしりしていたジャックは、目を閉じた。

「いったい、どうしたいんだ？　なんでもいいから、早く終わらせてくれ！」

次の瞬間、彼女のあえぎ声がジャックを現実に引き戻した。手首にくいこむ縄。呼吸は獣のように荒い。汗と発情の匂いが立ち昇る。

この根源的な欲求は満たされないだろう。彼女を見ればわかる。欲望より恐怖のほうが大きくなっているらしい。

わたしを恐れる必要はないんだ。ジャックは触れてほしかった。彼女のキスを、体を求めていた。ひざまずいて懇願したくなるほど――。

ジャックははっとした。なんという女だろう。自分は、いくらかでも自制心を鍛え、罪滅ぼしをするために奮闘してきた長い年月を、彼女をものにしたいという欲情と引き換えにしようとしている。いまいましい。

怒りにかられたジャックは無言で力を振りしぼり、縄から手首を引き抜こうとした。少年時代と同じだ。無知と絶望によってむさくるしい救貧院に縛りつけられ、労働を強いられ、いつも飢えていたあのころ。ジャックは、あの地獄のような施設に収容されたほかの子どもたちといつもけんかをしていた。皆を憎んでいた。だが誰よりも憎んでいたのは、暴力をふるうのをやめられない自分だった。がんばっても勝てないものと闘うことで、苦しみが増した。

救貧院の監督官に鞭で打たれた経験も、今のこの欲求のつらさに比べればなんでもない。監督官の残忍な行為に対し自分の意識を遮断できたし、痛みや苦しみをてこに、何かしら学ぶことができたからだ。だが、欲求が満たされない苦しみからは、さらなる欲求しか生まれない。このままだと、自分は破滅してしまう。

くそ。彼女がひるんで、逃げ出してくれれば。地獄にでもどこにでも、隠れてくれればい。どこへ逃げ隠れしようと、わたしはかならず見つけ出す。「縄を解いてくれ!」

後ろ手で床の上を探り、落ちていた剣を見つけた彼女はようやく立ち上がり、切っ先をジャックの喉元に突きつけた。「だめだ」

縄と皮膚がひどくこすれている。生暖かい血が流れ、ジャックの手首を濡らした。

「座ってろ! 動くと切るからな」命令するその声は揺れる剣先に負けないほど震えていた。

彼女は首を長くしてあたりを見まわし、逃げられる道を探している。

「やれるものならやってみろ!」不自由なほうの手をねじって縄の結び目から引き抜くと、ジャックは立ち上がった。その勢いで椅子が後ろに倒れた。切り裂かれたナイトシャツの脇から肌が見えている。勃起した自分のものに視線を落としたジャックは、一瞬、目を閉じた。

女泥棒がはからずも見せた、乙女のような恐怖心。それを利用してやる。ジャックは剣の刃の部分をぐいとつかんだ。手のひらが切れ、血が噴き出す。

彼女はうろたえ、柄《つか》を両手で握りしめながら剣をもぎ取ろうとした。だがジャックは、自由になるほうの手で彼女の首を後ろからとらえると、必死に抵抗して殴りかかる彼女を自分の胸に引き寄せ、がっちり押さえこんだ。

もがきながら、アンはあえいでいた。ジャックの体の大きさ、腕力の強さ、怒りの激しさに圧倒され、何がなんだかわからなくなっていた。本気で彼を支配できるなどと考えたのが甘かった。

涙が頬をつたって流れた。だがその陰にはまだ、飢えた動物のような欲望が渦巻き、叫んでいた。どうすればいいの。長いあいだ遠ざかっていた感覚。満たされぬ思い。体の底から突き上げてくる、強い欲求。こんなことは初めてだ。

心の奥のどこかでは、この闘いを、そしてジャックの勝利を望んでいた。怒りに燃えた彼の体の匂いに包まれたいと感じていた。引き締まった腹のなめらかな肌を押しつけられ、上からのしかかられて――。

「いや!」アンの全身から力が抜けた。ほんの一瞬、つかまれた手首を握る力がゆるんだ。アンは身をよじって暴れながら、ジャックのあごめがけて頭を突き上げた。上下の歯がぶつかる音。剣の柄を振り回し、こめかみに思いきり打ちつけると、彼は一歩後ろに下がった。これで十分な隙間ができた。アンは上体を勢いよくひねって拘束から逃れ、窓に向かって走り出した。

背後からジャックの声が聞こえたが、そのころにはもう、身を躍らせて窓の敷居を乗り越えていた。レンガ造りの壁にすばやく手をはわせ、窓枠の上の出っ張りを見つける。漆喰がもろくなったその出っ張りにつかまりながら、雨どいを足場にしようと、精一杯伸ばした足先を揺らす。こめかみが激しく脈打っているのがわかる。脚を広げて必死に探るが、雨どいには届かない。

全体重を支える指が、目地材《めじざい》で埋めた幅の狭い溝にめりこみはじめた。足はまるでレンガの煙突に閉じこめられた鳥のようにむなしくあがいている。腕がけいれんしている。手が出っ張りからずり落ちた。下には黒くぽっかりと口を開けた道路が――。

その瞬間、手首をがっちりとつかまれた。万力のような強さだ。

見上げると、ジャックだった。窓から大きく身を乗り出し、歯を食いしばって、渾身の力でアンを引きあげようとしている。胸と腕の筋肉が盛り上がり、皮膚には血管が浮いている。だがその手は手のひらの深い傷からの出血でぬるぬるしており、力を出しきれない。握力もしだいに弱まってきた。手を放せば、一〇メートル下の、玉石で舗装した道路に落ちるしかない。

「腕を振って体を揺らして、下の窓に投げこんで！」

「だめだ！」歯のあいだからしぼり出すようなジャックの声。

「いいから投げて！　でないと、死ぬ！」

ジャックは迷いと痛みと怒りで顔をゆがめた。だが次の瞬間、うなり声とともにさらに身を乗り出した。汗まみれの上半身が、冷たい月の光に照らされて輝いている。表情は極度の集中でこわばっている。

傷ついていないほうの手で窓枠をつかんだジャックは、アンを支えているもう片方の腕を思いきり横に振り上げた。その勢いを利用して反対側に揺らし、振り切って手を放す。建物の外壁から離れ、空中に飛び出したアンは、体を丸め、身構えた。

窓が近づいてくる。黒い湖面のようだ。アンはひと声、叫びをあげ、目をつぶった。窓のガラスを突き破ったアンは、何千という光る破片が飛散する中、部屋の中に飛びこみ、粉々になった水晶のかけらの上に着地した。

体を丸めたままもんどりうって倒れ、かつて教えられたとおりに転がって、はね起きた。すぐに戸口へ向かい、真っ暗な廊下に出て、玄関を目指して走り出す。頭の中ではさまざまな思いが入り乱れていた。

ようやく速度をゆるめた。激しい脈動を首に感じる。荒い呼吸で胸が大きく上下している。危うく死を免れ、ジャックから一時的にでも逃れた興奮がある。だが、命を助けてくれたのは彼だ。

追ってくるのはわかっていた。あたりの物音に耳をすましながら、アンは玄関のそばの壁のくぼみに身を隠した。階段を下ってきたジャックの足音は、アンの隠れている場所を通りすぎた。玄関扉の前で小さく舌打ちする音が聞こえる。外から射し込む街灯の輝きが、彼の長身を照らす。

アンはジャックの姿を目でしっかりととらえつつ、背後からしのび寄っていった。背中の広さ、まっすぐな肩の線、引き締まった腰回りと尻、長い太ももとふくらはぎ。

アンが腰の後ろにはさんだ拳銃の銃身に手を伸ばしたそのとき、ジャックが振り向いた。くり出してくるこぶしをさっと身をかがめてよけると、硬い腹に拳銃を押しつけ、空いた手を首のまわりに巻きつけた。彼の表情に驚きと怒りが同時に広がる。

その夜、二度目のキスだった。アンは口を開けて、輪郭のくっきりしたジャックの唇をおおい、彼の股間のふくらみを感じた。うなるような声をあげたジャックはアンを抱きしめ、その体を持ち上げた。二人の体のあいだにはさまれた拳銃などおかまいなしに、アンを壁際に追いやると、顔を傾けて唇をむさぼり、腰で彼女の体を壁に押しつける。まるで獲物を襲うハヤブサのように、前かがみになり、おおいかぶさった。アンは男らしく広い肩に包みこまれた。

降伏だわ。あなたの勝ちよ。興奮と欲求の波に圧倒されながら、アンは思った。

「ちくしょう！」ジャックは罵るようにつぶやいた。戸惑いと憤り、絶望がこもったその言葉には、自己嫌悪と切ないあこがれがにじみ出ていた。

彼も求めているんだわ。わたしを憎んでいるのに。殺すつもりなのに。めくるめく中でアンは感じた。

アンはジャックを押しのけ、体勢を立て直した。拳銃を突きつけたまま、手を後ろに伸ばして扉の取っ手を探す。ジャックが一歩前に踏み出した。

「近寄るんじゃない！」アンの叫び声があたりの空気を貫き、ジャックは動きを止めた。

「おまえがどこへ行こうと、かならず見つけ出す」ジャックは顔をゆがめて誓った。「いくら時間がかかっても、どんなに遠くへ逃げてもだ」

アンは扉を開け、外へ飛び出した。冷たく湿った玉石の舗道を、グレイハウンド犬のような敏捷さで、全速力で走って逃げた。ふたたび屋根の上によじ登り、冷ややかな目で見守っているかのような夜のしじまをがむしゃらに突き進む。そのうち呼吸が乱れ、すすり泣きに変わった。

アンにはわかっていた。ジャックの言うとおりだ。どんなに遠くへ行こうと、わたしはもう、逃げ切れない。

15

摂政皇太子は、自ら主催する晩餐会に出ていた。数週間も前から計画していた催しだ。会場の〈カールトン・ハウス〉は、極上の食事、上流階級の人々、機知に富んだ会話でにぎわうはずだった。晩餐のあと、出席者はダンスや賭け事を楽しむ。真夜中には飲み物と軽食が供される。

だが今夜、皇太子はダンスを踊るところまでいかなかった。

天候のせいばかりではない。〝レックスホールの生霊〟がふたたび活動を始めたということで、多くの客が自宅で過ごすほうを選んだためだ。せっかくの催しをないがしろにされたように感じた皇太子は、晩餐を終えるやいなや引きあげると宣言し、場を客たちにまかせて退出した。

残ったのはこうした行事を徹底して楽しむ社交好きで、何が起ころうと自分の娯楽だけは追求するといった態度の人々だった。アン・ワイルダーを含むノース家の面々もその中に入っていた。

〈カールトン・ハウス〉の巨大な窓を、青と白の輝く光が埋めつくしていた。夜空に短く閃光が走った。気づいたのはアンだけだ。数秒後、客たちが集まった広間の床がかすかに振動した。アンは顔を上げ、シャンデリアが揺れるのを見た。どこかに雷が落ちたらしい。だがその音は、人々のざわめきにまぎれてほとんどわからなかった。嵐が近づいていた。

アンは手に持ったワインのグラスを見下ろし、ゆっくりと回してみた。ルビー色の飲み物の中心に小さな渦巻ができた。コルクのかけらが一片、渦に巻きこまれて狂ったようにぐるぐる回っている。まるで、自分ではどうすることもできない力に押されるようにして過ぎていく日々のようだ。あの日、ジャックが——。

いいえ。ジャックのことを考えてはいけない。アンは気をまぎらすものはないかとあたりを見まわした。かなり離れたところにソフィアが、レディ・ディップス、レディ・ポンスバートン、ジャネット・フロストと一緒にいるのを見つけた。彼女たちはゆっくりとこちらに向かって歩いてくる。そうだ、ソフィアのことを考えよう。

アンは最近、気配り上手な知人やお節介焼きの未亡人、わけ知り顔の紳士などから、ソフィアの行動に関するいろいろな噂を聞いていた。彼らの口調はいちように同情的だったが、目を見ればそれが本心でないのは明らかだった。

「ワイルダー夫人、まあそう気になさらずに」こんな調子で会話は始まる。「あなただってあの年ごろは、慣習なんか無視して好き勝手にやっていらしたじゃありませんか？　でも、けっきょく大ごとにはならなかったでしょう？」

グラスの中のワインは回転の速度を増し、渦巻もしだいに深くなっていった。そうだ。レディ・ディッブスがやってくる。商人の娘ながら貴族の男性をうまく引っかけて結婚にこぎつけたあの人。支払いが遅れている寄付金を取り立てるいい機会だわ。

口さがない人々のあてこすりぐらいでは、アンは少しも傷つかなかった。ああいう連中は人としての礼節というものがわかっていない。ジャック・セワードなら、その心のこもった礼儀正しさだけでアンをとりこにしてしまう。あの人だったら――。

だめ。ソフィアのことに集中しなければ。三日前の夜、部屋へ行ってみると、あの娘はどこかへ消えていた。戻ってきたのはマルコムの帰宅の直前だ。ソフィアもついていなかった。父親は娘と召使を含む皆を怒鳴りつけ、罵倒したが、とりわけアンに対する叱責の言葉はきつかった。思いやり深い人なら哀れんでくれただろう。思いやり深くないといえば、わたしの欠点ではないか？　思いやりが足りない、愛情が足りないとマシューが言っていた。彼の言うとおりかもしれない。

ソフィアとその仲間は近くまで来て立ち止まった。おしゃべりが続いている。巣のまわりを飛びまわる蜂の羽音のようだ。ソフィアを観察しながらアンは思った。深くくれたドレスの襟ぐり、場慣れした微笑みを見れば、お目付け役として自分がいかにご立派な仕事をしてきたかわかろうというものだ。これ以上わたしの指導を受けたら、ソフィアはそのうち娼婦にでもなってしまうだろう。

正直なところ、アンはできるかぎり役目を果たそうとつとめたつもりだ。マシューを愛そうとつとめたのと同じように。

雨が降り出していた。窓ガラスを叩く音が激しくなった。冷たい水滴が温まったガラスに落ち、表面がたちまち曇る。雷の音が近づいてきて、四人の女性が交わす会話も途切れがちになった。

「いやな天気ねえ」雷の音がやむのを待って、レディ・ディッブスが言った。「わたし、新調したばかりの靴をはいてきたのに。で、どこまでお話ししましたっけ?」

ソフィアは礼儀正しく微笑んだ。その視線はあからさまに男性たちのあいだを行き来している。アンは思った。**レディ・ディッブスもかわいそうに。すでにソフィアに優位に立たれているのに気づいていない。**

レディ・ディッブスはついこのあいだまで、〈軍人支援慈善協会〉への寄付が未納になっている事実を誰にも知られる恐れがなかった。ノース家を仲間外れにされたくなかったら口外するなとアンに暗黙の脅しをかけていたからだ。だが今は、レディ・ディッブスにその力はない。ソフィア・ノースが社交界で注目される存在になりつつあったからだ。

ソフィアは満面の笑みを浮かべた。アンが肩越しに見てみると、誰が目にとまったのかわかった。はるか向こうに、ストランド卿がジャックと並んで立っているのだ。ジャックの姿に、アンの胸の鼓動が速まった。彼の視線がアンのところで止まった。だがそれは一瞬のことで、すぐに通りすぎた。

ジャック・セワードがワイルダー夫人への関心を捨て、〝レックスホールの生霊〟の追跡に集中するよう願っていたのは、アン自身だった。その願いは完璧な形でかなえられた。ジャックはもうアンにつきまとわなかった。目を合わせることさえ避けていて、礼儀作法で求められる最低限の社交辞令しか示さなくなっていた。

喜ぶべきではないか。勝利を祝ってもいいはずだ。なんと言っても、自分の周到な計画どおり、うまくいったのだから。胸が痛み、こみ上げてくるもので喉がつまった。

ジャックの家へ行ってから五日が経っていた。あの日以来、アンは毎晩街に出没し、宝石や安物の装身具、家宝などを盗んでおり、手口はひと晩ごとに大胆さを増していた。もう、どうなってもかまわなかった。

今さら、何が変わるわけでもなし、どうでもいいじゃないの？　自分自身で選んだ泥棒という役割。アンはその役割の醍醐味を味わい、楽しんだ。盗む必要があった。なぜなら、ジャック・セワードに自分が望めるものといえばただひとつ、彼による追跡だけだからだ。未亡人としての自分は彼の関心を引かず、泥棒としての自分は彼の愛を得られない。

アンが何をしようと、ソフィアに類が及ぶことはないだろう。親戚といっても血がつながっているわけではない。アンは、ソフィアの従兄《いとこ》と結婚した、生まれの卑しい妻にすぎないのだから。実際、社交界の人々はソフィアに同情を寄せるだろう。だまされたかわいそうな娘として――。

「わたし、ゆうべ〝レックスホールの生霊〟に入られて、あることを強要されたんです」

アンは驚き、思わずあたりを見まわした。ジャネット・フロストが小声で話している。だが、四人の輪の中に死んだ猫でも投げ入れたかのような爆弾発言だ。

「彼、ブローチを盗んでから……わたしにキスしたのよ」

「まあ、恐ろしい！」レディ・ディップスが叫んだ。いろいろと想像をめぐらせているのか、目がきらきら光っている。

「わくわくするわね！」ソフィアが言った。「もちろん、怖い話だけれど。どんなことがあったの？　聞かせてくださいな」

「ぜひ、聞きたいわ」アンはさりげなく言った。「詳しく教えてくだされば、同じ目にあわないよう、対策が立てられますもの」

もうそれ以上うながす必要はなかった。ジャネットは話し出した。「そう、あれはちょうど時計が夜中の一二時を打ったときでしたわ」

一二時？　わたしが侵入したのは夜明けの三時間前だったはず。

「何かの影が通りすぎたような気配で目覚めたんです。目を開けたら、彼が上からのぞきこんでいて。本当に、怖かったわ」

「それはそうでしょうね」アンは言った。実のところ、ジャネット・フロストは、アンが寝室の引き出しや宝石箱の中を次々と物色しているあいだじゅう、喘息持ちのマスティフ犬のようにいびきをかいていたのだ。

ジャネットは胸の前で手を組んだ。「それで、〝ならず者！〟って叫びました。彼は、背が高くてたくましい感じの男で、わたしを見下ろして〝ならず者と呼ばれたからには、それらしい分け前はいただかなくちゃな〟って言うと、わたしの体をつかんで、キスしたんです。

顔をひっぱたいてやったら、なんと大声をあげて笑ったのよ」くすくす笑いがこぼれた。

「まさか、それで終わり？」ソフィアが訊いた。

「まあ！」ジャネットは乙女らしく息をのんだが、乙女らしく顔を赤らめるのはすっかり忘れているようだ。彼女は興味しんしんの友人を見まわした。どういう締めくくりにしたら自分の価値が一番上がるかを考えているのだろう。「もちろん、それだけですわ」

女性陣は全員、がっかりした表情になった。

臆病者ね、ミス・フロスト。だが答えとしては賢明だ。アンはジャネットの父親のほうに目をやった。赤い目をして、娘とジャックを交互ににらんでいる。娘が恋に落ちたりしたら、殺してやるとでも言わんばかりだ。

「たった一度、キスしただけ？」レディ・ポンスバートンが肉づきのいい頬をふくらませ、口をとがらせた。

「ええ、一度だけですわ」ジャネットはうなずいた。その目は父親に向けられている。

「ひどい話ね、ミス・フロスト」ソフィアが言った。昨夜のできごとに対する慰めの言葉ではなく、冒険談の結末がつまらないとけなしているのではないか、とアンは思った。困った娘だわ。

「でもね、ひとつ言わせてくださいな」ジャネットは皆の顔を見わたした。「わたし、〝レックスホールの生霊〟が平民じゃないような気がするんです」

「どうしてそう思うの？ ミス・フロスト」レディ・ディップスが訊いた。

「そうね、なんて言ったらいいかしら。彼にはどこか、高貴な雰囲気がありましたわ。荒々しい物言いはしていたけれど、上品さが感じられましたもの。だから、もしかすると」ジャネットは声をひそめ、視線をジャック・セワードの背中に走らせた。「どこかの貴族の庶子じゃないかしら」

「だとしたら、面白い展開になりそうだわね」レディ・ディップスは挑発するように下唇を嚙んだ。

「わたしに言わせれば、から騒ぎになるだけですわ」ソフィアがそっけなく答えた。「つまり、単なる希望的観測ね」

「おや、ミス・ノース」レディ・ディップスが言った。表向きは経験不足の小娘が訊かれもしないのに意見を述べたことに対して、大げさに驚いたふりをし、仲間を見やりながら同意を求めている。「なんのお話かしら?」

「もちろん、セワード大佐のことですわ」ソフィアはわずかに目を細めて言った。「噂ほど魅力的な方ではないように思いますけど」

「でもあなた、どうしてそれをご存じなの?」レディ・ディップスが喉の奥から甘い声を出した。ソフィアの頭越しにアンを見て、その存在を忘れていたかのようにまばたきをした。「セワード大佐についてのお話なら、そちらにおられるワイルダー夫人にうかがったほうがいいんじゃないかしら。大佐がご執心だし。というより、ご執心でしたからね。ワイルダー夫人が、しばしのお供に新しい愛玩犬でも見つけたのかと思いましたわ。でも考えてみれば大佐のあだ名は〝ホワイトホールの猟犬〟ですものね」

四人の女性は扇で顔を隠してくすくす笑った。

アンの反応がないので、レディ・ディップスはふたたび鋭い目をソフィアに向けた。「何しろお二人とも、似たような経歴の持ち主だけに……あらいやだ！　ミス・ノース、ご気分を害されてはいませんわよね？」真っ赤な唇にわざとらしい笑いが浮かぶ。

「まあ、いちおう誰もが知っていることでしょう？　人って、本人だけでなく、ご親戚やおつきあいする相手がどういう方かによっても判断されますからね。ワイルダー夫人は、ご先祖があまり……高貴なお生まれでないことが人に知られていても、気になさらないのね」

なんて、卑劣な女。

「とにかく、大佐の物腰が魅力的なんです」ジャネットが割って入った。脇で繰り広げられている闘いなど、まったく意に介していない。「危険な任務に関わった過去があるのに、あれだけ洗練された礼儀作法。そんなに相反するものを兼ねそなえている方って、惹かれてしまいますわ」

アンは断固としてジャックのほうを見なかった。舌と舌をからめ合ったことも、力をこめて抱き合ったこともなかったかのように。彼のたくましく温かい胸を愛撫し、硬くなめらかな男性自身の脈打つ動きを感じたことなどなかったかのように。

ああ、いつになったら忘れられるのだろう？　アンは頰の内側を、血がにじんで鉄の味がするまで強く嚙んだ。最近になってわたしは、かつてロンドン社交界の注目を一身に集めた娘の亡霊をよみがえらせた。ソフィアだ。情味のない冷たい笑い声や、思いやりに欠ける鋭い機知の言葉、そして実のない約束をする目。誰も気にしているようには思えない。人を魅了し、からかうのが得意なこの娘は、会話の隙間を埋めようという意気込みは異常なほどだ。まわりには男性が群がり集まってくる。彼らは熱っぽい視線を送り、アン・ワイルダーの再来のようなこの新星がどんなつきあいをしてくれるだろうと想像をたくましくする。

アンはジャックを思い出すまいと必死だった。だがその努力も無駄だった。ジャック・セワードにとりつかれていた――。

「ワイルダー夫人」レディ・ディップスが言った。声の調子からすると、すでに何度か呼ばれていたようだ。

「なんでしょう?」

「セワード大佐について、何か面白いお話でも披露していただけません?」

なんとかして毒気に満ちたこの女の舌を引っこめさせなければ、とアンは思った。すでに大切なものはすべて失ってしまったわたし。これからレディ・ディップスに何を奪われようと、もう関係ない。

「セワード大佐については特に何もありませんけれど、レディ・ディップスに関するお話なら知っていますわ」

レディ・ディップスは信じられないといった表情でアンを見つめた。口をあんぐり開けては閉じ、ぱくぱくさせている。「まあ、そうですの。でも、まさかそんな――」

「いいえ、本当ですわ。はっきり申しましょうか。軍人救済のための基金への寄付を、ひと口あたり一〇〇〇ポンドでふた口、お約束してくださいましたね。なのに、一ペニーもいただいていないんですが？」

周囲の女性たちが突然、静かになった。レディ・ディップスは胸を張り、「それだけの金額を送金するには時間がかかりますから」と冷ややかに答えた。その声には警告するような響きがあった。

「でも、送金なら、そのネックレスを手に入れるより短い時間でできるはずですわ」アンは、真珠とダイヤモンドをあしらったネックレスに目をやりながら落ち着きはらって言った。

「確か、ほかの方たちにおっしゃっていましたよね、新しく買われたものだと？」

「ワイルダー夫人、何をほのめかしてらっしゃるの？　わたしが約束を破ったとでも？　答える前によくお考えになったほうがいいですわよ」

脅して、震えあがらせようというのね。だとしたらこの人、わたしを見くびっているわ。

アンは微笑んだ。気圧《けお》されて萎縮したり、へつらったりすることなく、レディ・ディップスたちに挑戦状を突きつけたのだ。レディ・ディップスは後ずさりした。アンは前に進み出た。

「ほのめかしてるですって？　明らかな事実ですわ」アンはきっぱりと言い切った。「あなたは二〇〇〇ポンドの寄付金を約束した。にもかかわらず、少しも実行していない。ご自身の気前のよさを人前で喧伝したこと以外はね」

レディ・ポンスバートンがくすくす笑い出した。その笑い声をレディ・ディッブスはひとにらみで黙らせた。

だが、アンの話はまだ終わっていなかった。「この件を持ち出した理由は単純ですわ。レディ・ディッブスは真実を追い求めるのがお好きで、人の生活や経歴を詳しく知りたいというお考えでしょう。ですから、ご自身の私生活を皆さんにご紹介するいい機会だということで、喜んでいただけると思ったんです」

「ワイルダー夫人、あなた、これでおしまいよ」レディ・ディッブスはこわばった声で言った。

「本当にそうかしら？」アンは周囲に視線をめぐらせた。女性たちは、今まで仲間の中心的存在だったレディ・ディッブスを見つめ、あからさまに眉をひそめている。「これでおしまいなのは、あなたでしょう」

「すごいわアン、大したものよ」

アンが舞踏場の入口に着いたとき、ソフィアが追いついてきて言った。その口調はレディ・ディッブスの辛辣な言葉よりもアンの顔をほてらせた。

「要注意人物と見られたいんだったら、かまわないわよ。でも、ここ二カ月間、社交界の人たちに認められることがいかに大切かって、わたしにお説教してきたくせに、なぜ？　不思議だわ。自分の言動がわたしの評判にどんな影響を与えるか、考えなかったの？」

アンの堪忍袋の緒が切れた。この娘がどんな道をたどるにせよ、わたしがどうこう言っても修正がきくような娘じゃない。

「ソフィア。あなたはこのシーズン中ずっと、皆さんの寛容さに甘えて好き勝手にやってきたわね。でも、わたしの言動のおかげで、あなたが一流のサロンや有力者の家に招かれない理由についてお父さまに言い訳できるでしょ。よかったと思いなさい」

ソフィアは気分を害するどころか笑い出した。「ほんと、そのとおりだわ。でもわたし、もうレディ・ディップスのご機嫌をとる必要なんてないのよね」

「どういう意味？」

「だから、言葉そのままの意味よ。あなたをお手本にしただけ。女は無視して、男にだけ集中する。これ、あなたが社交界デビューしたときに実践していた鉄則でしょ」

「そんなこと、してないわ」

「何言ってるの、アン。してたはずよ。男の人たちのあいだではいまだに語り草の、社交界の花だったんですもの。レディ・ディップスはあなたのこと嫌ってるようだけど、あの敵意はそのころの恨みから来てるんじゃないかしら。アンったら、そんな悲しそうな顔をしないで。わたしがあなたみたいにふるまえたら、自分を誇りに思うわ、きっと」

「そのたわごと、いったいどこで聞いたの？」

ソフィアはあざけるように軽く鼻を鳴らした。「人の会話を注意して聞いていれば、いくらでも耳に入ってくるわよ。アン、認めなさいよ。あんな女《ひと》たちのことなんか、なんとも思ってないんでしょ。それはマシューも同じだったわ。あなたたちはお互いに夢中で、二人の世界に浸っていたから」

「ソフィア、それは勘違いよ。わたしたちの結婚は――」

「理想的な結婚よね」ソフィアは急に声を張り上げ、笑みをたたえながら言った。

アンは首を振った。この娘は誤解している。全然わかっていない。「いいえ、違うわ」

だが、ソフィアは聞いていない。一歩後ずさりして言った。「誰でも知ってるわよ。あなたがすばらしい相手にめぐり会って、理想的な結婚をしたって。といってもわたしは、理想なんかどうでもいいの。追い求めたいのは、地位と、影響力よ。それと、快楽」

ソフィアは片手を上げ、部屋の奥のほうにいる男性を呼び寄せた。いかにも遊び人といった感じだ。「別に、今言った順番どおりでなくてもいいんだけれどね」

16

ジャックはアンを見守っていた。

頭がおかしくなりそうだった。アンの穏やかで気品のある魅力に完膚なきまでに打ちのめされていた。ドレスのせいばかりではない。といっても、控えめな装いとはとうてい言いがたいが。

どうやらアンは突然、喪に服するのももう終わりだと心に決めたらしく、男の妄想をかきたてるあでやかなドレスを身につけていた。深紅色の胴着の大きくあいた襟ぐりから、ふっくらとした胸の盛り上がりが見える。光沢のある絹地に包まれて、ウエストのくびれから腰へ続く曲線は水の流れを思わせる。

アンはにぎやかな祝宴を楽しむ花嫁のようにダンスを踊っている。瞳が照明に映えて輝く。黒々とした髪はうなじのあたりでまとめられ、リボンで粋に結んである。おくれ毛がダンスの相手の上着にかかり、クラヴァットの折り目にまとわりついて離れない。その光景を見ただけでジャックは嫉妬を感じた。

とはいえ、嫉妬する権利などなかった。その権利は、女泥棒の唇をむさぼったとき、欲望に屈して懇願せんばかりに彼女を求めたときに放棄したのだ。

アンへの思慕をあきらめた結果がっくりする自分は想像できたが、まさかこれほどの痛みを味わおうとは。胸にぽっかり穴が空いたようだった。

美しく、大胆で、心に深い傷を負った未亡人。見ていてまぶしいほどだ。人でにぎわうダンスフロアで、アンは異国から飛来したタカのように舞っていた。

ジャックはふと顔をしかめた。どこからそんな考えが出てきたのだろう？　タカといえば狩りをする肉食動物だ。アン・ワイルダーのような繊細な女性をそんな鳥にたとえるなんて。アンのもろさ、か弱さは、自分がよく知っているではないか。

ジュリア・ナップが語ったとおり、アンは崇拝され、熱愛されるにふさわしい女性だ。だがジャックの熱愛のあかしは、股間に表れた。〝レックスホールの生霊〟がそれを証明したではないか。ジャックは彼女に、獣のような欲望を抱いた――彼女というのはアンのことか？　女泥棒か？　それとも両方か？

もう、自分のことがわからなくなっていた。愛はジャックの胸を心をかき乱す虚構だった。今や、それが求めても手の届かない幻想にすぎないことがわかったのだから、アン・ワイルダーに魅力を感じなくなってもいいはずだ。にもかかわらず、未亡人はジャックの心をますます引きつけてやまない。

一曲が終わり、アンはダンスの相手に膝を曲げてお辞儀をすると、フロアを出ようとした。そこへヴェッダー卿が近づいてきて、両腕を差しのべて誘った。アンが歩み寄り、次の曲が始まった。

アンの腰に回されたヴェッダー卿の手の動きは、親密さの表れか。頭を低くかがめて顔を寄せているさまが、まるでアンのこめかみに口づけしているかのようだ。ジャックは体をこわばらせながら見守りつづけた。アンは活気と自信に満ちあふれて、男たちは火のまわりに群がる蛾のように引きつけられ、ダンスを申し込む人の壁ができた。

アンが社交界を席巻した、デビュー後最初のシーズンもこうだったのだろう。マシュー・ワイルダーが現れるまでは、まさにこんな印象の女性だったにちがいない。マシューはアンを射止め、おとなしくさせて、自らの死による重圧で押しつぶしたのだ。なんとばかな男だろう。

「こんばんは、セワード大佐」

振り向くと、ストランド卿だった。ジャミソンは最近、彼を情報提供者として使っているらしい。ジャックは父に問われたとき正直に、ストランドについては忠誠心を期待していないと答えたが、それを期待するのも悪くない。「ストランド卿か」

「踊らないのか？」

「ああ」

「ダンスぐらい楽しんできたらいい。確かにきみは、正式な貴族の称号こそ持っていないが、それだけしっかりした礼儀作法を身につけているんだから、貴婦人をがっかりさせるようなことにはならないさ」

「どんな貴婦人だね？」ジャックは興味なさそうに訊いた。

ストランドの顔にゆっくりと笑みが広がった。心の底から面白がっているようすで笑い出した。「おやおや、これはまた意味深長なお言葉だな！　いや、実に面白い。これほど楽しませてもらえるとはね」

「ストランド、きみの退屈を少しでも慰められたのなら、お役に立てて嬉しいよ。だが退屈しのぎなら、ほかの方法を見つけたほうがいいな。わたしは今、手一杯なんだ」

「ああ、そうだったな」ストランドはうなずき、鼻柱の脇に指を当てた。「捜査のほうは、どうだい？　女泥棒が誰か、つきとめたか？」

「いや」

「結論はそろそろ出そうか？」

「たぶんな」

「これはこれは」ストランドはからかうように言った。興味しんしんといった表情だ。「えらく寡黙だな。まさか、犯人が上流階級の人間だとか？　どうなんだ？」

「何も教えられない」ジャックは穏やかに答えた。「逆にこちらが訊きたいんだが、なぜ、犯人が女だとわたしが考えていると判断したんだね？」

「それは……」ストランドは肩をすくめた。「きみがどこに目をつけているか、誰に話を聞いているかを観察して、そこから当たりをつけたんだ」

「なるほど」

ストランドはのんきな態度だ。おそらく、自分が知りえた情報をすべてジャミソンに報告している事実を、初めからジャックに知られていると思っているのだろう。その一方で、ジャックが自分の集めた情報を他人に告げられるのをいやがることも承知しているはずだ。

「だとするとわたしも、もっと慎重に行動しなくてはいけないな」ジャックは柔和な口調で言った。

ストランドは急に真面目な顔になった。「よくわからんな。だって我々は……」何かを言いかけたが、考え直したようだ。「いや、そんなに慎重にならなくても。わたしがきみの立場だったら、一刻も早く事件解決にもっていけるよう積極的に動くよ。そういえばこのあいだ、ジャミソンがわたしに会いに来た」

「何か特別な用事でも？」

「きみの行動について知りたがっていた」ストランドはそこで間をおいたが、ジャックの反応がないのを見てふたたび笑い声をあげた。「セワード、きみって男はわたしの知るかぎり、一番少ない質問で一番多くの情報を得る力のある諜報員だな。だからうまく機密を探り出せるのか。そんなふうに姿勢を正して格調高い雰囲気で立っていられると、人は居心地の悪さに耐えきれなくなって、思わずべらべらしゃべり出すわけだ。沈黙を埋めようと必死になっているうちに、うっかり情報をもらしてしまうという筋書きだな」

「関心がないような印象を与えたとしたら申し訳ない」

ストランドの目つきが鋭くなった。「単刀直入に言おう。ジャミソンは女泥棒を始末したがっている。隠れ家も、持ち物も、すべて焼き払え、と。理由はわからないが、その仕事をきみにまかせるつもりはないようだ」

誰にもあの女泥棒を殺させはしない。

「だとするとジャミソンは、命令を実行する者を手配しているだろうな。そいつがすでに彼女の居場所を捜しはじめている可能性もある」

「自ら手を下す人ではないからな」ストランドは同意した。

「面白い」ジャックは言い、女泥棒の抹殺に対するジャミソンの執着ぶりについて考えをめぐらせた。父の手が及ぶ前にわたしが捕まえなくては。

〝レックスホールの生霊〟は五日間に三件の窃盗を働いていた。最後の犯行では従僕に目撃され、馬小屋の並ぶ庭で追いつめられる寸前までいった。盗みを重ねるごとに手口は大胆になり、ずさんな計画ぶりが目立った——投げやりと言ってもいい。致命的な失敗をするのも時間の問題だろう。捜査網を広げて、迅速に動かなければ。ジャックは顔をしかめた。

「セワード大佐、しかめっ面をわたしに見せても無駄だよ」ストランドが言った。「きみが顔をしかめるたび、卒倒して気を引く機会をうかがっている女性が何人もいるからね」

「なんだって？　すまない、ストランド。聞いていなかったんだ」

「それも、謎めいた魅力のうちではあるな」

「何が？」

「なんでもないよ」

「そろそろ行かなければ」ジャックは言い、まだヴェッダーの腕に抱かれているアンをちらりと見た。ストランドはその視線の先を追った。「では、失礼」

「失礼しちゃいかんよ、大佐」とストランド。「それに、うるわしい未亡人にも失礼があってはいけない」

向きを変えて歩き出していたジャックは足を止めた。「どういう意味だね？」

ストランドはアンのいるほうに頭を傾けた。「あの優雅で小柄な未亡人は、現状に満足しているとは思えないな。見かけはしどけなく色気があるが、だからといって満足しているとはかぎらない」そう言って大きなため息をつく。「ワイルダー夫人を満足させることが大切だ。なんといっても、摂政皇太子が招待した客だからね」

「ストランド、謎めいたことを言うなよ。今はそういう気分じゃないんだ」

ストランドの声が怒りを帯びてきた。「きみが無視すると、彼女が傷つくんだ。傷つけてほしくない」

「いつからアン・ワイルダーに関する専門家になったんだ？」ジャックはさりげない口調を保とうとつとめたが、うまくいかない。

「いつからそんなに鈍くなったんだ？　一目瞭然じゃないか。彼女はずっと目できみを追っている。窓に映ったあの姿を見てみろ。今も顔をこちらに向けているだろう」

ジャックはしかたなく、窓ガラスの黒い表面に映る人影の動きを観察した。アンが現れた。レースとひだ飾りに包まれて踊るその姿は、まるで白い泡の流れに乗って運ばれる深紅色の花のようだ。目は確かにジャックのほうに向けている。だが次の瞬間、その体はヴェッダーに抱き寄せられた。

アンは、もがいたりはしなかったものの、腕を支えにして距離をとろうとした。だがヴェッダーは離れない。アンの表情がゆがむ。ジャックは振り返った。

「そうだ。未亡人は助けを求めている」ストランドがジャックの心を読んで言った。「彼女が社交界にデビューしたとき、ヴェッダーがご執心だったのを知っているか？　かなりしつこく言い寄っていた。しかも結婚するつもりもなく、だよ。しかし、再挑戦して口説いてみようと思い立ったらしい。ほら、発情したイタチみたいに見えないか？」

「ストランド、助けてやれ」

「わたしじゃだめだよ」ストランドは言うと、今度はソフィア・ノースのほうに目を向けてジャックの注意を引いた。

ソフィアは頬を紅潮させていた。後ろには父親のマルコム・ノースがいて、娘がその場を離れようとすると腕をつかんで引き戻した。ソフィアは抗ったが、父親は手を離さない。指が皮膚にくいこむほど強く腕を握っている。

「どうやらわたしの可愛い小鳩が困っているようだから、助けに行くよ」軽い口調とは裏腹に、寂しさをにじませてストランドが言った。

「あの小鳩は言うまでもなく、自分の意思でオオカミの口に近づいていきた。だが彼女に比べると、行動に出ようとするわたしのほうがよっぽど脅威にさらされているんだ。しかも、小鳩の窮状はきみの敬愛する未亡人の窮状には及びもつかない。品位や心ばえ、機知の点でもそうだがね……」ストランドは言葉を切り、悲しげに口をゆがめた。「それでも、小鳩は助けてやらねば、と思っている。そんな衝動にかられたのは初めてだよ。セワード、きみの言うとおりだ。そろそろこの退屈といういまいましい病を、なんとかしなくてはいけないな」ストランドは深くお辞儀をした。「どうか、未亡人を救ってあげてほしい。わたしだってできるものならそうしたいぐらいだが」口元にかすかな笑みを浮かべると、ストランドはふたたび礼をして立ち去った。

けっきょくジャックはアンの窮状を見ていられなくなり、喜びとあきらめが相半ばした気持ちで行動を起こした。そうせずにはいられなかった。ここ数週間というもの、自らの欲望の海に飲みこまれ、衝動と気まぐれによって生きる人間になってしまっていた。

ジャックはダンスフロアの端、アンが踊っているところの前で足を止めた。曲が終わり、アンは後ろに一歩下がると膝を曲げてお辞儀をした。それを追うようにしてヴェッダーが前に進み出て、耳元で何かささやいた。アンは顔を赤らめ、向きを変えたが、ヴェッダーに手をつかまれた。その手を振りほどこうとして――。

「こんばんは、ワイルダー夫人」ジャックは言った。自分でも意識しないうちに、いつのまにかアンの目の前に来ていた。

「セワード大佐」アンは落ち着いた声で挨拶を返した。

「邪魔だぞ、セワード」ヴェッダーがアンのひじをつかんだまま言った。

かまわずジャックは訊いた。「お邪魔でしょうか、ワイルダー夫人？」

アンはためらった。

「ふと思ったのですが、お知り合いになってから、まだダンスをご一緒したことがありませんでしたね」ジャックは言った。「今まで気づかず、失礼しました。ここで名誉を挽回しないと、わたしの気がすみません」

アンはまるで、自分の殻に閉じこもってしまったかのようだった。社交辞令の笑みを浮かべてはいるが、目はぼんやりと遠いところを見つめている。

「ワイルダー夫人、お願いします」

「わたし、あの――」

「おい、セワード」ヴェッダーが口をはさんだ。「いいか、忘れるな。きみはここへダンスをしに来たわけじゃないだろう。いいかげんに――」

ジャックの刺すような視線のあまりの激しさに、ヴェッダーは押し黙った。「ヴェッダー卿。わたしの言い方があいまいだったようで、申し訳なかったですね。わたしがダンスを申し込んだのはワイルダー夫人であって、あなたにではありませんよ」

ヴェッダー卿の耳が憤りで紫色になった。「けしからん。そんな出過ぎたまねが許されるとでも――」

「ダンスをご一緒させてくださいな、大佐」アンが急いでさえぎった。ジャックは内心、ヴェッダーに感謝していた。二人の殴り合いを止めるためという口実でもなければ、アンはダンスの申し込みを受けてくれなかったかもしれない。

「ワイルダー夫人——」ヴェッダーが何やら言いかけた。

「ヴェッダー卿、ダンスにおつきあいくださって、ありがとうございました」アンはドレスのすそを持ち上げて礼を言った。ジャックはヴェッダーに軽く頭を下げ、アンの手をとってダンスフロアへいざなった。

管弦楽団の指揮者が次はワルツだと告げた。アンが歩み寄り、ジャックは彼女のウエストのすぐ上に手をおいた。きゃしゃな胸郭から手のひらに温かみが伝わってくるのを感じながら、もう片方の手をとって高く上げる。

アンは顔をそむけ、目を合わせようとしない。音楽が鳴り出してしばらくすると、作った笑みを浮かべつづける努力もしなくなった。唇は震え、楽しむどころか不安のあまりこわばっているように見える。キスしたときあんなにも柔らかかった唇は、ほんの一瞬ではあるが、ジャックを受け入れていたのに。

ジャックはアンが欲しかった。あの女泥棒と同じぐらい、いや、もっと欲していた。そんなことがあっていいものだろうか。

情けなかった。なんという気持ちの矛盾か、と思うと胸がちくちく痛む。ジャックはアンを抱き寄せた。視線をさまよわせていた彼女は、後ずさりして抱擁から逃れようとした。

逃げないでくれ。あなたをこの腕に抱くことはもう二度となく、触れることもないだろう。だから——礼儀作法のためでも、アンのためでも、自分の心の平安のためでもなく——このひとときだけは奪われたくない。

柳のようにたおやかな動きで、ジャックの腕と手に囲まれたアンの体は、ほかの貴族の女性たちとは違っていた。ほっそりした体だが、やわではない。か弱く見えるのに、しなやかな強さが感じられる。手のひらに当たるなめらかで引き締まった筋肉、ジャックの手を握りしめてこれ以上近づかせまいと、無駄な努力をする指にこめられた力の意外な強さ。

それらにジャックは酔いしれ、当惑した。体の中に火がついた。

アンは不快感と怒りをあらわにしている。そうか。この場にいたくないのだな。残念だ。

ジャックは目を閉じ、さらにアンを近くに引き寄せて、深く息を吸いこんだ。清涼《ひと》でありながら温かく、情熱を感じさせる香り。香水や石鹸の匂いでごまかされない、この女が持っているありのままの――。

ジャックはゆっくりと目を開けた。とてつもなく恐ろしいものを目撃する予感がしていた。呼吸が浅くなる。**強さと情熱、ありのままの香り。ああ、なんということだろう。**

アンがステップを踏み間違えて倒れそうになり、もたれかかってきたので、ジャックはその体を支えた。体と体が密着する。なじみのある感触。アンはジャックの胸に手のひらを当てて抵抗した。五日前の晩に触れたのとまったく同じ場所だ。

アンはびくりと体を震わせて後ずさりした。

きっと今ごろ、どこかで悪魔が笑っているだろう――そんなぼんやりとした考えがジャックの頭をかすめた。

ジャックの体が震え出した。今までこれほど取り乱し、抑えがきかなくなったことはない。アンにとっては、二人きりでないのがせめてもの幸いだった。もしまわりに人がいなかったら、ジャックはアンを殺していたかもしれない。

ジャックがぐいと肩をつかんで見下ろすと、アンは挑戦するように見返した。その目は、真夜中の神殿を飾る死にゆく星のごとく、きらきらと輝いている。

「〝レックスホールの生霊〟だな。見つけたぞ」ジャックは言った。

17

「気づかないとでも思ったのか？　おまえの体の特徴が、わたしの皮膚にしみついていると考えなかったのか？」ジャックは憤りをあらわにした低い声で訊いた。

「痛いですわ」アンは小声で言った。

ジャックはアンの肩をつかんだ手を下ろした。そばにいたひと組の男女がじろじろ眺めている。ジャックはいらだたしげに舌打ちをすると、アンとともにふたたびダンスのステップを踏みはじめた。

「香りで、感触でわかる。おまえの体を、自分の体で知っているんだ。間違えようがない」かすれているがどこかつやのあるジャックの声は、これまで以上になめらかで、危険なものを帯びていた。

自分は恐れを知らない人間だとアンは思っていた。でも、実はそうではなかった。顔から血の気がひいていくのが自分でもわかる。最後まで芝居を続けるのよ。ノース家のタウンハウスの外で軽くキスされた、あのときの話だと思いこんでいるふりをしよう。

「大佐。勘弁してください」不快そうなようすは演技でもなんでもなかった。「先日はあんなはしたないふるまいをしてしまいましたが、あれは本来のわたしとは違うんです。ただ……キスに、びっくりしてしまって」

ジャックの唇に笑みが浮かんだ。「そういうことはしないほうがいいぞ」

「そういうこと？」

「芝居だよ。わたしとの駆け引きだ」

ジャックがまた手に力をこめたのか、アンの指先がうずいた。稲妻が光り、雷鳴がとどろいた。雨が窓ガラスをつたって滝のように流れている。部屋の壁が四方から迫ってくる気がして、頭がくらくらした。

「もう終わりだ」ジャックは言った。「観念するんだ。おまえはもう逃げられない」

「口説き文句ですの？　確かに、言い寄るすきを与えたのはわたしですけれど……」アンはしだいに小声になった。かすかな耳鳴りが始まっていた。心の痛みが波のようにくり返し押し寄せた。**もうジャックと一緒にはいられない。優しさに包まれることもない。わたしは何もかも失ってしまった。**

「でも、あえて言わせてください。わたし、あなたみたいな方の……やり方に、なじみがなかったものですから、油断していました」ジャックの目を、悲しみが月の影のごとく通りすぎた。**ほら、言うのよ。**「これからは、ああいう態度をとるのはやめていただきたいのです」

ジャックは、平手打ちを食らったかのように頭をのけぞらせた。唇を開き、鋭く息を吸いこむ。「嘘だ」

「お願いです、大佐」アンは小声で言った。「こんな会話、いやですわ。ダンスはもうこれで終わりにしませんか？」

ジャックは目を細めたが、ほどなくもとの表情に戻った。怒りは冷ややかなグレーの瞳の奥に隠されているのだろう。

「いいえ、マダム」その口調はダイヤモンドのごとく硬質で、洗練されていた。「恐れ入りますが、このワルツの最後までおつきあい願いたく思います」

失礼しますと言ってこの場を離れたほうがいい、とアンは感じた。はたから見ても不自然ではないはずだ。だが、断りの言葉が出てこない。

ジャックは答えを待たなかった。二人はゆっくりと優雅な弧を描いて踊った。管弦楽団が奏でる音楽のリズムは、二人の駆け引きに合わせでもしたのか、どこか重苦しく、込み入っている。アンはドレスの薄い絹地を通して、ジャックの指の圧力、手のひらの広さ、脇腹に当たる手の曲線を肌で味わっていた。その感触はアンを酔わせ、当惑させた。官能に訴えて茫然とさせ、燃え立たせた。刺激的だった。

自らいけにえになろうとするようなものだわ。正気の沙汰じゃない。逃げなくては。

「マダム。本当に、こんな人生でいいと思っているのですか？」

ジャックはかたときも目を離さない。自分では制御できない顔色の変化、視線の揺れを見て、アンの考えを読んでいるのか。

「ワイルダー夫人、あなたは愚かな人には見えない」こわばった声で続ける。「それなのに、この道を選んだのですね。悲劇的な結末しか生まない道を」

その言葉には不思議な響きがあった。もしもっと冷静さに欠ける男が同じ言葉を発したとしたら、懇願に聞こえたかもしれない。ああ、ばかげた考えを抱くのはよそう。ジャックは、裏切られた、だまされたと感じているにちがいない。わたしが泥棒としての正体を隠すために、未亡人に対する彼の関心を利用したと思って、憎んでいるにちがいない。どうしよう。これ以上こんな目で見つめられたら、負けてしまうかも――。

「今おっしゃったのは、わたしがソフィアのお目付け役としてふがいないという意味ですわね。でも、悲劇的というほどひどいかしら？　確かにソフィアはちょっと頑固なところがありますけれど、元気いっぱいで――」

「話をすり替えないでください」

アンはため息をついた。「わたし、大佐をいつも失望させてしまいますね」

ジャックは反論しなかった。

「では、別の話題にしましょう。〝レックスホールの生霊〟事件の捜査はどうなっていますの？」

アンは無理やりからかうような口調を装って尋ねた。そうしてジャックの憎しみを引き出したほうが、いろいろ想像をめぐらせて苦しむよりましだと思ったのだ。

一瞬、ジャックの冷たい目に懸念が見え、先ほどの険しい声に後悔が聞こえたかに感じられた。ありえない。そんなのはおとぎ話にすぎない。アンはかつて、おとぎ話の世界に生きていたために痛手を受け、精神が壊れる寸前までいった。もしかしたらもう、壊れてしまったのかもしれない。

問いかけに呼応するかのように雷鳴がとどろき、建物が揺れた。「こんな夜は、犯人も出歩きそうにないですわね」アンは明るい口調で言った。「それでも盗みを働くとすれば、そうとう追いつめられているんでしょうね。とはいえ、今夜この会場には格好の標的がいるようですけれども」放蕩者の老人を相手に踊っているレディ・ディップスの姿が見える。「たとえば、レディ・ディップスが新しく手に入れたすてきなネックレス。レディ・ポンスバートンがつけている、宝石をあしらった冠なんかも、最高の獲物になるでしょうね」

アンが顔を上げると、ジャックは用心深い目つきで見守っていた。

「犯人の男をなかなか逮捕できずに、大佐も腹立たしく思っておられるでしょうね。でも、気落ちなさってはだめよ。犯罪者の行動を予測するなんて、どだい無理なんですわ。ああいう輩《やから》の思考回路は、普通の人とは違いますもの」

アンは頭を後ろにそらせた。ジャックは無表情だ。「この話、退屈でしょうか、大佐？それともジャックとお呼びしたほうがいいかしら？」アンは挑みかかるように彼の名を呼んだ。これなら無関心ではいられないはず。憎しみを表に出してくれたほうが無関心よりましだ。

「いや、退屈などしませんよ」ジャックは答えた。筋肉を収縮させただけの笑み。

ああ、この人はよほどわたしを憎んでいるんだわ。胸が痛むあまり息苦しくなった喉から、小さな笑い声がこぼれ出た。急に体が震え出して止まらない。ステップを踏み間違えたアンはつまずき、倒れそうになってジャックの不自由な手をつかんだ。彼は顔をゆがめた。
「あっ、痛かったでしょう」アンは叫んだ。
「いいえ」ジャックは穏やかに否定した。「もう二度と、あなたを優位に立たせたりはしませんよ」

〝レックスホールの生霊〟をついに見つけた。か弱く頼りなげな外見の未亡人と、機敏で大胆な女泥棒が同一人物だったとは。欲望と優しい心、自暴自棄と自尊心を兼ねそなえていたとは。

アンはわたしをあざけり、幻想を壊した。だがそんなことはどうでもいい。ジャックは、面と向かって嘲笑されたことより、自分が彼女に欲望を抱いてしまったことに対して憤りを感じていた。

ジャックの息づかいが荒くなった。アンはわたしをもてあそんで求愛を許し、自分をさらけ出させて、信用させた。しかしそれを知っても、彼女に対する欲望は消えなかった。

ジャックはアンの体を引き寄せ、耳元に唇を近づけた。「ワイルダー夫人、なれなれしくしてしまって申し訳ありません」

アンはぎくりとしてたじろいだ。ジャックは唇に野獣のような笑みを浮かべた。手に触れるアンの体は小柄できゃしゃだった。この世のものとは思えないほど青白く透き通った顔色、黒々として何かにとりつかれたような瞳にだまされていた。だが、体が覚えていた。そう、あれほど理屈抜きの直感で人を認識した経験はない。あれほど根源的なものに訴えかける感覚は味わったことがない。

ワルツの曲が終わった。二人は動きを止めたが、お互い離れようともしない。アンはジャックを見上げた。

「アン――」

「なれなれしくしないでください」アンは狼狽した声で言った。「そんなに無遠慮にふるまう権利があなたにあるんですか？　わたしのことなんか、何も知らないくせに」

アンはいきなりジャックに殴りかかった。まるで追いつめられた野生動物のようだ。だったら、野生動物のように狩ってやる。ジャックの血が熱くたぎり、それが不退転の決意に変わった。

「まだ、わたしを試すつもりか」

「早く泥棒を捜しにお行きなさいな、セワード大佐」かん高くなったアンの声に反応して、周囲の人々が振り返った。

「もう見つけた。あなたがその泥棒だ」ジャックは低くつぶやくと、アンの手首をつかんで自分のほうへ引き寄せた。すでにまわりが見えなくなっているアンは、いつ自分の正体をさらけ出すかわからない。この場でそうさせてはならなかった。

「落ち着いてください」ジャックは険しい声で言った。「人目があります。これ以上、注目を集めないほうがいい」

アンはあせって視線をそらし、好奇心をあらわにしたり、面白がったりしている人々の顔を見た。

ジャックは声を大きくして言った。「ワイルダー夫人、ミス・ソフィアを捜しに行きたいとおっしゃるのでしたら、ご一緒しましょう」

アンはジャックに押し立てられるようにして、重い足どりながらまるで絞首台に向かう罪人のように頭を高く上げて進んだ。目の下の濃いくまが目立つ。

ジャックは舞踏場の向こうの端まで行ってから、アンを廊下に連れ出そうとした。「あちらへ行きましょう。二人きりで話したほうがいい」

「いいえ、結構です」アンは冷静さを取り戻していた。激情がおさまった瞳は不透明さを増し、はかり知れないものを感じさせる。「セワード大佐。わたしが〝レックスホールの生霊〟だと思っておられるなら、それは勘違いですわ」その声はどこまでも落ち着きはらっていた。

「いいかげんにしてください」ジャックは顔をゆがめて言った。

「〝レックスホールの生霊〟だと疑ってわたしに関心を示しておられたとすれば、残念ながら時間の無駄遣いでしたわね」

お見事、とジャックは内心褒めたたえながら怒りにかられていた。アンの頭をもたげた角度、かすかに震える唇、声の調子。すべてが傷ついた心と苦悩を物語っていた。

ジャックは、アンに対する自分の思いだけはあざけりの種にされたくなかった。利用されるのは許せないと思った。

だがジャック自身も、アンが彼を利用したのと同じように抜け目なく、容赦なく、他人を利用してこなかっただろうか？　自分は、欲しいものを手に入れるために、他人の幻想や弱みを食い物にしてこなかったか？　どこからともなく、疑問が湧いてきた。

そんなことは考えてもしょうがない。

ジャックは怒りに支配されていた。アンのひじを握ると、抵抗されながらもうす暗い廊下へ連れ出した。手をとり、決闘を申し込むかのように高く差し上げた。

ジャックが手袋の端をつかんで脱がせにかかったとき、アンはその意図を察知したのだろう。その顔を一瞬、自嘲的な笑いがよぎった。二人の目と目が合い、視線が激しくぶつかり合った。アンの手袋が完全にはずされた。あらわになった前腕には、治りかけの切り傷がいくつもついていた。

「わたしのタウンハウスの窓から飛びこんで、腕で顔をかばったときについた傷だ」ジャックは断言した。

「活けた花に取り合わせようと思って、ヒイラギの枝を切っているあいだについた傷ですわ」アンはすかさず言い返した。

「それに、小指のつけ根に、昔の傷あとがあるはずです」

アンは目を大きく見開いた。「どうしてそんな――」

「感触でわかったのです」ジャックは目を合わせたままアンの手を返し、小指のつけ根に盛り上がった傷あとをなぞった。「あの晩、〝レックスホールの生霊〟が両手をわたしの素肌にのせたときに気づきました。今こうして触れれば、同じ人の、同じ傷あとだとわかります」明らかな告発だった。

アンはごくりとつばを飲みこんだ。「勘違いですわ」

その言葉で、ジャックの中の怒りに火がついた。「『勘違いですわ』だけでわたしが納得すると思いますか？　帽子を脱いで口ごもりながら、『申し訳ありません、マダム。勘違いでした』と言うとでも？」

逃げ出そうとしたアンの背中をとらえて引き戻すと、ジャックは頭を下げ、顔を近づけて低く穏やかな声で言った。「ワイルダー夫人。明日、お宅にお邪魔します。外出しないで、いてください。一人で」

アンは首を横に振った。外で雷の鳴る不気味な音がした。

「かならず、家にいてください」ジャックは食いしばった歯のあいだから言った。「もしいなければ、わたしは――」そのとき、一人の女性が後ろからぶつかってきて、ジャックはよろめきかけた。腹立たしげに振り向くと、レディ・ディップスが目をしばたたきながら見上げていた。

「まあ！　セワード大佐。大変失礼しました」アンの姿を認めたレディ・ディップスの目に敵意がのぞいた。

仲間の女性が二人、後ろから現れた。二人ともふわふわした白っぽい服を着て、前後に並んでいる。その姿は牧草地に放たれる前に門を通る羊さながらで、オオカミに遭遇したかのようにジャックをじろじろ見ている。後ろにアンがいるのに気づいて、彼女らの顔が険しくなった。

アンはすでに何食わぬ顔で、手袋をはめたほうの手で傷ついた腕を隠していた。だがあいにくレディ・ディップスは鋭い目の持ち主であり、それ以上に人のあら探しにかけて強い欲望を持っていた。ジャックがまだ手に持ったままのアンの手袋に目をとめて、軽くはじいた。

「ワイルダー夫人！　手袋を片方、なくされたんじゃありません？　あら、まさか……」レディ・ディップスは胸に手を当て、二人の仲間を振り返った。「なんてことでしょ！　お二人は内密のお話し中だったのに、わたしたち、お邪魔してしまったのね！」

アンとジャックは急いで目配せを交わした。この婦人たちの広める噂がどんな内容か、今からわかる気がした――サセックス出身の身分の低い小柄な娘が、なぜかうまいこと玉の輿に乗ったと思ったら、今度は自分の出自の卑しさを利用して庶子といちゃついている。

レディ・ディップスは微笑みながら、肉づきのよい首にかけた派手なネックレスをもてあそんだ。その動きを、アンは催眠術にかかったように見つめている。

「ワイルダー夫人。〝目には目を〟ですわよ」レディ・ディップスはついに口を開き、危険を感じさせる静かな声で言った。「あなたの経営する慈善団体には、有力者が巨額の寄付をしておられるそうですが……皆さん、醜聞にも心の広い方々ばかりだといいですわね？」

アンはぼんやりとレディ・ディップスを見ていた。傷ついた動物のごとく自分の世界に閉じこもっている。望みを失ったその目はうつろだった。

ジャックは顔をそむけた。哀れんでやるものか、と嗜虐的な気持ちになる。

「それから、もうひとつ」レディ・ディップスは勝ち誇ったように続けた。「友人と話していたんですが、あなたの慈善団体について面白い事実がわかったんですの。〝レックスホールの生霊〟の被害者のほとんどが、あの慈善団体に寄付していたということですわ。ご存じでした？　わたしたち、心配になってしまいましたの。もし、あなたがお世話している貧しい兵士の中に犯人がいたら？　って。まさか、人を食い物にするような団体を支援するわけにはいきませんものね」

アンはジャックのほうにのろのろと顔を向けた。「セワード大佐、ここで失礼させていただいてもよろしいですか？　ソフィアを連れて家に帰らなければなりませんし、いろいろと用事がありますので」抑揚のない声でそう言うと、三人の女性に視線を戻した。「レディ・ディップス、言い忘れていましたけれど、すてきなネックレスをお召しですね。それでは失礼します。皆さん、お休みなさい」

アンは膝を曲げてお辞儀をすると、レディ・ディップスのすぐ横を通って立ち去った。その堂々とした態度に、ジャックは内心、喝采をおくらずにはいられなかった。

アンを詰問する機会を奪われた形になった。まさか追いかけるわけにもいかない。そんなことをすれば噂の種になる。よけいな注目を集めることだけはしたくなかった。

それでもジャックは、アンの姿が消えるまで見送った。

18

沿岸地帯から近づいてきた嵐はロンドンに到達するとそのまま居座り、夜が更けるにつれて勢いを増していった。サセックスからの早便の郵便馬車に乗って市内に入ったアダム・バークは豪雨の中、セワード大佐に指示された住所までの六キロあまりを歩いた。

目指す場所に着くころにはブーツがぐっしょり濡れ、中に入りこんだ水が足を運ぶたびにぐちゃっという音を立てた。大佐の命を受ける特別諜報員の自分が、こんなみっともない音を出すとはなんたることか、と思う。

バークは両手で柔らかい縁なし帽を握りつぶし、セワード大佐が考えるのをやめて話し出すのを待った。また雷鳴がとどろき、屋根の垂木《たるき》が揺れ、小物類のがちゃつく音がした。

大佐が借りているこの部屋はごく質素で、家具調度はそれなりに整って清潔ではあるが、快適そうには見えない。目につく小物といえばデカンターとワイングラスぐらいで、並べて置かれているためにぶつかり合って音を立てただけだった。

バークは大佐をちらりと見た。本件の捜査にそうとう入れこんでいるのだろう、何度も頭をかきむしったあとのように髪の毛が乱れ、上着も着ていない。大佐のもとで働いて六年になるが、こんな姿は初めてだ。しかも大佐は疲れきっていた。午前二時という時間帯なら、誰でもそうだろうが。

バークは一カ月近く、過去の記録をたどってきた。きわめて興味深い調査結果を報告し終えたところだが、なぜセワード大佐が背中を叩いて「バーク、よくやった。こんな悪天候の中、わざわざ来てくれてありがとう」と言ってねぎらってくれないのか、不思議だった。そうするどころか大佐は、火明かりに魅了された猫のように暖炉をじっと見つめている。

「アン・ワイルダーの父親とジャミソンについて、もっと詳しく聞かせてくれ」急に訊かれて、バークはびくりとした。

トリブルとジャミソンについて？　泥棒とジャミソンという奇妙な取り合わせ。バークは、この二人の結びつきに関して判明したことをすべて思い出そうとしていた。ジャミソンの役職がなんなのかも知らなかったし、その直属の部下である大佐と、自分を含めて大佐の下で働く者たちをどう呼べばいいのかもわからなかった。

「まず、銀行をあたってみました。関係者の貯蓄や借り入れに関する情報を入手するためです。結論から言えば、皆、多かれ少なかれ金を借りていました。ただし例外はアン・ワイルダーの父親、サー・トリブルで、かなりの手元資金を持っていました」

大佐は先をうながすようにうなずいた。

「しかし、さらに詳しく見ていくと、妙な事実がわかりました。トリブルの貯蓄は投資によるものではなく、ロンドンにいるある人物からの定期的な入金によって増えていたのです。

ただ、それ以上は調べがつかなかったので、サセックスまで出向いて、トリブルが死ぬ前に仕えていた召使たちに話を聞きました。すると、ドックランドなまりのあるトリブルがロンドンから、旅行かばんに札束をいっぱい詰めてやってきた話をしてくれましたよ。家屋敷を買って、地元の紳士階級の娘と結婚したと」

大佐は暖炉に背を向け、炉棚《マントルピース》に肩をもたせかけた。背後からの光に照らされたその姿は、炎の中から歩いて出てきたかのように見え、不穏なものを感じさせる。

「そこまではいい。だがバーク、それだけでは、トリブルとジャミソンのつながりの説明がつかない」

「まあ、そうですね。トリブル夫妻は間もなく、娘を一人もうけました。トリブルはこの娘を溺愛して、つねに自分の目の届くところにおいていました。妻が年に三回、親戚を訪ねてバースへ出かけたときも同行せず、娘と家にいたそうです。夫婦仲はよかったようですが、一緒に旅に出たりはしませんでした。実際、トリブルは、サセックスに居を構えてから長年、町を離れた痕跡がないんです」

「続けてくれ」大佐がつぶやくように言った。

「さて、ここから話の筋が見えてくるかと思います。召使によるとトリブルは、奥さんが不在のあいだはいつも、ありとあらゆる変わった技を娘に教えこんだそうです。木登りに始まって、鍵なしで扉を開ける方法、木と木の間に張りわたした縄の上を歩く技術、とんぼ返り……」

大佐ははっとして顔を上げた。ようやく興味を引かれたようだ。

「そうです。話はさらに面白くなります。先ほども言いましたが、トリブルは長いあいだ、サセックスから外へは出ずに暮らしていました。ロンドンへも帰らなかったんですよ、生まれた街なのに。知り合いに会うのを恐れて、というより」バークは鼻の脇に指を当てた。「まるで、ロンドンへ来るなと誰かに言われていたかのように、です。ただし……」

「ただし、なんだ？」大佐は語気鋭く訊いた。

「戦争が始まったとき、ちょうど娘のアンがワイルダー家に嫁いだころですが、トリブルは突如として旅によく出るようになりました。数週間から、ときには数カ月、家を空けていたそうです。そして戦争が終わって帰郷したとき、未亡人になった娘が、夫の母親によって嫁ぎ先から追い出されていたことがわかったのです」

「**なんだって？**」大佐は前に進み出た。

バークはそわそわと足を踏みかえてうなずいた。「底意地の悪い姑で、嫁とはもう関わりを持ちたくなかったというわけです。息子が死んだのはあんたのせいだと言って未亡人を責めて、ずいぶんきつい言葉も吐いたそうです」

「彼女のせいだったのか？」大佐は低いが緊張した声で訊いた。

「えっ？」バークは目を細めて大佐を見返した。

「ワイルダーが死んだのは妻のアンの責任なのか？」

「いいえ、違います。少なくとも、そう思っている人は姑以外にはいないと思います。周囲の人々も、召使もです」バークは首を振った。「誰に聞いても、理想的な結婚でした。小間使いによると、奥さまが望めば、旦那さまは世界じゅうのどんなものでも手に入れてあげただろうと。一人の女性をそこまでひたむきに愛せるものでしょうかね？」

大佐は答えずに、ふたたび暖炉に目を向けた。バークは答えを期待したわけではなかった。大佐と愛のあり方を語り合うことを考えただけでおかしい。ましてや、愛について物思いにふけっているところを想像すると、笑いそうになるのだった。品格のある立派な紳士ではあるが、大佐はバークの知る中でもっとも実利を重んじる人間だった。

「夫人は、ワイルダー氏と結婚してずいぶん変わったと周囲の人が言っていましたね」

「どんなふうに？」

「そうですね」バークはわけ知り顔の笑みを浮かべて言った。「結婚前のアン・トリブルは、やんちゃ娘と言いますか、いつも何かいたずらをたくらんでいたらしいです。父親の子育ての方針を考えますと、不思議ではないですよね？」含み笑いをする。

「とにかく、男まさりの娘という評判でした。でも、マシュー・ワイルダーと結婚してからは落ち着いたようです。破天荒なふるまいや悪ふざけはしなくなって、醜聞もまったくありませんでした」バークは首を振った。「ですから、ワイルダーの姑が嫁を悪く言う根拠などなかったのです。そこへトリブルが長旅から帰ってきた。娘がひどい扱いを受けていたと知って、激怒しました」

「言い争いになったのか？」

「いいえ。トリブルは抜け目のない男でしたから、人前でワイルダーのばあさんを罵ったりはしませんでした。なんだかんだ言って、身分がはるかに上の人ですからね。ところが数週間後、トリブルは勲爵士に叙せられてサー・トリブルとなったので、ワイルダーのばあさんはおおいに憤慨しました。ただ、その直後、ある人物に会って話をしたようです。以来、ばあさんは何も文句を言わなくなりました」

「その〝ある人物〟とは、ジャミソンのことか？」

バークの顔が悔しげにゆがんだ。「わかりません。調べたのですが、けっきょくつきとめられませんでした」

「まあ、いいさ」

大佐の穏やかな口調にほっとしたバークは、さらに続けた。「でも、金持ちながら平民のトリブルが、いったいどんないきさつで〝サー・トリブル〟に成り上がったのか、知りたいところですよね。特に興味をそそられるのは、財務大臣が、金銭的な利害関係がないにもかかわらず、なぜトリブルを勲爵士に推薦したのかです」

「うむ、いいところに気がついたな。その疑問の答えは見つかったんだろうね？」

「はい。財務大臣の秘書をしている男と友だちになって、情報を引き出しました。勲爵士の称号をもらう商人について話していたとき、わたしがトリブルの名前を出したら、秘書はこう言いました。『トリブルは財務大臣本人の推薦で称号をもらったわけじゃない。大臣はある老紳士に借りがあって、その人の要請に応じて推薦した。老紳士の名前はジャミソンというんだ』」

しばらくのあいだ、大佐は身じろぎもしなかった。「そうか」マントルピースから離れ、窓際まで歩いていくと、カーテンを引いた。「つまり、アン・ワイルダーの父親は並みの泥棒ではなく、ジャミソンの命令で盗みを働いていたということだな。盗んだのはおそらく情報だろう。最初は若いころ、ロンドンで、のちにフランスで活動した」

「わたしもそう思います」バークは同意した。「トリブルは娘に自分の技を教えこみ、〝機密扱いの品〟に興味がありそうなロンドンの人脈についても伝えたんだろう。アン・トリブルは、そうして得た知識や技を活かしてきたわけですね……活用か、悪用かは見方によるでしょうが」

「ああ、そうだな」

バークは感じ入ったような表情で頭を振った。「誰が想像できますか？〝レックスホールの生霊〟が上流階級の一員だったなんて。夫を失って、頭がおかしくなったんでしょうか？」

大佐の口のまわりのしわが深くなった。「この件について、ほかの誰かに伝えたか？」鋭い口調だった。

「いいえ」バークは少しむっとして答えた。これまで大佐に忠誠心を疑われたことは一度もない。

「そうか。誰にも言うな」

「もちろんです」

「ほかに、この件について調べている者は？　ジャミソンの手の者との競争はあったか？」

バークは肩をすくめた。「自分以外に探索している者がいたかどうかは……考えもしませんでした。尋ねてみようとも思わなかったので」大佐の顔に表れた失望の色をはっきりと感じて、バークは体をもじもじさせた。「大佐をこの任務につけたのはジャミソン卿ですし、まさか、あとからほかの誰かを送りこんでくるとは思いもよらなかったものですから」

「もちろんだ。疑う理由がない」大佐は答え、窓の外に視線を戻した。空には稲妻が激しく躍っている。最高潮に達したコヴェントガーデンの花火顔負けの華やかな光の饗宴だ。

「ほかに誰が探りを入れているか、確認するんだ、バーク。すでに時遅しかもしれないが」

とんとんという音がして、グリフィンが扉の隙間から顔をのぞかせた。年老いたスコットランド人はバークの姿に気づいて意地悪そうな目つきになった。「物見遊山の旅は終わったんだな？」

「なんだね、グリフィン？」大佐が訊いた。

「例の男の子が大佐に会いたいと言って来ています。急を要する話だそうです」

「案内しなさい」

「もうここに来ています」グリフィンは振り返って手招きした。

びしょ濡れの小柄な少年が部屋に入ってきて、暖炉の前に向かった。冷えきった手をかざし、さかんにこすり合わせている。上下不揃いの服からは匂いのこもった蒸気が立ち昇る。

「温かい紅茶を淹れてやってくれ」そう命じて大佐はグリフィンを下がらせた。「さて、急を要するということだったね？」

少年は警戒してバークを横目で見た。

「大丈夫だ、言いなさい」大佐はうながした。

「あのひと、出ていっちゃった」

「なんだって？」その叫びにバークは仰天した。大佐の場合、声を荒らげるのさえ聞いたことがなかったからだ。

大佐はいきなり大またで少年のもとへ歩み寄った。少年が暖炉に向かって後ずさりしたのを見て急に立ち止まり、握りしめたこぶしを脇に垂らした。

「話を聞かせてくれ」

「あのひと、三〇分ぐらい前に家を抜け出したんだ」少年はすねたように言った。「普段だったら見逃しただろうけど、彼女が屋根によじ登ったときにちょうど稲妻が光ったから、見つけられたのさ。てっぺんに近いとこにしばらくいて、霧が出るのを待ってから、屋根の向こうへ消えてった。あの雨じゃ足がすべって大変だっただろうな」

なんということを。夜空を駆け抜ける閃光を見つめながらバークは思った。こんな雷雨の中にいたら、雷に打たれて死んでしまう。

「どこへ行ったんだ?」大佐は詰問するように言った。

「わからない」少年は身をちぢめた。「真っ暗だからさ。外はひどい嵐だし、黒い服だったし、雨もすごかったから、ちらっとしか見えなかった。ただ、北東へ向かったのはわかった」

「北東？　それは確かか？」

「うん、まず間違いないと思う。まったく、影みたいな速さだったよ」

グリフィンが戸口に現れ、紅茶のポットとカップ、皿に山盛りのパンとチーズをのせた盆を持って入ってきた。

大佐は両手で髪の毛をかき上げた。

「いったい、どこへ行ったんだ――」と言いかけて、急に黙る。

心あたりがあるんだな、とバークは思った。アン・ワイルダーの行き先がわかったのだ。目的地までたどり着ければの話だが。

大佐は扉に向かって歩き出した。「グリフィン、二人に飲み食いさせてやって、送り出してくれ」そう言うと少年の肩をつかんだ。「きみにはこれまでずっと、秘密を守ってきてもらったな。今回の情報はいつにも増して重要だ。誰が何をしていたかなど、今夜つかんだ事実は、誰にも、ひと言ももらすんじゃないぞ。いいか、ひと言もだ。わかったか？」

少年は大佐の目をまっすぐに見て言った。「死んだって、誰にも、ひと言もしゃべりません」

「賢い子だ」大佐は口の中でつぶやき、顔を上げてグリフィンを見た。「この子に二クラウンやってくれ」次にバークに目をやり、「バーク、先ほど言ったとおりに頼む」と言って部屋を出ていった。

少年も急いであとに続いた。目指すは台所だ。

バークとグリフィンの目と目が合った。

「アン・ワイルダーは、屋根を伝っていったのか？　この嵐の中を？」グリフィンがようやく口を開いて訊いた。「きっと、頭が本当にどうかしてしまったんだろう」

19

老朽化した屋根板に足をとられて倒れたアンは、軒下に向かってすべり落ちていった。横なぐりの雨が滝のように落ちてきて、何も見えない。落下を防ごうと、柔らかく湿った木の板に思いきり爪を立てる。屋根の端からわずか三〇センチのところでようやく止まった。アンは笑い出した。

空気を求めてあえぎながら——というより、むせび泣きながらといったほうが正しいかもしれない——膝をついてすばやく起き上がり、急勾配を登っていく。脇にくくりつけた袋を手で軽く叩いて無事を確かめ、その重みに微笑んだ。中には宝石をあしらった冠状の髪飾り、腕輪、財布、ブローチ、イヤリング……そして、レディ・ディップスのネックレスが入っている。

レディ・ディップス、どうぞ、友人に触れまわりなさい。出自の低い女性が立ち上げた慈善団体が、寄付した篤志家のリストを犯罪者の手引にしているという疑いを。上流社会の有力者に働きかけなさい。出資の約束を撤回するよう、支援をとりやめるよう、説得すればいい。明日から始めても、無駄よ。もう遅いわ。

アンはふたたび笑い出し、豪雨の中、顔を上げた。冷えた頬と唇に、氷の針のごとく雨が降りかかる。凍えそうに寒かった。寒いのがいい。何も感じなくなれば、もっといい。あと少しで、服を入れておいた天水桶のところに着く。今着ているぴったりしたメリヤス地の服の上から簡単にかぶれるぶかぶかのスカートと、びしょ濡れの服を隠すのに便利な分厚いコート、帽子を隠してある。

夜空を切り裂く稲妻。天からまた新たな雷の一撃。轟音が体を包み、心臓と、腹と、血の中に響きわたる。あえぎながらやり過ごしたアンは、雷鳴がやむと微笑み、屋根の下を見下ろした。

「ジャック、どこにいるの?」小声で呼びかける。分別のある人間なら、今ごろ自宅のベッドの中だろう。でも、分別など、あるわけがない。ジャックはわたしを信用していた。つまり、無分別ということだ。泥棒を信用する人などいない。心にかけるのもおかしい。

また稲妻が光った。さっきより明るい。雷が近づいている証拠だ。アンは体を起こして強風に向かって立ち、迫りくる雷の脅威を肌で感じて、ぞくぞくする興奮を味わった。

ドカーンと、耳をつんざくような音。

アンは、はっと息をのんだ。これは近いわ。これ以上近づいたら、わたしは嵐にのみこまれ、美しく白熱した稲妻に溶けこんでしまうだろう。ふたたび笑い声をあげたアンは、空中を飛ぶように屋根の上をひた走った。

稲妻がめくるめく光の絨毯のようにひらめき、夜空を彩った。ジャックは目を細めてまぶしいのをこらえ、閃光を見つめた。あそこにいる。風のごとくしなやかに、冬の陽射しのはかなさにも似た細い体で、アンは頭上はるかに高いところを跳躍しつつ、公園へと向かっていた。ジャックは目を閉じ、深く息をついた。今まで雷に打たれなかったのが不思議なぐらいだ。だがきっとそのうちやられる。もう時間の問題だ。自然の脅威に立ち向かって、生きながらえた者はいない。

ジャックは、黒い雨に濡れる屋根と、建物と建物の間の狭い路地の両方に目を向けながら、ふたたび前に進んだ。この道筋なら、何度かたどって知っている。何週間も前から、レディ・ディップスの家から屋根づたいに移動して逃げるのに一番便利な経路を調べておいたのだ。そうした経路は、〈カールトン・ハウス〉でのパーティに頻繁に顔を出す富裕貴族の男女の屋敷すべてについて確認済みだった。

もっと早くアンの意図に気づくべきだった。彼女は今ごろ、自らの企ての巧妙さにほくそ笑んでいるだろう。ジャックは昨夜、自信満々でパーティ会場を後にした。アンを恫喝し、震えあがらせたと思っていたのだ。ところがその自信過剰をすぐさま利用されて、出し抜かれた。まったく、あっぱれな作戦だった。腹立たしかった。

ジャックは冷笑した。自分は部下を危険な任務に送りこむとき、〝敵を見くびるな〟と何度警告しただろう。それにもかかわらず、数度にわたってアンを見くびった。皮肉にも、感謝の念に近いものの予感がジャックの全身に広がった。

つまりアンは、勝負を続けたがっているのだな？

ならば受けて立とう、とジャックは思った。自分が勝ったとき――もちろん勝つつもりだった――どんな戦利品を要求するかは心に決めてあった。

呼吸が苦しくなり、脚が痛み出した。雨の勢いは増すばかりだ。ぐっしょり濡れた毛織のコートの重みが鉛のように肩にのしかかり、思うように進めない。だがアンを失うわけにはいかない。ジャックは冠水した道路にコートを脱ぎ捨ててシャツ姿になり、寒さも強風も豪雨もかまわず、ひた走った。

荷馬車の前に飛び出したとき、御者に大声で罵られた。教会の入口で雨宿りしていた二人の娼婦が、ジャックの勢いにのけぞりながらやじを飛ばした。

あれから二回、アンの姿を目撃した。稲妻に照らされて浮かび上がる影法師はそのたびに小さくなる。まるで嵐の中心めがけて突き進んでいるかのようだ。東へ向かったアンは外貨交換所を通り、大胆な跳躍で監督教会の粘板岩の屋根に飛び降りた。今は南を目指し、安定感のあるタウンハウスの屋根を次から次へと渡っている。だが公園に着いたら、屋根から下りるしかない。ジャックはそこで待ち伏せするつもりだった。

息がひゅうひゅうと音を立てはじめた。喉が焼けつくように熱い。公園まで、道路はあと二本。アンは次の道路沿いの建物のどれかから地面に下りてくるはずだ。全速力で角を曲がったジャックは、淡い色のコートを着た娘にぶつかった。とっさに腕を伸ばして娘の体を支え、壁に衝突するのを防ぐ。娘の声がして、ジャックは立ち止まった。

「あら、セワード大佐でしたのね！　びっくりですわ」さっと振り向くと、そこにいたのはアン・ワイルダーだった。淡い黄褐色の上品なコートをはおり、手袋までちゃんとつけている。頭には最新流行の帽子。**まさか。ありえない。**

「その格好は……どういうことだ？」ジャックは問いただした。

アンは笑い出した。どこか不自然で、不穏な笑い。熱を帯びた声から興奮が感じられ、濡れたように輝く瞳は濃紺のインクを思わせる。長いまつ毛にからんだ雨粒が宝石のごとくきらきら光っている。

「大佐、びしょ濡れじゃありませんか！」アンは叫んだ。「こんな天気にコートもはおらずに出歩いたら、風邪をひいてしまいますわ。何を考えてらっしゃるの？」

ジャックはアンの肩をつかんだ。怒り心頭に発していた。「いったいどうやって？　服はどこにある？」

アンはふたたび笑い声をあげた。手を振りほどこうともしない。「服ですって？　服ならわたし、ちゃんと着ていますわ。大佐に比べれば、ずっとたくさん」

ジャックはアンをにらみつけた。目を見て、恐ろしいほどはっきりとわかった――自分がどんなに脅そうと諭《さと》そうと無駄だ。アンの考えは変わらない。レディ・ディップスの家へ忍びこんだのだろうが、盗んだ宝石はもう身につけていないはずだ。抑えのきかない興奮状態と熱っぽい笑い声でそれがわかる。

アンは勝利の美酒に酔いしれ、今や向かうところ敵なしと思いこんでいる。ちょうど、突撃で一個連隊が全滅する中、なぜか自分一人だけが無傷で生き残った兵士のように、あふれる力と罪悪感と、自分が不死身であるという意識で混乱している。

ジャックはいきなりアンの腕をつかんでぐるりと体を回した。

「やめて!」不意をつかれてよろめいたアンの虚勢が崩れた。「何をなさるの? ひどいわ、そんな――」

抗議の声にも耳を貸さず、ジャックはアンを引きずるようにして路地から広い道路へと連れ出した。今日はこの前の晩とは違う。傷口からの出血で手がすべることもなく、体力も弱っていない。アンは必死で抵抗したが、腕を握りしめたジャックの手はゆるまない。

「頭がどうかしてるわ!」アンはあえぎ、ジャックの指に爪を立てた。

「きっと、どうかしてるんだろうな」

「放してください、大佐! 気は確かですか? わたしはお捜しの犯人じゃありませんわ。勘違いなさってるのよ」

ジャックはアンの体を引き寄せ、道の向こう側の木陰で休んでいた辻馬車の御者を呼んだ。ずぶ濡れのシャツを着た客と、抵抗する連れの女性の姿を見て、御者は目を丸くした。

罵りの言葉がジャックの口から飛び出した。玉石を敷いた路面ですべったアンは、くずおれて膝をつき、同時にジャックの手を振り切った。スカートが溝にあふれる水をみるみるうちに吸いこんでいく。雨に打たれながらあごを高く上げたアンの顔は殺気立っている。神よ。お助けください。ジャックは祈った。

「家内が発作を起こしちまったんだ！」ジャックは雷の音にもまさる声で御者に向かって叫んだ。「五ポンド出すから、家まで乗せてってくれ！」

ジャックがアンを抱え上げ、暴れる体を押さえこんだのを見て、御者はふたたび目を丸くしたが、うなずいてゆっくりと馬車のほうへ向かった。

「頭がおかしくなったの？」アンは息をあえがせながらうめいた。

「頭がおかしいのはどっちだ？」ジャックはぴしゃりと言った。「こんなところで何をしていたんです、ワイルダー夫人？」

「わたし……あの……施設を……見に行って」

「施設へなんか行っていないはずだ。レディ・ディップスの宝石を盗んできたんだろう。明日の朝になったら、この一帯を徹底的に捜索させて、盗んだ品をかならず見つけ出してやる」

「捜したって、見つからないわ。何も」アンはもがくのをやめた。「何も証明できないわ。放してちょうだい」

「だめだ」

そのとき、馬車ががたがたという音を立てて二人の前に止まった。御者席から降りてきた御者が扉を開けた。

ジャックはアンの体を抱える腕にさらに力をこめ、「騒ぐんじゃない」と険しい声で脅した。アンに恐れを感じさせなくてはいけない。必要とあらばどんなことでもする男だと、わからせるのだ。今までこれほど激しい憤りを抱いた覚えはない。できるはずだ。

ジャックは冷たく無慈悲な言葉を無理やりしぼり出した。「騒いだら、この場で縛り上げて、あなたの秘密を暴いてやる」

アンは青ざめた。体は小刻みに震わせているものの、抵抗をやめておとなしくなった。ジャックは悪態をついた。エジンバラの救貧院で覚えた野卑な言葉だ。震えが激しくなりつつあるアンを馬車の中に押しこみ、続いて自分も乗りこんだ。アンはすでに座席に横たわり、反対側の扉についた取っ手につかまっている。

ジャックはアンの腰に手を回して引き寄せ、膝の上にのせた。びしょ濡れのスカートの水がズボンに染みこむ。帽子のつばが顔に当たった。ジャックはアンをしっかりと抱えたまま、リボンの結び目を解いて帽子を脱がせた。つややかな黒髪がこぼれ出て、ドレスの背中にばさりと落ちかかった。絹のような光沢を持つ、濡れた髪だ。

「これは驚きだ。帽子のつばがまだほとんど乾いたままなのに、中の髪の毛だけが濡れているとは。不思議ですね、ワイルダー夫人？」

問いに答えずにアンは、またさらに激しく暴れ出した。もがくたびに尻の丸みがジャックの股間に当たってこすれる。快感の波が全身に走り、ジャックは驚きと怒りにとらわれた。こんな場面でも、もてあそばれたと知った今になっても、自分はアンを求めているのか。

「動くんじゃない」ジャックはうなるように言った。アンの小柄だがしなやかで強靭な体の感触を無視しようと必死だった。

アンの体からようやく力が抜けた。ジャックが荒々しく膝から押しのけると、アンはすぐに座席の隅に転がりこみ、野性をむき出しにした猫を思わせる目でにらみつけた。

「アトウッド卿の部屋から盗み出した手紙はどこへやった？　銀の宝石箱の中に入っていた手紙だ」ジャックは語気荒く訊いた。

アンは目をしばたたいた。「どういう意味か、わからないわ」

ジャックはアンの両襟をぐいとつかみ、座席の隅から引きずり出した。膝が床板にぶつかったような音がした。続いてアンの顔を自分の顔と同じ高さまで引きあげたが、その体重はあまりに軽く、あっけないほど簡単だった。

アンは明らかに恐怖にかられた表情で、唇を震わせている。その唇を味わいたかった。自分の唇でおおって、震えを止めてやりたかった。

いいじゃないか？　なぜためらう？

ジャックはアンの体を引き寄せて唇を重ねた。顔を傾けてアンの背をしならせる。力を誇示するために口を開け、彼女が舌を受け入れざるを得ない形にもっていく。

アンは喉の奥で泣くような声を出した。本当に泣いているのだろう、ジャックの舌先に涙の味がした。

それがきっかけとなって、ジャックは怒りのうなり声をあげて口をもぎ離した。それまで、力ずくで女性を自由にした経験はなかった。こんなふうに強要しても、心の奥にひそむうしろ暗い欲望は少しも満たされない。実際、自分の行為に吐き気がし、それがまた腹立たしくてたまらなかった。

アンの意のままに操られてはならない。支配させてはならない。つかんだ体を大きく揺さぶると、アンは無意識のうちにか、小さな声をあげた。

「お好みではなかったようだな、ワイルダー夫人？　男に荒々しくされるのが好きなんじゃないかと思っていたが？」

「許して」

「いや、まだだめだ。お楽しみはあとにとっておく。今欲しいのはあなたじゃない、質問への答えだ」**嘘をつくな！　欲しいのはアンその人なのに。**

「でも、わたし何も――」

「ワイルダー夫人、否定するのはもうやめてくれ。聞き飽きてきた」ジャックの言葉は短剣のように鋭く、危険を感じさせた。こういう脅しは得意とするところで、右に出る者がいない。ジャックはアンをさらに引き寄せ、その顔を、首を、胸を、ゆっくりと眺めまわした。

「さて、もう一度訊こう。手紙はどこにある？」

アンは両手を上げ、ジャックの手首をねじって逃れようとした。**無駄な抵抗だ。**ジャックの親指が、アンの喉元の冷たく湿った肌に軽く触れた。やろうと思えば、この首を小枝のようにへし折ることができる。

「なんのことか、まったくわからないの」アンは懇願するように言った。「あの宝石箱には手紙なんか、一通も入っていなかった」

「少なくとも、自分の正体について言外に認めるところまでは進んだようだな。だがワイルダー夫人、それではまだ、この駆け引きにちゃんと応じていることにならないぞ。わたしの質問に答えてもらおう。そんなにがたがた震えるんじゃない！」

「止められないのよ！」アンの喉からすすり泣きがもれた。

「手紙はどこだ？」

「今言ったとおりよ。手紙は見ていない。アトウッド卿の宝石箱には手紙どころか、何もなかった。空だったのよ！」

「隠し小箱があった。そこに入っていたはずだ」ジャックはいらだちをあらわにして言った。

アンは戸惑った表情になった。本当に戸惑っているようだ。もし見知らぬ人間として尋問したら、間違いなく真実を述べていると判断しただろう。相手が嘘をついているかどうかの見きわめなら、一〇年以上、本業としてきたジャックだが、アン・ワイルダーのこととなると自分の判断力を信用できなかった。あらゆる意味で深入りしすぎていたからだ。

ジャックにはわからなかった。アンがどう感じ、何を考えているか、何に忠誠を尽くしているか、忠誠心を抱くことができる人間なのかさえも。

アンがこちらを見つめていた。「隠し小箱はなかったはずよ」挑発するのを恐れているかのように、小さくささやく。

ジャックは笑い出した。冷酷さを感じさせるその声はアンをたじろがせた。挑発されたという程度ではおさまらない。彼女もそれを思い知るだろう。「あなたほどの技量を持った泥棒が、宝石箱の中の隠し小箱の有無を確かめなかったとは言わせないぞ」

アンはつばを飲みこんだ。まっすぐな黒い眉を寄せて考えこんでいる。ジャックは思わず、指先でその眉間のしわを伸ばしてやりたくなり、急に両手を下ろした。自分の意思とは裏腹の動きだった。恐怖を味わわせようとしているときに、突然、手の力が抜けてしまうとは。

「徹底的にというわけではないけれど、箱の中はいちおう調べてみたわ」アンは口早に言った。「留め金も、てこ状のしかけもなかった。もし隠し小箱があったとすれば、とても小さいもののはずよ」

ジャックは、アンが本当のことを言っている可能性について考えてみたが、真実か、嘘か、いずれにしても自分にとってはなんの違いもない、という結論に達した。なぜなら、アンを信用できないからだ。彼女の言葉はひとつも信じられない。くそ。なんといまいましい。ジャックは悲しかった。

ばかげている。とうてい、ありえない。あまりのばかばかしさに、ジャックは笑い出しそうになった。自分はまだ、アンを求めている。たとえ一部分でもいいから、欲しかった。

アンはおそらく、あの手紙を買い取った誰かを守るために嘘をついているのだろう。その人物を守りたいと思っているか、でなければジャックよりもその人物のほうを恐れているかのどちらかだ。

ばかな娘だ。わたしは彼女のおとぎ話の中で、一番悪いオオカミなのに。そのオオカミがどんなに悪いやつか、教えてやろう。

「宝石箱は今、どこにある？」

「盗品専門の故買商に売ったわ……盗んでから、すぐに」

「できすぎた話だな」

「本当よ！　あんなに目立つ品を、おじのタウンハウスの中に隠しておくと思う？　売った先は、埠頭のそばで店をやっている老人。仲介人を通じてね」

「ますます、できすぎている」ジャックは顔をゆがめて言った。「で、その老人の名前は？」

「〝盲人トム〟と呼ばれているわ」

「トム、ねえ」ジャックの声はあざけりに満ちていた。「その名前なら、簡単に見つかりそうだな。〝仲介人〟というのは誰だ？」

「し……知らないわ」

ジャックは微笑んだ。アンは殴られたかのようにびくりとした。「もしかしたら、慈善団体で働いている誰かが知っているかもしれないな。あのガキはどうだ。名はなんといったっけ――ウィルか？」

アンの動きが止まった。まるで明かりに照らされて立ちつくすシカのようだ。「お願い、勘弁して」切なげにささやく。

「よし。では、仲介人について話してもらおうか」

アンの目に涙が盛り上がったかと思うと見る間にあふれ出し、頬をつたって流れ落ちた。

「名前は知らない。〝盲人トム〟への連絡のつけ方もわからない。トムのほうから連絡してくるの。しかも、いろいろな人を通じて。たいてい子どもを使っていて、皆、自分では読めない手紙をことづかってくるの」

「〝盲人トム〟って男は大したものだな。目が見えないのに、字が書けるのか」

「どうやっているのかは知らないわ。代書する人を雇っているのかもしれない」アンは追いつめられ、懇願していた。座席の隅を離れ、ジャックにもたれかかるようにして袖を引っぱる。

その肌はうす暗い馬車の中でみずみずしいクリームのように輝いている。手袋をはめた手で触れられてさえ、ジャックの全身に電気が走った。

情欲と激怒がジャックの血管で脈打っていた。アンのせいで欲望と絶望の網にからめとられ、どうあがいても逃げられそうにない。

「どうか、ウィルをそっとしておいて。まだ子どもなのよ。この件については何も知らないの。宝石箱を見つける手伝いならわたしがするわ。約束します」

「もちろん、宝石箱は見つけるさ。だが、時間がかかるだろうな」その間《かん》に、父はあなたの居所を探しあてる。見つけしだい、あなたを殺すだろう。絶対にそうさせてはならない。どんなことをしてでも阻止する――ジャックは心の中でそう誓った。

「好きにしていいわ」

「結婚してほしい」ジャックはアンをじっと見守りながら冷静に言った。

アンは、唖然としてジャックを見つめた。今夜経験した中で一番の恐怖を味わっていた。

「あなたと、結婚するですって？　そんなこと、できないわ」

「いや、できる。特別結婚許可書を取るだけだ。わたしが今までやってきた仕事の中では一番簡単な部類に入る」

アンは首を左右に振って断固として拒否した。「いいえ、できないわ。無理よ」

「できる」ジャックは言い張った。「わたしと結婚するんだ。いやだと言ったら、あの少年を〝レックスホールの生霊〟として逮捕する」

アンは目を大きく見開いた。「でも、ウィルのしわざでないことは明らかなのに。誰も信じるわけないわ」

「甘いな」ジャックは冷静な声を保って言った。「証拠があれば信じるさ。そんなものなら、山ほど提出してみせる。動かぬ証拠をね」

「無実の少年を有罪にするために証拠をでっちあげようというの？」

「泥棒にしては、驚くほど世間知らずなんだな」ジャックは穏やかに言った。「前例はいくらでもある。これほど簡単なことはないぐらいだ」

「わたしが自白するわ」

「あなたの言うことなど、誰も信じないさ。愚かなところがあるとしても、勇気ある女性だと思われているからね。それに、〝レックスホールの生霊〟が女だなんて、誰が信じる？　ジャネット・フロストが、犯人の男にキスされたと主張しているんだよ。それが男でなく女だったとわかったら、あの人はばかにされる。さらに悪いことに、犯人に襲われたというのは真っ赤な嘘だと社交界じゅうに知れわたったら、面目が丸つぶれだ」

「まさか本気で、強要までして結婚するつもりじゃないでしょうね？」

ジャックの声がこわばった。「本気だ」

「なぜ？」アンは無力感を覚えながらもすがるように訊いた。「わからないわ。どうしてわたしと結婚したいの？」

「わたしはあなたを捜し、追跡し、捕らえた。今後はずっと、手元においておくつもりだ」

20

「信じられん」ジャミソンはこぶしを机に叩きつけた。「やつは今まで、一度だってわしの許可なしにそんなことをしなかったのに」

向かい側に座った訪問者は、高い背もたれの袖椅子の上で体をずらした。戸口のほうからは顔が見えない。「しかし実際、やってしまったんです。特別結婚許可書を手に入れて、二日前、彼女と結婚したというんですから」

「なぜだ?」ジャミソンはいきまいた。相手からはなんの反応もないが、かえって幸いだ。この男の憶測など期待していないし、聞きたくもない。情報の運び屋にすぎないのだから。

ジャミソンにとってきわめて不愉快な知らせだった。ここしばらく、ジャック・セワードが忠誠心を失いつつあるのではないかという恐れに——いや、恐れではなく不安に——悩まされていたが、その不安が的中した。手綱をつけて操るセワードと、自由に動ける諜報員としてのセワードとでは、大違いだ。

「この件に関しては、打てる手はほとんどないと思います」

ジャミソンは軽蔑したような視線を男に向けた。どんな場合でも、打てる手はかならずある。情報提供者として使っているこの貴族と関わりを持つようになったきっかけは、何年か前、破産寸前だった彼に打開策を提案したときのことだ。それ以来ジャミソンは、この男のために金銭的な悩みだけでなく、ほかにもさまざまな問題を解決してやっていた。その見返りとして時おりジャミソンが求めるのは、絶対的な服従だった。

便利な関係だった。男は聡明さをそなえ、人に知られずに観察を行うこつも心得ていた。上流社会の有力者との交流があるのも利点のひとつだった。それでもセワードとでは比較にならない。

ジャミソンが知るどの諜報員も、代わりをつとめられない。セワードを使えないことによる打撃の大きさははかり知れなかった。尊敬と恐怖を感じさせる男。敵の弱みだけでなく強みをも見つけ出せる男。知性と直感に優れた主力の武器を、ジャミソンは失ってしまう。

「許さん！」抑えきれない憤怒の叫びが口から飛び出した。

椅子の陰に隠れた男はびくりとした。

ジャミソンは机の上で手を組んだ。めずらしく感情を爆発させたものの、すでに冷静さを取り戻していた。感情にかられて判断を下すとまずい結果につながる。セワードの持つ多彩な才能を失うことは受け入れがたいが、彼を引きとめて活用するとなると慎重に計画を立てて事にあたらなくてはいけない。セワードが、結婚だと。とんでもない。不快きわまりない事態だった。

「いったいどうして、やつは彼女と結婚したんだ？」ジャミソンは訊いた。

貴族の男は両手を上げた。「わかりません。セワードは何週間も、彼女に求愛するような行動をとっていました。でも実は、〝レックスホールの生霊〟だと疑っていたのではないかと思います。セワードが彼女にずっとつきまとっていたことは、すでにご報告済みですが」

「いや、そんな報告は受けておらんよ」ジャミソンは訂正した。「きみの報告は、セワードがパーティで誰と話していたか、手先として使っている者をどこに送りこんだかについてだけだった。そういう断片的な情報をつなぎ合わせて推理し、きみに教えたのはこのわしだ」

男は肩をすくめた。「それとは関係なしに、わたしはセワードの監視ぶりから、彼女が〝レックスホールの生霊〟であると確信したのです」

「いったい、どういう素性の女なんだね？」

「名もない家の出身です」男はきっぱりと言った。「数年前に社交界にデビューしたとき、ちょっと評判になりましてね。黒髪で、さっそうとしたところがある。でも、それ以外にはこれといって……」

「いや、何かあるはずだ。セワードが、さっそうとしたところのある女性だからといってそれだけで結婚するとは考えにくい」ジャミソンは冷ややかに言い、あざけるような口調になった。

男は不快そうに表情をゆがめた。「彼女は軍人支援のための慈善団体を設立して、上流階級の人々から寄付をつのって運営しています。しかし、大した出自でもないですよ。母親は田舎の紳士階級の家の出ですし、父親にいたっては、サセックスで商いをしていた商人です。

れられますからね」

「勲爵士になっただと？」ジャミソンは急に強い関心を示し、身を前に乗り出した。「その商人の名は？」

「ええと、トリスサムだったかな？　いや、違う。そうだ、トリブルです」

ジャミソンは椅子に体を沈めた。まさか、昔、自分が雇っていた泥棒と同一人物だったとは。ドックランド生まれのあの成り上がり者は、娘が社交界で恥ずかしくないよう、勲爵士の称号が欲しいと要求してきた。そうか。やつに間違いない。トリブルは自分が使った中でも抜群の技量を誇る、実に役に立つ泥棒だった。やつの娘なら、それに匹敵する腕を持っていてもおかしくない。

もしジャミソンがユーモアを解する男だったら、おかしくて笑っていただろう。「さて、これできみは空っぽのポケットに入れる金を稼いだことになるな。セワードの妻がレックスホールの生霊だという説には、わしも賛成だよ」

「しかし、諜報員がどうして、犯人と結婚を？」

「セワードはおそらく手紙を入手できなかったんだ。わしの命令どおり彼女を始末するより、結婚して、手紙が見つかるまで支配下においておこうという考えだろうな」

「だとすると、もう確保しているかもしれませんね」

「いや、まだのはずだ」ジャミソンは目の前に置かれた書類の端をきちんとそろえた。

「けっきょくセワードは、わしを出し抜こうと決めたわけだ。あいつには、犯人を殺せ、とはっきり伝えてあるのだから。そうなると、自分で片づけなくてはいかんな」

「まさか、殺すおつもりではないでしょう？　息子さんの妻なのに」

「きみも、ここまで深入りしておいて、今さら人を気遣ってどうする。それ以上感傷的にならんよう、自分の快適な生活を思い出してみたらどうかね、物質的な満足や高い爵位を。その爵位だって、どうやって手に入れたか、覚えているか？　遠い親戚が都合よく死んでくれたからじゃないのかね」

うす暗がりの中でも、男が目に見えて青ざめるのがわかった。

ジャミソンは口角をわずかに上げた。「それに、彼女は本当の妻とは言えんよ。セワードが一番簡単に、便利に操れる、切り札にすぎんのだからな」

「どうでしょうか。それ以上の何かがあると思います。実際にセワードのようすをごらんになっていないからおわかりにならないでしょうが、あれはどう見ても……彼女に夢中です」

「言っておくが、あいつを育てたのはわしだよ。もし夢中になっているように見えるなら、それは単なる肉体的な反応であって、心とは関係ない」

「実際、心ではどう思っているんでしょう？」

「あいつには、心というものがないんだ。それでも」ジャミソンは手を組み、左右の人さし指を合わせてあごをつつきながら考えこんだ。「セワードはわしのもとから離れる決心をした。わし自身が手を下して彼女を殺したら、恨まれるかもしれんな。それはまずい。あいつをまた元どおり、配下におきたい」

「彼女を殺す役なら、わたしはごめんですよ」

ジャミソンの目がきらりと光った。だが、声は落ち着いている。「まあ、そうだろうな。だが勘違いしては困る。わしが殺《や》れと言ったら、かならず殺ってもらうぞ」

男は一瞬ためらいを見せたが、こくりとうなずいて同意した。ジャミソンは目を細めて男を観察した。この男、いざ殺人の命を受けたら実行する以外に道がないことぐらいはわきまえているらしい。なんだかんだ言って、ばかな男ではない。

「で、どういうふうになさるんです？」

「そんなに急《せ》くものじゃない」ジャミソンは不愉快そうに舌打ちした。「まずは状況を調べてからだ。詳細な計画を立てるのに多少時間がかかるかもしれんが、彼女は早晩、あの世に行くことになる」

「もし彼女が、セワードに手紙のありかを教えたら？」

「それはない」ジャミソンは一蹴した。

「でも、そんなことがどうしてわか――」

「きみは、もう帰っていい」

安堵のため息とともに男は立ち上がり、コートを手にとった。「フロストはどうしましょう？」

「離れずにいろ。やつがいつも不満を抱えているようにして、酒を飲ませていればいい。フロストなら、きみもやましさを感じることなく対処できるんじゃないか、ヴェッダー卿」

ジャミソンは、ヴェッダーが部屋を出ていくとすぐに席を立ち、四苦八苦しながら本棚に向かった。高いところに置かれた蔵書の中から一冊を取り出し、あたりを見まわしもせずに(この聖域に前触れなしに踏みこむ勇気のある者はいない)、ぱらぱらとめくった。開いたページにはさまれているのは三つ折りにした分厚い羊皮紙で、封蠟《ふうろう》がすでに破られている。国王の封蠟だった。

トリブルの娘がセワードに手紙の隠し場所を教えることはない。そもそも、どこにあるかを知らないからだ。知っているのはジャミソンだけ。今後もそのありかは誰にも明かさないつもりだ。

アトウッド卿は、亡くなる一週間前、この手紙をたずさえてジャミソンのもとへやってきた。海軍本部で働く知り合いから、ジャミソンがノウルズとともに〝政治的に扱いの難しい問題〟を担当していると聞いたらしい。事の重要性をただちに理解したジャミソンは手紙をすすんで預かり、アトウッド卿の肩の荷を下ろしてやった。

それで一件落着だったらよかったのだが、もちろんそうはならなかった。ジャミソンは革装の本を閉じ、もとの場所に返した。

いったいどういう理由からか、アトウッド卿はノウルズ宛の私信で、問題の手紙の内容を説明したあと、その機密性についてジャミソンと話し合ったと書き送った。幸いだったのは、手紙をジャミソンに渡した事実に触れなかったことだ。二人が内務省の同僚だと人づてに聞いたアトウッド卿は、ジャミソンが手紙を預かったことについてはノウルズも承知していると思いこんだのだろう。

アトウッド卿の私信を読んだノウルズは、手紙はいつ入手できるのかとジャミソンに訊いてきた。不意打ちを食らったジャミソンは、すでに配達を手配済みだと答えてしまった。

事態の収拾に頭を悩ませていたところ、幸運にも解決の糸口が見つかった。〝レックスホールの生霊〟がアトウッド卿の宝石箱を盗んだのだ。ジャミソンはこの好機をただちに利用することにした。

宝石箱を盗まれた翌日、アトウッド卿は夕食に出かけ、自分があの悪名高き泥棒の被害にあったと、友人たちに話して場を盛り上げた。この行動も、ジャミソンにとっては好都合だった。

ジャミソンは、指先についた本の埃を清潔なハンカチで拭き取り、にんまりと笑った。絶妙のめぐり合わせで盗みを働いてくれた〝レックスホールの生霊〟。ご褒美として、殺さずに生かしておいてやろうか、という考えが頭をかすめるほどだ。

アトウッド卿は、不慮の死を迎えたときすでに手紙を手放したあとで、それゆえ宝石箱の中には手紙が入っていなかった。女泥棒にとって不運なことに、この事実を知る者は彼女とジャミソン以外、誰もいない。

これもまた女泥棒を生かしておく理由になったかもしれない。だが折悪しく、ノウルズが邪魔をした。

ジャミソンはハンカチを丸めて握りしめた。表情が険しくなっていた。この件については自ら対処すると告げてあったにもかかわらず、介入してきたノウルズに仕事を奪われた。捜査の担当を決めたのもノウルズで、ジャミソン子飼いの諜報員であると知りながらセワードを選んだ。明らかな越権行為だ。ジャミソンのこぶしが震えた。

なんと無礼な。わしが優位を取り戻したあかつきには、絶対に許さない。まずはノウルズに思い知らせてやる。セワードもすぐに、裏切りの代償がいかに大きいかを痛感するだろう。わしの命令に従わずによくもまあぬけぬけと、ノウルズのご機嫌とりができたものだ。

やっとのことで気を落ち着けたジャミソンは、過去を振り返りながら当面の問題の対処について考えはじめた。

ノウルズが〝レックスホールの生霊〟の追跡に諜報員を投入したと知ったジャミソンは即座に、泥棒を始末しようと心に決めた。秘密を守るためだ。手紙が自分の手元にあることは誰にも知られてはならない――とりわけ、ノウルズには。あの手紙なら、しかるべきときに、しかるべき状況でうまく使えば、自分の影響力の拡大におおいに役立つはずだからだ。

あとは、セワードやノウルズに真相をつきとめられる前に、事故を装って女泥棒を殺す手配をするだけだ。アトウッド卿をあの世に送ったときと同じような事故を起こせばいい。ジャミソンは一人ほくそ笑んだ。ふたたび気分がよくなりつつあった。事故が自分の有利に働いたことを思い出していた。ノウルズは、手紙をめぐる争奪戦に巻きこまれたアトウッド卿が政治的陰謀により暗殺されたと解釈してくれたのだ。

ジャミソンの顔から笑みが消え、熟考の面持ちになっていた。よろめきながら机に戻るうちに、霧が晴れたような表情になる。

女泥棒はおそらく、手紙が自分の手中にないことを説明し、セワードに信じてもらおうとするだろう。説得を試みるがいい。セワードを育て、鍛えたのはこのわしだ。そうして、一人の人間を作り上げたのだ。セワードは誰も信用しない。自分自身をさえも。


小さな人影が乗馬道《じょうばどう》を走ってくる。ソフィアだ。ストランドは複雑な気持ちでその姿を眺めた。

ソフィアはあまりに若かった。若すぎるから、上流階級の結婚相手としてもっともふさわしい独身男性としてのストランドの、尊敬されてしかるべき地位の価値がわからず、感心も感動もしないのだろう。いまいましい。実際、ソフィアが感動したものといえばただひとつ、ストランドの性愛の技巧だけだった。しかも、その感動でさえ、いつまで続くかわかったものではない。

「ジャイルズ！」ソフィアは叫び、首に腕を巻きつけてきた。ストランドはその腕を首からそっとはずした。人に見られたらお互いの評判に傷がつくと心配したわけではなく、単に習慣でそうしたにすぎない。第一、ストランドには守るべき評判というものがない。その点、ソフィアも同じ道をたどりつつあった。

やんわりと拒否されたソフィアは、すねて口をとがらせた。実に愛らしく。

「ねえ、わたしのこと、好きじゃなくなったの?」

「もちろん好きだよ」ストランドは陽気に答え、ソフィアの手を自分のひじの内側のくぼみにのせて、ひと気のない歩道を歩き出した。ずいぶん昔、たぶんソフィアが生まれたころにストランドが発見した道だ。「ところで、何かあったのかい?」

ソフィアは舌をちろりと出して上唇の真ん中を湿らせた。男を興奮させる行為とわかって挑発している。それに応えてストランドの股間が硬くなった。

「ただ、あなたに会いたかっただけ」ソフィアは言い、鼻をすり寄せてきた。

「そうか」ストランドは一瞬たりとも彼女の言葉を信じなかった。性の営みを求めるのなら、以前のように夜中に家へ来るか、でなければパーティの最中に、屋敷の奥の廊下で荒々しく抱き合う短いひとときを楽しむか、どちらかを選ぶはずだからだ。

ストランドはうんざりしたような笑みを浮かべた。あの手の逢引きは趣味ではないが、可愛いソフィアはそういう舞台設定がお好みらしい。なんといっても自分は紳士だから、受け入れるしかなかった。

ソフィアが横目でこちらを見ている。この娘の考えていることぐらい、わけなく読める。

「今日、アンから手紙が来たの」

「えっ?」聞き捨てならない話題だった。

「セワード大佐は、本当にアンと結婚したのね。手紙にそう書いてあったわ」

「本当か?」ストランドは無関心なふりをしようとつとめた。「ほかに何か言っていたか?」**もし、やつが彼女を傷つけたらアンは幸せなのか? セワードはアンを愛しているのか? どうすれば……。**

「そうね、言い訳めいたことがいろいろ書いてあったわ。大急ぎで結婚したみたいに見えたかもしれないけれど実際はそうでもなかったとか、駆け落ちしたのは、正式な結婚式で皆に迷惑をかけたくなかったからとか」ソフィアは小さな口をへの字に曲げて、ふてくされたように言った。「だけどわたしにとっては、すごく迷惑だわよ! お目付け役がいなくなっちゃったんですもの。社交シーズンがまだ始まってもいないのに」

「かわいそうに」ストランドは抑揚のない声で言った。**アンはセワードと結婚した。二人の幸せを祈ろう。**

ソフィアはイチイの巨木の下で立ち止まった。古くなった枝が葉の重みで垂れ下がっている。すばやい動きで用心深くあたりを見まわすと、ソフィアは手招きした。木陰に誘われたストランドは気乗りしなさそうな態度であとに続いた。この娘は間違いなく、また危険な誘惑の舞台を演出しようとしている。

まあ、いいか——ストランドは思った。こうした刺激に条件反射的に反応する体は、やぶさかではないと言っている。だが、考えてみれば面白いような気もした。多くの女性を利用してきた自分が、今度は学校を出たばかりの少女に、完全に利用されているのだから。

予想どおり、二人が木の陰に回りこむやいなや、ソフィアの両手はストランドのコートの下、さらにシャツの中にまで入りこんできた。

「指先が、冷たいの」ソフィアがつぶやく。「あなたの指も？」

「ああ、冷たいよ」

ソフィアは両手を引き出すと、長いコートの前をとめている絹の飾りボタンをゆっくりとはずしはじめた。コートの下には、二月の散歩道というより、売春宿にふさわしいドレスを着ていた。襟ぐりの深い胴着に締めつけられた小さな乳房が盛り上がっている。

ソフィアは手袋をはめたストランドの手をとり、その指先を柔らかく温かい胸の谷間に差し入れた。「これで、温かくなった？」

「ああ。すごく温かくなった」

「もっと温かい場所もあるわよ」ソフィアは小声で言い、つま先立ちになって、ストランドの首すじに舌をはわせた。そのまま彼を導くようにして、枝を伸ばしたイチイの木に向かって後ずさりしていく。そして幹に到達すると、二人は色濃く生い茂った緑のテントの中に包まれた。

ソフィアはこの暗い木陰の存在を誰に教えてもらったのだろう？　ストランドはぼんやりと思いをめぐらせた。ほかの恋人について尋ねたことはない。自分が初めての男でないのはわかっていたし、ソフィアも処女のふりなどしなかった。

ストランドは、ソフィアの過去など気にもしなかった。ズボンの前を開けるその手先が器用に動いているあいだは、なおさらだ。硬くなったものが前立てから飛び出すと、ソフィアは小さく悦びの声をあげてそれを握った。

なんと絶妙な手つきだ。ストランドは目を閉じ、節くれだった木の幹に背をもたせかけた。自分が愛の肉体的な側面だけでも楽しめる人間であることを、感謝しなければならないだろうな。何しろ、ほかの側面の経験がないのだから。

「どう、気持ちいい？」ソフィアがささやいた。

「ああ」

「わたしもよ」

「だとしたら、お互い幸せだね」ストランドの口調にこめられた皮肉に気づいたにしてもソフィアはそれを無視し、快楽の追求のためにいっそう努力した。

「ちょっと困ったことが起きたの」

その声はどこか遠くから聞こえた気がした。ストランドの注意は、上下に指をすべらせながら巧みに動くソフィアの手に集中していたからだ。

「ジャイルズ、わたし、子どもができたの」

なるほど、ありえる。若く健康な女性だし、積極的に性愛を求めてきたのだから。

「お腹の子の父親は、わたしなのか？」

ソフィアはためらった。だが、手だけはためらいなく動かしつづける。「そうね、あなたかもしれない」

ストランドは大声で笑い出した。この娘に幸あれ。ふしだらで狡猾かもしれないが、嘘つきではない。少なくともその点は尊敬できる。目を開けて見下ろすと、ソフィアは可愛らしい顔にかすかないらだちをにじませて見返してきた。

「で、どうしてほしい?」

「どうにかして始末したいの」

ストランドの顔から笑みが消えた。慎重に手を下に伸ばしてソフィアの手首をつかみ、ゆっくりと持ち上げて、体から離した。大きくなっていたものが萎えたので、あえてそうする必要もなかったのだが。

「誰がそういう〝始末〟をしてくれるのかは、わたしは知らない」ストランドはソフィアの顔を見ながら言った。クリーム色の肌、澄んだ緑の瞳、炎のように赤い髪。こんな若い娘が、急いで大人になってはいけない気がした。

「でも、調べられるでしょ」

「いや」

ソフィアは後ずさりしはじめた。その美しい顔は今や、腹立たしさでゆがんでいた。

ストランドはふと思った。**そうか、そういうやり方もある。悪くない。**

「今気づいたんだが、きみのきれいな体を傷つけるより、もっといい方法があるよ」

「あら、本当に?」帰りかけていたソフィアは肩越しに冷笑した。

そうだ。少なくとも、この娘を驚かせるという楽しみがあるじゃないか。わたしのような評判のよろしくない男が、まさかこんな行動に出るなんて……。

ストランドは声をあげて笑った。ソフィアが振り返った。明らかに戸惑っている。

「本当だ。わたしと結婚すればいいのさ、お嬢さん」

21

わたしはあなたを捜し、追跡し、捕らえた。今後はずっと、手元においておくつもりだ。

アンは寝室の窓から物憂げに外を眺めていた。鉄格子の向こうの自由な世界が彼女をあざけっている。ジャック・セワードは留守にすることによって、彼女をあざけっている。

アンは二日間、この部屋から一歩も出ていなかった。ジャックが聖バーナデッテ教会の若い教区牧師をたたき起こして二人の結婚の儀式を執り行わせて以来、ずっとだ。ジャックはアンを自宅へ連れ帰り、ここまで付き添ったかと思うと、どこかへ消えてしまった。

部屋に入るやいなや、アンは鉄格子つきの窓に気づいた。ひとつしかない扉の錠前は、外側からかんぬきがかかっているらしく、開けようとしてもびくともしない。

最初の日、アンはひと晩じゅうベッドに丸まって寝ていた。翌朝になって、グリフィンという名の気難しそうな風貌のスコットランド人が入ってきた。筋張った体の少年が、使い古したアンのトランクをかついであとに続く。スポーリングという中年の小間使いが呼ばれ、無言のうちに威嚇するグリフィンの監督のもと、アンの衣類を荷ほどきしはじめた。

そこへジャックが現れた。いつものように厳粛な面持ちで、完璧な身だしなみだ。アンは自分の服装がいかにだらしなく汚れているかを痛感させられた。ジャックは感情のこもらない目でアンの全身を眺めると、天気の感想でも述べるかのように、連絡係の少年の年格好について尋ねた。

非の打ちどころがない礼儀正しさだった。アンの知っている〝ジャック〟とは違う。そのことは、彼が見せた怒りよりも、おとといの晩の荒々しいキスよりも、はるかに恐ろしく感じられた。

アンは部屋から出してほしいと懇願したが、ジャックは無視し、マルコム・ノースとソフィア・ノースに手紙を書いて結婚したことを知らせるようすすめて、立ち去った。

それ以外にジャックがやってきたのは昨夜遅く、たった一度だけだった。アンは眠れないままベッドに横たわり、真っ暗な部屋の一点を見つめながら、無慈悲さで知られる〝ホワイトホールの猟犬〟に闘いを挑み、誘惑し、裏切った泥棒がたどる運命について、想像をめぐらせた。

扉の錠前が開く音が聞こえて、アンは息をひそめた。静かな足音が室内を横切り、ベッドの横で立ち止まった。そばで見下ろしている。緊張した時間が流れた。しばらくしてジャックは出ていった。

いったいわたしをどうするつもりなのだろう。見当もつかなかった。ジャック・セワード大佐という人間が少しでもわかった気になっていた自分が愚かだった。実は何もわかっていなかった。ジャックは、わたしが屋根の上で挑戦した稲妻と同じく、身がすくむほど恐ろしく、はかり知れない力を持っていた。それでいて、心を引きつけずにはおかない。

階下で、玄関の扉がきしみながら開く音がした。アンは戸口へそっと近づき、オーク材の扉に耳を押しあてた。誰かが階段を上ってくる音が聞こえた。

アンは一瞬、どきりとし、予感と恐怖が全身に走った。ジャックがやってくる。わたしの運命が決まる。

靴音がゆっくりになった。アンは姿勢を正し、あごを高く上げて、ジャックと向き合う覚悟を決めた。彼は扉の外で立ち止まった。アンは一歩後ずさりした。長い静寂。しばらくしてふたたび始まったかと思うと足音はかすかになり、そのうち消えてしまった。

アンの目に涙があふれ、頬をつたった。こうして閉じこめられ、遠ざけられ、一人きりで悶々として過ごすのが運命なのか。これは罰？　わたしがどんなに求めているか、ジャックは知っているのだろうか？

知っているに決まっている。アン、なんてばかなの！　あなたったら、機会をとらえては、口実をつくっては、彼に触れようとしていたでしょ。

もちろん、ジャックはわたしの思いをわかっている。

アンは扉にこぶしを打ちつけて叫んだ。「一生、ここに閉じこめておこうっていうの？　そんなこと、できないはずよ！」

なんの反応もない。さらに激しく叩く。涙がまたあふれ出し、すすり泣きで声が途切れた。

アンは取っ手をがたがたと揺らし、何度もこぶしで扉を叩いた。

「出してちょうだい、ジャック！　ここから出して！　ひどいわ、閉じこめたままなんて！　ジャック！」

手が痛くなるまで扉を叩きつづけ、声がかれるまで叫んだあげく、アンは木枠にぐったりと頭をもたせかけた。

こんな残酷な仕打ちがあっていいものか。

だけどジャックは、どんなことでもしかねない。

逃げなくては。アンは戸口から離れ、必死で室内を見まわした。ふたたび窓の鉄格子の状態を見て、どこかにゆるみがないか調べたが、無駄だった。雷文《らいもん》細工の隙間は狭すぎて、通り抜けるのは子どもでもないかぎり、とうてい無理だ。

くるりと振り向いたアンは、今度は暖炉のほうへ走った。火が消えてからだいぶ時間が経っていたが、誰も点火しに来ないので、中は冷えている。灰の上に膝をついて首を傾け、見上げると、暗い中に狭い煙道が見えた。大丈夫。ここをつたって逃げられそうだ。アンは体を起こした。

それから、どこへ行く？　とりあえず、脱出することだけを考えよう。

アンは手にいっぱいの灰をつかみ、顔と腕に塗りたくった。今着ているドレスはぴったりしすぎて動きが制約され、そのままでは煙道を登れないから、犠牲にするしかない。折りたたみ式の小刀を使ってスカート丈を半分につめ、袖の大部分を切り取った。

衣装だんすから薄手のコートを取り出し、細い円筒状にきつく巻いた。道路に出たら上からこれをはおり、ずたずたのドレスを隠すつもりだ。アンは深呼吸をひとつしてからしゃがみこみ、暖炉の奥へはっていった。

つんとくる煙の匂いが鼻腔を満たし、喉に入りこんだ。顔を上げ、頭上から降ってくる灰とすすに目をしばたたく。

立ち上がって両腕を上に伸ばし、脱出路を手探りで確かめた。狭い。あまりに狭かった。アンはレンガの壁にぴたりと背中を押しつけ、反対側の壁に足をかけた。手足を強く突っ張って体を支えながら、一歩ずつ、足を交互に引きあげて、真っ暗な煙道をのろのろと登っていく。

いつまで経っても出口が見えない。暗闇の中、炭塵《たんじん》との息づまる闘いが続く。粗いレンガの表面に手がこすれ、皮がむけた。全力で突っ張った足がつりそうになる。一歩一歩が苦痛の連続だ。四、五歳から煙道を登る技を覚える煙突掃除の少年でも、狭い煙突の内部に引っかかって上にも下にも動けなくなる場合があるという。そんな恐ろしい話が頭を離れない。

煙道が鋭く曲がっている箇所に来た。体をねじって押しこみながら進む以外にここを抜ける方法はない。顔から汗がしたたり落ちる。極度の疲労で筋肉が震え出した。

ようやく、外から吹きこむ風を感じた。顔をなでる冷気が神の祝福のように感じられる。最後のひと踏ん張りで、数分後には煙突の出口に到達した。やっとのことで狭い通風管から出てきたその姿は、羽がぐっしょり濡れた鳥を思わせた。

屋根の上に這い出て倒れこんだアンはしばらく動けず、息をあえがせながら横たわっていた。冷たく新鮮な外気を吸いこんで、生き返るようだ。だが悠長に休んではいられない。いつなんどきジャックに脱走を気づかれるかわかったものではない。アンはよろよろと立ち上がり、巻いて身につけていた薄手のコートを取り出すと、肩にはおった。あたりを見まわし、絶望感に襲われる。近くに目立たない脇道が何本も通っているのは知っていた。たどって行けば遠くへ逃げられる。ジャックから離れて、はるか遠くへ。

だが、今夜は無理そうだ。濃厚な生クリーム色の霧が立ちこめていて、脇道を跳び越えて屋根づたいに逃げるには見通しが悪すぎる。かといって、迷っている時間はない。

アンは急いで建物の側壁に取りついた。下りるほうが登るよりずっと楽だった。眼下の道路にはひと気がない。この濃霧と寒さの中、よほど大切な用事でもないかぎり、戸外に出る者はいないだろう。

下に降り立ったアンは、建物にそって歩き出した。前や後ろに、ときおり人影が亡霊のごとく浮かび上がるが、それもすぐに白く濁った空気に溶けこむように消えていく。アンはゆっくりと進んだ。霧で方向がわかりにくいし、地上の道には慣れていない。湿った夜気の中で周囲の物音がよく響く。

そのうち、自分が立てる足音のかすかな反響音らしきものが聞こえてきた。誰かがこちらの歩く速度に合わせながら、あとをつけているのか。アンは肩越しに振り返り、人影がないかどうか目を凝らした。

立ち止まり、耳をすまして、渦巻く濃霧に意識を集中させる。誰もいない。疑心暗鬼になっていただけ――。

「きゃっ!」

すんなりとした姿の小さな生き物が霧の中から飛び出し、足元を通りすぎた。アンは思わず後ろに跳びすさった。**猫だわ**。

緊張でひきつった笑いがもれる。「かわいそうな猫ちゃん。きっと、わたしと同じように緊張して――」

突然、男に襲いかかられ、肩を使って体当たりされた。吹っ飛んだアンはレンガの壁で頭を強く打ち、気が遠くなった。首をつかまれ、容赦なく締め上げられる。なすすべもなく、むせながら男の手を引きはがそうともがいた。喉がますます締めつけられ、まぶたの裏で火花がはじけた。

次の瞬間、男が手を放した。アンは膝をついてがくりと倒れ、空気を求めてあえいだ。数メートル離れたところで、もやが立ちこめる中、二人の人影が無言で闘いを繰り広げている。体が激しくぶつかり合う音が聞こえる。押し殺したうめき声がしたかと思うと、静かになった。一人がずるずるとすべり落ちるように地面に倒れ、霧に飲みこまれた。

もう一人がこちらを向き、近づいてくる。

ジャックだわ。これで助かった。

……いいえ、助けてくれるはずがないでしょう、あなたを憎んでいるこの人が。心の声が、頭に浮かんだ考えをあざ笑っている。でも、わたしの愚かな心はどうせ信用できない。

アンは四つんばいになって逃げようとした。ジャックは口をきっと結び、手を差しのべた。アンがきょとんとして見上げていると、二の腕をつかんで引きあげられ、立たされた。

「命が惜しければ、わたしのそばにいるんだ」ジャックは短く言うと、アンを抱き寄せた。

「でも、どうして――」

「グリフィンが、あなたがいなくなったのに気づいたんだ」ジャックの視線はアンのすすだらけの顔と乱れた髪に注がれた。手をとって裏返すと、汚れた手のひらの傷口から血が染み出した。「我々も煙突をふさぐことまでは考えていなかった」ジャックはアンの手を放すと向きを変えさせ、前に進むよううながした。

「あの男、わたしを殺そうとしたの」アンは震える声でつぶやいた。

「ああ、だが未遂に終わった。大丈夫だ、誰にも殺させやしない」

アンは驚いて目をみはった。ジャックは横顔を向けて、視線を合わせまいとしている。頬には小さな切り傷があった。

また、ジャックに命を助けられた。わたしは彼を裏切り、傷つけ、利用した。それなのに、こうして駆けつけて、助けてくれるなんて。

だが、ジャック本人にとってはどうでもいいことらしく、まるで別世界に住む人間のごとくよそよそしく、超然としている。以前、クリスチャンネームで呼んでくれと言ったのが嘘のようだ。そんなふうに自分のもろさを露呈する間違いはもう二度と犯さないだろう。アンに見せたのが最後のもろさだったかもしれない。

「だが、あなたを殺そうとするやつはこれで終わりじゃない」ジャックは前を見つめたまま言った。

「なんですって？　だってあの男は、ただの――」

ジャックは立ち止まってアンの二の腕をつかみ、向きを変えさせて壁に押しつけると、コートの胸が触れ合うほどに近づいた。温かい息がアンの眉にかかる。呼吸は荒く、表情は冷たい怒りに満ちていた。

「あの男はただの強盗じゃない。通りすがりの犯行とは違う」ジャックの声はこわばり、緊迫していた。「やつは、あなたを殺すために送りこまれたんだ」

射るような目。体の温かみ。肩を押さえた手の、ざらついた皮膚。ジャックはしばらくアンを見つめていた。表情には鬼気迫るものがある。視線は、答えの見つからない謎に遭遇したかのようにアンの顔のあたりをさまよっている。長い沈黙のあと、ようやくアンの体を壁から放し、ふたたび前に押しやった。

「いいか。殺されたくなければ、わたしの言うとおりにするんだ」

「殺されたくないわ。生きていたい」

「よし。だったら話は簡単だ」

「でも、あの男はなぜ――」

「その話はあとで。家に帰ってからだ」有無を言わせぬ口調だった。

通りの角まで来るとジャックはいったん立ち止まり、アンの前に出て自分のタウンハウス周辺の安全を確認した。

「さあ、こっちへ」

二人は通りを渡った。ジャックは自らを盾にして、アンを馬車の往来や人の目から守っていた。二人がタウンハウス正面の階段を上りはじめたとき、玄関の扉が開き、暗がりからグリフィンが現れて出迎えた。

中に入り、扉をばたんと閉めたあと、ジャックは「小間使いはどこにいる？」と訊いた。

「ここにおります、旦那さま」階段を下りてきたスポーリングが答えた。アンの汚れた顔とずたずたになった服を冷静な目で見まわしている。

「台所からあの子を呼んできてくれ。今すぐ手紙を書いてことづけたいんだ。それから、ワイルダ――いや、彼女を熱い風呂に入れてやってくれ。手の切り傷の手当てをして」ジャックは彼女を見下ろした。「だがまず、話をしてからだ」

22

タウンハウスの小さな居間で、ジャックはノウルズあての短い手紙をしたためたあと、少年に渡した。そこへアンが入ってきた。まだ薄手のコートをはおっているが、少し離れたところからも唇が震えているのがわかる。ほどけた黒髪がかかったきゃしゃな肩も、小刻みに揺れ動いている。

ジャックは暖炉のそばに置いてあった古びた椅子を持ち出した。アンは疑わしそうに目をしばたたいている。

「どうぞ、座って」

うなずいて椅子に座ったアンは、しっかりとこちらを見つめている。すすや泥で汚れた顔だがおごそかな雰囲気をたたえ、誠実ささえ感じさせた。そんなことを口にしたら、無邪気な顔をしながら根性悪の、路上で暮らす子どもを信用するのか、と誰かに言われそうだ。ジャックは苦々しげに微笑んだ。

これほど人を見る目がないと痛感させられたことはついぞ覚えがない。美しい裏切り者の未亡人に関するかぎり、ジャックは下半身で物事を判断していた。今でさえ、股間が硬くなっているぐらいだ。この自分が性欲に支配されようとは、信じがたかった。

ジャックは部屋の反対側へ歩いていき、サイドテーブルの上のろうそくを灯《とも》した。アンとのあいだにできるだけ多くの障害物（目に見えるもの、そうでないものの両方）を置いたほうがよさそうだった。

「ジャミソンという名の男がいる」ジャックは前置きも何もなく切り出した。

「あなたのお父さま？」

ジャックの目つきが険しくなった。親子関係については、知られてもかまわないだろう。

「ああ、父親と言ってもいい。政治向きのことに関わっている男でね」そこで間をおく。ジャミソンや自分の仕事をどう説明していいかわからなかった。「政治といっても表舞台に立つわけじゃないが、きわめて優先順位の高い仕事だ」

アンはうなずいたが、混乱した表情をしている。

「ジャミソンは、あなたの盗んだ手紙に関心を持っていた」ジャックは、アンの抗議を予測して防ぐように両手を上げてから次を続けた。

「いや、関心どころの騒ぎじゃない。最初は、盗まれたので取り戻せとの命令だった。ところが今は、手紙だけでなくそれを読んだ者まで、消したがっている。そのためならどんなことでもするつもりだ」事態の深刻さと、アンの抹殺をたくらむ男の強大な力を肝に銘じさせる方法を探すかのように、ジャックは周囲を見まわした。

「ジャミソンは人間を飼っている。従業員や諜報員を抱えているのとは違う。何人もの男女を奴隷にしているんだ」

ジャックが手紙の件を持ち出すやいなや、アンは首を左右に振りはじめ、断固として振りつづけた。汚れた顔のまわりで黒髪が揺れるさまは、メドゥーサの頭のヘビをほうふつとさせる。まるで強情っぱりな子どもじゃないか。ジャックは、アンを椅子から引きずり下ろして根性を叩きなおし、ことの重大さをわからせてやりたかった。

「何度も言ったように、わたし、手紙は持っていないわ。というより、そんなものは見たことがない。どうしたら信じてもらえるの？」

「わたしがあなたの言うことを信じるかどうかは、このさい重要じゃない。ジャミソンが信じていないのだから」

その言葉の意味合いに気づいたのだろう、アンの顔のすすにおおわれていない部分が目に見えて青ざめた。

「手紙なんか、持っていない」

ジャックは足を一歩前に踏み出したが、思いとどまった。一人の女性にこれほど忍耐力を試され、自制心を失わせられたことはかつてない。「あなたの身の安全を保証できない。ジャミソンに奪われるのも時間の問題だ」

「奪われるですって？」アンはうつろな声で言った。「まるでわたしが物みたいじゃないの」

ジャックは顔をそむけた。「言葉のあやだ。そういう問題じゃない」

「じゃあ、どういう問題なの？」

ジャックは鋭い一瞥をくれた。「問題は、手紙が戻ってこないかぎり、あなたは早晩、殺されるということだ」アンは黙ってこちらを見つめている。その表情から何かを読みとろうとしても時間の無駄だ。なんといってもしたたかな役者なのだから。

「アトウッド卿の宝石箱は、誰のために盗んだ？」

「自分自身のためよ」

「宝石箱を盗んだら、たまたまそこに機密性の高い手紙が入っていたというのか。そんな偶然は信じられない」ジャックはうんざりしたように言った。「特に、あなたの父親の人脈を考えると」

「人脈ですって？」アンは心底驚いているように見えた。

「そうだ」ジャックは危険なまでに優しい口調で話し出した。「トリブル氏はジャミソンの命令でいろいろな物を盗み、その功績で勲爵士に叙された。あなたは父親から、称号だけでなく情報ももらったはずだ。機密文書と引き換えに大金を払ってくれる人たちの名前を」

「いいえ」アンはふたたび首を振った——ジャックの主張と、知らなかった父親の過去に対する否定だった。

つのるいらだちを抑えてジャックは続けた。「今一度、はっきりさせておいたほうがよさそうだな。そんなたわごとを言ったたって、ひとつも信じな——」

「どうして、わたしが嘘をつかなくちゃならないの？」アンは悲しげに叫んだ。「手紙を渡さなければ殺されるんでしょう？　わざわざ本当のことを隠そうとする理由がないじゃないの？」

「ジャミソンよりも、手紙を売った相手のことを恐れての嘘じゃないか。だとしたら大きな間違いだ。命取りになるぞ」

「嘘なんかついていないわ。本当よ」アンは哀れな声を出し、懇願するように両腕を差しのべた。汚れた手のひらの傷口が痛々しい。ジャックはもう少しで彼女のもとへ飛んでいきそうになった。

うまい芝居だな。見事なものだ。見ているだけで胸が痛む。心臓の傷口が開いて血が流れ出す。アン・ワイルダーが舞台でなく屋根の上で活躍するほうを選んだのは惜しかった。演劇界は花形女優を失ったことになる。

「わかった」ジャックは冷淡な口調で言った。「嘘はついていない。手紙は持っていない。宝石箱には隠し小箱はなかった、と」

アンは安堵を隠しきれないでいる。しかし、喜ぶのはまだ早かった。自白を引き出し、秘密を暴き出す手腕を長年磨いてきたジャックは、なんとしても真実をつきとめる構えだった。アンはわたしを恐れているが、その一方で求めてもいる。恐怖と欲望。強力な組み合わせだ。これを容赦なく利用してやろう。実際、アン・トリプル・ワイルダー・セワードの謎を解くためなら、ジャックはどんな手段を使うのもいとわないつもりだった。

不穏な視線を感じて、アンは不安そうに体を動かしている。

「では、宝石箱捜しに集中しよう」ジャックは穏やかに言った。「もし手紙がまだ箱の中にあったら、あなたが手紙の内容を知らないことを報告して、ジャミソンを説得できるだろう」

アンはふたたび口を開いて抗議しようとしたが、ジャックに制止された。

「そのために、宝石箱の形状について、できるだけ詳しい情報が欲しい。それから、わかるかぎりの犯罪者の連絡先もだ。我々はまず、あなた自身が認める事実を確認しよう」

「**我々？**」アンは訊き返した。ジャックは内心、つけいるすきを与えたことを呪った。「どうして〝我々〟なの？　なぜわたしを助けてくれるの？」

「なぜかというと」ジャックは抑揚のない声で言った。「あなたは、わたしの妻だからだ」

ロンドンのコーヒー店の中でも流行らない店の、流行らない時間帯で、店内にはほとんどひと気がなかった。弓形の張り出し窓近くの席に陣取っているのは、紳士を気取る商人の二人連れだ。大理石張りのテーブルの上には、それぞれの真新しいシルクハットが鎮座ましましている。二人のしゃちこばった姿勢は、新たに身につけた紳士風の話しぶり同様、不自然だった。

まったく、しょうのないやつらだ。ノウルズは平民を嫌っていた。貴族とほとんど同じぐらい嫌いだった。

目の前の濃いコーヒーに砂糖をもう一個追加し、かき混ぜながら待つ。ジャック・セワードの求めに応じてやってきたノウルズは、約束の時間より早く着いていた。セワードのほうが先に来ているのではと思ったが、まだだった。仕事の能率では群を抜く男だが、最近、いろいろと気の散ることが増えて遅れているのか。

実に興味深い、謎の男だった。一瞬たりとも気を抜けない相手だが、それだけにノウルズは評価していた。人は、年をとって地位が確立するにつれて自己満足に陥り、権力にあぐらをかくようになる。だがジャック・セワードの場合はそんな心配は無用だった。

セワードはこれまでずっと、自らの実力を誇示しない存在だった。ジャミソンに対する彼の不可解な忠誠心が、妙なときに、妙な形で顔をのぞかせた。しかし、自分自身の意図にもとづいて、無慈悲の権化と思えるような行動に出ることもあった。

ノウルズは小さなケーキに手を伸ばして口に放りこんだ。セワードは確かに役立つ。だがそれはそれとして、ノウルズはこの男が嫌いではなかった。

「アーモンドケーキと蜂蜜ケーキ、どちらがおすすめですか?」

ノウルズは口のまわりを拭き、横にやってきたセワードを見上げて、目の前に置かれた皿に視線を戻した。

セワードは憔悴しているようだった。頬はこけ、目は落ちくぼんで、あごには無精ひげが生えはじめている。だが一番目立つのは、乱れたクラヴァットだ。知り合ってずいぶんになるが、つねに非の打ちどころのない服装だった男が、この格好とは。

「蜂蜜ケーキがいい」時間をかけて考えていたかのようにノウルズは答えた。「アーモンドケーキのほうは、今ひとつだな」

セワードは給仕を手招きし、ポット一杯のコーヒーを注文すると、席についた。「ノウルズ卿。お力をお借りしたいのです」と単刀直入に切り出す。

いい兆候だ。この男への支援は、見返りが長く続く。だがノウルズは何も言わず、コーヒーをすすってから横目でセワードを見た。

セワードは身を前に乗り出した。「ジャミソン卿が、ある人物を殺そうとしています。その計画を阻止できればと思っています」

「なるほど。ジャック、ケーキでも食べなさい。疲れているようだぞ」ノウルズはケーキののった皿を押し出してすすめたが、セワードは首を振った。

ノウルズはため息をついて、皿をもとの位置に戻した。「しばらくのあいだなら計画を妨害できるかもしれん。狙われている人物がきみにとって役に立たなくなるまではいけると思うが、それ以降は……」

求めていた答えとは違っていたのだろう。セワードは自らの気持ちをなだめるかのように髪をかき上げた。ますますもって、不思議だった。ジャック・セワードがこれほどまでに感情を見せるとは。

ノウルズはすまなそうに肩をすくめた。「ジャミソンの執拗さはきみもよく知っているだろう。いったんこうと決めたら、何があってもやりとげる男だ」

「ええ、知っています。だからこそ閣下、標的の人物の身の安全を確保したいと言っているのです。一日や一週間といった時間ではありません。一生です」

「ふむ」ノウルズは胃のあたりを指でぽんぽんと叩き、悲しげに微笑んだ。「だが、一生何ごともなく安泰に過ごせると保証された人間が、どのぐらいいるかね？」

セワードは微笑み返さなかった。「彼女の一生をそう過ごさせてやりたいのです」

彼女の？ これは面白い展開になってきた。「もしや、きみの新妻のことかね？」

セワードはぶっきらぼうにうなずいた。

「なるほど」ノウルズは口を真一文字に結び、この件に全神経を集中させて考えた。給仕が淹れたてのコーヒーをたずさえて現れ、ポットを置いて立ち去った。

実のところノウルズは、セワードが想像するよりずっと多くの情報を持っていた。誰もその存在を知らない密偵さえ使っている。密偵の任務は、特定の人々を監視し、その生活に起こる微妙な変化についてノウルズに報告することだけだ。監視対象の人々は、さらに重要な人物の動静を探る仕事についている。そしてその重要人物は……というわけで、情報網はどこまでも広がり、監視対象は年老いた国王にまで及ぶ。

セワードの妻であり、屋根の上を飛びまわる窃盗犯でもあるアン・ワイルダーにノウルズが注目しはじめたのは、ごく最近のことだ。その興味深い才能の発見についてはセワードに先を越され、その探索能力に喝采をおくったノウルズだったが、今や十分な情報をつかんでいた。アン・ワイルダーを亡きものにしようというジャミソンの意図についても知っている。ただわからないのは、その理由だ。盗んだ手紙を読んだからというだけで犯人を抹殺せよという命令は、いくらジャミソンでも過激だ。

アトウッド卿が死の直前にノウルズに宛てて書いた私信には、盗まれた手紙の内容が記されており、それは確かに機密に値するものだった。だが、流血の事態を引き起こさなければならないほどの情報だろうか？　ノウルズは、自分が手紙の内容についてすべてを把握しているわけではないのではと、疑いを抱きはじめていた。

ノウルズは皿からもうひとつケーキを取った。わくわくさせてくれるじゃないか、とケーキを口に放りこみながら思う。この事件そのものが刺激的だった。これほど興味をそそる事件には久しくお目にかかっていない。

「ジャミソンとわたしのあいだには暗黙の取り決めがある」ノウルズはようやく口を開いた。「お互いの仕事に干渉しないという原則で、これを数十年にわたって守ってきたおかげで物事がうまく運んできた。きみの頼みを聞き入れれば、その原則を破ることになる」

「お言葉ですが、閣下。以前、必要があればなんなりと力になる、とおっしゃっていたではありませんか。そのお言葉を信じてお願いしているわけです。今こそ閣下のお力が必要なのです」

ノウルズは指先をナプキンで拭き、重々しくうなずいた。「わかった。できるだけの手配りをしてみよう。だが、早々に準備が整うとは思うなよ。その間、きみの奥方への襲撃は続くはずだ」

セワードが安堵のため息をつくような男だったら、ついていただろう。だが目に見える変化といえば、肩の緊張がわずかにほぐれた程度で、それも見逃してしまいそうな微妙な動きだった。ノウルズは思った。**まったく、ジャミソンはいったいどうやって、少年のころのセワードにこの揺るぎない姿勢を叩きこんだのだろう?**

ノウルズはよっこらしょと重い腰を上げた。ベストの前に粉砂糖をつけたかっぷくのよい老紳士は、商人階級出身らしい金銭に対する細かさを見せて、コーヒーとケーキの代金にあたる硬貨を慎重に数えた。セワードの手つかずのコーヒーの支払いなどおかまいなしだ。禿げかけた頭に帽子をのせたノウルズは、帰りがけにセワードを見下ろした。

「ただし、力を貸すからには、見返りはちゃんともらうぞ」

「もちろんです」セワードは答えた。

23

バケツに何杯もの熱湯が、次々と湯気を立てて運びこまれた。アンは浴槽の中で体を半ば浮かせていた。こびりついていた煙突のすすと泥汚れがとれて湯に浮いたのを見計らって、小間使いが浴槽をいったん空にし、また新たに湯を注ぎ入れた。石鹼入りの湯が手のすり傷にしみる。温かみが痛む筋肉に浸透していく。心身ともに疲れきっていたアンは、小間使いのスポーリングに体を洗われるにまかせた。

もう、闘う気力も残っていなかった。何者かに命を狙われた。危ういところを救ってくれたのは、アンを憎んでしかるべきであり、アンの言葉はひと言も信じられないと（それも当然だが）明言していた男だった。

身の危険を感じてもいいはずだが、恐怖は意識の奥にひそんでいる。それよりも心の痛みのほうがつらく感じられた。

敵意を見せるジャックの残像が、酸から気泡が湧くように何度も脳裏をよぎり、麻痺していた感覚を目覚めさせた。憎まれていると考えただけで胸が張り裂けそうになる。深く傷ついていた。心の痛みと恐れにむしばまれた神経は消耗し、ぼろぼろだった。心身ともにすべての力を使い果たしていた。

あの人がわたしの身の安全を守ろうとするのはなぜだろう。のちの復讐のためか、それとも影響力を増すためか、でなければ父親に自分の力を見せつけるためか。理由はわからない。ジャックの出方を待つしかなかった。

アンは機械的な動作で髪を濡らし、あとはスポーリングにまかせた。小間使いは押し黙ったまま、きれいなぬるま湯をひしゃくでかけて髪をすすいだ。

アンは「ありがとう」とつぶやいて礼を言った。スポーリングの手を借りて浴槽から出て、厚いトルコ綿の部屋着をはおる。小間使いはアンを化粧台の前に座らせると、むっつりとした表情で目の細かい櫛を使い、もつれた髪をときほぐしにかかった。

「いつもこんなに無口なの？」アンは鏡に映るスポーリングに向かって話しかけた。

「はい」

「セワード大佐のところで働くようになって長いの？」

「二カ月です。グリフィンさんに雇われました」

ジャックに関する情報を仕入れるのはもうやめよう、とアンは思った。あまりに疲れていた。そのとき扉を叩く音がした。スポーリングが飛んでいき、ほどなく戻ってきた。

「大佐が、奥さまとお話ししたいそうです」

アンは拒否したいという誘惑にかられながらもそれを抑えた。断ったからといってなんの得がある？　どこにも行き場がないというのに。両親は死んでしまったし、亡き夫の母親には憎まれている……アンには、帰る家がなかった。

ジャックの頼みを断れる道理がない。あの人のお情けで生きているようなものなのだから。

アンは立ち上がった。すでにスポーリングが、衣装だんすから取り出した化粧着を用意して待っていた。

「奥さま、これでよろしいですね？」スポーリングは明るい赤紫色の化粧着をかかげて見せた。ソフィアのものだ。荷造りのときに召使が間違って入れたのだろう。

「ええ、いいわ」アンは物憂げに答えた。

一五分後には、アンはグリフィンのあとについて、以前ジャックにいろいろと問いただされた小部屋へ向かっていた。グリフィンはアンを案内すると、扉を閉めて立ち去った。

中には誰もいないようで、暖炉で揺れる弱々しい炎と、灯心を切って調節していないランプの光だけが頼りのうす暗さだった。重厚なカーテンが窓をおおい、夜の外光を遮断している……いや、侵入者の目から守っているのかもしれない。

考えただけで寒気がし、アンは腕をさすった。殺伐とした雰囲気の部屋で一人待つ気がしなくて、きびすを返して出ていこうとしたとき、奥の暗がりの中で椅子に座ったジャックの姿が見えた。肘掛けにひじをのせ、組んだ両手であごを支えている。うつむきかげんながら、目だけは上げてじっとこちらを見つめている。アンは驚いた。今までジャックの存在に気づかなかったとは。

第六感が研ぎすまされているアンは、普段なら眠っていても誰かの気配を感じとれる。その感覚に裏切られたことは一度もなかった。

情け容赦ない、敵意のこもった視線。アンは身をひるがえして逃れようとしたが、視線はそれでも追ってくる。冷静に、確かな意図をもって、獲物を狙う猛獣のように。ジャックはシャツ姿で、袖をひじ近くまでまくり上げていた。純白の生地と対照的に浅黒い肌の手首と前腕は、優美でありながら力強い。顔が浅黒く見えるのは暗がりのせいばかりではなく、無精ひげのせいでもあった。

その姿をいつのまにか見つめている自分に気づいて当惑したアンは、顔をそむけた。微動だにしないジャックの姿勢は、何かを隠そうとしているからでも、自分の殻に閉じこもったからでもなさそうだ。

むしろ、精神が激しい嵐に見舞われて傷つき、そぎ落とされて、無に近い状態になってしまったかのように見える。

ジャックは闇でも、光でもない。その両方になりうる可能性をつねに秘めている。昼と夜のあいだのわずかな時間に生まれる、たそがれの薄明かりに存在する男。**ああ、そうだ。わたしは今まで、彼を日光の下で見たことがないんだわ。**

何かを言わなければ。この沈黙には耐えられない。

「話があるんですって?」

「ああ。話がしたかった」唇だけが動いている。暖炉で薪がはぜる音がし、燃えさしの光が澄んだグレーの瞳に映った。空想好きな人なら、ジャックの心の奥深くに燃える炎の現れだと言うかもしれないが、わたしはそうではない。アンはごくりとつばを飲んだ。

「どうして、あんなことをする？」

とぼけても無駄だった。だが、自分でも理由がわからないのに、どうやって説明すればいいのだろう？　答えるに答えられず、アンは泥棒らしく切り返した。

「大佐、あなただって、何かしら盗んだことがあるんじゃない？」

予想外の反応だった。いきなり身を乗り出したかと思うと、ジャックは釣り針に引っかかったかのように動きを止めた。アンは後ずさりした。心臓が早鐘を打っていた。

ジャックの唇に邪悪な笑みが浮かんだ。「あなたが盗んだものに比べれば、大したものじゃないさ」

縛り上げて、いたぶった夜のことを言っているのね。

ジャックの笑みが鋭さを帯びた。「言っている意味はわかるな。なんとしてもものにしてやる、とわたしが約束したとき、ただのはったりだと思ったか？　犯人の女に官能をそそる刺激で体をもてあそばれたあと、その女がしとやかで気品のある未亡人と同一人物だとわかったとき、手を引くとでも思ったか？　とんでもない。わたしは、約束はかならず守る」

膝の力が抜け、アンは手を伸ばして何か支えになるものを探した。ジャックは立ち上がった。貴婦人を助けるためにはせ参じる色男のごとく優雅な動きで、いたわる態度を見せながらアンの手をとると、背もたれがまっすぐな小さい椅子のほうへ連れ戻した。

「ほら、火のそばに座りなさい」ジャックは椅子を持って身ぶりで示した。求愛者と敵が同居したそのふるまいに戸惑いつつも、アンは腰を下ろした。

ジャックは、アンからは姿が見えない背後に回って、穏やかに言った。

「あの夜の償いをしてもらう権利がわたしにはあると思うんだが、どうかな？」

肩に両手を置かれ、アンはびくりとして椅子から横にずり落ちかけたが、ジャックに押さえつけられて元どおり座らされた。

「落ち着いて」ジャックは馬をなだめるように優しくささやいた。「髪がまだ濡れているから、冷えるだろう。乾かすのを手伝おう」

ざらついた絹を思わせる声でそう言うと、ジャックはアンの髪に指を差し入れて、何本もの房に分けた。豊かな黒髪が、肩と胸にはらりと落ちかかる。髪をほぐすジャックの指が、乳房の上部を軽くなでるように触れた。その手は美しかった。不自由なほうの手でさえ、優雅さがある。

後ろに立たれ、姿が見えないことがアンの不安をあおった。ジャックはなれなれしく、ほとんどさりげなくと言っていいほどに触れてくる。どんな表情をしているのか見たかったが、振り返る勇気はない。親密すぎる。

これ以上親密になるってこと？　アンはこみ上げてくる不安と喜びをこらえた。疲労感と緊張感でめまいがした。

親指が襟元をつたって、胴着の縁を飾るレースの下にもぐりこんだ。アンは、木こりの網にかかった猟犬のようにぴたりと動きを止めた。心の動揺に、新たな恐怖感が加わった。

「すばらしくきれいだ」美しい風景に対する感想のような言葉が、感情のこもらない声で語られた。

ジャックはアンの大きく開いた襟元をゆっくりと押し下げ、両の乳房を先端近くまでむき出しにした。かすかなあえぎ声がアンの口からもれたのも気にしない。

「こんなに美しく、あらゆる点で恵まれた女性が、どうして気晴らしに盗みを働こうなどと思い立ったのか、人は不思議がるだろうな」

アンはもう、ほとんどまともに考えられなくなっていた。ジャックの手のひらの温かみが絹の生地を通して伝わってくる。あちこちを探索する手は、容赦ない優しさで乳房を揉みながら、その質感と重みを確かめている。

暖炉の火影《ほかげ》がアンの肌に映り、光と影が縞状になって揺らめいている。アンは怖かった。これほど慎重に、明確な意図をもって体を愛撫された記憶がなかったからだ。

「退屈からか?」

「えっ?」

ジャックの指が、薄手の絹の下に隠れた片方の乳首をとらえ、ゆっくりと時間をかけてもてあそびはじめた。「退屈だったからか?」

「いいえ」アンはあえぐような声で言った。実際、あえいでいた。立ち上がりかけたが、乳房から離れたばかりの手で椅子に押し戻された。思わず振り向こうとすると、頭の両側から手をそえられ、正面を向かされた。

「そのままで」ジャックはささやいた。温かい息がアンの耳にかかる。その穏やかなかすれ声からは何を考えているのかわからない。「あの夜のお返しを少しさせてもらうだけだ」ジャックはアンの手を椅子の肘掛けにそっと置き、上から自分の手を重ねた。「じっとしていなさい。あなたは何もしなくていい。ただ、感じればいいんだ」催眠術のように響くその声は、どこか隠微な期待を抱かせ、アンの意思を奪い去った。

アンが見下ろすと、浅黒い手が襟についたサテンの飾りをいじっており、動くたびに指の節が乳首にさりげなく触れる。

「どうだい、アン？　なぜ物を盗むんだ？　父親から受けついだ性癖か？」愉快なのか、悲しいのか、どちらともとれる口調。

「違うわ」

手がサテンの飾りから離れた。失望と安堵が入り混じってアンの全身に広がったとき、かすかな音がした。ジャックが椅子の後ろでひざまずいている。何をするつもりなの。アンはただ前を見つめていた。不安だった。

ジャックの手が前に伸びてきて、スカートを膝のあたりまで下ろした。生地をゆっくりとたぐってふくらはぎをむき出しにすると、膝の裏の敏感な肌に小さな円を描く。

「力を抜いて」ジャックはアンの耳元でささやいた。「以前、わたしを求めて誘ってきたことがあったな。覚えているか？　わたしは覚えている」

恥ずかしさでアンの顔と体が赤らんだ。「ごめんなさい、悪かったわ」

手が一瞬止まったあと、また愛撫を続けた。アンの頰に息が吹きかかる。「嘘をつくな。悪かったなんて思っていないだろう」

「やめて」

ジャックの手はアンの太ももの内側に伸び、柔らかい肌をまさぐっている。「あれは惜しかった。せっかくの機会なのに、関わらせてもらえなかったからな。不人情どころか、不作法と言ってもいいぐらいだ。願いを聞き入れて、尽くしてあげてもよかったんだ。だが、わかっているとおり、本当はわたしだってやぶさかではなかった」物憂げな口調に一瞬、わずかなとげが混じった。

愛撫に翻弄されながら、アンは目を閉じた。そうよ。わたしはジャックが欲しかった。男としての彼の本能を操りたかった。初めて会ったときから、その強さと人を支配する力に引きつけられていた。自分の無力さ、官能的な経験のなさ、支配力のなさと対照的だったからだ。

「だから今、願いをかなえて、快楽を味わわせてあげよう」

快楽を味わう？　その言葉はなじみがなく、魅力的に響いた。アンは今まで、快楽のために快楽を追求した経験はなかった。感覚を悦ばせるためだけの行為をしてくれた男性もいなかった。

アンはジャックが欲しかった。明かりにつられた蛾が飛んで火に入るように、自分を破壊しかねない力に魅了されていた。豊かな髪の束が持ち上げられ、横に押しやられた。ジャックの開いた唇がうなじに当てられる。アンは頭を後ろにそらせ、首を差し出すようにして、彼が探索するにまかせた。温かい唇が目尻に、首の曲線に柔らかいキスを浴びせた。

「わたしにまかせてくれ」

「ええ」アンは屈服してつぶやいた。ジャックが自分に何を求めているのか、復讐か、それとも辱めか、もうどうでもよくなっていた。

こめかみに触れたジャックの唇に笑みが浮かんだのがわかった。「アン、まず説明してくれ。なぜ、盗みを働くのか」

アンは降参のしるしに両手を上げようとしたが、手首をとらえられ、肘掛けに戻された。

「手はそこに置いておくんだ」その声には甘さはなかった。こうしてアンをじらすことによって、ジャックは自分自身をじらして楽しんでいるのかもしれない。その考えが頭をよぎっては、快感に溺れる中で消えていった。湿ったキスと羽のような愛撫。暗闇と熱。軽い侮りを見せながらも悦びを与えてくれる、姿の見えない男。アンは肘掛けの先端を握りしめた。

「どうなんだ、アン？」脚のあいだに入りこんだジャックの手がしだいに高く上っていき、アンの鼓動が速くなった。太もものあたりを指先で軽くなでられて、全身にしびれるような刺激が走る。

「なぜ盗む？」

アンは何も言えないでいた。自分でもうまく説明できないのだ。なんでもいい、言わなければ。頭の中でジャックの求める答えを探す。渇望し、あえぎ、快感を先延ばしにされて、身を震わせた。

「あの人たち、自業自得だからよ」アンはようやく声をしぼり出した。

耳元でジャックが笑った。温かさが感じられるが、納得していない声。「もう一度、訊く。なぜ盗む？」指先が太もものつけ根に戻り、奥のふくらみを愛撫する。

アンは息をのみ、背中をそらせた。耳たぶを噛まれ、かすかな痛みが高まる快感に混じる。

「どうしてだ？」

「慈善団体の資金が欲しかったからよ」

「違うな」

ジャックは片手でアンの膝をつかむと、もう力の残っていない脚を開かせた。右の乳房の下にもう片方の手を差し入れて胴着から引き出し、襟ぐりの上まで持ち上げる。脚を大きく左右に開かされ、太もものつけ根をまさぐられながら、片方の乳房をもてあそばれる状態になっていた。

アンは動こうにも動けなかった。

「美しいアン」

ささやきとともに、ジャックの手が乳房から離れ、アンは抗議のうめきをあげた。息を吸いこむ音が聞こえ、日焼けした力強い手がふたたびむき出しの白い乳房の上に戻ってきた。つばで湿らせた指で、乳輪を愛撫している。

暖炉の火に照らされて、湿った指先が輝いた。ジャックの呼吸が深く、荒くなっていく。

その手は、乳首を親指と人さし指の間にはさんでゆっくりと転がしはじめた。

「美しい泥棒で、嘘つきだ」

「違うわ」アンは愛撫にもだえながら、かすれ声でつぶやいた。椅子から尻を浮かせ、さらに彼の自由な探検を許す。

単純な、快楽のための快楽？　いいえ、この感覚に、単純なところなどない。

「泥棒じゃないという意味か？　それとも美しくないと？　賛成できないな」耳たぶの下の部分に鼻をこすりつけるようにしてジャックが言った。その舌は首すじを下に向かってゆるゆるとたどっていく。アンの頭が、がくりと横に傾いた。

「わたし、嘘つきじゃないわ」

そのつぶやきをジャックは無視した。「わたしには、自分なりの推理があるんだ。聞きたくないか？」

ああ、この人はどうしてこんなに平静でいられるの？　アンの体が、まるでいっぱいに引いた弓のように張りつめ、震え、うずいていた。

「聞きたいか？」

ジャックはアンの耳たぶを優しく吸った。脚のあいだに差し入れた手の指先は、時計職人にも似た繊細さと入念さで動いている。アンは目を閉じ、知らず知らずのうちにうめき声をあげていた。

「つまり、聞きたいということだね？」

心臓の鼓動がますます速くなってきた。太ももの奥を中心に快感の波が渦巻き、遠雷のように全身に伝わっていく。

「盗みを働くのは、楽しみたいからだろう」ジャックの低い声には抗しがたい魔力があり、まるでアン自身の思考の延長のように深いところから聞こえてくる。「高い建物の屋根に登れば、ロンドン市街が一望できる。体を締めつけるスカートがない。拘束されない。過去や未来に自分を縛りつけるものは何もない」

魔術師か、魔法使いか。ジャックの言葉が陶酔に誘いこむ麻薬のごとく、心の中で響いている。体をもてあそぶ手が欲望を熱くかきたてる。アンが顔を向けると、絹のように柔らかい髪が頰をこすった。「ジャック――」

次の瞬間、女体の奥深くまで指が入りこみ、狭い入口を押し広げられた。突然の侵入にびくりとのけぞると、ジャックはアンのウエストに腕を回して椅子に押さえつけた。ゆっくりと、確かな目的を持って、もう一本の指を脚の奥へすべりこませる。

もう、どうかなってしまいそう。アンはあえいだ。「お願い――ジャック――」

「静かに」ジャックの声がかみそりの刃のような緊張を帯びた。「盗みを働くのは、興奮するからだな？」

アンの体の中で指が曲がった。盛り上がった丘に手のつけ根を当てられ、強くこすられている。「そうだろう？」

「ええ」ため息のような答え。

愛撫が止まった。頭がおかしくなりそうだった。「お願い」ジャックが手を引くと、アンは頭を激しく振りながらすすり泣いた。

拷問のような愛撫が始まってから初めて、アンはジャックの目を見た。わずか一〇センチほどの距離で、その目は心の痛みと満たされぬ欲望をあらわにして燃えていた。

「違う」ジャックは無情に言い放った。「本当は、捕まろうと思って盗みを働いたんだろう。罰されたかったからだ」

アンはジャックをまじまじと見た。彼の声に宿る苦しみに胸をつかれたのだ。

「聞かせてくれ、アン。わたしとの関わりが、自分への罰だと思ったのか？」

アンが首を左右に激しく振ったので、ほどけた髪がはらりと落ちて手と腕にかかった。

ジャックはアンの両肩をつかんで落ち着かせると、顔をゆがめて言った。

「ではマダム、確かめてみよう」

24

「あなたとの関わりが、自分への罰と感じたことはなかったわ」アンは感情のこもった声で言った。その言葉をジャックは信じたかった。ばかばかしい。信じても、なんの救いにもならないというのに。

「そうか？」ジャックは無頓着に言った。アンの言葉などどうでもいいかのように。苦しみも、喜びも感じないとでも言いたげに。「だったら、あなたを自分のものにしていいんだな」

アンはその深みのある目で、ただこちらを見上げている。意味がわからず途方にくれているのだろうか。肩に広がる黒髪。きつい胴着の襟から盛り上がる片方の乳房、しどけなく投げ出した長い脚。なまめかしかった。

濃い藍色の目を見つめているうちに、ジャックは、自ら慎重に築き上げたはずの超然とした態度が崩れていくのを感じた。まるで愛の営みに満足した美しい囲い女のように見えるアン。それでもジャックの心には、いとしい気持ちが湧き上がってくるのだった。

手を触れたら、むき出しの神経に触れたように感じるだろう。それでもジャックは、アンを放っておけなかった。ジャミソンの脅威から身を守ってやるのと同じく、一人きりにするわけにはいかない。

だが、わたし自身の脅威からはどうなんだ？　誰がアンを守ってくれる？　ジャックは心の声を打ち消した。アンが望んでいることだ。中毒者がアヘンを欲しがるように性の快楽を求めているのだから。愛撫に酔いしれ、体をしならせ、渇きをいやしてほしいと身を震わせていたじゃないか。

ジャックは主導権を取り返そうと心に決めていた。あの夜、タウンハウスの部屋で椅子に縛りつけられ、アンを求めてむせび泣いたときに奪われた、自らの主導権を。

「それが望みなんだろう？」ジャックはアンの前に回りこんでのしかかるように立った。アンはなすすべもなく見上げている。

ジャックは、アンをおびえさせたかった。

抱きたかった。

アンは顔をさらに高く上げた。その手はさっき命じられたとおりの位置で、椅子の肘掛けを握りしめている。くそ、まるでだまし絵みたいだ。泥棒がアンになったり、アンが泥棒になったり、残像が次々と入れ替わって交じり合い、どちらが現実でどちらが想像か、見分けがつかない。

「何が？」アンは混乱したように訊き返した。目の焦点が合っていない。痛ましいほどにもろい状態だった。

ジャックは抑揚のない声で答えた。「一人の世界に浸るひとときのことだ。お互いのつながりがない状態で、罪の意識もなく、結果も考えずに、性の営みをするんだ」

ジャックはアンの前にひざまずいた。暖炉の火で暖まった空気を通じて、興奮を示す芳香が漂ってきた。ジャックは目を閉じ、口を少しだけ開けて息を深く吸いこみ、女らしい香りを味わった。

アンを自分のものにする。誘惑するためなら、どんなことでもしよう。彼女を苦しめている悪魔からいっときでも解放してやりたい。なんの責任も感じさせずに、快楽を味わわせてやる。必要なら、無理じいするふりをしてもいい。

「自由というのは幻想なんだよ、アン。人は、心と体を完全に切り離して行為に関わることができるんだ。その行為の責任を他人が引き受けてくれるかぎり」

ジャックは指の節を使って、アンの頬と首をそっとなではじめた。触れずにはいられなかった。アンはこらえきれずに身を震わせている。

体は正直だ。芸達者な女優でも、演技でこんな反応はできない。体に訴えかける。どこか不自然な二人の関係において、ジャックが優位に立てる唯一の方法がまさにそれだ。

「わたしが責任を引き受けよう」スカートをゆっくりとたくし上げながらジャックは言った。「この行為について責めを負うのはわたしだ。その代わり、わたしが主導権を握る」

ジャックは頭を下げ、乳房の内側のふくらみにそって軽いキスをくり返した。その間、太ももの上に向かって手をすべらせていく。柔肌の下に、なめらかでしっかりした筋肉が感じられた。**運動が得意な人の……いや、泥棒でもなんでもこなせる脚だ。**

手はさらに上を目指し、熱い花芯を見つけて、指で愛撫しはじめた。アンははっと息をのみ、腰を浮かせた。ジャックは手を引いた。その指先は濡れて光っている。

ジャックはアンと目を合わせながら、指をゆっくりと口までもっていき、時間をかけて水分をなめとった。アンは驚愕で目を見開いている。ジャックは自分の指先を吸って、彼女の蜜の味を楽しんでいるさまを見せつけた。

そうだ。アンが頭に何を思い浮かべたか、ジャックにもわかった。心を動揺させ、恥じ入らせ、興奮させるような想像だ。自分の体の奥深くまで、すべてを味わってほしいと感じている。

それなら喜んで求めに応じよう。だが、まだだ。アンが完全に屈服するまで待たなければ。

ジャックはアンの表情を眺めて楽しんだ。目を固く閉じ、全神経を集中して快感をむさぼっている。

ジャックは中に指を二本入れた。アンは体をそらせ、唇を開いた。まるで懇願しているかに見える。

統率力のある強い男と人には言われてきたが、自分ではそう思わなかった。だが今、アンを絶頂に導くことができると気づいた今、初めて自分の強さを実感していた。熱くなめらかな蜜壺の中で、少し指を伸ばしてみた。アンがまた息をのんだ。

「考えてごらん」ジャックはアンの喉元の柔肌に口を近づけてささやいた。「束縛から完全に解き放たれるんだ。何が起きようと責任を負わなくていい。無実の傍観者でいられる。私の行為の被害者になるだけで」

なめらかな花芯を爪で軽く引っかくと、アンはうめき、まぶたを震わせた。

ジャックはいったん手を引っこめた。アンはぱっと目を開け、責めるような視線を向けた。そしてジャックのシャツに手を伸ばし、端をつかんで引き裂いた。新たな欲望の波が彼を襲った。

「手を肘掛けの上に置いておくんだ」ジャックは平静な口調を保とうと必死だった。「被害者と加害者の両方にはなれないんだよ、アン。一人一役。それ以上はだめだ」

アンに触れられたら、少しでも、平常心を保てなくなる。彼女に奪われた主導権を取り戻せなくなる。ジャックは意地でも、取り戻したかった。それほど大切だった。

こんなに多くのものをアンに捧げているのに、どうしてすべてを与えられないのか。理由は自分でもわからなかった。自分の中の侵すべからざる神聖なものを、守りたいのかもしれない。

アンはためらいながら手を肘掛けに戻した。「でも――」

ジャックは身を乗り出してアンの唇を荒々しいキスでふさぎ、舌で唇のまわりをなぞった。「口を開けて」とつぶやくと、アンは少女のようにおとなしく従った。

舌を深く入りこませる。アンは体をしならせ、積極的に応えた。長く情熱的なキスになった。ジャックは自己嫌悪を追い払って、重ねた唇の刺激を、口の中の甘美な味を楽しんだ。

ようやく唇が離れた。アンは茫然としていた。内心はジャックも同じだ。

あとひとつ、求めたいものがある。ジャックは人さし指でアンのあごを持ち上げ、かがみこむと、首と鎖骨にそって舌をはわせ、石鹸の香りと塩気の混じった彼女の肌を味わった。同時に、自らの堕落を感じながら。

「『ジャック、お願い』と言うんだ」

「ジャック」彼はきっと勝ち誇ったような目をするだろう、とアンは思った。なぜかはわからないが、勝利の表情を想像していた。ジャックは明らかに、わたしを傷つけたがっているのだから。

だがジャックの目に勝利感はなく、苦しみだけがあった。すがるような声で名前を呼ばれて、たじろいでいる。

「お願い」アンはうなだれた。自分が愚かに思えてしかたなかった。焦燥感にかられ、みじめだった。ジャックの求めるものならなんでも与えよう。そうすれば彼はこの責め苦を終わらせてくれるだろう……二人のために。

ジャックは乳房の高さまで頭をかがめ、乳輪を舌で強く押すようにして愛撫したあと、ようやく乳首を口に含んで吸いはじめた。アンはそのリズムに溺れた。ジャックの髪が白く熱した金のごとく輝いている。ひんやりと柔らかいはずの毛が、過敏になったアンの肌にはがさついて感じられる。

「お願い」アンは言った。まるで大火の中心で杭につながれているかのように体が熱い。意識的な思考はすでに焼けて灰になり、意思は欲望の嵐に巻きこまれてどこかへ吹き飛んでしまった。「ジャック？」

「ここにいるよ」ジャックの手と唇が体じゅうを探索している。自分では名前さえ知らない部分に触れ、耐えがたいほどの親密さと、女体を知りつくした巧みな動きで翻弄する。その動きが急に止まった。果てしのない欲求の真空に吸いこまれたかのようだ。

「やめないで！」

「やめないさ」ジャックは、今までの厳しい口調とはうってかわって、愛撫と同じように優しさのこもった声で応えた。

ジャックはアンの化粧着をたくし上げた。ウエストのところで丸まった赤紫色の絹地の下の体を冷静な目で眺めたあと、顔を上げた。

いいえ。冷静ではないわ。氷のように冷ややかな表情の奥で、何かが燃えている。たとえてみれば氷の湖の下に、火山の溶岩が流れているといった雰囲気だ。

「きれいだ。どうして、そんなに美しいんだ？」

ジャックはもう、アンをじらすのも、期待を抱かせて苦しめるのもやめていた。

いや、まだやめていなかった。

ジャックはしゃがみこみ、アンの太もものあいだに頭を入れたかと思うと、ありとあらゆる方法で責め立てた。舌や唇が巧みに動くたび、アンは快楽の業火で焼かれ、苦痛に感じるほどの快感にさらされた。それでいて完全には満たされない。乳房が膨れ上がり、乳首がうずいた。体がすみずみまで摩耗したかのように感じられ、ひどく敏感になっていた。

アンは唇を噛んだ。できることならすすり泣きをこらえたかった。誇りやつつしみが少しでも残っていれば、立ち上がって部屋を出ていっただろう。だが手足の力が抜けて、使いものにならなかった。驚くべき技巧で自分の体にしかけられている行為に、持てる活力のすべてを集中するしかなかった。

つまり、これが目的だったのね。この人は自分の力を誇示し、わたしがいかに無力かを見せつけたかったにちがいない。

「身をゆだねるんだ、アン。誰もあなたを責めないいんだから」その魅惑的な声には悲しみが混じっていた。悲しみと、後悔が。

舌は女体の入口を探り、ひだの中に入りこんで、うずきの中心に触れた。どこからか、喉が締めつけられたような音が聞こえた。アン自身の声だった。

温かく、刺激的な吐息。「快楽に身をまかせて、何もかも忘れるんだ」

でも、それはわたしの求めるものではない。ジャックの考えがどうであれ、わたしは最初から快楽のみを追求したいとは思っていなかった。

アンは、ジャックを求めていた。浅くせわしない息の下、懸命に言葉をしぼり出す。

「お願い」手を下に伸ばし、ジャックの柔らかい髪のひと房を握って頭を無理やり持ち上げた。顔を上げたジャックは堕天使を思わせる表情で、アンを見つめた。

「あなたと一緒がいいの、ジャック」アンは訴えた。「どうか、一人にしないで」

そんなことはできない、とジャックは思った。

アンの懇願する顔をひと目見ただけで、自分の中の何かが粉々に砕け散るのを感じた。切なる願いを前にして、意図していたことすべてがもろくも崩れ去った。アンのしたことについて自分が何を知っていようと、何度だまされようと、何千人の証言によって犯した罪が立証されようと、ジャックはアンを愛していた。

心が謀反を起こしていた。理性に対する反乱、自らの生き残りをかけた人生に対する暴動だった。自分はなんと無力なのだろう。黒曜石を思わせるあの瞳で訴えられただけで、屈してしまうとは。

「お願い」アンはふたたびささやいた。

ジャックはうなり声とともに立ち上がり、アンを腕に抱え上げた。その体は細身の剣のごとく軽くしなやかに鍛えられていた。だが、どんなに力があっても、殺そうと思えばやすやすと殺せるだろう。アンの中に同居するか弱さと強靭さに、ジャックは混乱し、戸惑っていた。

ジャックは一メートルほど離れた机までアンを運び、その体を縁にそって横たえた。アンはジャックの破れたシャツの先端を握って引っぱり、肩から脱がせた。ジャックの腕と胸を震える手でなでつづけるそのさまは、制止を恐れてできるだけ早く刺激を味わいたがっているかに見える。

心配しなくてもいいのに、とジャックは思い、口元をゆがめた。たとえ頭に銃を突きつけられても、止めたりするものか。

ジャックはアンの胴着をウエストのあたりまで引き下ろした。少し荒っぽくしたために袖が破れた。**ちょっと熱が入りすぎていやしないか、ジャック？**　自分をからかう心の声がした。もっとゆっくり、優しくしなければいけない。アンのために。

もうそろそろ、自己を制するのに慣れてもよさそうなものだ。ここ何カ月のあいだ、絶え間なく刺激され、興奮しながらも、満たされない思いを抱えて耐えてきたのだから。だが今や、それも重要でなくなっていた。

アンがズボンの前を不慣れなようすで手探りしている。甘美ないらだちを覚えながら待っていると、勃起したものを握られた。ぎこちない手つきではあるがひたむきでいじらしく、ジャックの全身に快感がほとばしった。

「ジャック」アンはささやいた。目を閉じている。青白いそのまぶたを暖炉の火が照らし、真珠色のかすみがかかったように見える。ジャックはもう、とろけそうになっていた。

「ジャック？」

ふたたび、途方にくれたように求める声。それを信じてはいけないと、わかっている。だがジャックにはもう、ほかに信じるものが残されていなかった。少なくとも、自分で信じたい幻想を選んでもいいじゃないか。

「ここにいるよ」

ジャックはアンの脚を抱えて自分の腰骨に引っかけた。手のひらを使って、長くなめらかな線を描く太ももをたどり、ふくらはぎを通り、繊細な土踏まずの部分までなでおろす。アンはもっと近づきたがって、体をくねらせている。絶頂を切に求めている。

「ジャック、お願い」

もともとはアンを罰するための言葉だったものが、いつのまに祝福の響きを持つようになったのだろう?

ジャックはスカートをまくり上げ、引き締まった丸い尻を抱えて持ち上げた。

アンは腕をジャックの首に巻きつけて、頭を下げさせようとした。欲求で体を震わせている。ジャックも腕を伸ばし、二人の顔が近づいた。

アンは目をゆっくりと開けた。美しい。痛ましさを感じさせる目だ。

「だめ!」甘えるような声。「お願い、ジャック。一緒でなきゃいや」

唇が重なった。ジャックはアンを引き寄せ、しっかりと抱きしめた。胸と胸、腹と腹をできるかぎり密着させる。葛藤の中、お互いの体が溶け合っていく。

「ジャック?」

「いるよ、ここに」もう、アンを拒絶することなどできなかった。ジャックは彼女の中に入り、温かさに包まれ、溺れていった。

激しくはあるが優雅な動きだった。強く、たくましい男。アンはジャックにすがりつき、彼の侵入に耐えた。海底の引き波にとらわれた小石のごとく、情熱に翻弄されていた。全身に波が押し寄せ、砕けてはまた押し寄せて、アンはしだいに高みへ昇りつめていく。

「ジャック？」今までにないほど強く、ジャックを求めていた。その大きな体を唯一のよりどころにして、ただひたすらにしがみついた。焼けつくような快感。まだよ……まだ……もう少し……。

「お願い、ジャック！」

「アン！」自分の名前を呼ばれて、アンは屈服し、砕け散った。

25

アンはベッドの上で体勢を変え、目を開けた。部屋に一人きりだ。自分がどこにいるのか、一瞬わからなくなった。そうだわ。ジャックの部屋だった。

昨夜の鮮烈な絶頂感と、ゆっくりと渦を巻いて降りてくるような感覚をアンは思い出していた。その過程はジャックのキスによって新たに始まり、三度めぐってきた。何年にも及ぶ渇望がようやく満たされ、消耗しきって、温かい海にも似たけだるさが訪れる中、たくましい腕に抱きかかえられた。耳には規則正しい胸の鼓動が伝わっていた。

疲れはてて目を開けていられなくなったアンは、ジャックの手でベッドに横たえられたとき、口の中で抵抗の言葉をつぶやいた。頰に触れる裸の胸の温かみと、唇をくすぐる柔らかい胸毛の記憶を最後に、眠りに落ちたのだった。

ジャックの顔が見たかった。今すぐに。会いたい。アンは苦しそうに眉根を寄せた。わたしは、あの人を愛している。

たったひとつの窓から輝く光が射し込んでいた。ひじをついて体を起こすと、分厚い毛布が肩からすべり落ち、冷たい空気が素肌に当たった。アンは身震いし、ベッドから脚をトろした。

ベッドの端には、きちんと形を整えた服が置いてあった。柔らかい毛織のドレスだ。急いでそれを身につけ、ストッキングをはいていると、扉を叩く音がした。

「マダム？」扉の向こうで男性の抑えた声がした。

「何かしら？」

「朝食を召し上がっていただくようにと大佐がおっしゃったので、持ってまいりました」

「ああ」アンは靴を片方だけはいた。「大佐も一緒に朝食を？」

「いいえ、もう出かけられました」

アンはもう片方の靴をはいて立ち上がった。「お帰りはいつごろですって？」

「おっしゃいませんでした」男性の声はとげとげしかった。「わたしだったら、大佐の帰りを待ったりしませんね。人生の大半をただ待って、無駄に過ごすことになる」

そう、出ていったのね。いやだ、何を考えていたの？　ジャックがわたしに求めるものといったら、体以外にあるはずがないじゃないの。

「お入りなさい」アンは力なく言った。

取っ手が回り、グリフィンが後ろ向きで入ってきた。盆には食べ物が山ほどのせられている。湯気を立てているふっくらしたスコーン、蜂蜜の壺、香り豊かなベーコンの薄切り、牛マメの炒め物、ゆで卵、ポット入りコーヒー。

突然、影のようなものが脚のあいだを駆け抜けた。グリフィンはもう少しで盆を取り落すところだった。

公園にいたあの灰色の猫だわ。ジャックはけっきょく、家に連れ帰ったのね。やせた小さな猫を見て、アンはわけもなく嬉しくなった。

「まあ、なんて可愛いの」アンは叫んだ。猫は浅はかな自信に満ちて近づいてくると、その小さな頭をアンのスカートにすりつけ、しなやかな体で足首にまとわりついた。

「名前はなんていうの？」

「名前はありません。ただ〝猫〟と呼んでいます」グリフィンは不機嫌な声で言い、暖炉のそばのテーブルに盆を置いた。

グリフィンが椅子を引いてくれたので、アンはありがたく腰を下ろした。ここしばらく、まともに食べていない。つばが湧いてきた。スコーンを割って蜂蜜をたっぷりつけ、かじりついた。夢中で半分ぐらい食べたところで、グリフィンがまだそこに立っているのに気づいた――まるで番人だわ。

アンは食べかけのスコーンを皿に置いた。「わたし、外に出てもいいかしら？」

「いいえ、マダム」グリフィンは無表情な顔で言った。「大佐の命令は昨日から変わっていません」

「大佐ね」アンは皿の縁でゆで卵の殻を割った。半熟の黄身が真ん中で揺れる。

「ええ、そうです。マダムのご主人です」グリフィンの言葉にこめられた敵意は、スコットランドなまりでも隠せない。

「グリフィン、あなたは従者でも執事でもないんでしょう?」アンは深みのある黄色に輝く黄身をスプーンですくい、紅茶茶碗の受け皿に落とした。

「ええ、どちらでもありません」

「召使たちはどうしたの?」アンは受け皿を床に置いた。たちまち灰色の猫がスカートの中から飛び出して皿に取りつき、音を立ててむさぼるように黄身をすすりはじめた。

グリフィンは手を後ろで組んだ。「大佐が雇っておられるのは小間使いと料理人だけです。それ以上は必要ない。従者も要りません」

「どうしてなの?」

「家も、馬車も、馬もお持ちでないからです。持っているものといえば着ている服ぐらいで」苦々しい笑み。「マダムの今度の結婚相手は、資産家ではなかったということです」

「そうなの」ジャックはろくな財産を持っていないのか。アンはなんとなく気になった。なぜそう感じるのかはわからない。「大佐はロンドン以外にも、どこかに滞在することはある?」

「派遣された場所に」

「派遣って、どこへ?」アンはおうむ返しに訊いた。

「自分の能力が必要とされればどこへでも、どんな任務でも」

あの人は、どんな恐ろしい所業に関わってきたのだろう。アンは食べかけのスコーンに手を伸ばしかけてやめた。食欲を失っていた。

「どんな任務?」

グリフィンの笑みが穏やかならぬ雰囲気になった。「誰もやりとげる勇気や能力がない仕事です。たいていの場合、死者が出るような」

アンは深く息を吸いこんだ。「そういう仕事は、誰の命令で?」

「たいていはジャミソンです」グリフィンは表情を変えずに答えると、盆の上にかがみこみ、スコーンのかけらを払ってナプキンに集めた。「もうお済みですか、マダム?」

父親の命令で? アンは自分がジャックについてほとんど知らないことに気づいた。

「自分の息子を、そんな死と隣り合わせの危険な任務につかせるなんて。いったいどういう父親なの?」

「怪物ですよ、マダム。あなたも、そうとうな家に嫁に来たものですな」グリフィンは体を起こし、面白がっているのを隠しきれないようすでアンを見た。

「ジャックはなぜ、そんな任務を引き受けるの?」しまったと思ったときにはもう遅く、言葉が口をついて出ていた。

「なぜかというと、そのように訓練されてきたからです。それがセワード大佐であり、ジャミソンが救貧院から少年を引き取って、育てあげた結果なのです」ひと言ごとに、グリフィンの声はしゃがれ、表情はさらに険しくなった。

「ジャミソンは、鉄は熱いうちに打てとばかりに、自分の思いどおりの人間になるよう、少年を鍛えました。やわな部分がひとつもなくなるまで、槌で叩きつづけました。そして、鍛え終わったときには」怒りのあまり一文字に結ばれたその口は、しゃべる必要に迫られてようやく開いた。「ジャミソンは、敵の喉元に飛びかからせてしとめるための、強力な武器を手に入れたのです」

心臓を殴られたかのような衝撃だった。なんというひどいことを。**なんの罪もない、哀れな少年なのに。**

「それでも、ジャミソンが少年にした仕打ちの中では最悪とは言えませんでした」

アンはつばを飲みこみ、首を振った。グリフィンの話に対する拒否感からか、ジャミソンに対する拒否感からかはわからない。

「ジャミソンは少年に、〝自分は呪われた人間だ〟と思いこませました。生まれてきたこと自体が罪で、地獄に堕ちる運命なのだと。少年はジャミソンの言葉を信じました。ちょうど我々が、自分の足元に地面があると確信しているのと同じようにね。今でも大佐は、そう信じているかもしれません」

「どうしてジャミソンはそんなむごい仕打ちをしたの？　しかも、わが子に？」

「それができたから。理由はそれだけです。ジャミソンとはそういう男です」

「なぜわたしにこんな話を？」もうこれ以上、恐ろしいことは聞きたくない。アンは耳をふさぎたい気持ちだった。「どうして？」

グリフィンは答えずに、アンをひとにらみしてから続けた。「大佐は悪魔でもなんでもありません。あの人はわたしのほか、四人の男の命を助けました。知りもしない男なのに、自分自身の命と引き換えにすることもいとわずに」

グリフィンはアンに近づいてきた。その声は親しげではあるが、目には険があった。

「当時、我々は皆、ジャミソンの命令で動いていました。といっても、そういう認識はありませんでしたがね。ナポレオン軍を不利に陥れるために内部情報を収集して、複数の経路を介してロンドンに送っていたのですが、フランスのやつらに捕まってしまって」グリフィンは肩をすくめた。「我々は密偵として、絞首刑に処されることになりました。セワード大佐はその話を聞きつけて、フランス側に取引を持ちかけました。自分が身代わりになるから我々を釈放してほしいと」

グリフィンはうすら笑いを浮かべた。「もちろん、やつらは喜んでその申し出に飛びつきましたよ。ジャック・セワードは、ナポレオン陣営にとって最初からやっかいな存在で、その首には大物にふさわしい、巨額の賞金がかかっていましたから」誇らしげな声はアンをたじろがせた。

「というわけでフランス側は条件をのみ、大佐はやつらがずるをせずに約束を実行するよう手はずを整えて、人質の交換が行われました」

「それで、どうなったの?」

「縛り首です」グリフィンの声が平静さを失った。「やつらは大佐を絞首台に送りました。我々は救出に向かいましたが、一五〇対二〇と人数では有利だったのに、処刑場の門を突破するのに時間がかかってしまって」

グリフィンは鋭い一瞥をくれた。まるでアンが謎を解き明かす答えを持っていながらわざと隠しているのではと疑っているかのようだ。

「なぜでしょう？　やつらは自分らが無勢なのは百も承知だったし、はなから降伏しようという考えでした。それでも刑を執行した。大佐のいっぷう変わったあの〝なまり〟ですが、どうやって身につけたのか、不思議に思いませんでしたか？　二分間、首をつられた状態でぶら下がっていたからです」

グリフィンは苦悩の表情を浮かべ、歯をむき出しにした。アンの浅くせわしない呼吸音だけが聞こえる。

「なぜわざわざこんな話をするかって？　マダム、あなたに対する警告ですよ。これだけの経験をしたにもかかわらず、大佐はなんとか人間性を保ってきた。あの父親がどれほど努力してもつぶせなかった、変えられなかった、何かしら凛としたものが、ジャック・セワードの中に生きつづけているのです。だが、あなたは大佐に影響を与えかねない。変えてしまいかねない」グリフィンはアンをにらみすえた。「大佐からもうこれ以上、何も奪わないでほしい。もしそんなことをしたら、マダム。命はないものと思ってください」

グリフィンはこわばった歩き方で部屋を出ていった。あからさまな脅しだった。絞首台の縄にぶら下がって苦しむ男の想像図が、アンの脳裏を何度もよぎる。残酷な大人の常軌を逸した計画の犠牲になった少年が、長じてのちも、そんな目にあったとは。ああ、神さま。

ジャック・セワードは、〝子ども時代〟の経験と呼ぶにはあまりにいまわしく、痛ましい過去を持っていた。

運命のいたずらか、偶然や狂気のなせるわざか、アンはこの男の妻になった。たとえ長くは続かない運命《さだめ》と知りつつも、できるかぎりこの結婚にしがみつきたかった。ジャックの過去が、アンの将来の鍵を握っていた。

アンは落ち着かなげに部屋の中を歩きまわった。枕に寝そべっていた灰色の猫が、わけ知り顔でその金色の目を光らせ、見守っている。アンは窓にかかった重いカーテンを引き、外をのぞいた。陰惨な幻覚が頭に浮かんでは消える――傷ついたジャックが一人、路地に倒れている姿だ。

そんなばかな。ジャックは大丈夫よ。あの人なら、どんな敵が送りこまれてこようと、昨夜の暴漢を倒したのと同じように対処できるはず。

アンはカーテンを閉め、室内を見わたしてみて、初めて、ジャック個人の所有物がいかに少ないかに気づいた。ベッド脇のテーブルに重ねて置かれた数冊の本。天板に大理石を使った化粧台の上にはべっ甲の櫛と、控えめな意匠のひげ剃り道具が一式。ベルベットで裏打ちをした箱の中に、クラヴァット用のピンや象牙の襟芯といった、贅沢ではないが質のいい装身具が入っている。衣装だんすの棚には、仕立てがよく控えめな印象の服がたたんで置いてある。

ほかには、部屋の主の性格を物語るものは何もない。数少ない身の回り品を荷造りしてしまえば、ジャックがここに住んでいた痕跡は何ひとつ残らない。

別れるとき、ジャックは二人の関わりを思い出すよすがとなるものを持っていくだろうか？　わたしは彼になんらかの変化をもたらしたのか、それともこの部屋のように、人生の通過点にすぎず、次の部屋に移るまでの仮住まい程度にしか思われていないのか？

アンは、ジャックとの思い出を一生、胸にしまっておくつもりだった。ただの泥棒で、嘘つきで、ベッドでの相性がいい女としてだけでなく、それ以上の存在として憶えていてもらいたかった。ジャックにとって大切な人間でありたかった。なぜそう望むのか……理由を考えるつもりはない。

「奥さま？」スポーリングの声だった。アンは期待して振り向いた。ジャックが帰ってきたのかしら。

スポーリングは膝を曲げてお辞儀をした。「奥さまにお会いしたいとおっしゃる方々が、下に見えているんですが」

「何人もいらっしゃるの？」アンの背すじに寒気が走った。わたしを襲うために雇われた者たちだろうか？

「ストランド卿と」スポーリングは客の名前を思い出そうと眉を寄せ、指を折って数えはじめた。「ポンスバートン卿ご夫妻、レディ・ディップス、ノースさま、ミス・ノース、そしてミス・ナップです」

知っている名前ばかりで、アンはほっとした。そうだわ。ソフィアのことを忘れていた。

恥ずかしさのあまり、頬がほてった。「すぐに下りていきますからと、皆さんに伝えてちょうだい」

小間使いは急いで出ていった。アンは髪を編んでできるかぎり体裁よくまとめ、顔を洗ってドレスのしわを伸ばした。狭い廊下を歩き、階段に達するよりだいぶ前に、階下から声が聞こえた。

「なんて狭くて暗い感じの家かしら」レディ・ディップスだ。アンは思わず足を止めた。

「どうやらセワードはまだ、アンから金庫の鍵をもらっていないようだな」マルコム・ノースが言い、声をあげて笑った。

「お父さまったら、お下品ね」ソフィアがいかにも退屈そうな声で言った。

「だが、本当のことじゃないか」マルコムが言い返した。「マシューはあっと驚くほどの財産をアンに遺したんだから。豪奢な生活を楽しめるというのに、こんな暮らし方を選ぶなんて、まったくもって理解できんね」

「社交界に受け入れられなければ、豪奢な生活ができたってなんの意味もないでしょ？」レディ・ディップスがそっけなく言った。

「二人が受け入れられないなんて、どうしてわかります？」ストランド卿のさわやかな声。

「受け入れられると思いますか？」聞き覚えのある男性の声が言った。

「そうなるよう願っていますわ」ジュリア・ナップはなぜか不機嫌そうだ。

今後の人生がどうなろうと、アンは二度と社交界に出るつもりはなかった。ソフィアの付き添い兼お目付け役としての自分の価値は今や無きに等しい。ソフィアはアンに対する尊敬も愛情も抱いておらず――といっても正直な話、ソフィアは誰に対しても尊敬も愛情も抱かない娘なのだが――あからさまにアンに腹を立てている。

社交界を闊歩する人々は誰も、アンがいなくなっても寂しがらないだろうし、アンも彼らをなつかしく思うことはない。階段をゆっくりと下りていきながらアンは気づいた。そうだわ。マシューと結婚する前でさえ、わたしには真の友人と呼べる人はいなかった。

誰かと友情をはぐくんでいる暇などなかった。結婚してからは日々これ贅沢な楽しみの追求で、マシューはパーティや祝祭、ヨーロッパの旅、遠洋航海などの体験にアンを連れまわした。二人だけの世界に浸る華麗な生活だった。

人との交流はもちろんあった。何百人という人々だ。目を閉じれば、あこがれのまなざしで二人を見る取り巻きの顔がまぶたに浮かぶ。新たな社交シーズンを迎えるごとに、新たな港や都市に立ち寄るごとに顔ぶれは違ったが、人々の微笑み、称賛の表情、そして羨望のまなざしは変わらなかった。

思い出しながらアンは眉をひそめた。小さな客間へと続く扉が少し開いているのが見えた。

「――血は争えないものですねえ」誰かの声が聞こえた。

羨望？　なぜそんな言葉が浮かんできたのだろう？

「駆け落ちにはそれなりの理由があったはずですわ」ジュリアが言った。

「それはまあ、そうでしょうよ！」

レディ・ディップスのわざとらしい笑い声で、アンははっと我に返った。

扉を開けると、レディ・ディップスとストランド卿が暖炉の前に立っているのが見えた。マルコム・ノースは食器棚から酒を取り出して一杯やろうとしている。ひとつしかない長椅子には、ソフィアとジュリアが並んで座り、馬面の若い女性に話しかけている。レディ・ポンスバートンだった。あばたが目立つ顔をした年上の夫、ポンスバートン卿が後ろに立っている。

アンの姿に最初に気づいたのはジュリアで、すばやく立ち上がって近づいてきた。「ワイルダー夫人――」と呼びかけたが、しとやかに目を伏せ、「いえ、もうセワード夫人ですわね」と言い直す。「いきなり押しかけて、ご迷惑でないといいのですけれど。わたしとソフィアだけかと思ったら――」

「ご迷惑といっても、社交シーズンが始まるのに、お目付け役に逃げられたわたしほどの迷惑はこうむっていないわよ」長椅子に座ったままのソフィアが言った。

「ごめんなさい、ソフィア」アンは心の底から詫びた。

ジュリアはアンの手をとり、軽く握った。「わたし、どうしてもお祝いの言葉を述べたくて、駆けつけましたの」

「アンったら、何も赤くならなくてもいいわよ」ソフィアの高慢な声がジュリアの穏やかな声をかき消した。「もう、あなたに付き添ってもらわなくてもよくなったの。というか、誰の付き添いも要らないのよね。二人してこういうお家に引っこんで」みすぼらしい部屋を手ぶりで示し、軽蔑の表情を見せる。「結婚の幸せに浸っているあなたのことだから、新聞は読んでいないでしょう。教えてあげるわ。ストランド卿とわたし、婚約を発表したの」

「ストランド卿と？」アンは意外に思った。皮肉めいた物言いがときに鋭すぎると感じたこともあるが、ストランド卿は気立てがよく、本物の紳士だった。何もソフィアでなくても、もっとふさわしい相手がいそうなものなのに、とつい意地悪な見方をしてしまう。

でも、ストランド卿なら、ソフィアの衝動的なところを抑える役割を果たしてくれるかもしれない。思いやりを教えてくれるかもしれない。牛が空を飛ぶほどの大変身だって、ないとは言えないだろう。

「そうなんです、セワード夫人。めでたく婚約の運びとなりました」ストランド卿が前に進み出て言った。

セワード夫人。そう呼ばれて、アンの頬に血が上った。

ジュリアは不安げな視線をストランドに向けると、後ろに引っこんだ。

「青天の霹靂《へきれき》だろう？」マルコムが体を揺らしながら得意そうに言った。その動きでポートワインがグラスのふちからこぼれた。「つまりその、ストランド卿にとってはな」

ストランド卿が皮肉な表情を浮かべた。

「おめでとうございます、ストランド卿」アンは祝いの言葉を述べ、今度はソフィアのほうを向いた。「ソフィア、お幸せにね」

「ええ、幸せになるつもりよ」

「最近の社交界は、話題には事欠きませんわね」レディ・ディップスは、おめでたい話なら聞き飽きたといったようすだ。「ソフィアは引く手あまたのストランド卿をつかまえるし、あなたは謎の人物、セワード大佐と駆け落ちなさるし、わたしにいたっては――」そこで間をおいてあたりを見まわし、皆の注目を集めているかどうかを確かめる。「わたしの家、〝レックスホールの生霊〟に侵入されたんですの」

「本当ですか？」とアン。

「ええ」レディ・ディップスは身震いしてみせた。「とんでもない野蛮人よ。ジャネット・フロストの言うことなんて、当てになりませんわ。わたしの部屋に押し入った犯人には、洗練されたところなど少しもありませんでしたもの。どちらかというと……兵士のような印象でしたわ」

「まあ？」アンは軽くあいづちを打った。

「でも、女性の中には、男性のそういう野卑な部分をはからずも刺激してしまう人もいますからね。その人自身のせいじゃありませんけれど」

「まさか、犯人に危害を加えられたりはしていませんよね？」アンは訊いた。

「わたし……」レディ・ディップスは手の甲を額に当てた。「その話には触れたくありませんわ」かすかなため息が口からもれる。それまで無関心だったポンスバートン卿が、勢いこんでそばにやってきたが、レディ・ディップスはうるさそうに手を振って追い払った。

「とにかく、セワード夫人。わたしたち、お祝いを言いたくてまいりましたの。それにしても、あえて申し上げると」彼女は軽薄そうな視線で部屋じゅうを見まわした。「今回は、社交界の人々の度肝を抜きましたわね。わたしたち、お二人のロマンスに興味しんしんで、詳しいお話を聞きたくてうずうずしてますの。きっと奥さまはあの、人を威圧するような雰囲気のセワード大佐のとりこになってしまったんでしょうね」

威圧するような？　アンなら、ジャックを形容するのにその言葉を使うだろうが、他人から聞くのはいやだった。「夫が人を威圧しているとは思いませんわ。あらゆる面で、立派な人です」おごそかに言う。

そう、厳格さ、優雅さ、勇敢さ、すべてにおいて。アンはジャックをおとぎ話の英雄と勘違いしているわけではない。事実、恐ろしいこと、非情なことをしてきたにちがいない。だがジャックは、非情な人間ではない。たぶん――急に押し寄せる波のように、力と希望に満ちた思いがアンの中にあふれた――たぶん、わたしも、非情な人間ではないかもしれない。その言葉は魂の吐息のごとく響いた。

「でも、誰も予想できませんでしたもの」レディ・ディップスは続けた。「あなたの前のご主人とは似ても似つかない性格の方と結婚なさるなんて意外ですわ。そう思われません、ミス・ナップ？」

「もしかしたらセワード大佐は、人に心のうちをあまり見せない方なのかもしれませんね」ジュリアが自信なさそうに言った。レース飾りのついた手袋を引っぱりながら、どこか遠くを見つめているような表情になる。「マシューは率直で、寛容で、温和な人でした。あれほどの人はめったにいません」

「同感ですわ！」レディ・ディップスが笑いながら言った。「確かに寛容でしたね。自分に関心を寄せる女性なら誰でも鷹揚に受け入れて、ほとんど神みたいにあがめられていましたもの」

ソフィアも一緒に笑っている。「本当ですわね」

ジュリアは顔を上げた。「それはあんまりですわ。マシューは人の称賛を浴びることを目指したわけではありません。他人の幸せばかり考えていたんです。称賛だけを求めたりはしませんでした」ジュリアはくり返し強調した。

「でもマシューは、称賛されないのは我慢できなかったんじゃないかしら」ソフィアは心底驚いたようすだ。

「いいえ、それは誤解ですわ」ジュリアは口元を引き締めてきっぱりと言った。普段は穏やかな顔がこわばっている。

ソフィアとレディ・ディップスはいわくありげな視線を交わした。アンとしてはジュリアに助け舟を出さなくてはならないところなのだろうが、会話の成り行きが気になってしかたがない。マシューに関する評価で、初めて称賛以外の言葉を聞いたような気がしたからだった。

「あら、皆、マシューのことは大好きでしたわ」レディ・ディップスが冷静に言った。「でもわたしたち、彼が社交界にデビューしたばかりの娘たちに取り入ったあげく、あこがれの的になるのをずっと見守っていましたからね。そんなマシューに対等に接することができたのは、ワイ――いえ、セワード夫人ぐらいのものでしたわ」

レディ・ディップスは品定めをするかのようにアンを見た。「そう、マシューにとって、アンは難物だったでしょうね。ミス・ナップやわたしたちのように、彼の足元にひれ伏したりはしなかったから。あのとき、もしアンに求婚を断られていたら、マシューはどうしただろうと、考えただけで身震いしたくなりますわ。さぞかし、誇りを傷つけられたことでしょうね」

「レディ・ディップス。マシューの人となりに関するご自分の説が正しいと思っていらっしゃるのでしょうけれど」ジュリアは、これまでアンが聞いた覚えがないほど冷たい声で言った。「でも、幼なじみのわたしは、断言できますわ。マシューには、今おっしゃったような自意識過剰なところはなかった、と。そんな、彼の思い出を汚すお言葉は不愉快ですわ。わたしだけでなく……セワード夫人も同じお気持ちのはずです」

だが実のところ、アンは不愉快とは思わなかった。驚き、混乱しただけだ。自分は、マシューが純粋な心を持つ、完璧な人間だったと思いこんでいた。ところがレディ・ディップスは今、彼が意識的に女性の注目を集めて喜んでいたと批判している……。

「ジュリア、あなたがそうおっしゃるなら、そうなんでしょうね」ソフィアはそっけなく言い、レディ・ポンスバートンのほうに注意を向けた。ほかの人たちはきまり悪そうにもじもじしていたが、ほどなく会話が再開された。

「ちょっと、ストランド」マルコムが未来の娘婿を手招きした。ストランドは寂しげに口をゆがめると、アンとレディ・ディップスを残してマルコムのもとへ行った。

レディ・ディップスはアンの腕にさりげなく自分の腕をからめて引き寄せた。何かたくらんでいるにちがいない、とアンは警戒した。

「ワイルダー、いえ、セワード夫人。そろそろ、休戦ということにしましょうよ」

アンは感情を表に出さずに言った。「わたしたち、戦争中でしたの?」

「まあ、そうね。威嚇射撃もありましたし。でも、お互い気をつけなくてはね。率直に申し上げて、戦争は高くつきますから、無駄に力を使って損するのもどうかしらと思って」

レディ・ディップスがこの家を訪れた理由がようやくアンにもわかってきた。この人、不安になったんだわ。

三日前は、レディ・ディップスが優位に立っていた。自分の人脈を利用すれば、ソフィアが良縁に恵まれる機会をつぶしたり、アンの慈善団体で働く者が〝レックスホールの生霊〟だという噂を広めて施設の経営を困難に陥れたりできるとわかっていた。しかし今や、社会的地位でまさるストランド卿がソフィアと婚約し、アンも、出自こそ低いものの大きな影響力を持つ男と結婚した。

これでレディ・ディップスが干渉する余地はなくなった。虚勢を張って何かしかければ、上流社会の人々の嘲笑を招きかねない。それに、寄付金を出ししぶってけちん坊呼ばわりされる屈辱は耐えがたいはずだ。

「お約束の寄付金はお支払いしますわ」レディ・ディップスは低い声で言った。「でも、入金までにどのぐらい時間がかかったかは、誰にもおっしゃらないでいただきたいの」

アンはレディ・ディップスを観察した。これほど下手《したて》に出て頼みごとをするとは、さぞかし自尊心が傷ついたことだろう。あでやかな美しさを持つその表情には、ご機嫌とりをせざるをえない悔しさと、アンの答えを待つ緊張感が表れていた。レディ・ディップスは唇をなめた。

「いつまでに振り込めばいいか教えてくだされば、すぐにでも手続きをしますわ」

レディ・ディップスは、はからずも、マシューを聖人と信じて疑わなかったアンの気持ちを解放してくれた。本人は意識していないだろうが、マシューの偶像を崩すことによって、アンの目を未来に向けるきっかけを作ってくれたのだ。これまでアンは未来を、暗く寒々とした出口のないトンネルのように感じていた。だが今日は、その暗闇から抜け出せる気がした。

レディ・ディップスにはもう、何も残っていなかった。顔さえ見たことのない男性と結婚し、自分で稼いでいない金を使い、自分のものでない家に住み、ベッドでともに朝を迎えられない愛人とつきあってきた。自分にとって大切なものと引き換えに上流社会における地位を手に入れた。だが今やそれもなくなった。

哀れな人。アンは気の毒になった。

「入金についてはおまかせしますわ。どうぞ、ご都合のよろしいときに」

26

タウンハウスの玄関扉を開けたとき、聞きなれない声がジャックの耳に入ってきた。訪問客にしては遅すぎる時間だ。太陽はすでに地平線の向こうに沈み、赤紫色の光が夕焼けの名残をとどめている。

出迎えたグリフィンが唇に人さし指を当てている。ジャックは心臓の鼓動が速まるのを感じながら中に入り、耳をすました。

狭い廊下をつたって聞こえてきたのは、大笑いする男性の声だった。女性の笑い声がそれに続く。客間には少なくとも五、六人が集まっているらしい。アンが危険な目にあっているわけではないようだが、ジャックは警戒心をゆるめなかった。

暗殺を企てる者なら、標的と定めた人物の家を堂々と訪れるぐらいのことはやりかねない。現地を偵察し、どこにすきがあるかを見きわめる絶好の機会になる。ジャックが襲撃する側の立場だったら、間違いなく同じようにするだろう。

コートをすばやく脱ぎ、客間の扉に近づいた。室内にいる人々には見えない位置で、訪問客を確認した。ポンスバートン卿とその若妻、マルコム・ノースとソフィア、ジュリア・ナップとレディ・ディップス。

そして、ストランド卿がいた。

ストランドの存在に気づいて、打ち身を急に殴られたかのような痛みを覚え、ジャックは苦笑いした。

当然の成り行きだった。ストランドがジャミソンの命令で動いているのは明らかだし、アンが犯した罪もまた明らかだ。おそらく、客観的に状況を判断できる者にとっては、アンの一人二役を見破るのも、嘘を見抜くのも難しくなく、ストランドがジャミソンの送りこんだ密偵であるのと同じぐらい、明白なことなのだろう。暗殺者の姿が見えないからといって、油断してはいけない。

ジャックの立ち位置からはアンの後ろ姿しか見えない。編んだ髪をまとめて巻き髪にしているが、束になったおくれ毛が背中に落ちかかっている。そんなささいなことが心をかき乱す。ジャックはどことなくうしろめたい気持ちになり、かすかな笑みを浮かべた。昨夜、アンについて多くを知った。その豊かな髪の柔らかな手触りも、彼女が上になって動いていたときに胸に触れたひんやりとした感覚も憶えている。

ああ、自分はなんという愚か者だろう。ジャックは幾度となく、自らを呪った。幻想とわかっていても、昨夜の熱いひとときを信じたかった。情熱がぶつかり合う中で訪れた屈服の瞬間。「あなたと一緒がいい」「一人にしないで」という、何かにとりつかれたようなアンの懇願が心からのものであり、言葉の中に欲求だけでないまことの叫びがあったと思いたかった。

自分の揺れる心について悩んでもしょうがない。とにかく、ジャックはアンを信じたかった。ストランドが友人であると信じたかった。そうだ。かつては神の慈愛も、信じたいと思っていたのだったな。

それより、目の前の仕事に集中しよう。もっとも重要なのは、今の状況をいかにうまく利用するかだ。

ストランドがジャミソンの手先となったのなら、こちらの意思を伝えてやればいい。警告を送るのだ。ジャミソン、あるいはアンの脅威となる者に対する明確な警告を。

「こんばんは、皆さん」

ジャックが手袋を脱ぎながら客間へ入ってきた。まるで皆の訪問を予期していたかのように、礼儀正しい笑みを浮かべて室内を見まわしている。いや、実際、予期していたのかもしれない、とストランドは思った。この男の直感の鋭さは尋常ではないからだ。

わたしがジャックの妻に恋していることを、彼は感づいているだろうか？　ストランドはレディ・ディップスが耳元でささやくたわごとに、いかにも興味がありそうな表情を作って聞いているふりをした。

そういえば、わたしがアンに欲望を抱いているとジャックに打ち明けてから、二カ月も経っていない。そんな重大なことを忘れるわけがないか。

だが、欲望を抱いているのと恋い焦がれているのとは違うじゃないか？　ストランドは自問自答した。**まったく、心のうちを簡単にさらけ出すのはやめなくてはいけないな。特に、自分に正直すぎるのは考えものだ。**

「食事はお済みになりましたか？」ジャックは非の打ちどころのない物腰で客をもてなす主人の微笑みをたたえながら、きまり悪そうにしているポンスバートン卿夫妻に話しかけ、さりげなくアンの後ろに回った。「夕食をご用意しましょうか？」

ポンスバートン卿夫妻はあわてて礼と断りの言葉を述べた。噂話のたねを集めるのに忙しくしているあいだに、夫が帰宅するとは思いもよらなかったにちがいない。

ソフィアに目を向けたストランドは、この勘違いのもとを作った張本人が誰かを知った。もうすぐわが花嫁となるこの娘は、少しも動じていないどころか、面白がっているふしが見える。ユーモアの感覚が常人とは少し違うらしい。

「せめて飲み物ぐらい、召使に申しつけて持ってこさせましょう」ジャックはすすめた。まるでここが二流の賃貸用タウンハウスでなく宮殿で、自分が百戦錬磨の軍人でなく贅沢好きの権力者でもあるかのような態度だ。

ジャックは活気にあふれ、ゆうゆうとしている。ストランドはなぜか気になった。これはいったい――。

頭に浮かんだその疑問は一瞬にしてどこかへ消えた。ジャックが腕を伸ばしてアンの背中にかかった髪を持ち上げ、なにげなく手の中でもてあそびはじめたからだ。ストランドの口の中がからからに乾いた。ジャックのしぐさの親密さは明らかに、この女は自分のものだと見せつけていた。ストランドはやっとの思いで呼吸を整えた。アンはジャックの妻であり、彼のものなのだ。しかたがない。

「アンをお宅から奪う形になってしまって、申し訳なく思っていますよ、ノースさん」ジャックは気さくな感じで言ったが、その視線はマルコム・ノースを通り越してストランドの目に直接向けられている。

こいつ。人の心を読んでやがる。

「アンがいないためにご不便をおかけするようなことになっていないといいですが」ジャックが訊いた。

アンの髪を愛撫するジャックの手を凝視していたノースは咳きこんでから、かん高い声を出した。「いやいや。アンにおめでたい知らせを持ってきたのですよ。ストランド卿が〝わが娘ソフィアとの婚約を発表したものですから」

その〝わが娘〟は目を細め、アンの黒髪をいじりつづけるジャックの浅黒い手を見つめている。舌先を出し、唇を湿らせたソフィアを見て、ストランドは哀れにさえなった。きっと、あの手が自分の髪を愛撫していてくれたらと思っているのだろう。

「そうですか。おめでとうございます」ジャックの瞳は死人のまぶたの上に置かれた硬貨のごとくうつろで、なんの感情も表していない。「ストランド卿も、きっとわたしと同じくそこで意識的に間をおく。「いい結婚をしたと、大満足でしょうね」

ジャックはアンの髪をどけて、うなじの柔肌を親指でなでさすりはじめた。残る四本の指は前に回して軽く曲げ、喉元をいつくしむように揉みほぐしている。客たちはこのあからさまな行為から目を離そうと、無駄な努力を続けている。

アンの顔に血の気がなくなった。毅然とした態度であごを高く上げている。

「もちろん、大満足だろうね」ストランドはこわばった声で答えた。

ジャックのふるまいは、上流社会では非常識とみなされるものだった。ストランドはつねづね、この友人を品性のある人物と評価していた。男でも女でも、悪党でも貴族でも、ジャックが人をこんなふうに扱ったのを見たことがない。これではアンに、自分の所有のあかしの焼印を押しているようなものではないか。

くそ。結婚していようといまいと、欲望をこれほどあからさまに、下品なやり方で見せつける権利はやつにはない。レディ・ディップスは、ハエが飛びこめるほどの大きさに口を開けたままだ。ほかの人たちはあきれ顔で目配せをしている。

なんとかしてやめさせなければ。

「セワード大佐」ストランドは言った。「きみが欲しがっていた馬について、いい知らせがあるんだ。アトウッド卿のものだった競走馬だが」

「ほう？」ジャックは関心なさそうにつぶやいた。明らかに上の空で、アンの首をなでつづけている。一方アンはと見ると、ジャックの視線を浴びながら、胸の上下動がしだいに大きくなってきた。先ほどまでうつろだったジャックの目に、情熱が宿って燃えている。

「この件、上品とはいえない話でご婦人方のひんしゅくを買ってはいけないから」ストランドは意味ありげに言うと、戸口に向かって一歩踏み出し、廊下のほうを手で差し示した。「詳しいことはあちらで話さないか？」

ジャックは顔を上げた。「申し訳ないがストランド、今のところ馬にはあまり興味が持てなくてね。間が悪かったな。新婚でもあるし、わたしは妻を……いや、妻と一緒にいるのを楽しむことのほうに熱心なんだ」、穏やかな声で言うとアンのうなじの近くまで頭を下げた。その唇は彼女の白い肌からわずか数センチの距離にある。

これほどきまりの悪い思いをするのは、二〇年ぶりぐらいだろうか。ストランドは顔がほてるのを感じた。「ジャック――」

いらだたしげに吐息をつき、ジャックは体を起こした。「いや、ストランド。わたしは馬を探そうとは思わない。わざわざこの家を出て、王冠の宝石を半ペニーで買ったり、プラトンの手書きの手紙を歌と交換したりするつもりはないんだ」

ジャックは単語のひとつひとつを微妙に、意図的に強調して発音した。そのときストランドは気づいた。これはわたしへの伝言だ。

ジャックは任務を中止した。もうこれ以上、盗まれた手紙や宝石箱、そして〝レックスホールの生霊〟に関わるつもりはない、ということだ。

突然、アンが腕を伸ばし、ジャックの手をとった。情熱からか、それとももっと穏やかな感情からか、わずかに体を震わせたかと思うと、ジャックの手の甲に頬をすり寄せた。アンは目を閉じている。濃く長いまつ毛がはためくたびに、浅黒い手の肌にかすかに触れる。

ストランドは、ジャックの瞳にはっきりと感情が表れるのを目にし、心が痛んだ。

今度は、レディ・ディップスも衝撃を隠せない。「わたしたち、長居をしてしまって、お邪魔のようですわね」

「そのとおり!」ポンスバートン卿が言った。「さあ、来なさい、おまえ」

〝おまえ〟と呼ばれた妻はくすくす笑い、夫に手を引かれて長椅子から立ち上がった。ポンスバートン卿は怒りのあまり顔をゆがめ、妻を後ろから追い立てるようにして、挨拶もせずに扉から出ていった。

レディ・ディップスは戸口に向かってうなずき、急いで二人のあとを追った。

「あの、その――」ノースはジャックとアンを交互に見ていたが、急ににんまりと好色そうな笑いを浮かべ、「幸せにな、アン」と言うと、あわてて皆を追いかけていった。

客の中でただ一人、ソフィアだけが憤慨していない。逆に、嫉妬のあまり気分が悪くなりかけているようだった。その感情は、美しい顔の淡々とした表情に隠れていてわかりづらい。だがストランドは気づいた。自分も同じく嫉妬に悩まされているためにかんが働くのだ。

哀れな娘だ、とストランドは思った。我々二人も、理由を見つけて早々と退散したほうがよさそうだ。

アンも立ち上がったが、ジャックの手の届く範囲から出ようとしない。しかも夫と見つめ合ったままで、ただただ夢中といった表情だ。

うろたえ、不快感をあらわにしたジュリアが、アンのそばへ行った。「お幸せに」つぶやくように言うと、ジャックに向かって軽くお辞儀をしてから、そそくさと出ていった。空いた場所に、今度はソフィアが入った。

「さようなら、アン」ソフィアが言い、身を乗り出して頰を合わせる挨拶をした。

「ソフィア、幸せを祈っているわ」気持ちのこもった言葉だった。アンは視線をソフィアから一瞬、ストランドに移し、「お幸せに」と、寂しげに微笑みながら小声で言った。

「ストランド卿。末永く、お幸せに」ジャックも言い、妻のすんなりしたウエストに腕を回した。アンはふたたび抱擁されたまま、身動きもしない。まるで魂が体から抜け出して、夫のもとへ行ってしまったかのようだ。

「ありがとう」ストランドが言うと、ソフィアが振り向いた。

自分がジャック・セワードと比較されているのはわかっていて、いい気持ちはしなかったが、ストランドはソフィアに向かって微笑んだ。「さあ、おいで」ソフィアの手をひじの内側のくぼみにのせて、戸口へ向かう。振り返るつもりはなかった。これからもずっと。

廊下に出たストランドは無言でソフィアに肩マントを着せかけ、持ち前の礼儀正しさで付き添って階段を下り、玄関を出た。外ではジュリアと、ノースが待っていた。間もなく義父になるノースは意味ありげに眉をつり上げてこちらを見ている。

ストランドはうやうやしく、ジュリアとソフィア、そしてノースの順番で馬車に乗るのを手伝ったあと、最後に乗りこんだ。

馬車の中でもストランドはかいがいしく皆の世話を焼いた。ソフィアとジュリアの膝にかけたカシミアの毛布を脚の下にたくしこんでやってから、ノースにも毛布を渡し、自分は反対側の座席に座った。ステッキで天井を突いて御者に合図をすると、馬車は動き出した。皆、無言のまま、揺られていた。

しばらくして、ようやく沈黙を破ってストランドは言った。

「そんなにすねるなよ、ソフィア」その声にはいささかの苦々しさもない。我ながらよくやったと内心思っていた。「我々は間違いなく、ジャックとアンよりお似合いの夫婦になるさ」

27

客間の扉が閉まった。アンは腕の中でこちらを見上げている。これだけ顔を近づけていると、目の虹彩に散らばる小さな紫色の斑点まで見える。まるで真っ黒な瞳のまわりに飾られた花の冠のようだ。眉はクロテンを思わせるつやのある黒で、アン本人の性格と同様、強烈な個性を放っている。

「ありがとう」

アンの意外な言葉に、ジャックは当惑した。人前であんな愛撫をしたことに対し、嫌悪感や反感を示されるのではないかと予想していたからだ。

ウエストに回していた腕をはずしても、アンは離れようとしない。一瞬、喜びに包まれたジャックだが、心にはたちまち冷たい疑念がきざした。

ジャックはアンの顔をじっと見て、感謝の言葉が本気か嘘かを判断する手がかりを探した。その鋭い視線にアンは果敢に耐えている。といっても、心のうちを読まれても大勢に影響はない。アンを見るジャックの目には、勇気、気高さ、知恵といった、自分が見たいものしか映らないからだ。

わたしがいかにアンの影響を受けやすいか、彼女はよくわかっているはずだ。それを利用して気をそらせ、捜査に対する意欲を削ごうともくろんでいるのか？

愚か者め。そんなことをしたら命取りになるだけだ。捜査の邪魔だけは絶対にさせない。ジャックはアンが信用できなかった。だが彼女のためなら喜んで死ねる。なぜなら愛しているからだ。

ジャックは視線をはずし、後ろに下がった。「どういたしまして、マダム。感謝の言葉をいただけた理由を教えてほしいんだが？」

「馬だの、宝石だの、手紙だの、意味がわからないことを言っていたでしょ。あれは明らかに、部屋にいた誰かに伝えたかったのよね、あなたがわたしを守るつもりだと」

ほう、さすがだ。だが、驚くにはあたらない。泥棒であれ、未亡人であれ、アンの聡明さは疑うべくもないのだから。

「ありがとう」アンはふたたび言い、恥ずかしそうに目を伏せた。可愛らしい。ああ、この態度が本気だと、信じられたら。

ジャックは今日一日、出かけていたあいだにあちこちで噂を聞き、情報を収集した。帰宅してから、書斎にこもってアンを生きながらえさせるための戦略を練るつもりだった。だがまだ、必要な情報がそろっていない。ノウルズからも、そして行方をくらましたかにも見えるバークからも、連絡がなかった。

今こうしてアンを見ていると、そばにいてやらなければと思えてくる。いつまで一緒にいられるかわからないのだ。

「食事はすませたのか？」

アンは顔を上げ、目を合わせて微笑んだ。「いいえ」

「料理人に何か作らせよう。一緒に……食べてもいいかな？」

「もちろんよ」

ジャックはほっとし、そのとき初めて、断られるのではないかと恐れていた自分に気づいた。着ている服を見下ろすと、ずいぶん汚れ、くたびれた感じだ。

「着替えをするまで待ってくれないか。居間に食事を用意させよう。時間は――」ジャックは眉を上げ、どのぐらい余裕が必要か考えながら、アンのほうを見た。

アンの笑みが広がり、生き生きとした表情の温かい笑顔になった。こんなに無防備な微笑みは初めてだ。ジャックはくらっときそうになったが、なんとか持ちこたえた。何をやっているんだ。乳しぼり女をいやらしい目つきで見る不良少年みたいじゃないか。

「三〇分後でいかが？」アンが提案した。

「それなら、三〇分後にしよう。居間でいいかな？」

「ええ」

「一緒に夕食でかまわないね」

アンの口元の表情が変わった。今度は透き通ったガラスを思わせる深みのある輝きだ。きれいだった。「はい」

「では、後ほど」

アンはお辞儀をするジャックの前を通って居間へ入っていった。二階の自室に上がるとき、ジャックは階段を一段抜かしで駆け上がった。

アンはデザートのクリーム菓子の脇にスプーンを置いた。お世辞にもおいしいとは言えなかった。実のところ、薄いコンソメスープから始まって、ゆですぎの野菜から焼きすぎのマトンにいたるまで、すべてが今ひとつだった。だが、食事をともにした相手のおかげでそれも気にならなかった。

暗黙の了解のうちに訪れた休戦状態だった。食事中は二人とも、手紙や〝レックスホールの生霊〟、あるいは昨日のことには触れなかった。だがジャックを見るたびに、アンは昨夜の愛の営みを思い出した。〝愛の営み〟という言葉はどこまでも美しく、刺激的だった。

ジャックは、アンが居心地よく過ごせるよう心がけることにしたらしい。今まで会った男性の中では最高の礼儀正しさと思いやりを発揮して、優しくふるまい、なごやかな雰囲気を生み出した。クリーム菓子が出るころにはアンはうっとりとし、すっかり魅了されてしまっていた。情熱的な一夜のせいで忘れていたが、出会ってから数週間のうちに、二人は友人と呼べるほどにお互いを知り、一緒のひとときを楽しめる素地ができていたのだ。

ジャックは思いがけないほど気のきいた、皮肉めいた冗談でアンの微笑みを誘い、細やかな気配りで信頼感を高めた。楽しい時間を過ごすうちにアンの心はほぐれ、昔の性格の片鱗を見せていた。一〇年近く前、率直で生意気な言動で社交界の人々の心をとらえた、はつらつとした娘の名残を。

だがそれも、現実を思い出すまでのことだった。ジャックはわたしを信用していない。根っからの悪人だと思っている。

「物思いにふけったような顔をして、どうした？」ジャックの声。

アンは目を上げた。ずっと見られていたのに気づかなかった。機密情報を収集する専門家であるジャックは、敵の弱みを見つけることを仕事としてきたのだから当然だろう。でもわたしは、敵とは思われたくない。

今夜のなごやかな会話、行きとどいた配慮、魅力あふれる物腰――すべて、わたしから必要な情報を引き出すための作戦だろうか？　だとしたら、ジャックの見事な手腕には脱帽だ。その演出はある意味、昨夜の誘惑にも引けをとらないほど強い魔力があった。

また、昨夜の記憶がよみがえってきて、アンの喉の奥と頬に熱いものが広がった。ワイングラスの脚をもてあそんでいるあの浅黒い手が、自分の体のもっとも恥ずかしい部分をもてあそんだ。邪気のない笑みをたたえたあの唇が、全身を探検して、渇望をさらにかきたてたのだ。

「アン？」

びくりとした自分の唇からもれた息で、アンは空想の世界から引き戻された。何を訊かれたの？

「ごめんなさい、ぼうっとしていて」

ジャックの顔にゆっくりと笑みが表れ、それは嘘だ、と告げていた。「物思いにふけったような顔をしている、と言ったんだよ」

「そうだったかしら？　物思いといえば――」アンは最初に頭に浮かんできたことを口にした。「昔を思い出していたの」

ジャックの微笑みが消え、表情に微妙な翳りが見えた。「前のご主人の思い出か？」

「いいえ」なぜかはわからないが、昨夜も、今夜の食事中も、マシューの存在をジャックに感じさせてはいけない、とアンは心に決めていた。「そうではなくて、家族のこと」

「家族の話を聞かせてくれ」

アンはほっとして話し出した。「父は荒野に生えたハリエニシダみたいにありふれた、どこにでもいるような普通の市民だったわ。といっても、〝セント・ポール大聖堂前の家なき人々みたいにありふれた〟と言ったほうがいいかもしれないわね。ドックランドの出身だから」

ジャックは考えこむような表情でうなずいた。

「父が泥棒だったことは知っているわね。でもある時点で盗みはやめて、サセックスに移り住んだの。そこで母と出会って、恋に落ちた。身分違いの恋ではあったけれど、父が母に求婚したとき、母の父親、つまりわたしの祖父はさほど強く反対しなかったそうよ……父が借金を肩代わりすると申し出たのだから、それも当然でしょうね」

ジャックは声をあげて笑った。目尻のしわが深くなり、頬には縦に長いえくぼが出た。その魅力に惹かれて、ちょうどヒマワリが朝日を追うように、アンはテーブルの上に身を乗り出していた。

父親について語るのは気分がよかった。ロンドン出身の泥棒で、身分違いの結婚によって成り上がったサー・トリブルでなく、当局に捕まる前に引退する分別のあった、金庫破りとしての父だ。

「それから？」ジャックが訊いた。

「母が流行性感冒で死んだの」アンは真顔になった。「それから数年後、わたしはロンドンへ出てきて社交界にお目見えした。マシューと出会って、結婚した」こう語るとなんと単純な人生か、と思う。

「きっとお父さんは喜んだだろうな」ジャックはテーブルの向こうから手を伸ばしてアンのグラスにシェリー酒を注いだ。

「ええ、きっと喜んでくれたと思うわ」アンはいっしんに思い出そうとして、顔をしかめた。「でも、マシューと結婚してからは、ほとんど父に会えなかったの」

結婚式の日、教会の聖壇の前に立ったアンの姿を、父親は誇らしげに眺めていた。挙式直後の会食でアンを抱きしめたあと、父親はどこかへ行ってしまった。まるでアンの人生から消えてしまったかのように。

「それはなぜだい？」ジャックは穏やかにうながした。

アンは困惑した顔つきになった。「お互いに行き来しようとしてもなかなか都合がつかなかったの。どういう状況か、わかるでしょう。秋に父のもとを訪れようと思ったら、マシューがすでに誰かとの約束を予定に入れていたりして。もしかしたらマシューは、取り巻きまで引き連れて父に迷惑をかけたくなかったのかもしれないけれど。そうこうしているうちに社交シーズンが始まって、使用人を雇ったり、馬車を注文したり、服を仕立てたり、忙しさにとりまぎれていたわ。冬にはマシューの提案で、友人を誘ってイタリアをめぐる船旅に出ることになった……」声がしだいに小さくなる。「そして父は、勲爵士の称号をもらってしばらくしてから死んだの」

「それは気の毒だった」

「お心遣い、ありがとう。本気で言ってくれたのね」アンはささやいた。なぜかジャックが身構えたような気がした。

「マシューについて聞かせてくれ」

アンはため息をついた。「ほとんどの人が、あの人は聖人だと褒めそやしていたわ」

「ありえない」ジャックは断固として言った。

「あら、そんなことないわ」アンは半ばうんざりして否定した。「とても心が広くて、思いやりがあって、誠実な人でしたもの」

「でも、愛していたからそう思うだけで――」

「いいえ!」アンはぴしゃりと言った。ジャックの顔に驚きの影がよぎったので、アンはできるだけ落ち着いた声で話そうとつとめた。「いえ、そんなことないわ。彼を知る人に聞いてごらんなさい。皆、口をそろえて言うから。マシューは並外れていい人だったのよ」

「大切にしてくれたんだね」

「まるで女王さまのように扱ってくれたわ。望みはなんでもかなえてくれた」アンの声に抑揚がなくなった。「たとえば、絵を見てうっとりして、すてきね、と言うと、その絵は数時間のうちにわたしのものになったわ。ある本を絶賛したら、マシューはその本を読むの。わたしが新しい知人と談笑しているところを見かけると、その人に、家で一緒に食事しませんかと誘ったわ」

マシューの愛情から出た行動について説明するにつれて、アンは自分の声が不自然になり、こわばっていくのがわかった。だがどうすることもできない。長いこと心のうちにしまっておいた言葉が、次から次へとこぼれ出た。

「わたしが何か意見を言うと、マシューはすぐにそれを自分の意見として取り入れた。誰にも悟られずに陰で応援するためよ。どれもこれも、わたしへの愛からしたことだった。愛していると、誰にも負けないほど深く愛しているからだと、何度も何度も言われたわ」

それだけではなかった。そういった行動のすべてが、わたしへの愛のあかしだと、何度も何度も言われたわ。マシューは、こんなにすばらしい愛の贈り物をあげているのに、きみは少しも応えてくれない、とアンに訴えた。その受けとめ方はぼくを愛していない証拠だと責めた。アンは夫が求めてやまない愛情を与えようと、長いあいだ懸命につとめた。自分はマシューを本当に愛していると、彼に対して、自分自身に対して証明しようと、できるかぎりのことをした。だがどんなに努力しても、マシューの疑いは消えなかった。

アンは、息苦しいほどに圧倒的な夫の愛情の、一〇分の一さえも返せなかった。そしてマシューは、深く失望したあげくに死んでいった。そんな過去を、どうしてジャックに語れるだろう?

手に持ったグラスを見ると、ルビー色に輝くワインの表面が小刻みに揺れていた。

ジャックはアンをじっと見て言った。「マシューはきっと、子煩悩な父親になっただろうね。子どもがたくさんできなかったのが不思議なぐらいだな」

ああ、子どもがいたら、どんなに幸せだったか。

ジャックはすぐに腕を伸ばし、アンの手をとった。「すまなかった。無意識のうちに失礼なことを言ってしまった」

アンは視線を落とし、テーブルクロスを見つめた。子どもが欲しいという願いだけは、マシューにかたくななまでに拒まれたのだ。今考えればその理由はわかる。マシューはつねに、アンを独り占めしたい、しばらくのあいだでもほかの人にとられるのは我慢できない、と言っていた。当時はただの冗談だろうと思っていた。でもあれは、本気で言っていたのではなかったか?

アンが五年間、記憶の底に埋めて忘れようとしてきた過去の残像が、次々と脳裏に浮かんだ。ある日、アンが『愛している』と言うのを忘れたからと、恨めしそうに泣いていたマシュー。舞踏会の人ごみの中、マシューが笑いながらひざまずき『ぼくはきみのためならどんなことでもする』と宣言したのに対し、恥じ入り、へきえきした自分。アンが貸出図書館へ一人で出かけて、自分を誘ってくれなかったと、落ちこんでいたマシュー。夜のベッドで、寺院に参拝する人のようにうやうやしく手を触れてきたマシュー。アンがその低い出自のせいで、自分の崇高な愛を受け入れられないのだと断言したマシュー。

一年前、アンはマシューの言葉どおり、自分は人を心から愛せないと信じこんでいた。三年間ずっと、夫にそう言われつづけたのだから無理もない。だが今になって、疑問が湧いてきた。本当にそうなのだろうか。

ジャックはアンの手首を握り、その周辺を親指で優しく、慰めるようになでている。アンの口から言葉がもれ出た。「わたし……子どもが欲しかったわ。でもマシューに、まずきみが大人になってからだ、と言われたの」

ジャックは厳粛な面持ちで、いっしんに考えこんでいる。

もし、ジャックの明晰な頭の中をめぐる考えが目に見えるとしたら、きっと黒くもつれた糸の固まりになっているにちがいない。わたしは本当に、人を愛せない女なのか。冷静な熟考にもとづいた彼の判断を知りたいかどうか、アンは自分でもわからなかった。なぜなら、昨夜ほとばしった情熱の中で感じたものは、違う結論を示しているように思えたからだ。今まで生きてきて、これほど自分が弱く、傷つきやすいと感じたことはない。

アンはもう、自分に対するマシューの評価が果たして正しいのかどうか、確信が持てなくなっていた。それでも、ジャックにその判断をゆだねたくない気がした。もし、人を愛する能力に欠けていると評価されたら、わたしはもう生きていけない。

それより何か、無難な話題を見つけなければ。

「今度はそちらの番よ、大佐」

階級名で呼ばれたジャックはさっと頭を上げた。

肉食動物のようだった目が、急にうつろになった。だがアンはもう、ジャックという人間がよくわかっていた。これは、触れられたくない事柄に迫ってこられたときに見せる、自己防衛の盾なのだ。その恐ろしいほどにうつろなまなざしから目をそらさずに、アンは言った。

「あなたのことを、聞かせてちょうだい」

あなたのことを、聞かせてちょうだい。軽々しい言葉ではない。自分の要請が何を意味するか、重々承知のうえでアンは言っていた。そして、答えてもらえるまで待つつもりだろう。

ジャックは、自分が握ったアンのきゃしゃな手首を見下ろした。そっと回して手のひらを上に向けさせ、癒えつつある傷を確かめる。血が固まった傷あとのどこかに、ジャックの求める答えがあるはずだ。ただ、その答えを読みとれることができたらの話だが。

愛情豊かな両親と、のどかな田舎で過ごした少女時代。ロンドン社交界へのデビューと、花形として注目を浴びた日々。誰もがうらやむ良縁、おとぎ話のような結婚生活、突然訪れた悲劇。それからアン・ワイルダーは、自分の命を危険にさらしてまで、数千ポンド程度の価値の宝石を盗みはじめた。だが、その順序で正しいのだろうか？　最初の夫が示した深い愛情について語ったときの、アンのあの態度。どこか妙だった。マシューの愛情表現は、深く愛するというより、何もかも奪おうとする貪欲さを感じさせた。

「大佐？」

ジャックはゆっくりとアンの手を離し、顔を上げた。アンは有無を言わせぬような、輝く目で見つめている。

「わたしのことは、もう話したわ」

そう、自分で意識しているより、はるかに多くのことを語った。

「だからお返しとして、あなたにも自分の話を聞かせてほしいの」

「何が聞きたい？」ジャックはさらりと訊いた。

「グリフィンが話してくれたの」アンはためらったが、続けた。「パリで起こったことや、あなたの行動について」

「そうか、グリフィンが？」ジャックはつぶやいた。「ずいぶん大胆なやつだな」

「それに、ジャミソン卿の話も。もっと詳しく教えて」

ジャミソンについて知りたいというのか。

ジャックはジャミソンとのいきさつを誰かに語ったことはない。ついでに言えば、自分自身の過去を人に語る習慣もない。自分をめぐるさまざまな噂が飛び交っているのは知っていた。それらが嘘であろうと、本当であろうと、ジャックにはどちらでもよかった。だが今、アンが聞きたがっている。彼女の頼みなら、状況は一変する。

ジャックは椅子を後ろに押し下げ、脚を組むと、アンのもの問いたげな黒い目をまっすぐに見つめた。必要なら、話してやるしかない。わたしの心臓を大皿の上で切り刻んでほしいとアンが言うなら、求めに応じるしかない。

自分はアン・ワイルダーに思いを寄せるつもりはなかった。女泥棒に劣情を抱くつもりもなかった。二人の女性が同一人物とわかったことで、ふたつの欲望がさらに高まった。いまいましいのは、もしやと疑いはじめた考えが正しいなら、そしてそれを告白したなら、アンはふたたび屋根へ上って、二度と戻ってこないかもしれない。だからジャックは、今の自分にできることをするしかない。

ジャックは寂しげに微笑んだ。けっきょく、自分の求めているものが何かわかった。奇跡を期待しているのではない。自分は、奇跡よりさらにまれなもの——愛を、求めているのだ。

28

「わたしは両親が誰かを知らない」ジャックは語り出した。淡々とした声を保てているな。よし。「ジャミソンはおそらく自分が父親だろうと主張しているが、それはその日の気分か、何を求めているかによる」

ジャックはシェリー酒をひと口すすり、グラスを下に置いた。「ジャミソンはエジンバラの救貧院でわたしを見つけた。スコットランド人の小間使いとのあいだにできた庶子を探していたんだ。わたしはその子になるのを志願し、ジャミソンに受け入れられた。それ以後の扱いについて取り決めた条件を文書にして、二人がそれに同意した」その調子だ。思ったよりつらくないじゃないか。

「何歳のときだったの？」

ジャックは肩をすくめた。「救貧院の推定では、たぶん七、八歳だろうということだった。もしかしたら九歳ぐらいだったかもしれない」

一瞬、平静さを保とうとしていたアンの表情を、恐怖の影が通りすぎた。

「あいまいで申し訳ない。ああいう施設の記録はきちんと管理されていないものらしい。わたしに関する記録が多少はあったにせよ、紛失していたんだ」

「でも、お母さまは？」

「母はわたしを産んだときに亡くなったようだ。はっきりしないが。女の人の記憶がないんだ、救貧院にいた女《ひと》たち以外は」

「誰も覚えていないの？」

もしかしたら、そう簡単にはいかないかもしれない。

「誰か、世話をしてくれた人は？」

ジャックは困惑し、ただアンを見ていた。路上の生活がどんなものか、父親に教わらなかったのだろうか？「覚えていないんだ。すまない」

「どうか、謝らないで」

アンがひどく悲しそうで、哀れに見えた。なのに自分は、ほとんど何も語ってやれない。こんなみじめな表情は見るにしのびない。ジャックは立ち上がろうとしたが、アンが押しとどめた。その視線はこちらを見つめて動かない。

「すると、ジャミソンが本当のお父さまかもしれないということ？」

「いや、違うと思う」ジャックは落ち着こうと、深く息を吸いこんだ。「救貧院には、ジャミソンが探していたのと同じ名前の、間抜けな男の子が一人いた。あの子が本当の息子だったのかもしれない」

「でも、本当の息子だったら、どうして引き取らなかったの？」

ジャックの唇が哀れみのような感情でゆがんだ。「ジャミソンは、頭の鈍い子どもには用はなかったんだろう。それで子どもたちに訊いたんだ。この中で、わが息子になりたいと思う者はいるかと。わたしは手を挙げた」その告白は弔いの鐘のように響いた。アンは聞きながら手で口を押さえている。嫌悪感を表す直感的なしぐさだ。

それはそうだろう。ジャックは悄然《しょうぜん》とした。**当然の反応じゃないか。**わたしは他人が生まれながらに持っている権利を奪ったのだ。おそらく権利だけでなく、命も奪ったことになる。これで終わりだ。アンは立ち上がって、部屋を出ていくだろう。ジャックの庇護下に入るかどうかにかかわりなく、アンは一生手の届かない存在になる。

ジャックはふたたびグラスに震える手を伸ばした。口の中がいつになく乾いている。シェリー酒をたっぷりひと口飲み、目を閉じた。

「でも、その子がジャミソンの息子だというのが事実かどうか、あなたは知らないんでしょう？」

まだいたのか？　だが、いつなんどき出ていくかもしれない。答えよう。嘘はつくまい。

「ああ、知らない。一生、知りようがないんだ。いずれにしても状況が変わるわけじゃないから、しかたない。何年か前、その子を探そうとしたんだが、行方知れずになっていた。おそらく死んだんだろう」

「しかたないなんて思っていないでしょ」アンは自分自身に言いきかせるように、静かに言った。「その子が生きていようがいまいが、あなたの考えは変わらない。そうでしょう？」

ジャックはアンの表情の下にあるものを探ろうとしたが、読みとれなかった。「ジャミソンとわたしは取引をした。わたしは清潔な家と、三度の食事と、教育の機会を手に入れる。ジャミソンは養い親を喜ばそうと懸命に尽くす子どもを手に入れ、長じてのち、わたしの才能を意のままに使うことができる」

「ジャミソンが憎いでしょうね」アンの低い声は熱を帯びていた。

「憎いだって？」ジャックは驚いて訊き返した。「いいや、憎んではいない」

驚愕の表情をしたアンを見て、ジャックは急に恥ずかしくなった。きっと自分は、ジャミソンを憎むべきなのだろうな。

「でも、どうして？　ジャミソンは親としての役割を果たさなかったじゃない。救貧院から連れ出して、脅して、自分に都合のいい考えを植えつけて――」

「アン」ジャックは穏やかな声でさえぎった。「ジャミソンは申し出をした。わたしはその申し出と、それにともなう条件を受け入れた。だから自分という人間を作ったのは、自分なんだ」

「まさか、ジャミソンを愛してはいないでしょ？」

ジャックはいらだたしそうに髪に指を差し入れ、こめかみまわりの毛を後ろになでつけた。「愛？　それはない。いや、あるかな。よくわからない」アンは混乱してこちらを見つめている。「心というのは、誰かを愛すると決めたら、その人の条件とか資質にはまったく関係なく、許可も何もなしに愛するものだからね。心は知性をあざけり、理性を意のままに操り、生き延びる意志を人質にする」

ジャックは実は、ジャミソンだけでなくアンに対する気持ちについて語っているのだが、きっと気づかれないだろう。話に耳を傾けるアンの表情は真剣だった。

「ジャミソンは愛情らしきものを示してくれたことがなかった。容赦なく、厳しかった。自分自身の目的のために、わたしを操り、利用した。だが、わたしはあの人しか知らずに育ったんだ。愛情は示さなくても、わたしの価値を認めてくれたんだよ、ジャミソンは」ジャックは片手の手のひらを上にして差し出した。無言のうちにアンの理解を求めていた。「それまで、わたしは誰かに価値を認められたことがなかった。雨どいにたまったごみのように、生かしておく余裕がないのに頑固に死なずに残っている、その程度のものにしか思われていなかったんだろうね」

ジャックは悲しげに口元をゆがめた。「ジャミソンを愛しているかって？　確かに、信頼はしていない。あの人から何かをもらおうとも思わない。恐れているし、認めたくない。あの人と交わした悪魔の取引に嫌悪感を抱いている。だがそれでも、そうだな、愛していると言えるかもしれない。この気持ち、理解できるか？」

目と目を合わせたまま、ジャックの手はアンに向かって差しのべられたままだ。アンはその手を見下ろし、ジャックを見た。「いいえ、理解できないわ」

ジャックは差し出した手を握り、引っこめた。これほど尋常ならざる思いを、理解できる人が果たしているだろうか？　ジャック自身でさえ理解できないものを、アンに説明できるわけがない。

「ジャミソンはあなたに、何をやらせたの？」ジャミソンの命令でジャックが実行した任務について、きれいごとでうまく取りつくろって話してくれと懇願するかのような口調でアンは訊いた。

ここまで来たからには、今さら事実を偽ってもしょうがない。アンがまだこの場にいて、まだ何か訊いてくるとは、予想だにしなかった。ジャックの心に希望が芽生えて、せわしなく揺れた。

「ジャミソンと、もう一人ノウルズという男が、政界の陰の実力者として君臨している。彼らは舞台裏で活動する者たちを使っていて、わたしもそういう人間の一人だ」

「〝舞台裏で活動する〟というのはどういう意味？」アンはおそるおそる訊いた。

「秘密裡に物事の手配をしたり、情報を収集したり、なんらかの事態が起きるよう、あるいは起こらないよう工作したりする仕事さ。当然ながら、こういった仕事の大半は、政府の承認の範囲外のところで行われる」

「つまり、密偵というわけね」

「そうだな」ジャックは椅子の上で体の位置をずらした。**正直であれ**、と自分に誓う。「ときには、そういう任務にも関わった」

「それで、わたしの追跡を命じられたのね。わたしが盗んだとされた手紙が重大な意味を持っていたから」アンは眉根を寄せて真剣に考えている。「もしその手紙がそれほど機密性の高いものでなかったら、中身を読んだと思われる人物を消す必要はないはずよね、ジャミソンという人は」その名前を吐き出すように言う。

「そうだ」ジャックは静かな声で認めた。

アンは目を上げた。「ジャック。わたし、その手紙は持っていないわ。手にしたこともない。誰かに雇われて盗みを引き受けたわけでもないのよ」

その言葉を信じる根拠は何もなかった。アンは泥棒で、嘘つきだ。ジャックの関心を引いて動きを把握し、本来の目的から気をそらそうとした。ジャックの体を使って快楽を味わおうとした。誰もが称賛していた亡き夫をしのんで、屋根をつたってジャックの知人の屋敷に侵入し、盗みを働いた。

だがそれでも、ジャックはアンを愛していた。

「ああ。持っていないことはわかっている」

アンは目を閉じた。まるで、なんらかの感情を心にしまっておこうとしているかのように。

「だが、前にも説明したように、ジャミソンがどう思っているかが問題なんだ。手紙の件について、あなたがわたしを説得する必要はなかったんだよ。わたしの考えなんて、なんの意味もない」

アンは目を開けた。ジャックを見つめる瞳が輝いている。「わたしにとっては、大きな意味があるわ」

ジャックは組んでいた脚をほどき、身を前に乗り出した。希望の光が見えた気がして、それにしがみつきたくて、心がどうかなってしまいそうだった。自制心を働かせなければ、二人を隔てるテーブルをひっくり返して突き進んでいただろう。

ジャックの表情に宿った熱い思いに気づいたのか、アンはおじけづいている。用心深くこちらをうかがう目と、かすかに身を引いた姿勢でそれがわかる。なんとアンは、自分がジャックにどれだけの影響を与えうるか、自らの力に気づいていないのだ。

「なんなのかしら？」アンは訊いた。少し息切れしたような声だった。

なんだろう。意味がわからず、ジャックはあたりに視線を動かした。

「手紙のことよ。誰にも読まれてはならないほどに重要だとしたら、手紙に書かれた内容はなんなのかしら。洗礼の記録？　結婚許可書？」

その言葉で、二人の身に迫っている危険が思い出された。今この瞬間にも、ジャミソンはアンの命を狙うべく、次の襲撃の計画を実行に移しているかもしれないのだ。

「なんだろう。わからない」

「恋文？　懺悔？　どんな形状の手紙なんでしょう？　文書の写しなのか、本の一ページなのか？」

ジャックは首を振った。「それも、知らない。わたし自身、現物を見たことがないんだ。見たことがあるのはアトウッド卿だけで、自ら手紙を届けに行くはずだった」

アンは眉根を寄せてひたすら考えこんでいる。ジャックはずっと一緒にいたかったが、そうもいかない。立ち上がって、アンの注意を引いた。

「これから、ウィンザー城へ出かける。手紙の出所はあそこのようなんだ。手紙を書いた者がわかれば、それを手がかりに捜せる。どこかに誰かの足どりが残っているはずなんだ。きっと見つけてやる」ジャックはアンの後ろを通り、戸口へ向かった。

「ジャック？」

扉の取っ手に手をかけたまま、ジャックは立ち止まった。「なんだい？」

「気をつけてね」

その言葉を深読みしてはいけない。ジャックはつとめてさりげない口調で答えた。「わかった。できるかぎり、気をつけるようにするよ」

あと少しで夜明けだった。帰ってきたジャックはグリフィンに迎えられて玄関を入り、コートを脱ぐやいなや、寝ぼけまなこの小間使いにコーヒーを持ってくるよう言いつけた。今夜入手した情報を前にして、眠ることなどできそうにない。大山鳴動してネズミ一匹、というたぐいの情報だった。

ウィンザー城では、秘密の入口で国王の従者に出迎えられ、高い円天井の部屋に連れていかれた。中にいたのはベッドに横たわった目の見えない老人だった。やせ衰えた体でようやっとベッドカバーの重みに耐えているといった感じだ。一瞬、遠くからちらりと見ただけで、ジャックはそれが誰であるかわかった。

「国王陛下」ジャックは上体を低くかがめ、昔の作法に従って片腕を差しのべて礼をしながら、正しくできていますようにと切に祈った。問題はなかったらしい。それからの二時間ほどでジャックは、国王が衰弱した外見とは裏腹に、まだそれなりにしっかりした精神状態を保っていることを知った。

「大佐、何か新しい情報はつかめましたか?」グリフィンが訊いた。

「老国王をめぐる噂は本当だった」ジャックは答えた。

「つまり、実は頭がおかしくなっていないと?」

「いや、頭がおかしくなっているのは確かだが、つねにそういう状態というわけではなく、ときどき正気に戻られるんだ。あの手紙は国王陛下が書かれたものだった。手紙はずいぶんたくさん書かれているらしい。いつかアトウッド卿に、スコットランド全土を譲渡する証書をしたためたこともあったそうだ」

グリフィンは鼻先でせせら笑った。「スコットランドなんて、誰が欲しがりますかね?」

ジャックは微笑んだ。「ただ、従者の記憶によると、あるときアトウッド卿が、国王が書かれた手紙の封蠟に王家の紋章を刻印してくれとわざわざ頼んできたのだそうだ。従者は深く考えもせずにそうしてやった。アトウッド卿が、国王に調子を合わせているのだと思ったようだ」

「それが、ジャミソンがやっきになって葬ろうとしている例の手紙ですね。なんと書いてあったんです?」グリフィンが皮肉っぽい口調で訊いた。「たとえば、摂政皇太子が実は庶子だったと糾弾する手紙とか? 国王は皇太子を毛嫌いしておられるらしいから、ありうる話だと思いますがね」

「わかりようがないが、さほど衝撃的な内容でもなかったのではないかな。アトウッド卿宛の手紙に何をお書きになられましたかと、何度かお尋ねしたんだが、そのたびに国王は、国全体の道徳的腐敗について不満をぶちまけておられた。特に〝あのいやなやつ〟が国政をつかさどるようになってからますます堕落が激しい、とね。たぶん皇太子のことを指しているんだろうな」

「召使などの使用人からは何か？」

「皆、従者の言ったことを裏づける話をしてくれたよ」

「摂政皇太子が国王に勘当されたとしても、当然の報いだと思いますよ――どちらへ行かれるんです？」

「バークと連絡をとらなくては」ジャックは書斎のほうへ向かい、扉に手をかけて言った。

「やつをアトウッド家へ行かせて、召使たちから話を聞いてこさせよう」

「書斎には、彼女がいますよ」グリフィンが言った。

ジャックは驚いて、いったん扉にかけた手を引っこめ、振り向いた。「アンが？」

「はい」普段は豊かなグリフィンの表情が平板になった。

「こんな時間に起きて、何をしているんだ？」

「さあ、わかりません。わたしの知るかぎりでは、ほとんど寝ていないようです」

ジャックは取っ手を慎重に回して扉を開けると、振り返らずに「ありがとう、グリフィン。

もう休みなさい」と小声で言った。

「でも、何か召し上がらないと」グリフィンは食い下がり、とげとげしい声になって言った。「大佐、あの女と深く関わってはだめです。このままだと大佐を――」

「もうやめなさい、グリフィン」ジャックは敷居をまたぎ、扉を後ろ手に閉めた。

　書斎の側面にしつらえられた暖炉には、熾火《おきび》が眠気を誘う光となって揺れている。アンは、色あせたソファの隅に丸まって眠っていた。曲げた膝の裏に体を丸めた灰色の猫がちょうどおさまっている。最近、悩みや苦しみで眉根を寄せることも多かったのだろうが、今のアンは眉間のしわも消えて安らかな寝顔だ。胴着をおおうレースが、規則正しいゆるやかな動きで上下している。

　ジャックは、アンの眠りを妨げないよう気をつけながら静かに周囲を回った。その間、アンの過去と現在について思いをめぐらせた。今までに得た情報の断片をつなぎ合わせて、謎を解き明かそうと試みる。

　アンは徐々に目を開け、ジャックの姿を認めてにっこりと微笑んだ。まるで目覚めてみるとまた楽しい夢が待っていたかのような表情だ。だがアンはすぐに片頬を手の中に埋め、ふたたび目を閉じた。

　ジャックの胸の鼓動が高鳴っていた。

「おかえりなさい、ジャック」アンはつぶやいた。

「ただいま」

「あなたのこと、夢に見ていたの」けだるそうな旋律を奏でる声。まだ眠気が抜けきっていないらしい。

「そうか？」

「ええ。あなたとわたし、二人で、壁から突き出た棚に立っているの。下の地面が見えないぐらい高いところ。夜が近づいていて、あたりが真っ暗になった。あなたがわたしの手をとって、跳べって言うの。跳べない、って答えたわ」アンの声がしだいに小さくなった。一瞬、また眠りに落ちたのかと思うと、もとの物憂げな声で話し出した。「怖かったわ。でもあなたが、両手を握ってそばに引き寄せて、わたしの目を見るんだ、と言ってくれた。そのとおりにしたら、怖くなくなったわ。ふと下を見ると、二人とも、銀色の空を飛んでいるのよ――ジャック、あなたの目の色みたいな銀色だったわ――それで、いつのまにか闇を抜けて、夜明けになっていたの」

「きっと、そうなるだろうね」ジャックはつぶやくと、誘惑に負けてアンのすぐそばに腰を下ろし、こめかみにかかった柔らかい髪を優しく払いのけた。

アンは目を開けた。腕を上に伸ばし、その温かい手のひらでジャックのあごを包んだ。そのしぐさにためらいはなく、無意識のうちにそうしたといった感じだ。アンの親指がジャックの下唇を軽くなでる。「ジャック、わたしとっても――」

そのとき、外の廊下で物音がした。ジャックは頭をさっと上げて耳をすました。たぶんグリフィンが、盗み聞きをしようと戸に耳を押しつけたひょうしにすべって倒れたか何かししたのだろう。

「グリフィンか？」

「はい！」

しょうがないやつ。忠誠心が強すぎるのも困ったものだ。ジャックは立ち上がって戸口へ向かい、扉を大きく開けた。

そこにはロナルド・フロストが、真っ赤な目をらんらんと輝かせて立っていた。怒りに歯を食いしばり、あごを震わせながら、手に持った拳銃をジャックの胸に突きつける。

「フロスト」

ここで自分が死んだら、誰がアンを守る？　誰が面倒を見てくれる？　拳銃を見下ろしたジャックは、絶望の中でそう思った。

「これで、あんたもわかるだろう、自分にとって大切な者を奪われたらどう感じるか！」

銃身が胸の前を通ってソファに向けられたとき、ジャックの頭にフロストの言葉の意味が響いた。

「やめろ！」ジャックは身を投げ出した。銃弾が頭をかすめ、のけぞった。痛みと光がこめかみのところで炸裂する。そして、あたりが真っ暗になった。

29

突然の爆発音にアンはびくりとし、完全に眠りから覚めて、目を大きく見開いた。猫がおびえて逃げ出した。廊下で人影が動いている。上体を起こすと、床にあおむけに倒れているジャックの姿が見えた。

急いでソファから下りたアンはジャックのもとへ駆けつけ、かたわらにひざまずいた。

「ジャック？」顔面の半分が赤く染まっていた。頭の下から床に流れた血の輪が広がっていく。

「ジャック！」アンは彼の後頭部に手を差し入れた。その体はぴくりとも動かない。

「グリフィン！」

アンはジャックの体の上にかがみこみ、胸に耳を押しつけた。まだ呼吸音は聞こえ、心臓も動いている。目に涙があふれ、頬をつたって流れるのを感じながら、アンは胴着についたレース地をびりっと引き裂いた。

「グリフィン！」

頭上の床板を踏み鳴らして走る足音がする。アンは必死で、ジャックの目から血を拭き取った。彼はうなり声をあげ、体をよじっている。

「ああ、ジャック、お願いだから――」

扉が勢いよく開いてグリフィンが飛びこんできた。手に拳銃をかまえたまま体を左右に振って室内を見まわす。ジャックの姿を見つけると、押し殺した声で罵りの言葉をもらした。

グリフィンは急いでジャックのそばにひざまずいて、アンの震える手から血に染まったレース地をひったくり、てきぱきと顔面の血をぬぐいはじめた。

「いったい誰がこんなことを?」

「わからないわ。ちょうど目を覚ましかけたところで、『フロスト』というジャックの声が聞こえて、それから『やめろ』と彼が叫んで、それで――」アンはジャックにすがるように身をかがめた。

グリフィンはふたたび罵りの言葉を吐き散らした。「バークが忠告していたんだ、フロストが怒りで頭がおかしくなっているって。なのに大佐は耳も貸さずに――」

アンには事情がわからない。「フロストがジャックを襲ったのはなぜ?」

グリフィンはジャックのこめかみに布を押しあてて止血しながら、アンをにらみつけた。

「やつは、息子の死が大佐のせいだと思いこんでいるんです。というより、誰も彼もが、責任逃れのために、何かにつけ大佐のせいにしたがるんだが」

グリフィンはジャックを見下ろした。「大佐も甘かった。フロストをうまく操る対策を講じるべきだったのに、放置しておいたから」アンを糾弾する鋭い目つきを見せる。「あんたに気をとられていさえしなければ、こんなことにはならなかった。邪魔だから、どいてください」

グリフィンはジャックの背中に腕を差し入れて持ち上げ、わきの下に自分の肩を入れると、うなり声とともにかつぎ上げた。意識を失ったジャックの体が大麦を入れた袋のようにだらりと垂れ下がる。

グリフィンはよろめきながら進み、ソファの前まで来ると、ふたたびうなり声を出してジャックの体を肩から下ろした。ばたり、とソファに倒れたまま、ジャックは微動だにしない。グリフィンはランプの芯を出し、高くかかげて、ジャックの体の隠れた部分に傷がないかどうか調べた。

「大丈夫かしら?」アンは震え声で訊いた。

グリフィンは射るような軽蔑のまなざしで見返した。この男になんと思われてもかまわない。アンは知りたかった。

「助かる?」かすれ声で訊いた。ああ、お願い。ジャックを助けて。そのためなら、なんでも差し出すから――。

「こっちだって医者じゃないから、わからない」グリフィンはランプを下ろし、戸口に向かって叫んだ。「スポーリング!」

「わたしにできることは?」アンはなすすべもなく訊いた。赤黒い血と真っ白な顔色の対比が恐ろしかった。ジャックの青ざめた顔など見たことがないのに、今や雪花石膏《アラバスター》のごとく血の気がない。

「もう、いいかげんにしてください」グリフィンは憤りを抑えながら、吐き捨てるように言った。「大佐は今まで、誰が何をしかけようと、油断したことはなかったんだ。あんたが現れるまでは。あんたさえいなければ、今ごろこんな姿になっているはずがない。出ていってくれ！　それがあんたにできることだ」

アンは嗚咽をこらえて立ち上がった。めまいを覚えながら、よろよろと戸口へ向かう。階段の途中で一階から上がってくるスポーリングに会った。

「いったい、どうしたんです！」小間使いが訊いた。「何があったんですか？」

「グリフィンのところへ、早く、包帯と、水を持っていって」スポーリングとともに階段を上がる。一歩一歩が、地獄に堕ちていく道のりのようだ。

「大佐が、拳銃で撃たれたの」

一日が終わりのない悪夢のように感じられた。昼ごろ、アンは忍び足で階下へ下り、扉の陰からおそるおそる書斎の中をのぞいた。まるで馬小屋のようすをうかがう犬だ。

グリフィンがジャックに付き添って、アンにはとてもまねのできない知識と効率のよさで介抱していた。力なく開けた病人の口に、スプーンで液体を流しこんでやっている。

ジャックの体の上には薄地の毛布がかけられ、眉の位置に白い包帯がぐるりと巻かれている。だがまだ意識は戻っておらず、顔色も白い麻のシーツとほとんど変わらないかに見える。アンは誰にも気づかれないよう、その場を離れた。

夕方近くになって、アンはもう一度自室を出て書斎へ赴いた。もしかしたら自分でも役に立てるかもしれない、ジャックの慰めになるかもしれないと思ったのだ。中へ入ると、グリフィンは椅子にもたれ、頭を低く垂れて眠っていた。アンは静かにジャックの寝ているところへ近づき、見下ろした。

呼吸は浅く、あえいでいた。皮膚にはうっすらと汗が浮いている。体を拭く布がないかとあたりを見まわすと、ソファの横に置かれた盆に、水さし、包帯、コルクの蓋つきの茶色いガラス瓶がのっている。瓶の中身は半分に減っていた。どんな薬を与えているのかはわからないが、グリフィンに訊いても答えてはくれないだろう。

グリフィンが急に目を覚ました。アンの姿を認めるやいなや立ち上がり、大またで部屋から出ていこうとした。

「待って！」アンがささやくと、スコットランド人は足を止め、激しい憎悪をみなぎらせて見返してきた。

わたしが付き添っていても、ジャックのために何かできるわけではない。でもグリフィンならできる。自尊心や、自分勝手な願望のためにジャックの容体を悪化させてはならない。

「ここにいて。わたしは出ていくから」

アンは自室へ戻ったが、本を読もうとしても落ち着かず、心の痛みはやわらがない。時間が経つにつれてますます不安がつのってきた。ついに、読書に集中するのをあきらめ、外の景色を眺めた。太陽はまだ地平線の上にあり、夜の喉元にかかる黄色い真珠のペンダントのごとく輝いている。

神さま、お願いです。ジャックを助けてください。

扉を軽く叩く音がした。「奥さま？　奥さまにお目にかかりたいという男性が一人、お見えです」スポーリングの小声には切迫したものがあった。

「どなた？」

「大佐のお父さまだとおっしゃってます。ジャミソンさまという方です」

ジャミソンですって。もしや、自ら手を下すために乗りこんできたのではないでしょうね？　アンは苦々しい思いを噛みしめた。

だが、公然と自分を殺しに来るとは考えにくかった。それに、仮にジャミソンが、自らわたしを殺すつもりでこの家に現れたのだとしたら、単に「お帰りください」などと言っても引き下がりはしないだろう。それに、このままジャックが死んでしまったら、わたしにはもう失うものは何もない。ジャミソンがどういうつもりでやってきたか、確かめてやってもいいじゃないの。

「お通ししなさい」

「小間使いが言っておったが、ジャックが銃で撃たれたそうだな」そう言いながらジャミソンは部屋に入ってきた。

「ご存じなかったんですか?」アンはこわばった声で言い返し、老人の前に立った。「あなたのたくらみかと思いましたわ」

「このわしがかね?」ジャミソンは冷静な態度で訊いた。ステッキをテーブルに立てかけ、手袋を脱ぎはじめる。あたかも記憶の底を探るかのように、顔をしかめた。「いや。違うな。わしがそそのかさなくても、この世にはジャックの死を願う者がわんさといるからね」

夕方の寒々とした灰色の光が、ジャミソンのやせた体の輪郭を浮かび上がらせていた。アンは以前、大英博物館で、年老いたジュリアス・シーザーの横顔が刻まれた古代ローマの金貨を見たが、骨ばってごつごつした顔がなんともいえず尊大だったのを覚えている。ジャミソンもまさにそんな感じだった。

「なるほど。あなたがジャックの新妻というわけか」老人は感情を出さない視線でアンを観察した。「ご自分の結婚した相手がどれほどの武器か、ご存じかね?」

その表情には温かみも、人間味も感じられなかった。ここへやってきた理由はおそらくただひとつ、自分の秘密の目的を果たすことだけだろう。それがなんなのか探らなくてはならない、とアンは思った。少なくともそれぐらいは、ジャックの役に立てる。

「もちろん、あなたにはわからんだろうな。だがわしは知っている。あれを作り上げたのはわしだ。自ら育て、磨き、鍛え上げた」

「あれですって?」

ジャミソンの顔に、アンの指摘を認める笑みが浮かんだ。「では、セワードと呼ぼう。そうやって育ててきたセワードを、あなたはわしから盗んだ。簡単には手放さんぞ。一生かけて作り上げた武器なのだから、なおさらだ」

「ジャックは武器ではありません。人間です」アンは休みなくジャミソンの前を行ったり来たりしながら、きっぱりと言った。

「どうぞ、おかけなさい」アンの絶え間ない動きと、自分に対する敬意のなさ、自分の言葉に耳を傾けようとしない態度が気にさわったのだろう。ジャミソンはいらだっていた。

「いいえ、結構ですわ」アンはソファの周囲を回り、ようやく足を止めた。

ジャミソンはため息をついた。「もちろんわしだって、セワードが人間であることぐらい承知している。人間だからこそ、危険な存在になりうるのだ。単なる武器であれば、標的の背後にある影が見えない。だがセワードには影が見える。影の存在を知りつくしている。これまでずっと、影とともに生きてきたのだから」

「あなたがそうなるよう仕向けたからでしょう?」アンは、ジャミソンの人を見下したような傲慢さに屈することを拒み、ふたたび室内を歩きまわりはじめた。

老人の表情に焦燥感が見えた。尊大な態度が揺らいでいる。「お願いだから、あちこち動きまわるのをやめてくれないか。それで、質問の答えだが、そのとおり。わしがそう仕向けた。自分が使える武器を作るためにな。忠実な息子は、父親のために自分を犠牲にする覚悟がなくてはならん。そう思わんか? 実際、セワードはつねに忠実だったよ。座ってもかまわんかね？」

アンはあざけるような手ぶりで長椅子を差し示した。「どうぞ、お座りください。ぜひ」

「ご親切に」ジャミソンは喉から声をしぼり出した。その目はにわかに生気を失って、爬虫類を思わせる。老人は長椅子のクッションにそっと腰かけた。「しかしあなたも、なかなか才能のある女性のようだ。どうだ、夫を救うのと引き換えに、自分の魂を売るつもりはあるかな？　セワードの魂のほうは、あいにくすでに売り渡されているがね」

「どういう意味ですか？」

「まあ、それはどうでもいい」ジャミソンの肩が、片方だけわずかに上がった。アンの問いかけにもう飽き飽きしているらしい。

「説明していただけますか、ジャミソン卿。ジャックはどうやって魂を売り渡したのですか？」救貧院での重大な選択については、すでに聞いていた。その経験でジャックは、致命的ともいえる心の傷を受けた。どんな経緯をたどったかはともかく、傷口はもう癒えている。ただ、残った傷あとは心の一番奥にまで達していて、痛みは消えない。アンは、この物語にはジャックが語った以上の何かがあるとにらんでいた。たぶん、ジャック自身が知っている以上の、何かが。

ジャミソンは膝の上に置いた手の指を組んだ。「あなたも、座らないか」

それは命令だった。相手を従わせるための、最初の授業というわけね。でもわたしには、誇りよりもっと大切な問題がある。アンは椅子に座った。

ジャミソンはきわめて満足げな笑みを見せた。「さて、考えてみよう。セワードのような男が、なぜわしのような男に忠実なのか？　どんなに傷つけられても、苦痛を与えられても、喜んで耐えることができるとは、いったい何が起きたのかと、不思議に思わなかったかね？」

アンはぞっとしてジャミソンを見つめた。「あなたは、怪物だわ」

「いやいや、違うよ」老人は心から驚いたように言った。「天才と言ってほしいね。人間の心理を知る天才だ。いいかね、我々は皆、苦痛を求めるようにできている。生まれて産声をあげたその瞬間から、苦痛を追求しはじめるんだ。あなただってそうだろう。ここ何カ月も、死と隣り合わせで、その恐怖を追い求めて生きてきたんじゃないのかね？」

アンはどきりとした。痛いところを突かれ、たじろいでいた。ジャミソンの冷酷でうつろな目が、部屋の暖かさを奪い、アンの魂の秘密を暴き出したかのようだ。

「そら、図星だろう」ジャミソンは一瞬考えこんでから、肩をすくめた。「マシュー・ワイルダーという人物は、ある種の天才だったんだろうな。彼があなたにした仕打ちの結果がこれだ。見てみなさい」

反応するものか、とアンは思った。こんな男を喜ばせてやるものか。

「そういえば、わしの才能のことを話していたんだったな。わしはこれまでの生涯をかけて、人の心や精神について学んできた。相手の弱い部分のどこを突けば傷になるか、どんな苦痛を――」ジャミソンは間をおき、言葉を探すように両手を上げた。「与えればいいか、どうしたら相手が自分自身を傷つけるよう仕向けられるかを、研究してきたのさ。これは人間の科学と言ってもいい。わしはその科学の創始者なんだ」

「ジャックに何をしたんです?」アンは椅子の肘掛けをつかみ、身を乗り出して語気荒く訊いた。

「自分の夫を見くびっちゃいかんな。セワードはわしやほかの者に傷つけられるよりずっと深く、自分を傷つけた。あれ以上にやつを傷つけられる人間は、たぶんあなた以外にいないだろう」ジャミソンはまた思索にふける目になった。

「詳しく話してください」

「喜んで」老人は頭を軽く下げてから話しはじめた。「実は……わしにはちょっとした欠陥があってね」そんなふうにわざと秘密めいた雰囲気で語ることが、いかにいやらしく聞こえるか、承知のうえでの笑みだ。「三〇歳のとき、病気で子どもを作れない体になった。同じ病気で跡継ぎと、それの母親も死んだ」

わが子を〝それ〟と呼ぶなんて。アンはあらためてぞっとした。

アンが抱いた嫌悪感に気づいていたとしても、ジャミソンはそれを表情に出さなかった。

「それより数年前のことだが、雇っていた小間使いが妊娠して、父親はわしだと主張した。確かに、小間使いの処女を奪ったのはわしだったから、彼女の訴えは信じるだけの理由があった」

「その子どもがジャックなのね」

「先走りしすぎだ」ジャミソンはたしなめた。「わしはエジンバラの消印が押された手紙を受け取った。小間使いからの知らせで、男の子を産んで、わしの名にちなんでヘンリーと名づけたが、自分は病にかかって、治る見込みは薄いと書かれてあった」

ジャミソンはステッキを取り上げ、彫刻をほどこした銀製の柄を骨ばった長い指でなぞった。「小間使いはたぶん、息子をヘンリーと名づければ、わしが子どもを引き取りに来るとでも思ったんだろう。だが、彼女のもくろみははずれた。この話はそれでおしまいとなり、忘れ去られた」

アンは目を閉じた。この人を形容するには〝怪物〟という言葉でもまだ足りない。

「しかし」ジャミソンは愉快そうに指を振った。「わしが子どもを作る能力を失い、跡継ぎを亡くしたとき、状況は一変した。小間使いが子どもを産んだエジンバラの救貧院の名前を憶えていたわしは、そこを訪れた。施設の運営担当者は自分の名前さえ思い出せない間抜けで、ましてやたくさんいる入所者の名前などわかりようがなかった。だがわしは、あきらめなかった。息子を探しにきたのだから、ちゃんと連れ帰るつもりでいた。そこで年齢を指定して、その年格好の男の子を集めてもらって一列に並ばせた。確か、一二人ほどいたと思う。わしはすぐにセワードの存在に気づいた。身のこなしには粗暴さが感じられ、目には反感が宿り、全身に自暴自棄で陰惨きわまりない雰囲気をまとっていた。

そのとき初めて、ジャミソンの声に本物の感情の片鱗がのぞいた。話に心を奪われたアンの目は一点を見つめ、膝の上のこぶしにはさらに力が入った。

「少年たちは皆、セワードに一目おいていた」ジャミソンの口調には誇りのようなものが感じられた。「最年長でもなく、体格も特に大きくないのに、皆がセワードに従っていた。やせ細って汚らしく、鼻の骨も折れていたが、それでもどこか格好がよかった」

アンの喉に苦いものがこみ上げた。

「わしは少年たちに問いかけた。『この中に、ヘンリーはいるか？』もちろん、誰も答えなかった。ヘンリーと名乗った子に何が起こるか想像して恐れていたんだな。外国に売り飛ばされるか、それとも、売春宿に叩き売られるか。おや、少年や男娼をおいている売春宿があるのを知らんのか？ このごろの若い者は、温室育ちだな」

アンはすすり泣きをこらえていた。泣いたら、この老人を悦に入らせるだけだ。

「そこで、わたしはこう言った。『ヘンリーという名の子を引き取って、息子として育てるつもりだ。毎日の食事を与え、羽根ぶとんで寝させ、読み書きを習わせて、わしが死んだときには全財産を譲ろう』と。すぐに、病弱そうな猫背のちびが、『ぼく、ヘンリー！』と声をあげた」ジャミソンの顔が嫌悪感でゆがんだ。「沈黙が訪れた。ちびの主張をほかの子が否定するまでの一分間で、ちびが本当にヘンリーという名なのだと、わしにはわかった」

衝撃だった。アンはジャミソンをにらみつけた。この老人の残酷さで、精神がすでに麻痺していた。「そして、どうなったんです？」

「次の瞬間、自分こそヘンリーだと、皆が叫びはじめた……セワードをのぞいて。やつの表情は、今でも忘れられんよ。飢え死にしかけていて、救貧院で権力を握る不良には気に入られていなかった。あの施設ではそう長くは生きていられないだろうとわしはふんでいたし、それは本人もわかっていただろう。その点、ヘンリーと名乗ったちびたちも同様だった。だが、わしはヘンリーなんか欲しくなかった。欲しかったのはセワードだ」

欲しいって、まさか。アンの頭の中で醜い想像が生まれ、不快感をもたらした。ジャミソンにもそれが伝わり、面白がらせる結果となった。

「いやいや。わしには同性愛の趣味はない。まあ、もう少し聞きなさい」

「もう、聞きたくありません」

「愛する夫についての話だぞ。どんなに鈍いやつでも、あなたがセワードを深く愛していることぐらい一目瞭然だがね」

アンはジャミソンをまじまじと見た。わたし自身、もしかしたらと疑いはじめたばかりなのに、どうしてそれがこの老人にわかるの？

アンのようすをじっと見ていたジャミソンが、くっくっと笑い出した。「自分で気づかなかったのか？　まったくもって面白い！　大したものだよ、マダム。このわしを笑わせるとはね。さて、どこまで話したかな？　そうだ」

そのとおりよ。わたしはジャックを愛している。アンの中で激情が渦巻いていた。ジャミソンの邪悪な嘲笑を、心底憎み、否定していた。**そうよ。それがわたしの心のまこと。**ジャックを愛している。あの人の命を、魂を救うためなら、どんなことでもする。

「わしはちびのヘンリーに平手打ちを食らわせて追い払い、セワードを指さして言った。『おまえにはジャミソン家の面影があるな。名前はなんという？』と。するとやつは『ジャック・セワードです』と答えた。しかしそう答えるのにかなりの努力を要したことは、顔を見ればわかった。やつは部屋の中を見まわしていた。隅に置かれた糞であふれたバケツや低い寝台に敷かれたわらの束に目をやり、同室の仲間の動物じみた熱気を感じていた」

なんて、むごい。アンはごくりとつばを飲んだ。**ああ、神さま。**

ステッキの銀の柄を軽く握り直すと、ジャミソンは続けた。「そこでわしは言った、『いいか、ぼうず。もう一度考えてみろ。赤ん坊のころ、誰かがおまえのことをヘンリーと呼んでいただろう？』と。それでもセワードは答えなかった。ほかの子たちは皆、黙りこくった。あんな年ごろの子でも、自分たちが創造の過程を目撃しているんだと意識して、敬意を払ったんだな」

「創造ですって？」アンの乾いた唇のあいだからつぶやきがもれた。

「セワードの創造だ」ジャミソンは優しく教えこむような口調で答えた。「その創造の過程が、それからのセワードの、すべての行動の起点となった」老人は今一度、目を細めて記憶を呼びさましている。「セワードの魂の運命がかかった瞬間だった。やつは自分の立場を見きわめ、わしの立場を見きわめた。もしここで『はい』と言えば、ちびのヘンリーに死を宣告することになる。『いいえ』と言えば、自分の死がほぼ確実になる。あとひと言。短いひと言で、やつの魂が地獄に堕ちるかどうかが決まる。わしは訊いた。『で、おまえの名前は？』『ジャック・セワードです』やつは声をつまらせながらそう答えた。あとひと押し、いよいよ追いつめた、とわしは思った。あとこれだけだ、と」ジャミソンは親指と人さし指をかかげ、ほんのわずかな隙間を作ってみせた。

「『では、ジャック・セワード。もし、おまえの言うことが間違っていて、実はヘンリーが本当の名前だとわしが言ったら、どうする？　どう答えればいいか、わかるか？』セワードは、『はい』とつぶやいた。『わしがおまえをヘンリーと呼んだら、それは間違っていると思うか？』」

ジャミソンは椅子から身を乗り出し、ステッキの柄を握りしめていた。

「答えはこうだった。『ぼくの名前はジャックです』。セワードは強風吹きすさぶ中の柳の若木のように立っていた。わしはやつのあごを手ではさんで上向かせ、無理やりわしの目をのぞきこませて、『だが、もしわしがヘンリーと呼んだら、おまえは返事をするか？』と訊いた。セワードの目から涙があふれ出た。怒りの涙だった。それでもわしは、あごを離してやらなかった。ついにやつは、『はい、返事します』と答えた」

ジャミソンは急に、元どおり椅子に深くもたれかかると、ステッキの柄をふたたび手の中で弾ませはじめた。「当時、七つだったか、八つだったか？　あの年ごろの少年にとっては、かなり重い決断だったな。そう思わんか？　ああ、耐えられなかったんだな。ほれ、わしのハンカチを使いなさい」

アンは差し出されたハンカチを払いのけ、怒りと悲しみで震える手で、頬に流れる涙をぬぐった。

「わしらが二人してあのむさくるしい部屋を出たとき」ジャミソンは穏やかな声で続けた。

「セワードは振り返らなかった。ちびのヘンリーのほうを見もしなかった。見る必要がなかったんだ。やつはあそこを出ていったとき、ちびのヘンリーも一緒に連れていったのだから。そうしてセワードは、あの裏切り、あの決断の重みに二五年間耐えつづけ、いまだに耐えているわけだ」

「悪魔。メフィストフェレスだわ、あなたは」

「ああ、そうだな」ジャミソンは喜んでいた。「メフィストフェレスか。わしもそう考えていたんだよ。わが義理の娘が、そんなに博識とは、嬉しいかぎりだな」

「邪悪なやつ」

「邪悪だって？　でも、考えてみてくれ。わしはただ、セワードに罪の償いの機会を与えてやっただけだ。やつが犯したもうひとつの罪のね。知っていたかな、セワードがかつて、わしの命令ひと言だけで、人を殺したことを？　それこそ、支配力じゃないかね？」

「ジャックを解放してあげて」

「解放だと？　わしはセワードという人間を作り上げるのに、ほぼ四半世紀を費やしたんだぞ。黒髪の小柄なご婦人の心からの嘆願ぐらいでは、せっかく創造した作品を手放すわけにはいかんね」

「ジャックはあなたの思っているような人じゃないわ」アンは自分の声に懇願するような響きがあるのに気づいた。ジャミソンに弱みを見せてしまった自分が憎かった。この老人は人の弱みなら、どんなものにでもつけこみかねない。

ジャミソンの貴族的な風貌に一瞬、狡猾そうな表情がよぎった。「一理あるな。あなたと結婚したせいで、やつはもろくなってしまったんだろう。弱さのある武器は、持つ者を傷つける場合がある。だとすると、そろそろやつを解放してやってもいいかもしれんな。ただし、かつてのセワードと同じぐらい強力で役に立つ、新しい武器を手に入れるという条件で」

ああ、今わかったわ。アンは顔を上げ、ジャミソンと目を合わせた。結婚してよかった、と初めて感じていた。ジャミソンの中にアンが見たのは、魂までむさぼろうとする激しい飢えだった。どこかで見たことがある――そうだ、マシューの目にもこんな飢えがあった。

わたしは悪魔がどんなものか知っている。暗闇の中でも平気でいられる。もしそうでなければ、この老人の悪辣さ、邪悪さに立ち向かわずに、逃げてしまっていただろう。ここに残ってジャックのために闘う勇気を持てなかっただろう。わたしは、全身全霊でジャックを愛している。その愛がどんな結末を招くとしても。

「何が欲しいの?」

「おや」ジャミソンは小さく舌打ちをすると、「セワードは礼儀作法にうるさい人間なのに、妻のお行儀がこれではね……」と言い、困ったものだ、というように首を振った。

「何が欲しいの?」アンはもう一度訊いた。

「例の手紙だ」愉快そうな口調はもう消えていた。

希望が、打ち砕かれた。アンは手を伸ばし、悲痛な面持ちで訴えた。「持っていないのよ!神に誓って言うわ、わたしはあの手紙を持っていません! 一度だって――」

「わかっているさ」

アンは凍りついた。

「義理の娘だというのに、不快な思いをさせて、申し訳なかったね」

わたしを襲わせて殺そうとしたくせに、〝不快な思い〟とは。

「つい最近になってようやく、あなたが手紙を持っていないと判明したものでね。だが今、誰の手元にあるかはわかっている。その手紙が欲しい。前にも言ったが、あなたには独自の才能がある。手紙を盗んできてくれ。そうしたら、セワードを自由の身にしてやろう」

アンの中で希望の光がじわじわと広がった。でも、考える時間が欲しい。ジャミソンから離れて、じっくり考えなければ。老人の表情、熱心さ、激しさには、アンを不安にさせる何かがあった。信用できない。でも……。

別の人物が手紙を盗んだとわかった今、ジャミソンにはわたしを殺す理由がなくなった。もし手紙を取り戻せたら、ジャックは自由の身になれる――アンは立ち上がった。

「座りなさい」ジャミソンは命じた。

信用してはいけない。だがジャミソンは、わざわざここまで出向いて話をし、手紙の奪還を手伝ってほしいと持ちかけてきたのだ。その一方で、何をたくらんでどんな行動をしているか、わかったものではない。どうする？　アンの頭はまともに働かなくなっていた。

「手紙はいつなんどき、どこかへ動かされるかわからない」ジャミソンは冷静に言った。

「だから、できるだけ早く支度を整えて、急いで手紙を取り戻しに行ってもらいたい。もちろん、わしの申し出を受けることになればの話だが」

「今、手紙は誰が持っているの？」

ジャミソンは眉を片方だけ上げた。「ヴェッダー卿。あの生意気な若造だよ。やつは例の手紙を売るかもしれん。そうとうな大金が手に入るだろうからな。誰かに売り渡す前に手紙を取り戻さなくては」

「ヴェッダー卿はどこに手紙をしまっているのかしら？」

「わしが知るわけがなかろう？」ジャミソンは手を振って「それをつきとめるのはあなたの仕事だ。手紙は書斎の中に隠してあるだろうがね」

「でも、いったいどこに？　ほかの手紙との区別はどうやってつけるの？」アンはそう言って立ち上がり、手をせわしなく動かしながらジャミソンの前を行ったり来たりしはじめた。

「手紙の形状を知らなければ、見つけられない。書簡という書簡をすべて開封して、中身を読んでいる暇はないもの」アンは意気消沈して言った。

ジャミソンの表情に憤りが走った。「ばか者め！　国王陛下が書かれた手紙だぞ。国王の封蠟がちゃんとついている」

「それは確かなの？」アンは心配そうに訊いた。

「もちろん、確かだとも！」ジャミソンはきっぱりと言った。「一枚の羊皮紙を折りたたんだ手紙で、赤い封蠟がしてある。ほかの手紙との区別は簡単につくだろう」老人は立ち上がり、手にしたステッキをアンのほうに向けた。「さあ、この取引に応じるか？　手紙を取り戻してくれるか？」

そんな問いかけは不要だった。ジャックに対するアンの思いの深さを考えれば、当然わかるはずだ。ジャミソンの支配からジャックを救える見込みがほんの少しでもあれば、どんな取引でもいとわないということが。

こうして、アンは悪魔との取引に応じた。

30

ジャミソンは御者に手伝わせて馬車に乗りこみ、膝に毛布をかけた。窓からセワードのタウンハウスのある通りを見わたす。セワードの介抱に忙しい使用人たちの目をかすめて建物から出られたのは間違いない。

馬車の天井を叩いて御者に行先を告げ、座席にもたれかかると、一頭立ての馬車は動き出した。トリブルの娘は今ごろもう、黒い覆面をつけているだろうか。見るからに、早く出ていきたくてたまらないようだった。ジャミソンはかすかに笑った。いずれにしても、間もなく出発するはずだ。

自分の主張をはっきりと伝えるために、大げさな芝居もした。だがそれとは関係なく、ジャミソンは今日の首尾について特に大きな満足感を覚えてはいなかった。またいつものように、成功をおさめたにすぎない。

今回は、冷酷無比の大悪人の役を徹底的に演じてやった。説得力に富んだ策略が皆そうであるように、ジャミソンの演技は、嘘より真実のほうを多く含んでいた。セワードを見つけた状況は、先ほどの説明とほぼ同じだった。また、セワードと自分のあいだで交わされた最初の会話については、ほとんど事実どおりに語った。脚色したのは、セワードの忠誠心の深さと、自分が命じたひと言でセワードが人を殺したという逸話だけだ。セワードが我がものであり、意のままに操れると、本気で思えたらどんなにいいか。

ジャミソンは顔をしかめ、窓の外をのぞいた。どんよりと曇った空から、粒の粗い雪がちらほらと降りはじめていた。

セワードの忠誠を取り戻したかった。そのためならなんでもするつもりでいた。その第一歩が、あの女を始末することだ。アンが死んだことがわかれば、セワードはまずわしを疑うだろう。そこで課題は、殺人の疑惑を推測の域を出ないものにしておくことだ。それができれば、自分はアンの死に関わりがないと、最終的にセワードを納得させられるだろう。殺しの手はずをつけるにあたって、関与を少しでも匂わせてはならない。手がかりをいくらたどっていっても自分に行きつかないように仕組む必要がある。

綿密な計画を立ててのぞまなければ、大切な財産であるセワードが、手ごわい敵に変貌してしまう。わしの不安は、そこにあるのだろうか？　ジャミソンは自問自答した。

この計画は、大失敗に終わったヴェッダーのあの企てとはわけが違う。救いがたい酔っぱらいのフロストをけしかけて、セワードのタウンハウスに突入させるという、お粗末な作戦だった。フロストの大ばか者はアンを始末するどころか、すんでのところでセワードをあの世に送ってしまうところだったじゃないか。怒りと自己嫌悪でジャミソンのあごが震えた。そもそもヴェッダーごときを信用して計画を立てさせたのが間違いだった。自分はいつのまにこんなに怠け者になったのか。

今回の作戦は、もっと巧妙にお膳立てがしてある。ヴェッダーは今ごろ、自宅の書斎で待っているはずだ。間もなくあの邪魔者のアンが侵入し、ヴェッダーに殺される。セワードはおそらく、アンが盗みの衝動に負けてヴェッダー邸に押し入った、という推理に行きつくだろう。なんといっても、常軌を逸した行動をくり返してきたのだから。

〝レックスホールの生霊〟の侵入に気づいたヴェッダーは、どうする？　そう、犯人を射殺するしかない。そうなればアンが隠したとされる手紙の謎は、未解決のままだ。ただし、のちになってジャミソンが事件を〝解決〟しようと決めれば、話は別だ。手紙はいつか、どこかから出てくるだろうが、その経緯はいかようにも説明できる。

自宅に侵入した窃盗犯を撃ったら、それがジャック・セワードの新妻だったことがわかり、ヴェッダーは自殺する。少なくとも外見上は、そうなる。自ら命を絶つのは卑怯だとして非難しがちな社交界の人々も、危険な男として知られるセワードの評判を考えれば、皆、納得するだろう。

もちろんヴェッダーは、計画のこの部分については知らない。知っているのは、計画に協力すれば自分の借金がすべて返済され、アン・ワイルダーを――いや、アン・セワードを首尾よく始末したあかつきには、それと同額の金をもらう約束になっていることだけだ。

そう、問題ない。ジャミソンは目を閉じ、馬車の揺れに身をまかせるうちに眠りに落ちそうになりながら考えた。自分とヴェッダーとの結びつきを知る者は、この世でただ二人――

アンと、ヴェッダー自身だけだ。しかも二人とも、間もなく死ぬ運命にあるのだから。

痛むこめかみがどくどくと脈打っていた。口の中が粘つき、ひどく乾いている。ジャックは目を細めたが、ランプに焦点を合わせようと思うとめまいがした。まだ書斎の中にいるらしい。ソファの上に横たわっている。いったい何時間ぐらいこうして——。

「アン！」いきなり体を起こした。「アン！」その叫びはうめき声に変わり、ジャックは頭を抱え、体をふたつに折って苦しんだ。部屋の上下がさかさまになり、吐き気に襲われて、目をぎゅっとつぶって耐える。息をあえがせながら一〇まで数え、よろめきながらやっとのことで立ち上がった。部屋がぐるぐる回っている。くそ。

「アン！」ジャックは怒鳴った。脚ががくがくして、まっすぐ立っているのさえひと苦労だ。ふらつき、何度もつまずきそうになりながら、むかむかする胃を抱えて戸口へ向かった。

「アン！」

廊下の向こうから急いで駆けてくる足音がする。かすむ目で見ていると、扉が勢いよく開いてグリフィンが飛びこんできた。「大佐！　いったい何を考えて——」

ぐらりと体が傾き、いきなり床が目の前に迫ってきたかと思うと、グリフィンがわきの下を抱えて支えてくれた。「横になっていてください」

「いや。アンはどこへ行った？　けがはないのか？　やつは——」

「落ち着いてください。マダムは大丈夫です」グリフィンはジャックの体をソファに横たえた。「問題ありません、ぴんぴんしてますよ。たぶん上の階で、また煙突を登る練習でもしているんでしょう」

ああ、よかった。全身に広がる安堵感のおかげで、ジャックはグリフィンの皮肉な口調にも腹が立たない。

「フロストがアンを撃とうとしたんだ。これからは絶対に、やつに襲撃の機会を与えないようにしなくては」

「結構ですよ」グリフィンは茶色の瓶を取り上げると、中の透明な液体をいくらか量ってグラスに入れた。「だが、今はだめです。銃弾が頭皮を削って、畑のうねみたいになってしまいましたからね」グラスに水を足し、ジャックに渡す。「飲んでください」

「これはなんだ？」

「アヘンチンキです」

ジャックはグラスをグリフィンに返した。「道理で体に力が入らないわけだ。その毒薬、どのぐらい飲ませてくれたんだ？」

「大佐を静かにさせて、眠らせておくのに十分な量ですよ」

「どのぐらいの時間だ？」

グリフィンは肩をすくめた。「撃たれたのが今朝で、もうすぐ午後八時になろうというところです」

そのとき、ためらいがちに扉を叩く音がして、小間使いのスポーリングが顔をのぞかせた。

「旦那さまにお目にかかりたいという男性のお客さまがいらしてます。ストランド卿という方で」

「お通しして――」ジャックが指示の言葉を言い終わらないうちに、ストランドが小間使いを押しのけて入ってきた。心配でいてもたってもいられないといった表情だ。

ストランドは一瞬、ジャックを見つめたあと、帽子を脱ぎ、深い安堵のため息をついた。

「やつの言葉を信じていたわけじゃないんだ。しこたま飲んで頭がどうかなったようだから、どうせたわごとだろうと」

「フロストのことだろう」ジャックが言った。

ひどい姿だった。シャツの襟と肩のあたりは血のしみで真っ赤だ。頭には麻の包帯が巻かれ、その上から金髪がつんつんはみ出ている。

「そうだ」ストランドはそう答え、友のようすを観察した。奇妙な話だが、ジャックが死んだと聞いて初めて、長年わかっていたことをあらためて認識させられたのだった。やはりジャックは、大切な友人だった。

「三〇分ぐらい前だったかな。フロストがよろめきながら〈ワティエ〉へ入ってきた。ぐでんぐでんに酔っぱらっていた」ストランドは説明した。「やつは、ジャック・セワードを撃ち殺してやったと大声で呼ばわっていたんだぞ」

「自分の銃の腕前に関する著しい誇大妄想だな」ジャックはつぶやいた。

ストランドは笑顔になった。「グリフィン、セワード夫人に、お手すきのときにこちらへいらしてくださいと伝えてくれ」

グリフィンはゆっくりと時間をかけて道具を盆にのせ、部屋を出ていった。ジャックは起き上がり、よろめきながら暖炉の前まで行って、グラスに入った液体を熱い石炭の上にぶちまけた。

「なぜ来たんだ、ストランド？」ジャックはぱちぱちとはぜる火から目を上げずに訊いた。

「とりあえず、ようすを見ようと――」

「誰のようすだ？　わたしが死んでいたら、未亡人を慰めようと思ったのか？」

ストランドは顔を赤らめた。もちろん、感づかれていただろう。自分自身も恋に落ちていたジャックにとって、恋する男の表情を読むのは簡単だったにちがいない。しかもその思慕の情が自分の妻に向けられていたのだから、なおさらだ。しかし自分は、アンのために駆けつけたわけではない。気持ちをあからさまに疑われて、少し胸が痛んだ。

「違うよ」ストランドは真顔で言った。「きみのことが心配で、無事を確かめたくて来たんだ。それから、ヴェッダー卿がフロストをクラブから連れ出すところを見た。それも伝えておこうと思った。もしかしたらフロストをけしかけてここへ来させたのは、ヴェッダーじゃないだろうか」

「ヴェッダーが？」ジャックは顔をしかめ、火かき棒で暖炉の中をかき回しながら、そこに疑問の答えがあるかのように揺れる炎を見つめた。「なるほど。それならつじつまが合う。ジャミソンと、ヴェッダーが組んでいたわけか」

ジャックは顔を上げ、深刻な表情で考えこんでいたが、ようやく口を開いた。「許してくれ、ストランド。わたしはとんでもないへまをしでかしたようだ。きみについて誤った判断をしていた。さらに悪いことに、自分の品性下劣な物差しできみを推しはかろうとした」

ストランドはほっとして、つとめて明るい口調で言った。「ありがとう。だが、わたしだって、きみを見習わなくても十分、品性下劣なところはあるさ。実を言うと、きみがあの世に行ったかどうか確かめに来たんだよ。というのは、噂によれば、きみのはいている悲惨なブーツの所有権の継承者はわたしに決まったそうじゃないか。だから、きみの遺言執行者に名指しされないうちに、早いところブーツを埋葬してほしいと思ってさ」

ジャックは問題のブーツを見下ろした。「悪いな、ストランド。しばらくのあいだはブーツ継承もおあずけだ。わたしももう少し使いたいんでね」

二人はうちとけた笑みを交わし、ジャックはストランドに座るようすすめ、自分も椅子に座った。

「フロストのことだが」ストランドは真顔になって言った。「やつは確かにきみに腹を立てていた。でも、まさか銃まで持ち出してきて実際に狙うとは。思いもよらなかったよ」

「ああ」ジャックは慎重に言った。「だが、やつの狙いはわたしじゃなかった。アンを撃とうとしていたから、わたしが飛び出していったんだ」

「アンを？」ストランドは信じられないといった表情で叫んだ。「どうして？　彼女にけがはなかったのか？」

「大丈夫だそうだ」ジャックは考えこむような表情になった。「なぜフロストが、アンを？やつをそそのかして襲撃させたのはジャミソンではないかと思うんだが」

「しかし、なぜジャミソンがアンを殺そうとするんだ？」ストランドは混乱していた。

「なぜかというと、アンが〝レックスホールの生霊〟だからだよ」ジャックは冷静な声で言った。「ジャミソンは、例の手紙を読んだ者は一人残らず、消すようにと言っている」

ストランドは椅子の背に力なくもたれかかった。口はぽかんと開けたままだ。

「アン・ワイルダーが、〝レックスホールの生霊〟だって。まさか」愕然としてつぶやいたが、急に目つきが鋭くなった。「それにしても、どうして手紙を読んだ者を殺さなければならないんだ？　ずいぶん極端なやり方じゃないか」

ジャックは手の指を組んだ。視線を遠くに向けて考えをめぐらせている。「わたしもずっとそれを不思議に思っていたんだ。ジャミソンは、国家機密の保全のためだと言っていた。最初はその説明で納得していた。あの人の性格を知っているだろう。被害妄想の権化みたいな男だからな。しかし今は、その理由が信じられなくなってきた」

そのとき、書斎の扉が急に開いた。入ってきたのはグリフィンで、前置きなしに言った。

「マダムがいなくなりました。誰も居所がわからないそうです」

「なんだって？」ジャックは叫び、立ち上がった。驚くほど厳しい声が出た。「いったいどういう意味だ、誰も居所がわからないというのは？　アンの世話と見張りをするのがきみらの仕事じゃないか」

グリフィンはきまり悪そうに顔を赤くし、目をそらした。「わかっています、大佐。二階へ上がっていったところまではわかっています。台所の下働きの少年が言うには、一時間ほど前、自室で男性と話している彼女の声が聞こえたそうですが、たぶん相手はわたしだろうと思っていたので気にもとめなかったと」

「ほかには何か？」ジャックは語気荒く訊いた。

「その少年が、自分の帽子とコートがなくなったと言っています」

ジャックはくるりと振り向いた。「アンを探しに行く。ストランド、手伝ってくれるね？」

「もちろんだ。しかし、どこを探す？」

ジャックはすでに廊下に出て、険しい表情でコートに袖を通していた。「フロストがここへやってきたのは、自分だけの考えではないな。あちこちでヴェッダーと一緒にいるところを目撃されている。それにヴェッダーは、今回の捜査に最初から関わっていた。従順なだけで頭の足りない男だから、ジャミソンとしては利用し放題だ」

「外にわたしの馬車が停めてある」とストランド。

「大佐、けがをしたばかりなのに、いけません」グリフィンがジャックの目の前に立ちはだかった。「どこを探せばいいかもわからないのに」

ジャックの表情は北極海の氷をしのぐほどに冷たかった。「アンを探すのを手伝ってくれるか？」

グリフィンはあごを突き出し、かたくなな態度を見せた。「いやです。あの女は泥棒で、嘘つきで、一緒にいるだけで大佐の命が危ない。屋根から落ちて、首の骨でも折って死んでしまえばいいんだ。あんな女、どうなっても――」

最後の言葉が途切れた。グリフィンはいきなり襟をつかまれ、顔の近くまで引き寄せられた。ジャックの口からはうなり声がもれ、凶暴さを秘めたグレーの目には胸の痛みが表れている。

「どうなってもいいとは、言わせない」食いしばった歯のあいだからジャックは言った。「わたしにとっては大切な女《ひと》なんだ。いいか、グリフィン。アンは生きている。死んでしまえばいいなどと、二度と言うな」まるで闘犬がネズミをくわえて振るように、ジャックはグリフィンの体を大きく揺さぶった。「口のきき方に気をつけろ。アンをおとしめるようなことを言いたいなら、わたしの心臓を切り裂いてからにするんだな」

ジャックはグリフィンを突き放し、暗闇の中へ消えた。

ジャックは建物の角に背中をつけ、ずるずると下に沈んでいった。全身、絶望感でいっぱいだった。もう四時間、アンを探しつづけているが、痕跡ひとつ見つからない。

ストランドとジャックは、全速力で馬車を駆ってヴェッダー卿の屋敷へ行った。執事は最初、主人は誰の面会も受けつけていないと言って二人を追い返そうとした。しかしすごみをきかせた短い会話を交わすと、実はヴェッダーが夜明けとともに逐電したことがわかった。

多少ながら痛い目にあい、震えあがった執事は、主人がほとんど半狂乱状態で出発したこと、自分の出発について何があっても口外するなと強く言っていたことを告白した。

ヴェッダーがアンを追っているわけではないとわかってジャックはほっとしたが、その安堵も長くは続かなかった。二人は手分けして捜索した。上流社会の人々の訪問をストランドにまかせ、ジャックはノース家のタウンハウスへと赴いたが、ノース家の人々は留守だった。その日の夕方、知人の家でのパーティに出かけたのだという。アンとは行動をともにしていないのは明らかだった。

ジャックは自分のタウンハウスへ戻り、周辺の地区をくまなく捜した。行商人、店員、道路の掃除人、夜警などに、少年のような帽子をかぶり、コートをはおった小柄な若者を見なかったかと尋ねて回った。

目撃した者は誰もいなかった。街中の人々の目は地上に向けられ、アンは頭上を跳んでいたのだから、無理もない。

角を曲がるたびに、恐怖の瞬間を経験した。アンは見つかるのか。矢の刺さったハトのように石畳に倒れていないだろうかという不安に襲われた。またひとつ角を曲がるたびに、救われた気持ちになり、なんとかして見つけてやるという新たな決意が固まった。

だが何時間も無為な捜索を続けていくうちに、ジャックの心は恐ろしい確信に苦しめられた。アンはきっと、わたしから逃げてしまったにちがいない。

頭がずきずき痛み、目がかすんできても、ジャックは捜しつづけた。最後には、グリフィンが言ったとおりだと認めざるを得なかった。捜すべき方向のあても、追っていくべき手がかりもないのだ。けっきょく、また自宅へ戻るしかなかった。

玄関前の階段を上りながら、なじみのない敗北感と恐怖に打ちのめされていた。中へ入るとスポーリングが出迎え、コートを預かってくれた。

「ありがとう。グリフィンとストランド卿はどこにいる?」ジャックは訊いた。どうせよい知らせはないと思うと疲れが倍加した。うぬぼれでもなんでもなく、自分は英国でも有数の追跡の専門家であり、もっとも直感に優れた狩人であると知っていた。もし自分が見つけられないのなら、誰にも見つかるまい。

「お二人とも、いったん帰ってきてからまた出かけられました。書斎の暖炉に火をおこしてあります。料理人に言って食事を作らせましょう」スポーリングはそう言うと膝を曲げてお辞儀をし、急いで立ち去った。

ジャックが書斎に入っていくと、暖炉で薪がぱちぱちと陽気にはぜる音がした。まるでわたしの苦悩をあざけっているようだ、と思いつつ、炎を見つめる。光と影が顔の上で交互に揺らめく。

ああ、神よ。どうかアンが無事でありますように。その祈りはジャックの魂の中心から湧き上がってきた。そこではつねに、自分のありのままの気持ちでいられる。**神さま、どうか、お願いです。**

玄関扉が開く音がした。たぶんグリフィンか、ストランドだろう。廊下をひたひたと歩く音が、書斎の入口で止まった。

「ジャック」

びくりとして振り向く。開いた扉の向こうにアンが立っていた。大きく開かれた燃える目で、こちらを見つめている。涙が流れている。「ジャック、大丈夫？」アンがささやくように言った。

「ああ、大丈夫だ」ジャックの声はいつにも増してしゃがれていた。**もう、大丈夫だ。**

アンが胸に飛びこんできた。ジャックはその体をきつく抱きしめた。あまりに安堵の気持ちが強すぎて、大きすぎて、彼女を抱いていなければ倒れてしまいそうだった。

「ああ、神さま」アンの声が震え、ひくつく。その視線はジャックの顔じゅうをむさぼるようにさまよっている。「心配したのよ。もしかしたらあなたが――」頬に、目に、唇に、小さなキスを雨のように浴びせられて、ジャックは目を閉じた。

純粋な喜びに包まれていた。生まれて初めての経験だった。ジャックはアンの体を高くかかげた。もう二度と、離さない。離したくない。

「待って！」急にもがきはじめたアンが、息切れしたように叫んだ。「ちょっと待って、忘れていたわ！」ポケットの中を探り、たたまれた分厚い紙を取り出す。すでに破られた赤い封蠟の断片がまだついている。

「見つけたのよ。見てちょうだい」

31

ジャックは自分の体にそわせるようにして、アンをゆっくりと床に下ろした。だが腕で抱きかかえたまま、離さない。アンの手に握られた紙に目をやり、顔を見合わせる。

「これが、例の手紙か?」

アンは勢いこんでうなずいた。

「どこで見つけたんだ?」

「ジャミソンの家で。書斎の中にあったわ」

ジャックはにわかには信じがたいといった表情をした。

「ジャミソンがここへ来たの。あなたが撃たれて意識を失っていたあいだに……」倒れて動かないジャックの姿を思い出したアンは胸がつまり、しばらく言葉が出ない。「もう、助からないんじゃないかと思ったのよ」

そのときの苦悩がアンの目に表れたのだろう。ジャックはそれに応えるように、指の背でアンの頬を優しくなでた。

「すまなかった」ジャックは自分もつらいのに、謝ってばかりだ。「ジャミソンがどうしたか、教えてくれ」
アンは話し出した。ジャミソンがこのタウンハウスを訪ねたとき、ジャックの過去につい
て何を語ったか。どんな知らせを持ってきたか。
話を聞きながら、ジャックはアンの顔をじっと見ていた。その強い視線は心臓にまで届き
そうだ。いいえ、もうとっくに届いている。
「ジャミソンは、手紙はヴェッダーの手元にあるから盗んでこいと言って、取引を持ちかけ
たわ。けっきょくわたしは取引に応じた。ジャミソンが帰ったあと、台所の下働きの子の服
と帽子を失敬して、配水管をつたって屋根に登ったの」
ジャックは興味しんしんで聞いている。「それで……？」
「ヴェッダーの住所はわかっていたから、さっそく屋敷へ向かったわ。でも、途中で、何か
が気になってしかたがなくて」
アンの眉にかかったほつれ毛を、ジャックは払いのけ、耳の後ろにかけてやった。「それ
で？」と言って先をうながす。
「ヴェッダーの屋敷の屋根に行って、何が気になっていたのか、ようやくわかったわ。手紙
を盗んできてくれとジャミソンに頼まれたとき、難しいなと思ったの。書斎にはきっと何通
もの手紙があるだろうから、どれが問題の手紙か区別がつかないと言って抵抗したわ。ジャ
ミソンはいらいらしだして、その形状を説明したの。折りたたまれた羊皮紙で、国王の封蠟
がついたものだって。でも、あなたは以前、手紙を見た者はアトウッド卿以外には誰もいな

いって、言っていたわよね。それを思い出したの」

「なんて賢い、小さな泥棒だろう」

「それで気づいたの。ジャミソンは実物を見たことがあるって。だとしたら、絶対に手元に置いておくはずだ、と。そして」アンの声がやや低くなった。「ジャミソンは、ヴェッダーの家から盗んでこいとわたしに指示した。だから、自分の家から盗まれるとは予想もしていないだろうと考えたの。それで家に忍びこんで、取ってきたというわけ」

ジャックは称賛の気持ちをこめて微笑んだ。「昔、わたしがヴェルサイユで活動していたとき、あなたがいればどんなに助かっただろうね」やれやれというように頭を振ったかと思うと急に笑みが消え、深刻な表情になった。

「なあに？　どうかしたの？」

ジャックはアンを見下ろした。「あなたは殺されるかもしれなかったんだぞ。というより、ジャミソンの計画によると殺されるはずだった。殺しを命じられたのはたぶん、ヴェッダーだな。やつは間抜けではあるが、人殺しではない。ジャミソンにとっては驚きの結果になるだろうね」ジャックは苦いユーモアを交えて言った。「人がどうして同胞を殺すのをためらうのか、ジャミソンにはわからないんだよ」

「でも、わたしが手紙を持ってもいないし、一度も入手していないことを知りながら、なぜジャミソンはわたしを始末しようとしたのかしら？」アンは混乱して訊いた。

ジャックはアンの肩に手をおいた。「なぜって、頭がおかしいからさ」そう言ってから、急に真顔になった。「ジャミソンはおそらく、自分の手元に手紙があることを知られないようにするためにアトウッドを殺したんだろうな。アトウッドの宝石箱の中に手紙がなかった事実を知っているのは、宝石箱を盗んだあなただけ。つまり、ジャミソンの嘘を見破れるのもあなただけということになる。ジャミソンは、手紙はもう取り返せないと関係者に思わせたかったはずだ。だからこそ、〝レックスホールの生霊〟を殺すようわたしに圧力をかけた。あなたが逮捕され、尋問されてよけいなことをしゃべり出すとまずいから、始末するのが一番とふんだんだろう」

アンはジャックの目をじっと見上げた。最初のころこの目を見たとき、もしかしたら殺されるかもしれないとふと思った。それでもなぜか、恐れは感じなかった。

ジャックはアンのあごを指で優しく持ち上げた。「でも、アン。ジャミソンに圧力をかけられても、わたしはあなたを殺すつもりはなかった。殺そうと思ったことは一度もないよ。ジャミソンがなんと言おうと、わたしは暗殺者じゃない」その目はしだいに深みと輝きを増し、表情はますます張りつめていく。

「ジャミソンはどんな取引を持ちかけてきたんだい？」

アンは目をそらそうとしたが、あごをつかまれていて動かない。「アン？」

「ジャミソンは約束したのよ。もしわたしがヴェッダーの家にある手紙を盗んできたら、あなたを解放してやるって」アンはふしょうぶしょう言った。

「その言葉を信じたのか？」ジャックは驚きで眉をつり上げた。「まあ、あなたはジャミソンという人間をよく知らないからな。あの人がそんなにやすやすと、わたしを手放すはずがない」

「でも、手放すべきよ」

アンの心のどこかにおびえがあった。二人のあいだに世にもまれな、瞠目すべき、宝物のような何かが生まれつつあって、あと少しでつかめそうな気がしていた。それをジャミソンに壊されてなるものかと思った。

「いいや」ジャックは首を振った。「誰もわたしを手放したり、確保しておいたりする必要はない。わたしはジャミソンに所有されているわけではないし、彼の創造物でもないんだよ、アン。過去に受けた恩は、とっくの昔に返したさ。ただ、こちらはそう認識しているのに、向こうにはそれがわからないだけだ。わたしはジャミソンから離れようと思えば、いつでも離れられる」

「本当に？」アンはささやいた。その言葉を、ただひたすらに信じたかった。

「ああ」ジャックは厳粛な面持ちで言った。「ジャミソンの妄想のせいで危険な目にあわせてしまって、本当にすまなかった。でも、嬉しかったのは、あなたが――」そこで言葉が途切れた。ジャックはアンの顔からゆっくりと手を離し、脇に垂らした。

アンが、わたしを大切に思っていてくれた。自らの命を犠牲にしてまで、わたしを救おうとしてくれた。ジャックは以前、輝くよろいの騎士となってアンを救いたいと思っていた。その役割をアンが肩代わりして、ジャミソンの姿かたちをした怪物と闘うことになるとは、予想だにしなかった。

世界がにわかに、なじみのない、どこか異質な、これまでよりはるかにもろく壊れやすく、はるかに貴いものに思えてきた。今ほど生きる意欲が湧いてきたことはない。なぜなら、天の許すかぎり、一瞬でも、一秒でも、アンとともに生きていく時間が欲しいからだ。

ジャックはアンの顔をのぞきこんだ。戸惑っている。いとしかった。アンがどれだけのものを与えてくれたか、認めてくれたか。それは本人にもわからないだろう。

アンを抱きしめたくてたまらなかった。だが、おびえさせてはいけない。慎重に、忍耐強く始めなければ。

「この手紙のために、ずいぶん振り回されたな」これで気をまぎらわせることができればと願いながらジャックは言った。「だから、中身を読む権利ぐらいあると思わないか?」

「そうね」アンはジャックが机代わりに使っているテーブルのほうへ移動した。「暗くてよく見えないわ」

ジャックは食器棚の上のランプを取ってくると、高くかかげてテーブルの上を光の輪で照らした。アンは折りたたまれた手紙を慎重に開いた。象牙色をした、贅沢な羊皮紙の便箋だった。

挨拶の言葉と、数行の本文が、優雅でしっかりした筆跡で書きこまれてあった。おそらくアトウッド卿が、国王の代筆をつとめたのだろう。だが便箋の一番下に書きそえられた細い走り書きの頭文字は、たった一文字ではあるが、間違いなく老国王その人の手になるものだった。

二人は数行の手紙を一緒に読んだ。アンが先に顔を上げた。

「これが、アトウッド卿が命を落とすきっかけになった手紙？　ジャミソンが、機密保持のためにわたしを殺そうとした内容？」

アンは驚き、混乱した声で言った。諜報機関や政治的陰謀、皮肉やあてこすりの持つ影響力について知らないのだから無理もないかもしれない。

「どうしましょう、この手紙？」

「宛先にちゃんと配達しよう」


ジャックが配達や伝言に必要な手配をすませたときには、真夜中近くになっていた。アンはソファに丸くなって眠っている。深く規則正しい呼吸の音を聞いていると、夜の孤独な時間も一人とは感じられない。

一二時少し過ぎに、グリフィンが一度だけ、水さしとタオルを持ってやってきた。部屋の中をそっとのぞいただけで無言で立ち去ったが、おそらく自分の見当違いの忠誠心のせいで、ジャックにとって人生で一番大切なものをもう少しで失わせるところだったと、反省しているのだろう。

疲れきったジャックは首の後ろを揉みほぐすと、椅子から立ち上がった。目の奥が痛み、口の中は綿をつめたように乾き、体が汗臭くなっていた。

シャツを脱いで椅子の背もたれに放り投げ、洗面器に冷たい水を満たして両手を中につけた。音を立てないようにして顔と上半身に水をかける。乾いてこびりついた血や汚れを洗い流してから、タオルで水分を拭き取った。暗くて寒い部屋の中、鳥肌が立った。

ぎくしゃくした足運びで窓際へ歩いていき、重いカーテンを開けた。狭い部屋にガラス窓越しの陽光がいちどきに射し込み、影を押し流し、物体を温かみのある黄金色に染めるさまは、まさに光の饗宴だ。空中に浮かんだ細かな埃が、陽射しの中できらきら輝きながら乱舞している。

ジャックは顔を上げ、柔らかな光を浴びて、冷えた肌が温まっていくのを感じた。深呼吸をして、言葉では言いつくせない喜びを味わう。人生の多くの時間を闇と影の中で過ごしてきた今、切に光を欲していた。

そうやって眠気を誘うような暖かさの中、くつろいでいると、アンが体に触れてきた。ジャックはゆっくりと薄目を開けていった。夢ではないか、目を見開いたらこの感覚が消えてしまうのではないかと思うと怖かった。アンの指先が肩を探検し、筋肉の盛り上がりをなぞり、背骨にそった浅いくぼみをたどるあいだ、ジャックは身動《みじろ》きせずに立っていた。

「アン」ジャックは振り向き、アンを見た。言葉も出ず、ただ息をのむばかりだ。

考えてみれば不思議だが、ジャックはアンを白昼の光のもとで見たことがなかった。二人が顔を合わせたのはたそがれどき、夜明け前、真夜中と、暗がりの中にかぎられていた。しかし今、太陽の光に照らされたアンも、やはり美しかった。

髪は真っ黒というよりも、クロテンの毛皮に似ている。濃いスモモ色に輝く房は、アンの着たシャツの白さと対照的だった。肌は乳白色ではなく、貝殻の中心の淡いピンクを思わせる繊細な色だ。暗がりでも光の中でも変わらないのは目だけで、深みのある藍色だった。

「アン」ジャックはやっとのことでくり返した。

「なあに?」もの問いたげな声が、遠くから聞こえた気がした。

「アン、触ってくれ」思わず出た言葉だったが、きっとお気に召したのだろう。アンの官能的で柔らかい唇——きりりと美しい顔立ちに間違ってまぎれこんだとしか思えない唇がほころび、輝くような笑みに変わった。

「ええ、いいわ」アンは両手を上げ、ジャックの胸に手のひらを当ててゆっくりと下にすべらせはじめた。あまりの心地よさに彼はため息をついた。いっきに下りてきたその手は、腹のところでいったん止まった。親指のつけ根の部分がズボンのベルトにかかっている。

「ジャック?」アンの声は頼りなげで、少し息苦しそうだ。

「うん?」

「抱いて。わたしを、愛して」その言葉をアンは舌で転がしてその贅沢な響きを確かめ、ひとつひとつ大切に味わうように言った。「**わたしを、愛して**」

「ああ」ジャックはアンを引き寄せて抱きしめ、唇を重ねた。口を開けてゆだねてくる反応の甘美さに、めまいがするほどだ。ジャックは、アンの魂を吸い上げるかのように唇をむさぼった。

なぜ抱いてほしいのか、愛してほしいのかは訊かなかった。理由は知りたくなかった。アンは明日にでも、あるいは二人の計画が実現した一時間後にでも、ここを出ていきかねない。欲望を満たしてから、別れを告げるつもりかもしれない。ジャックに対する思いを打ち消そうとしているのかもしれない。理由がなんであれ、知りたくなかった。

知ったら、自分が壊れてしまいそうだからだ。

ジャックは顔を上げ、アンの後頭部を手で支えて胸に引き寄せた。ささやき声が軽いキスとなって鎖骨に当たる。アンはそのなめらかな頰をジャックの喉にすり寄せた。あごの下に日の光を浴びて温まった髪の毛が入りこんで、生えはじめたひげにからまる。

喉の皮膚を引っぱられて見下ろすと、アンが顔を上向けてもっとキスを、とせがんでいる。二人の望みは同じだった。

アンの唇は情欲を誘う甘いわなだった。アンはジャックの下唇をそっと嚙み、口の端に舌先をはわせて悦びのうめきを引き出すと、熱い口の中に舌を差し入れた。

もうこれ以上、我慢できない。わずかに残った自制の力を振りしぼるかのように、ジャックの全身が震えていた。だがそもそも、アンに関するかぎり、自制心を働かせることなどできなかったのだ。今もそれは同じだった。

ジャックは腕をアンのウエストに回し、その腰を自分の腰に引きつけた。アンが背をそらせたので二人の体はさらに密着した。股間がたちまち硬くなり、ジャックは痛みにも似た快感に耐えた。アンは本能に従って腰を揺らした。

ジャックはアンの二の腕をつかみ、美しい目をのぞきこんだ。「あなたが欲しい。中に入りたい。深く入って、あなたの鼓動も、呼吸も、何もかも、体で感じたい」

アンは無言でそれに応えて腕をひねり、シャツのボタンをゆっくりとはずしはじめた。全部はずし終え、恥ずかしそうにジャックを見上げた。シャツの前が開き、胸の谷間が見えたが、乳首はまだ布に隠れている。

いや、生まれたままの姿がいい。ジャックはシャツの端をめくり、小ぶりの丸い乳房をむき出しにすると、片方の乳首を親指でこすった。ベルベットのような手触りだ。乳首の皮膚は周辺に比べてやや硬くて厚く、口に含んで吸うためにある。

アンは乳房におかれた手をつかみ、ジャックを見上げた。急に、不安そうな表情になった。どうした？ やめてほしいのか？ 望まないことはしないつもりだ。ジャックは乳房の上の手をどけて、アンの体を引き寄せた。キスが好きなら、息苦しく、気が遠くなるまでキスを続けよう。

熱く濃密な舌のからまり合いに、アンは積極的に応えていた。激しいキスだった。だが、違和感があった。アンの反応はまるで懇願のようで、どこかに絶望の影が感じられた。ジャックは顔を上げた。

「どうしてほしい？」と訊き、はかり知れない深さを持つアンの目を見つめた。「あなたを悦ばせてあげたい。何をしてほしい？」

アンは赤くなった。乳房の上部から、首へ、頬へと、肌の紅潮がたちまち広がっていく。

顔をそむけて、恥ずかしがっている。守ってやりたい。いとしい気持ちがジャックの胸にあふれた。

「この唇」アンはつぶやき、片手を上げると、ジャックの唇を軽く指で叩いた。「この唇で、キスしてくれたでしょう」

「ああ」ジャックもささやき声になった。

アンは顔をそむけたまま、手をそろそろと下に動かし、自分の乳首に触れる。「ここ」

ジャックの喉の奥から、また新たな欲望が湧き上がる音が聞こえた。

「ああ、ジャック」アンはつぶやいた。恥じ入っている。「泥棒の姿になっているあいだは、簡単に言えたの。覆面をかぶっていたから、大胆になれた。欲しいものはなんでも求められた。でも――」

なんということだ。強烈な欲求に加えて、漠然とした不安を誘う疑いが頭をもたげた。

「アン」ジャックはアンのようすを観察しながら、静かに訊いた。「どうしてほしいか、マシューに訊かれたことがないのか？」

アンはうなずいた。ジャックは顔をしかめた。上流階級の人々の中には、夫婦生活において被虐的な性愛を追求する者がいるとは聞いていたが、マシューはどうだったのだろう？

ジャックはつとめて平静に聞こえるように訊いた。「マシューは、あなたがしたくないことを無理にさせたりした？」

「いいえ」

ジャックはほっとした。

「どうされるのが好きだとか、どうすれば気持ちいいとか、訊かれた？」ためらいがちに言う。「マシューはあなたを悦ばせようとしなかったのか？」

「いいえ、したわ」ほとんど聞きとれないほどの声。「ただ――」

それだけでは、わからない。「ただ、なんだ、アン？」こめかみに波打つ髪をそっと払いのける。「なんなんだ？」

「マシューとは、あなたとしたようなことはしなかった……彼が、できなかったときもあったわ……」うまく言葉にならず、アンは言い直した。「マシューは優しかった……わたし、怖かったの。傷つけるんじゃないかと思って。それに、よくわからなかった……何を求めているのか。あるとき、彼を悦ばせようとしたら……びっくりされたの。求めていないことだったのね。マシューはこう言ったわ。そんなのは愛じゃない。肉欲だって。それからはわたし二度と、何もしてあげなくなった」わかってほしいと、アンの目が訴えていた。

そうか。これでわかった。どうりで、触れるたびに激しく反応したのも無理はない。アンは、肉体的な愛に飢えていたのだ。性愛の経験はあるにしても、純粋に官能的な悦びを得たことがなかったにちがいない。

「わたしは聖人じゃない。できるものなら、あなたをむさぼりたい。お互いの体を味わい、確かめ合いたいんだ。耳元であえぐのを聞きたいし、名前を呼んでもらいたい。わたしの体を使って、快感を得てほしい。そのほうが嬉しいんだ。アン、与えてくれるものはなんでも受け入れるよ。きっと、もっと欲しくなる。それがわたしが求めているものだ。さてアン、何が欲しい？」

アンはためらわずに答えた。「あなたよ」

ジャックはアンを抱き上げ、ソファまで運んでいった。「ときどきは、ベッドで抱き合わなくてはいけないな」ややこわばった声で言う。

ソファの背は窓際にあり、太陽の光が差すには遠すぎた。ジャックはソファの端を足で蹴り、向きを変えると、光に照らされる位置まで押していった。

「あなたのすべてを見て、すべてを感じたい」ジャックは強い口調でそう言うと、アンを分厚いクッションの上に横たえ、ズボンの前をはずした。片足ずつ持ち上げてブーツを脱いだあと、ようやくアンの前に来た。

ジャックのきめの細かい肌の下には筋肉の流れる線があり、柔らかさがうかがえる。肩幅は広く、腰は引き締まっている。何もかもが美しく、力強く、男らしかった。アンは思った。**この人は血統のいい馬のようにたくましく、槍のようにまっすぐで、鋼のように鍛えられている。**

ジャックは、自分の体に傷あとが残っていることはよく知っていた。骨折して元どおりにならなかった箇所もある。皮膚が硬くなった部分もある。もう若いとは言えない。それでも欲しいと言ってくれたアンが、いとおしかった。ジャックは指を広げ、両手を上げた。

「こんなわたしだが、すべて、あなたのものだ」

「わたしを愛して」それがアンの望みだった。心と体の求めるものがひとつに溶け合っていた。「わたしにも、あなたを愛させて」

ジャックはアンの頬を両手で包み、親指であごを持ち上げて、ふたたび長く熱いキスをした。アンが肩につかまりながら体を引き寄せると、ジャックはアンの隣に倒れこみ、二人の唇が離れた。

アンの服が少しずつ脱がされていった。シャツが肩から落ち、ゆったりした下着が腰からはがされた。ジャックの手はアンの体のあちこちを探った。軽く触れるだけの動きから、なでさすり、もみしだく動きまで、あらゆる部分を愛し、あらゆる種類の快感をもたらした。

手が離れると、今度は唇が取って代わった。ジャックはあらわになった肌のすみずみに口づけて、腹の上でささやき、内もものなめらかな部分に脈動を感じ、乳房の下の皮膚をくわえた。そしてようやく乳首を口に含んで吸いはじめると、アンはびくりと体を震わせ、背中をそらせた。

「そうだ」ジャックはアンの求めに対する答えをささやいた。

体を回転させてアンを上にしたジャックは、しなやかな筋肉におおわれた彼女の太ももを大きく開かせてまたがらせた。目を合わせながら、自分のものの先端を女体の入口に当てがい、押し殺した声で言う。「中に入れてくれ。わたしが欲しいなら、すべて受け入れて」

その言葉でアンの中に、信じられないほどの力がみなぎった。腰を沈めてジャックのものを受け入れ、息をあえがせながらその大きさと太さに慣れていく。

「あなたが、欲しいの」アンは身をよじりながらさらに深くまでおさめようとした。ジャック は両手で彼女の腰をつかみ、全身を震わせた。わたしはアンのものだ。

「まだだ。もっと欲しいだろう」ジャックは動きはじめた。腰を突き上げ、下ろす動作をくり返しながら、中を微妙にこすってアンをじらした。

「もっと」アンは求め、自分でも驚いた。ジャックは勝ち誇ったように、しかし優しく微笑んで、それに応えた。突きがしだいに強く、激しくなり、さらに奥へと、荒々しい侵入をくり返す。アンは彼の引き締まった腹に両手をつき、リズムに乗って腰を揺らした。体の中で熱いものがふくらみ、高まっていく。あと少しで最高潮に達する、あとわずかでそこに届くという、もどかしく、耐えがたい感覚。

「ああ、もう……」目を閉じたままジャックはつぶやいた。張りつめて、激しさのある、いちずな表情。

「もっと、お願い」

アンの訴えに、ジャックは笑い出した。笑い声はうめき声に変わった。

体の中心を貫かれ、刺激の高まりとともに表情が切迫していくアンの姿は美しかった。ジャックは正気を失いそうになっていた。

そうか。もっと欲しいのか。ジャックはふたたび体を回転させ、アンを下にした。指と指をからめ合い、腕をそのまま上げさせて、頭の上で固定する。アンは少しあえいでいる。その瞳は黒縞瑪瑙《くろしまめのう》のようだ。

「もっと欲しいのか？」ジャックのしゃがれ声。

「ええ」アンのささやき。

「わかった」強い突き。

はっ、と息をのんだアンに、ジャックはまた激しい突きで応えた。切れ切れのあえぎが、喉を低く鳴らす悦びの声に変わっていく。

「お願い。もうすぐよ」アンはつぶやき、腰を揺らしてジャックのリズムに合わせた。「今よ。お願い。もうだめ」

「まだだ」

ジャックはそれからもしばらく抽送をくり返した。アンがいきそうになると動きを止め、その瞬間が過ぎるのを待つ。そして、ふたたび勢いよく突きはじめる。

こうしてジャックが三度にわたり、アンを絶頂の手前まで導いては戻すことをくり返していると、身もだえしていたアンが突然目をぱっと開けた。熱いまなざしでジャックを責めるように見つめている。

「今よ」アンはからめていた指を振りほどいた。自由になった腕をジャックの首に投げかけて胸にすがり、乳房を押しつけ、太ももを彼の脇腹に巻きつける。女体の奥深くで、彼のものを絹の柔らかさで包む、熱く湿ったひだが収縮しはじめた。

「いいのか」

「いいわ」アンは半ば怒ったような声で腰を持ち上げた。あとひと突き、あと数秒。ああ、お願い。

ジャックは頭をのけぞらせながら動いている。唇のあいだから食いしばった歯が見える。力強く、美しい姿だった。たくましい胸の筋肉、浮き出す静脈、紅潮した喉元の皮膚。いつのまにかアンはすすり泣いていた。果てしない欲求を満たすために、激しく腰を突き上げた。

「ジャック！」

そのせっぱつまった叫びで現実の世界に引き戻されて、ジャックは目を開けた。

「ここだ、アン。わたしのものだ」

ジャックはかすれ声で言うとアンの体をさらに引きあげて揺らし、最後に一度、深く突き入れた。精の放出とともに全身を震わせる。同時にアンは、めくるめく純粋な快感の渦に投げ出され、巻きこまれていった。

ジャックはアンを腕に抱き、こめかみを指先でなぞっていた。浅い呼吸で胸が上下している。片方の乳房にはひげでこすれたあとがある。大丈夫、大した痛手じゃない。自分についてもそう言えればいいのだが、とジャックは思った。二人で分かち合った、至福のひととき。こんな経験は初めてだ。

アンはまぶたをうっすらと開けた。その瞳は満ち足りた喜びに輝いている。

「愛しているよ」ジャックの口から、無意識のうちにこぼれ出た言葉だった。

それを受けとめたアンの目は、一瞬、心の苦悩を映し出すような翳《かげ》りを見せたかと思うと、すぐさま輝きを取り戻した。今度はあふれる涙の光だ。しまった。ジャックは自分の鈍さ、性急さを呪った。

ジャックは悲しげに微笑んだ。「泣くほどのことじゃないよ、アン。確かにわたしの心は愛には似つかわしくないかもしれない。まるで荒れ果てた不毛の地だからね。収穫後のもみ殻ぐらいしか、残っていない」

冗談にまぎらせて慰めようとしたのだが、アンはにこりともしない。その目には大粒の涙が次から次へとあふれ、とめどなく流れた。

ジャックの胸は、今までにない痛みに襲われた。

「アン、泣かないでくれ。我々の結婚は合法的なものだが、意思に反して縛るつもりはないよ。いつでも、どこへでも、行きたいところへ行けばいい。力に訴えて止めたりはしないし、大声をあげて呼び戻したりもしない。心配しなくていいよ。わたしを愛してくれと、頼んだりはしないから」

アンは急に片手を上げて、こぶしでジャックの胸を叩きはじめた。

ジャックは驚いて目を見開いた。

「ばかね」すすり泣きながらアンは言った。「あなたを愛してないから泣いているんじゃないわ。愛しているから、泣いているの。だって、わたしは人を愛せないんじゃないかと思っていたから」

32

　今まで聞いた中でこれほど重みがあり、それでいてはかなく思えた言葉はない、とジャックは思った。注意深く、用心して、よく考えて反応しなければならない。

「どうしてそう思ったんだい？」温かい抱擁を解かれたあとのアンの体には鳥肌が立っていた。ジャックは自分のシャツを取り上げ、肩からかけてやった。

「自分が人を愛せないなんて、どうして思ったんだ？」ジャックは優しくくり返した。

　アンは頬をつたう涙を指でぬぐい、鼻を鳴らした。「どうしてって、聖人と結婚したのに、愛せなかったからよ」

　ジャックはあえて無言のまま、慎重に待った。

「それに、自分を追跡している男を好きになってしまったから。わたしを殺せという命令を受けた人よ。間違っているわ」

　ジャックはさりげなく、アンの片腕をシャツの袖に通してやった。胸が激しく高鳴っていた。「どうして？」

「だって、間違っているもの」アンは答え、わざと鈍いふりをしないで、と責めるようにジャックを見た。「わたしがマシューと結婚したのは、顔立ちがよくて、お金持ちで、自分よりはるかに身分が高かったからなの」

「それに、愛していたからだろう」ジャックは冷静な口調で言った。

「愛していると自分では思っていたわ」アンの目は混乱を映し出している。

「だが、マシューはあなたの愛を信じなかったんだね」ジャックはアンのもう片方の腕をシャツの袖に通し、ボタンをとめはじめた。ふと目を上げると、アンは愕然としてこちらを見つめている。

「どうしてそれがわかったの?」

「話を聞いていたからさ。自分個人としても興味を持っていたしね」ジャックは皮肉めいた口調で言った。「自分の知っているアン・ワイルダーの言動と、人から聞いたアン・トリブルの噂と、自分で感じた〝レックスホールの生霊〟のイメージを考え合わせて、あなたが何かから逃げようとしているなと想像がついた。そしてその〝何か〟が、模範的な夫、あるいは夫の亡霊だという結論に達したんだ」

アンは身を引いて逃れようとしたが、ジャックは放さなかった。「あなたは、夫が死んだのは——あるいは自ら死を選んだのは——自分のせいだと感じていた」

アンは目をつぶった。その顔に表れた深い苦しみは、見ていて胸が締めつけられた。ジャックは内心、マシュー・ワイルダーを呪った。

「最初は、おとぎ話みたいな、生活だったの」アンは目を閉じたまま言った。ひと言ひと言、ゆっくり発している。そうでないと窒息してしまうかのようだ。「マシューはわたしのためなら、なんでもしてくれた。それこそ、どんなことでもよ。見返りに求めたものといえば、愛だけ。わたしだって、自分では夫を愛していると思っていた」

アンのひそめた眉には恐れが表れていた。「でもマシューは、何かが違うと感じていたんでしょうね。わたしの愛が本物でないと、最初から疑っていたみたい」

「それで？」

「マシューは、ぼくを愛しているかい、と訊いたわ。しょっちゅう、何度も何度も、愛してる？って」声にやりきれない疲労感が漂っていた。「でも、わたしが『ええ』と答えると、マシューは傷ついて、落ちこんだわ」

「なぜ？」

「もし本当に愛してくれているなら、ぼくがこんな質問をする必要はないはずだ、って。逆にこちらから『愛してるわ』と言うと、マシューは疑って、何度も何度も訊くの。『確かかい？本当に愛してるかい？』って。それで、わたし……」

「自分でも確信が持てなくなったんだね」ジャックは言った。ジャミソンのことを怪物だと思っていたが、同類がいたとは。「それで、マシューの反応は？熱が冷めたようだったか？」

アンは激しく首を振って否定した。「いいえ！とんでもない。かえって熱心になったわ」神経の消耗をうかがわせる表情だった。「また求愛しはじめたの。贈り物をくれたり、旅行に連れ出したり、ありとあらゆる方法で気を引いて。わたしの愛を得るために、自分の力でできることはすべてしたわ」

アンの声はしだいに抑揚がなくなり、生気を失った。「そのあげくマシューは、わたしを人を愛せない人間と決めつけた。与えられた愛の何分の一でさえ返すことができないんだと。なぜかというと、貴族でないから。平民は、貴族と同じような愛を経験できない、というのがあの人の持論だった」

「マシューはあなたを憎むようになった？」ジャックは胸がつまった。やりきれない気持ちだった。つらさが消えるのをじっと待ったが、消えるどころか胸にどんどんたまっていく。

「いいえ」アンは今一度、首を左右に振り、腕で自分の胸を抱えた。目をそらし、しばらく遠くを見つめていたが、ふたたび話し出したときには、声に激しさが宿っていた。「それでもマシューは愛してくれたわ。妻の愛情が欠乏していても、影響はなかったの、彼の……」

適当な表現が見つからない。

「〝優越感〟には影響なかった？」ジャックが言葉を補った。

「ええ」アンはうなずきながら言った。「そう、優越感でしょうね。マシューはそういう言い方はしなかったけれど。愛されるより、愛するのが自分の〝呪い〟だからしかたがないって、自ら認めていたわ。ただ、彼にとっては受け入れられる呪いだったの。そうして一生を過ごせばいいって、思っていたはずよ」

アンは追いつめられたような表情でジャックを見た。

「でも、一生そうして過ごすなんて、わたしはいやだった！」アンは叫んだ。「ある日、口論のあと、わたしは言った。もうこれ以上、一緒にいてあなたを傷つけたくない。二人とももう十分に苦しんだのだから、わたしは故郷に帰って父と暮らしたいって。マシューは、出ていかないでくれと懇願したわ。きみなしでは生きていけないと言って。でもジャック、わたしはあのままの生活を続けるなんて、耐えられないと思った。頭がどうかなってしまいそうだった。だからマシューにそう言ったわ」

「それで、家を飛び出したのか」

「その機会がなかったの。マシューは少年のころ、数年間、海軍に入隊していたし、海軍本部に知り合いがいたか何かで……」アンは顔にかかったほつれ毛を払いのけた。「一週間も経たないうちに、どんな手段を使ったのかわからないけれど、マシューは船長の地位を手に入れたの。でもジャック、あの人には船の指揮をとる能力はなかったのよ。その結果、乗組員を道連れに、海の底に沈んだ」

自己に陶酔した愚か者め。罪のない部下を巻きこんでまで死を選んで、妻に責任を感じさせようと思ったわけか。確かにマシューは、アンに罰を与えることに見事に成功した。今ごろは地獄のどこかでほくそ笑んでいるだろう。

「マシューは当然、手紙を書いてきただろうな」ジャックのあごは怒りでこわばっていた。今までの人生で、悪意や不道徳ならいくらでも見てきた。悪魔のような者たちと手を結んだ経験は何度もあるし、さまざまな人間の形で現れた悪魔と何百回も話をした。悪の側面はすべて知りつくしていると思っていたが、マシューのような例は初めてだった。

「ええ」アンはうなずいた。

マシューからの手紙に何が書いてあったか、説明してもらわなくてもわかる。ほとんどあからさまにアンを責める表現がそこここに使われていたにちがいない。もしアンがもっと努力してくれていたら、自分はこんな絶望感を味わわなかっただろう、とほのめかす文章。長々と熱烈に愛を告白するくだり。アンの将来の幸せを願う言葉……あまりの仕打ちに、ジャックは本当に気分が悪くなっていた。

「それでマシューは、あなたに対する自分の感情を〝愛〟と呼んでいたのか？」ジャックは信じがたいという表情で訊いた。

アンは目を上げた。ジャックの憤りに気づき、驚いたようすだ。「ええ」

「アン。それは愛じゃないよ。マシューは、あなたの魂を自分のものにしたかっただけだ。それができないとわかると、今度は魂を破壊しようとしたのさ。実際、その願いはもう少しでかなうところだったじゃないか」

「違うのよ、ジャック」アンは首を振り、悲しげな顔で言った。「マシューに悪気はなかったのよ。ただ、わたしが与えられないものを求めただけ」

ジャックは、マシューの悪意についてアンを説得するのはやめておこうと思った。そんなことをすれば、アンを傷つけてしまうからだ。そこでジャックは、アンに聞かせるべき、単純明快な真実だけを告げた。「マシューが求めていたものを与えられる人など、この世には誰もいないよ」

アンはジャックをまじまじと見つめ、長く、途切れ途切れの息を吐いた。背中を緊張させ、胸をそらして、まるで判決を受け入れる心構えをしているかのようだ。

「これまで誰にも、自分自身にも、一度も言っていないことなんだけれど……」アンの顔がゆっくりとこちらを向く。その目はらんらんと輝いている。「わたし、マシューとの暮らしが苦痛だったの。贈り物も、パーティも、旅行も、ドレスも、どれもこれも、本当にいやでたまらなかったのよ」アンの声はひと言ごとに力強さと熱っぽさを増していった。「あの人の責めるような目つき、黙りこくって悩み苦しむ姿、すすり泣きながらの懇願や、たちの悪いかんしゃく。どれもいやだった。憎らしかった。それから、わたしをあがめ、賛美する愛情表現。息がつまりそうだった。押しつぶされそうだった。心の奥までずたずたにされそうだった。憎んじゃいけない、なんとかして憎むまいとしたわ」皮膚に深く指をくいこませ、アンは椅子の上で体を前後に揺すりはじめた。「本当よ。わたし、彼を憎むまいと、必死で努力したのに！」

目に大粒の涙があふれ、頬をつたって流れ出した。アンはぬぐおうともせず、流れ落ちるままにまかせている。

「いいんだよ、アン」

「神に誓って言います。マシューが死んでよかったなんて、思っていないわ。あんなに愛されて幸せねって、皆に言われたし、うらやましがられた。わかるでしょう、ジャック。皆にうらやましいと言われていたのに、わたし、誰とでもいいから人生を取り換えたいって、本気で思っていたの!」

「わかるよ」ジャックはつぶやいた。アンは両手に顔を埋めて泣きじゃくっている。ジャックが手を伸ばし、優しく抱き寄せると、アンがしがみついてきた。もうその声はすすり泣きに変わっていた。罪悪感と後悔が涙の中にようやく出つくしたらしい。しばらく経って目を上げたアンは、ジャックの顔を追い求めた。

「ジャック」アンは言った。まなざしには真摯な思いがあふれている。

「愛しているわ」

ジャックはどう応えようかと、いくつかの選択肢を注意深く探った。愛の誓い、将来の約束、忠誠の誓い、苦しみからの解放を期待させる言葉。だが自分は、愛以外は何も約束できない。しかもこの愛は、この思いは、アンにもすでにわかっている。そこでジャックは、癒しの力がもっとも強い言葉を選んだ。

「わかっているよ」ジャックはアンの目をしっかりと見つめて言った。「わかっている」

アンは微笑んだ。

長い歴史を誇る宮殿は霊廟を思わせる静けさに包まれてはいるものの、無人ではない。何十人という召使や従者が部屋から部屋へせわしなく動きまわり、宮殿を日々運営するのに必要な、それぞれの仕事にいそしんでいた。

目指す部屋の前に二人が着いたとき、閉じた扉の横に立ったお仕着せ姿の従僕が深く礼をし、到着を大声で告げた。「ヘンリー・〝ジャック〟・セワード大佐、ならびに大佐夫人のお着きです」

案内されたのは、小さいながら贅沢な調度品のそろった部屋だった。りりしい顔立ちの若い従僕が、かっぷくのいい禿頭の男性が座った椅子の後ろにひかえている。もう少し奥にジャミソンが、銀の柄つきのステッキに寄りかかって立っている。端のほうには、やせてしわだらけの顔をした老婦人がいた。キャッシュマン夫人だ。ちぐはぐな色の服に猫背の体を包んで震えている。

キャッシュマン夫人はアンの姿を見つけ、前に進み出た。

「ワイルダー夫人。ここにいなさる旦那が、施設へ迎えにきてくだすったんです。最初は、海軍本部のお人かと勘違いして、うちのジョニーがもらうはずだった賃金をやっとくださるのかって期待してたら、なんと、ここへ連れてこられました。はっきり言ってあたし、どうなることかと、怖くて怖くて」

「大丈夫ですよ、キャッシュマン夫人。事情がはっきりするまで、座ってお待ちになったらいいわ」アンは慰めるように言うと、おびえている老婦人を小さな布張りの椅子まで連れていって座らせた。

何か飲み物を用意してあげなくては、と、アンはジャックのそばに戻った。「ジャック、あちらにいる従僕に頼めないかしら。キャッシュマン夫人に――」

「ろくでなしの、庶子めが」

アンはさっと振り返った。ジャミソンが近づいてきていた。その歩みはいやになるほど遅かった。

「恩知らずの、どうしようもないろくでなしめ」ジャミソンは冷酷さの感じられる口調でくり返した。

警戒心を強めたアンはジャックを見たが、その顔には後悔も苦しみも、なんの感情も浮かんでいない。

「はい、閣下」ジャックは言った。

「何をしたか、わかっているのか？」ジャミソンは、アンには一瞥もくれずに言った。この老人にとってアンはなんの意味もない存在らしい。重要なのはジャックと、あの手紙だけなのだろう。

そのとき初めてアンは、ジャミソンが、ゆがんだ形ではあるにせよ、自分なりにジャックを大切に思っているのに気づいた。ちょうど、かけがえのない貴重な所有物を大切にするのと同じように。

「え？　わかっているのか？」ジャミソンはふたたび詰め寄った。

「はい、わかっています」ジャックは冷静に答えた。「ある方の私信が、まわり回って宛先の方にようやく届く、という状況と理解しています」

「宛先の人間は、あの手紙を使って政権を転覆させるかもしれんのだぞ」ジャミソンが言った。

「いや、それは無理でしょう」とジャック。

「内容を読まなかったのか？」ジャミソンは信じられないといった表情で訊いた。その声は低く、アンより離れた場所にいる人たちには聞こえそうにない。「考えてみろ。英国政府が王室と共謀して、無実の男を絞首刑に処した、とほのめかす内容なんだぞ」

「事実ですから」

「いや、そういう問題じゃない」ジャミソンは腹立たしそうに言い、手にしたステッキで勢いよく床を突いた。鋭い音が静かな部屋に響きわたった。「我々としては、あの革命主義者らに思い知らせてやる必要があった。ジョン・キャッシュマンははめられたわけじゃない。実際、鉄砲鍛冶の店にいたのだからな」

「ジョン・キャッシュマンは、〝犯行〟当時、酒に酔い、怒りにかられていて、正常に能力を発揮できる状態ではありませんでした」ジャックのかすれ声には激しく熱い憤りが感じられた。「信じられないことにあなたがたは、無実の人間と知りながら処刑を阻止しなかった。ですからわたしは処刑場へ行き、皆さんの卑劣な行為の結果を見とどけたのです」

「ばかばかしい！」ジャミソンは向きを変えて立ち去ろうとした。だがジャックが呼び止めようとしないので、ふたたび振り向いた。「あの手紙はわしらを破滅させかねんのだぞ。わしだったら、もっと有意義な目的に使えたのに。あれを利用して権力の座について、偉業を成し遂げることだってできたんだ」

「先ほども言ったように、閣下はあの手紙の影響力を過大評価しておられるんです」

「頭がどうかしたんじゃないのか?」とジャミソン。

ジャックは黙ったまま、超然とした冷ややかな目で老人を見返した。

こうやってジャックは生き延びてきたんだわ、とアンは思った。この邪悪な老人から自分の人間的な部分を隠すことによって、自らを守ってきたにちがいない。

「セワード、なんてことをしてくれたんだ。夫婦で組んで、よくも」ジャミソンは頭を振った。

ジャミソンの鋭い視線には、アンを身震いさせる何かがあった。ジャックも不穏なものを感じたのだろう、アンのほうに身を寄せた。妻を守ろうとするその態度を見たジャミソンは、笑みを浮かべた。

「今回の行動で、高潔さを示したつもりだろうが、やっただけの価値があることを願うよ、セワード。きみが――」

「国王陛下のお成り」

その声で、室内にいる者全員が部屋の奥の小さな扉に注目した。まず従僕が一人、次に若々しい顔の大男が、絹の部屋着をまとった小柄な老人を腕に抱えて入室した。

これが国王陛下なのね。アンは固唾をのんで見つめた。顔はしわだらけだが、血色は悪くない。長い白髪を肩まで垂らしている。その目は落ちくぼみ、眼球は乳白色に濁っている。目はもうまったく見えない、とジャックが言っていた。

アンが深く膝を曲げる正式の挨拶をすると、それを見たキャッシュマン夫人はあわてて立ち上がり、懸命にその動作をまねた。国王に先立って入ってきた従僕が微笑んだ。

「国王陛下」それまでジャミソン、ジャック、アンのようすを静かに眺めていたかっぷくのいい禿頭の紳士が、よっこらしょといった感じで立ち上がり、お辞儀をした。ジャック、金髪の従僕、ジャミソンも皆、それにならった。

「なんの騒ぎだね？　そこにいるのは誰だ？」しっかりとしたその声は、国王らしく堂々としている。

「陛下に謁見をたまわりたく、まいっております。ノウルズ卿、ジャミソン卿、セワード大佐ならびに令夫人、アダム・バーク、メアリ・キャッシュマンでございます」

それらの名前は、病弱の老国王にとってはなんの意味もない情報だっただろう。「今まで、女王と話をしておったのに、途中で切り上げて来るはめになった」

アンは不安げにジャックを見た。女王は数カ月前に亡くなっていたからだ。

「どうかお許しください、陛下」禿頭の老人は直立不動のまま言った。物腰も声も柔和だった。

「誰だね？」国王は語気鋭く訊いた。

「ノウルズでございます、陛下」

「ノウルズか。わしよりずっと金持ちの、ずんぐりした男だな。今日は誰のふところから金を巻き上げようというのかね？」

アンは心配になってジャックの顔を見た。だが彼は微笑んでいる。ノウルズ本人は、国王の指摘にもいっこうに動じない。

「本日はこちらに、手紙を一通持ってまいりました。陛下が口述され、発送されたものですが、途中で紛失いたしまして」

「そうだったか？　なくなった手紙の宛先は誰だった？」

「メアリ・キャッシュマン夫人でございます」

国王はしわくちゃの顔をしかめた。当惑したように眉根を寄せ、真剣に考えこんでいる。アンのかたわらで、ジャックが固唾をのんで国王のようすを見守っていた。しばらくして、国王の表情から迷いが消え、しわだらけの顔が穏やかになった。

「例の水夫の母親だな」

「そのとおりです、陛下」ノウルズは勢いづいて言った。「その方宛の手紙を発見いたしました」

「よくやった」国王はため息をつき、若い巨漢の胸を指ではじいた。若者は母親が赤子を抱くように軽々と国王を抱いたまま立っている。「植民地は服従させなければいかん。ピットを今夜、呼ぶように伝えなさい。植民地はなんとしても守らなければな。失ったりしたら、ヨーロッパ中の王室で笑いものになる。我々は――」

「キャッシュマン夫人は文字が読めないのです、陛下」ノウルズが叫んだ。

国王は口をへの字に結んだ。「文字が読めんとな？　それでは、声を出して手紙を読んでやりなさい」

「かしこまりました」ノウルズはアンが失敬してきた羊皮紙をポケットから取り出して開いた。壁際でまだぶるぶる震えながらかしこまっているメアリ・キャッシュマンのもとへ向かう。

「キャッシュマン夫人でいらっしゃいますな?」

「はい」ほとんど聞きとれないほどの小声で夫人は答えた。

「よろしい」そう言うとノウルズは、励ますような笑みを夫人に投げかけた。「ジョージ三世英国王陛下のお書きになられた手紙を、読み上げます」

奥さま

わたしどもも、奥さま同様、愛するわが子を失いました。王位継承者であるわが息子が、摂政としての義務を果たさず、法の裁きを正しく行わなかったことは遺憾であります。ご令息のご冥福をお祈りいたしますとともに、国王として、あなたがたの犠牲に敬意を表します。

G

「以上です、マダム。この手紙はマダム宛ですので、もしよろしければ、お持ち帰りください」

「まさか、そんなことを――」ジャミソンが一歩前に踏み出したが、ジャックが片手を差し出して老人の上腕部を押さえ、動きを阻んだ。

「ここは黙っているのが賢明ですよ」ジャックはささやいた。「お静かに」

ジャミソンは腕を振りほどき、あからさまな敵意をこめてジャックをにらんだが、言われたとおり沈黙を守った。

「いかがですか、キャッシュマン夫人。どうなさいます？」ノウルズがうながした。

キャッシュマン夫人の目尻から、涙がひと粒、流れ落ちた。夫人はわずかに姿勢を正した――わずかな変化ではあったが、国王の手紙に書かれた言葉で、この貧しい老女が生来の威厳を取り戻したことが見てとれた。その瞬間、アンの中に、この年老いた、精神を病んだ盲目の国王への慈しみの気持ちが湧いてきた。この君主のためなら命を投げ出してもいい、とさえ思えた。

「ご親切に、ありがとうございます。でもその手紙、もらってもしょうがありません」キャッシュマン夫人は静かに言った。「こんなことが起こったなんて、誰にも信じてもらえないだろうし、手紙を人に見せたって、どうせ偽物だろうってばかにされて、笑われるに決まってます。今日の、このひとときを、あたしは誰にも笑われたくありません。だから、ここにしまっておきます」夫人は節くれだった手を胸においた。「それで、墓まで持っていくつもりです。国王陛下に、神のご加護がありますように」

ノウルズは老女をじっと見つめていた。その一見柔和なたるんだ顔に一瞬、誰にも読みとれない複雑な表情がよぎった。ノウルズは振り返り、国王に向かって呼びかけた。「陛下。キャッシュマン夫人が、陛下に神のご加護がありますようにと祈っておられます」

国王はうなずき、祝福を受けると、大男のシャツを引っぱった。「ボブ、女王をあまり待たせてはいかんな」

「はい、陛下」大男は向きを変え、腕に抱えた国王の弱々しい体を注意深く運んで奥の扉から出ていった。従僕もすぐあとについて部屋を出た。

「キャッシュマン夫人。ここにいるバークが」ノウルズはかたわらにいる美青年をあごで示した。「お宅までお送りします。金銭的な補償の手続きについては、バークが対応しますので」

バークと呼ばれた青年はさっと姿勢を正し、驚いている老女に礼をすると、腕を差し出した。「キャッシュマン夫人、どうぞ」にっこりと笑って言う。

夫人は目をしばたたき、バークの顔立ちの美しさに見惚れた。「すぐに、お宅までお送りしますので」バークが言った。

キャッシュマン夫人はこの美青年となら、スペインまででも喜んで行っただろう。嬉しそうに、そそくさと部屋を出ていった。

帰りがけにジャックとアンのほうへ近づいたジャミソンは、一瞬立ち止まったが、そのまま何も言わずにステッキをついて通りすぎた。ノウルズはため息をつき、ジャミソンが出ていくのを見守った。

「セワード夫人。お目にかかれて光栄です」ノウルズは言った。アンは、この老紳士の身分や肩書きなどは知らないものの、ジャックを助けてくれた人物であることはわかっていた。アンにとっては身分などより、それが一番大事だったから、丁寧に膝を曲げてお辞儀をした。ノウルズが微笑んだ。「ジャック。夫人はきみと同じく、礼儀正しい方だな。二人に子どもができたら、さぞかし礼儀を心得た子に育つだろうね」

ノウルズは笑顔のまま、平静な声で言った。「ジャミソンはきっと、きみに……抹殺される可能性も考えているだろうな」

「間違いなく、考えるでしょうね」ジャックの冷静さは変わらない。「でも、わたしは仕返しなどするつもりはありません。ただし、ジャミソンがもし――」一瞬、ジャックの目がアンに向けられた。

「ああ、わかっている」ノウルズはうなずいた。「そうだろうと思っていたよ。なんといってもジャミソンはきみの父親だしな。それでも、もし仮にきみが行動を起こしていたとしても、そう驚かなかっただろうがね」

ジャックがもし、育ての親のジャミソンを殺したとしても、ノウルズは驚かなかったというの？　アンは憤然とした。本当のジャックを知らないから、そんなことが言えるのよ。

ノウルズは扉に手をかけ、立ち止まった。廊下を見わたし、誰もいないのを確認してから、ジャックのほうを振り向く。

「ジャック。わたしがきみの立場だったら、これ以上不愉快なことが起こらないよう、転居を考えるね。おすすめするよ」

そう言うと、ノウルズは立ち去った。

エピローグ

その夜、霧はいつもより早く出て、短い時間で濃くなっていった。地上にしばらく漂っていたかと思うと、建物の側壁をはい上がり、その道筋にあるものすべてを柔らかく包み、取りこんでいった。

アンとジャックはストランドの屋敷のバルコニーに立ち、世界が厚い雲のような霧に飲みこまれていくさまを見守った。今ここにストランドはいない。行きつけの紳士クラブのほうがいいと言って、自分の屋敷を二人に使わせてくれている。

ジャックは、腕でアンを包みこむようにかき抱いていた。霧はほどけた長い髪に落ちて輝き、露となって頬を濡らす。月が出ていた。その薄い光はアンの瞳の深みのある色を浮かび上がらせる。この瞳を一生をかけて探りたい、とジャックは感じた。

「施設はどうなるかしら?」アンは少し心配そうな声で訊いた。「ジュリア・ナップに運営をまかせられると思う?」

「大丈夫だよ」ジャックは答え、アンのこめかみに唇を軽く触れた。「あなたが署名した書類で、管理人としての権利を彼女に譲渡したんだから」

アンはうなずいた。いつのまにか霧がバルコニーまで流れてきて、まるで小さな猫の亡霊のように二人の足首にまとわりついた。

「本当に、できるの？」アンはささやき、片手をジャックの胸においた。彼はその上に自分の手をそっと重ね、頭を下げてアンの指先にキスをした。「人間を失踪させるなんて、できるのかしら？」

ジャックは微笑んだ。「アン、わたしは諜報活動の達人だよ。それこそわたしの本業で、得意とするところだ」そう言いながら、真面目な顔になる。

「だが、我々がいったん失踪したら、一生行方知れずになる。持てるものすべてを置いていくんだ。所有物も、友人も、家族も、そして地位も」

「猫は？　灰色の猫は連れていける？」アンは不安そうに訊いた。

「連れていけるのは、それだけだ」ジャックは重々しい口調で答えた。「失踪を成功させるには、すべてのものと縁を切らなくてはならない」

「ええ、そうね」

アンの吐息は長く切れ切れに続く空気の流れとなり、肩のまわりに集まってきたかすみと混じり合って、首を愛撫し、髪にからんだ。

ジャックはアンのあごを上向かせて顔を見た。

美しいアン。わたしが捜していた泥棒。愛する妻。

ジャックはアンを抱きしめた。「最後にもう一度、見ておきなさい。自分の大切なものすべてにさようならを言うんだ」

だがアンはまわりの景色でなく、夫を見た。なぜならジャックの中にこそ、自分の大切なものすべてがあるからだ。

長いあいだ、じっと、ひたむきに夫を見つめる。愛し、愛されていることの甘い喜びに満たされて、ついに二人をすっぽり包みこんだ霧の存在には気づきもしない。

霧をそよ風が吹き飛ばしたころには、二人の姿は消えていた。

ヒストリカル・ノート

本書に登場するジョン・キャッシュマンは実在の人物です。裁判にかけられ、国家反逆罪を犯したとして有罪判決を受け、処刑されました。そのいきさつはほぼ、物語の中で述べたとおりです。

のちに明らかになった新たな証拠によると、ジョージ三世が罹ったのはポルフィリン症という病気で、それに起因する症状の中には幻覚などの精神障害があります。再発することがあるものの、これらの症状は間断なく出ているとはかぎりません。

歴史をたどってみると、国王ジョージ三世と息子の摂政皇太子の対立について詳しい資料が残されています。衰弱し、権力を失い、精神に異常をきたしていたはずの国王ジョージ三世が、もし一瞬でも頭の冴えを取り戻して、慈善の精神を発揮したとしたら、どうなっていただろう？　昔から作家の仕事にはつきものの、仮説にもとづいたゲームにわたしも取り組んでみました。その成果を楽しんでいただければ幸いです。

訳者あとがき

愛に失望し、危険に魅せられて、夜空の下、刺激を求めてひた走る女。

愛を知らずに育ち、秘密の任務に身を投じ、追跡に執念を燃やす男。

本書『夜霧は愛をさらって』（原題All Through the Night）は、心に闇を抱えた二人がめぐり合い、葛藤しながらも愛を育んでゆく過程を、英国ロンドンを舞台に描いた作品です。ＡＡＲ（All About Romance）の「読者が選ぶ年間最優秀作品」で、１９９８年度Best European Historical（最優秀ヨーロッパ・ヒストリカル賞）とMost Tortured Hero（最も影のあるヒーロー賞）をダブル受賞しています。

時は一九世紀初頭。精神を病んだ英国王ジョージ三世に代わって皇太子（のちのジョージ四世）が政務を執った、いわゆる摂政時代です。

物語の主人公、アン・ワイルダーには二つの顔がありました。昼は、裕福ながら地味な装いに身を包み、親戚の娘の付き添いをつとめる貞淑な未亡人。夜は、ロンドンの屋根から屋根へとわたり歩き、貴族の屋敷に忍びこむ怪盗、〝レックスホールの生霊《いきりょう》〟。

ナポレオン戦争で諜報員として活躍したヘンリー・〝ジャック〟・セワード大佐は、複雑な過去を持ち、任務遂行のためには手段を選ばない冷徹さをそなえた人物です。内務省の命を受けて国家機密にかかわる手紙の盗難事件の捜査に乗り出し、レックスホールの生霊の正体をつきとめるべく、上流社会に潜入します。

ある冬の夜、アンは侯爵夫人の屋敷でジャックと対面します。その瞬間から、二人の間に火花が散り、熱く危うい駆け引きが始まります……。

群衆が集まる広場で、水兵が不当な裁きを受ける冒頭の場面から一転して、人々が寝静まった夜の、二人の鮮烈な出会い。政府内の権力争いから発した、手紙をめぐる陰謀。ページをめくるのがもどかしくなるほどにぐいぐい引きこまれる、緊迫感あふれるストーリーで、著者コニー・ブロックウェイの筆力には圧倒されるばかりです。

主人公の二人は、惹かれてはならない、信じてはならない相手と知りつつもお互いを求めずにはいられません。アンがなぜ慈善事業に打ちこむようになったか、何に駆り立てられて盗みを働いているのか――それらの謎が、ジャックによってしだいに解き明かされていきます。読者の皆さんは、人間の中に同居する善と悪、優しさと非情さがいかに紙一重であるかをあらためて思い知らされることでしょう。

悲惨な過去ゆえに愛を信じられなくなった二人が、苦悩のすえに絆を強め、お互いの心のまことを見出すことで重荷から解き放たれていく。読むほどに、胸に深く響く物語です。

二〇一三年二月

ライムブックス

夜《よ》霧《ぎり》は愛《あい》をさらって

著　者　コニー・ブロックウェイ
訳　者　数佐尚美《かずさなおみ》

2013年3月20日　初版第一刷発行

発行人　成瀬雅人
発行所　株式会社原書房
〒160-0022東京都新宿区新宿1-25-13
電話・代表03-3354-0685　http://www.harashobo.co.jp
振替・00150-6-151594
ブックデザイン　川島進(スタジオ・ギブ)
印刷所　中央精版印刷株式会社

落丁・乱丁本はお取り替えいたします。
定価は、カバーに表示してあります。
 ISBN978-4-562-04443-6　Printed in Japan